넥센 히어로즈의 장외 명물

Famous

페이머스

매직하우스
마법의 책공장

Famous 페이머스

초판 1쇄 인쇄 2014년 12월 26일
초판 1쇄 발행 2015년 1월 5일

지 은 이 테드 스미스
옮 김 김현성
교 정 김보배
디 자 인 김민성
펴 낸 이 백승대
펴 낸 곳 매직하우스

출판등록 2007년 9월 27일 제313-2007-000193
주 소 서울시 마포구 월드컵북로 260, 33동 305호(성산동, 시영아파트)
전 화 02) 323-8921
팩 스 02) 323-8920
이 메 일 magicsina@naver.com
I S B N 978-89-93342-40-6

넥센 히어로즈의 장외 명물

페이머스

Famous

테드 스미스 지음
김현성 번역

매직하우스

이 책을 한국의 젊은 세대에게 바칩니다.
그들의 넘치는 에너지가 용기를 주었기에,
지긋지긋한 직장을 그만두고
꿈을 향해 달려갈 수 있었습니다.
저도 누군가에게 같은 용기를 주고 싶다는 바람으로
이 책을 씁니다.

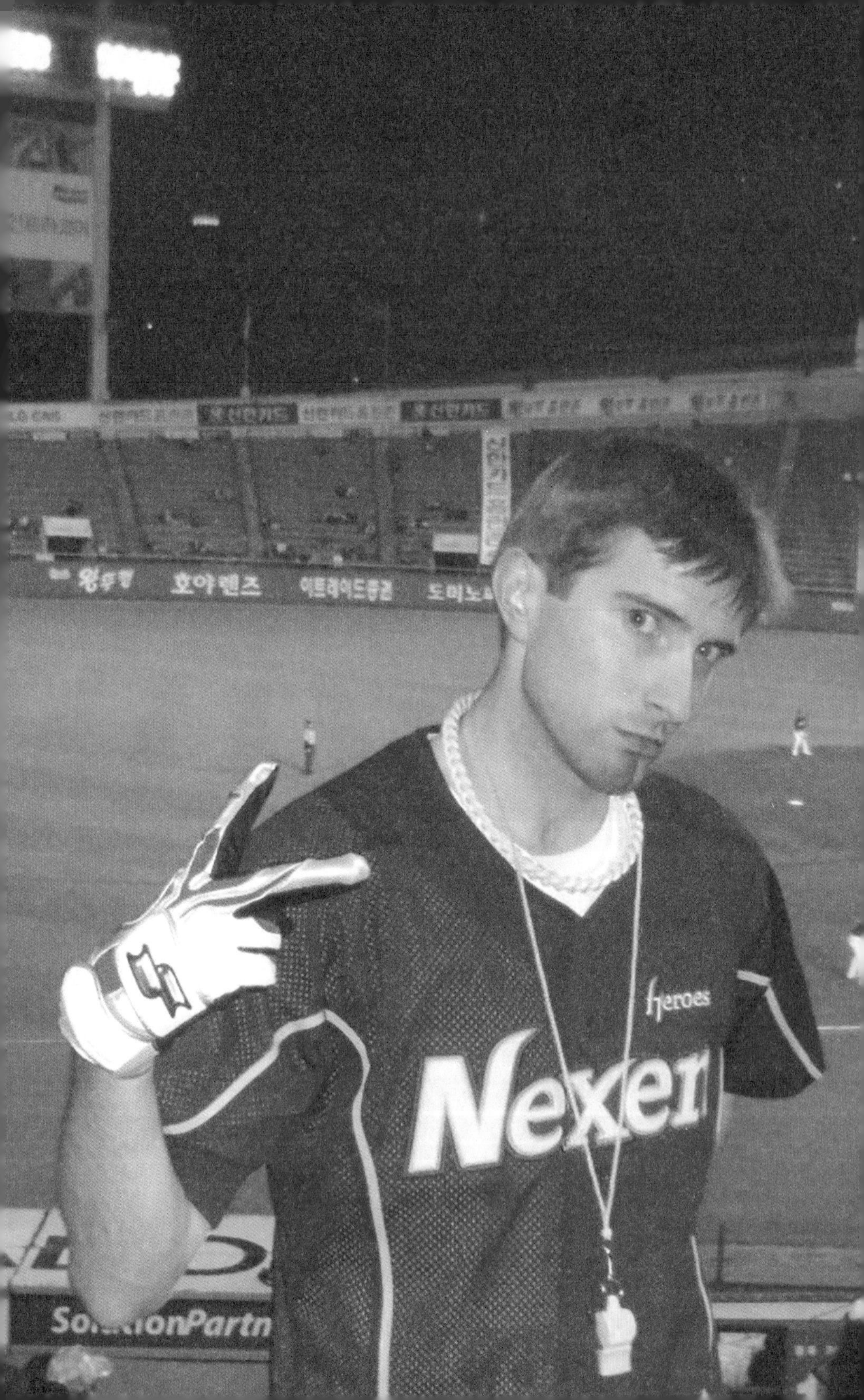
heroes
Nexen

차례

전 국민이 너를 알아!

나는 가장 떠들썩해 보이는 팬 몇 명을 모아 긴급 응원단을 조직했다. 가져온 응원 도구를 나눠 갖고 나니, 누가 응원을 이끌 것인지가 문제가 되었다. 일단 장비를 많이 가져왔고 그나마 경험이 많다는 이유로, 나는 국가대표팀을 위한 최초의 외국인 응원단장으로 선발되었다.

전 국민이 너를 알아!

N 응원단장은 관중의 열정을 끌어올리기 위해 다양한 기술을 사용하면서, 관중이 본디 가지고 있는 힘에 모양을, 형상을, 더 높은 이상을 부여해야 한다.

2013년 3월 2일. 대만 타이중(臺中)시 탄즈(潭子)구 리츤호텔.

전화를 받은 건 밤 11시 반 경이었다. 호텔 방의 투톤 가죽 소파에 앉아, 주황색 카펫 위로 바퀴벌레들이 기어 다니는 흥미로운 광경을 보고 있었다. 살아있는 바퀴벌레를 본 것은 생전 처음이었다. 내가 원래 살던 곳은 바퀴벌레에게는 너무 춥고 건조했으니까 말이다. 대륙성 기후인 한국으로 이사를 온 후에도, 이들과 직접 대면할 기회는 좀처럼 없었다. 내가 그나마 바퀴벌레의 존재를 알게 된 것은, 약속이나 한 듯 이 곤충을 불결함의 대명사로 꼽는 미국의 미디어 때문이다. 특히 '더러운 호텔 방의 바퀴벌레'란 진부하기 짝이 없는 식상한 장면이다. 나는 눈앞에 보이는 이것이 과연 독일 바퀴벌레(학명 : Blattella Germanica)의 사촌격인 아시아 바퀴벌레(학명 : Blatella Asahinai)가 맞는지 확인을 해야겠다고 생각했다. 휴대폰을 꺼내 이 둘을 구분하는 방법에 대한 문단을 읽는 차, 전화가 걸려와 화면이 바뀌었다. 서울에 있는 조동기였다.

여보세요, 하고 말을 하기도 전에 동기는 "Dude!" 하고 소리를 질렀다. 내가 맥길대학교(McGill University) 졸업반일 때 몬트리올에서 만났으니, 동기를 안 지는 어언 4년이 됐다. 당시에는 영어를 거의 못하던 동기에게 dude라는 말을 가르쳐 준 게 나였다. "Dude, 중계방송에 네가 나왔어! 아나운서들도 네 애기를 하고! 전 국민이 너를 알아!"

"전 국민이?"

'그럴 리가…' 하고 생각했다. 한국은 인구가 5천만에다 산업화를 졸업한 나라다. 대개 애국심이 강하고 관람 이벤트를 좋아하는 사람들이라, 국가대표팀이 경기를 할 때마다 시청률은 동 시간대 최고를 기록했다. 아무리 그래도 전 국민이라고? 동기는 과장을 하는 게 분명했다. 기껏해야 천만 명 정도겠지.

"몇 회에 내가 나왔는데?" 내가 되물었다. 7회 이후라면 다들 채널을 돌렸을 터였다. 3월 2일에 한국은 2013년 월드베이스볼클래식(WBC: World Baseball Classic) 첫 경기에서 네덜란드에 영패를 당했던 것이다.

"기억 안나, 근데 dude… 너 진짜 유명하다고." 동기는 호들갑을 떨며 말했다. 바퀴벌레들이 다시 시야에 들어왔다. 기묘하게 직선을 그리며 움직이는 모양새를 몇 초간 바라보는 사이 문득 그 말뜻이 이해가 됐다. 내가? 유명해? 그럴 수도 있겠지. 그저 예전에 비해서는 조금 더 유명한 정도랄까.

그 날 내가 북을 들고 경기장에 들어섰을 때 박수갈채를 받기는 했다. 뉴스 카메라와 리포터들은 '넥통령'과 인터뷰를 하려고 줄을 섰고, 몇 십 명의 야구팬들이 함께 사진을 찍자고 했다. 하지만 그런 일은 이미 익숙해져 있었다. 유니폼을 입고 야구 경기장에 입장할 때면 꼭 어느 정도의 반응이 뒤따라왔다.

혹 모르시는 독자들을 위해 설명하자면, 나는 야구 선수가 아니다. 뿐만 아니라 정식으로 야구를 해 본 적도 없다. 야구에 가장 가까운 경험이라면 기껏해야 회사 사람들과 했던 소프트볼 정도지, 다시 말하지만 선수도, 스카우트도, 기자도 아니다. 나는 응원단장이다.

한국 사람이라면 대부분 응원단장이 어떤 일을 하는지 알 테지만 한번 짚고 넘어가도록 하자. 응원단장이란, 동아시아 스포츠 문화에서만 찾아볼 수 있는 일종의 전문직이다. 응원단장은 응원을 이끈다는 점에서 말 그대로 치어리더이지만, 일반적인 치어리더보다 많은 역할을 수행하고 있다. 진행자, 연설자, 싱어송라이터, 댄서, 드러머, 동시에 이 모든 것을 합쳐 놓은 자리인 것이다. 응원단장은 관중의 열정을 끌어올리기 위해 다양한 기술을 사용하면서, 관중이 본디 가지고 있는 힘에 모양을, 형상을, 더 높은 이상을 부여해야 한다. 제각기 다른 소리를 하나로 모은다는 점에서 오케스트라의 지휘자와 같다고 할 수 있다.

한국에서 응원단장은 사실 돈을 받는 직업이다. 하지만 내 경우는 직업이 아니다. 나는 아마추어니까. 아니, 그보다는 응원단장 트레이닝 중이라고 말하고 싶다. 지금 살고 있는 곳인 서울의 신생 팀인 넥센 히어로즈를 위해 봉사를 하는 것이다. 내가 넥센을 위해 튀는 짓거리를 하고 다닌 탓에 한국의 야구 커뮤니티 내에서는 말이 많았다. 요란한 의상을 입고, 원정 경기에 가서 무시무시한 홈 팬들과 맞서고, 각종 전통 악기와 서양 악기를 짊어지고 나타나는 등 말이다. 이따금씩은 수백 킬로미터 떨어진 원정 경기에 가 보니 내가 유일한 넥센 팬이었던 경우도 있었다. 대만에서도 그 짓을 하고 있었던 것이다.

2013년 WBC의 B조 예선 경기는 대만 타이중에서 열렸다. 넥센에서 국가대표로 호명된 두 명의 선수는 구원투수 손승락과 유격수 강정호였다. 히어로즈를 대표할 누군가가 있어야 한다는 생각으로 나는 1,588킬로미터를 날아갔다. 20kg의 장비를 끌고 도착한 타이중저우지야구장(臺中市洲際棒球場)에서, 나처럼 숭고한 목적을 갖고 온 한국인들을 50여 명 만날 수 있었다. 그런데 경기 시작 15분 전에야 들은 소식에 따르면, 공식 응원단은 내일 밤에 도착한다지 뭔가. 나는 가장 떠들썩해 보이는 팬 몇 명을 모아 긴급 응원단을 조직했다. 가져온 응원 도구를 나눠 갖고 나니, 누가 응원을 이끌 것인지가 문제가 되었다. 일단 장비를 많이 가져왔고 그나마 경험이 많다는 이유로, 나는 국가대표팀을 위한 최초의 외국인 응원단장으로 선발되었다.

©osen

우리는 5대0으로 졌다. 지난 대회 은메달이었음에도 불구하고 7위 네덜란드에게서 한 점도 따내지 못했다. 경기가 끝나자, 1회와 2회 동안 경기를 방해했던 비가 다시 내리면서 우리를 비웃는 듯 했다. 한국에서 온 팬들은 이제는 작은 무리로 흩어진 채 굉장히 괴로운 표정을 하고들 서 있었다. 날은 추웠다. 마치 진주만의 처참함을 연상시키는 순간이었다. 진주만 습격 말고, 처참하게 재미없는 마이클 베이의 영화 말이다. 모두들 이걸 돈 내고 본 게 아깝다며, 고개를 절레절레 흔들며 경기장을 나섰다.

믿음이 흔들린 사람들은 각자의 호텔을 찾아 순식간에 흩어졌다. 승리라는 꿈을 통해 하나가 되었던 절실한 팬들이, 이제는 택시를 놓고 싸우는 사이가 되었다. 이미 버스가 끊긴 늦은 시간이었다. 한국인 교환학생들은 같이 술을 마시자는 나의 제안을 받아 주지 않았다. 나는 혼자 외로이, 차편도 찾지 못한 채 20kg의 짐을 끌면서 4km미터 떨어진 호텔로 발걸음을 옮겼다.

안개 낀 어둠 속에서 논과 조용한 시골집들을 지나 꾸역꾸역 한참을 걸었다. 그렇게 한 시간이 지나서야 호텔이 위치한 탄즈 마을에 도착했다. 지칠 대로 지치고, 온 몸은 축축하고, 마디마디가 쑤셨다. 땀과 함께 오늘 경기의 기억을 지우려 했지만, 샤워기에서는 뜨거운 물이 나오질 않았다. 혼자 술이나 마시기로 마음먹었다.

아래층으로 내려가, 호텔 직원에게 이 동네에 술집이 있는지를 물었다. 하나도 없단다. 가장 가까운 곳은 택시로 30분 떨어져 있는, 정부에서 지정한 술집 밀집 구역이라는 것이었다. 알고 보니 타이중은 한때 범죄 조직의 도시였고, 모든 술집은 돈세탁을 위한 창구 역할을 했다고 한다. 범죄를 처단하기 위해 당시 시장은 의심이 가는 모든 술집을 불시 단속하고 면허를 정지시켜 버렸다. 그 결과로 폭력배들은 검은 돈을 숨길 수 없게 되었지만, 시민들은 팍팍한 현실로부터 숨을 곳이 없어져 버린 것이었다. 다급해진 나는 간판 없는 무허가 술집이라도 있는지 물어봤지만 직원은 그런데 휘말리고 싶지 않다며 손을 저었다. 대신 바로 근처에 세븐일레븐이 있다고 알려 주었다.

기린 라거를 몇 캔 사들고 들어와 티비를 켰지만 죄다 중국어 방송뿐이어서, 나는 꼼짝없이 방 안의 요상한 70년대 풍 인테리어나 구경하게 되었다. 여기에 바퀴벌레가 득실거린다는 걸 알아챈 건 그 때였다. 이보다 더 최악일 수가 있을까. 통장 잔고는 줄어들고 있는 와중에 700달러나 들어서 왔더니, 술집도 하나 없는 대만의 지저분한 변두리 동네에서 한국이 네덜란드에게 형편없이 패하는 상황이라니. 내가 유명인사라고? 나한테는 하나도 와 닿지 않는 걸….

동기와 통화를 하고 나니 바퀴벌레들은 사라져 있었다. 나는 서글픈 마음까지 들었다. '바퀴'랑 '벌레'라고 이름도 붙여 줬었는데. 내가 오죽 심심했으면 그랬을까. 그 둘이 벽을 향해 달리기 시합을 할 때 나는 '벌레'를 응원했었다. 내 쪽에서 가까이 있는 놈이 '벌레'였다. 나는 언제나 약한 쪽을 응원하는 버릇이 있는데, 내 자신부터가 이때껏 승자가 돼 본 일이 거의 없어서 그런 걸지도 모른다. 달리기 시합에서는 누가 이겼을지 궁금해졌다.

아직 시간은 밤 12시가 안 됐는데, 술은 떨어졌고 하나도 졸리지 않았기에 다시 술을 찾아 세븐일레븐으로 향했다. 밖으로 나가 보니 어느새 하늘은 맑아져 있었다. 도시 외곽으로 나온 만큼, 별은 엄청나게 많이 보였다. 도시에서 이렇게 별을 본 게 얼마만이었을까. 서울은 너무 큰 데다 빛 공해가 많았다. 잘해야 금성 정도 볼 수 있고, 가끔 하늘이 특히 맑은 날에나 오리온자리가 보이는, 정말 큰 도시다. 인구가 1,000만 명이고 서울을 둘러싼 수도권 지역에 또 1,000만 명이 살고 있으니, 그걸 합치면 나라의 거의 절반인 셈이다. 사람들이 거리를 꽉꽉 메우는 이런 곳에 사노라면 내 자신이 정말 작게 느껴질 때가 있다. 별을 보고 있어도 같은 느낌을 받긴 하지만, 별은 나로 하여금 정신이 번쩍 들게 한다는 차이가 있다. 우주의 광활함과 대조되는 인간의 보잘것없음을 깨달으면 우리는 생각에 빠지기 마련이다. 우리는 어디에서 와서 어디로 가는가, 왜 꿈을 꾸는가, 따위의 익숙한 질문들.

여섯 캔들이 맥주를 사 들고, 걸어오면서 한 캔을 땄다. 시원한 맥주를 마시며 하늘의 별을 바라보다 문득 생각했다. 만약에 동기 말이 맞다면? 내가 정말 전국적으로 유명한 사람이 된 거라면? 티비에 나오게 될까? 옷이나 남자 화장품 광고라도 찍으려나? 영화에 카메오로 나오게 될까? 중반부에 등장해서 주인공에게 모든 상황과 음모를 알려주는 카리스마 있는 외국인 역할로 말이지. 구로의 아파트 대신 하이페리온에 사는 건가? 티뷰론을 팔고 포르쉐를 사 버려? 휴가는 슈퍼 모델 여자친구와 같이 발리로 가려나? 컵라면과 캔커피로 점철된 식단을 드디어 버리고, 한우 스테이크에다 바리스타가 우유거품으로 장식한 라떼를 마시게 될까?

나는 다 마신 맥주 캔을 가로등 옆에 쌓인 쓰레기더미에 던졌다. 말도 안돼. 테드 스미스, 김칫국 마시지 말자. 원래 그렇잖아. 당장은 유명하다고 하더라도, 월요일이면 사람들은 네 이름마저 잊어버리겠지. 방으로 돌아오니 '벌레'는 잘 자라는 인사라도 하려는 듯 나를 기다리고 있었다.

N이 모든 전설적인 인물들을 마주하고 뭐라도 말을 하고 싶었지만, 사실은 할 말이 없었다. 우리는 모두 씁쓸함, 당혹감, 심지어 창피함 등의 감정과 속으로 씨름하고 있었으리라.

2013년 3월 6일. 대만 타오위안(桃園)현 타오위안국제공항.

늦은 오후, 공항에서 강정호 선수와 마주쳤을 때 우리는 둘 다 서울로 돌아가는 길이었다. 누군지 기억이 안 나는 다른 선수와 함께 마사지 의자에 앉아 있는 걸 보았다. 강정호 선수는 전날 밤 역전 홈런을 터뜨리며 대만을 상대로 3대 2로 승리했지만, 상황은 이미 역부족이었다. 다음 라운드에 진출하기 위해서는 5점 차 승리가 필요했지만 우리는 득실차에 의해 실패하고 말았다.

나는 강정호 선수와 이런저런 얘기를 잠깐 나눴다. 그리고 넥센의 대표로서 최선을 다해 줘서 고맙다는 말을 전하고, 같이 사진을 찍자고 부탁했다. 지난 한 주를 기념할 뭔가를 갖고 싶었기 때문이다. 결과야 어쨌든 그의 첫 WBC 경기이자, 내가 처음(이자 아마도 마지막)으로 응원을 이끈 국제 매치이기도 했으니까 말이다. 잠깐 동안이지만 유명인과 나란히 스포트라이트 앞에 서서, 언젠가 미래의 내 아이들에게 보여 줄 증표를 남겼다.

우리는 지난 여름 동안 거의 매일 만났기에, 대화를 하는 건 드문 일은 아니었다. 같은 건물 다른 층에서 일하는 회사 동료 정도의 느낌이랄까. 진짜 드문 일은 그 다음 순간 일어났다.

나는 강정호 선수에게 또 보자고 인사를 하고 선글라스를 사러 면세점으로 향했다. 이번 주에 닥친 많은 불행 중 하나는, 웬 허름한 도로변 건물의 지저분한 화장실에 내 선글라스를 두고 온 일이었다. 나는 선글라스에 있어서만은 아주 깐깐해서 검정색 레이밴 웨이페어러(Ray-Ban Wayfarer)만 고집하는데, 영화 〈위험한 청춘[1]〉에서 톰 크루즈가 쓰고 나왔다는 게 그 이유다. 나와 닮았다는 그 톰 크루즈…. 아무튼 면세점에서 나에게 맞는 사이즈를 찾은 것부터가 작은 기적이었다. 내 머리는 머리카락을 기르지 않으면 7¼ 사이즈 야구 모자가 헐렁할 정도로 너무 작으니 말이다. 아시아에서 내 사이즈의 선글라스를 찾는 건, 동양인 여자가 미국에서 자기 피부톤에 맞는 화장품을 찾는 것만큼이나 하느님이 보우하신 일이었다. 이 글을 읽는 분들도 둘 중 한 사례에 공감할 수 있다면 좋겠다.

화려한 호피 무늬 스웨터에 새 선글라스를 끼고 매장을 나오는 데 벌써 기분이 좋았다. 그런데 통로 맞은편의 스무디 가게에 있는 이대호 선수가 눈에 띄는 게 아닌가. 일단 우와… 이대호 선수와 사진을 찍으면 친구들은 부러워 죽을 텐데… 하는 생각이 들었다. 그가 있는 쪽을 향해 가려는데 그가 나를 발견하고는 말했다. "어, 테드쩡이잖아."

나는 어떻게 해 할 지 몰라 얼어붙었다. 뭐라고 말하지? 무슨 생각을 해야 하지? 굳은 채 고개를 숙여 인사를 하고는, 자리를 피해서 숨을 고르려고 하자마자 나한테 사인을 해 달라는 4인 가족과 맞닥뜨렸다. 그러자 두 명이 더 사인을, 또 같이 사진을 찍기를 요청해 왔다. 어느새 사람들은 줄을 섰고, 비행기의 탑승 안내 방송이 나올 때까지 나는 꼼짝할 수가 없었

---

1) 원제 "Risky Business".

다. 게다가 지나가던 진짜 야구 선수들도, 나를 보려고 줄을 서지 뭐야!

드디어 도착한 탑승구에는 국가대표팀이 한 명도 빠짐없이 모여 있었다. 지친 얼굴을 한 30여 명의 선수와 열두어 명의 스태프들은 칙칙한 파란색 수트에 재미없는 줄무늬 타이를 메고 있었다. 모두 입을 다문 채였다. 분위기를 깨뜨리지 않으려는 듯, 간혹 있는 대화는 모두 침울한 귓속말로만 이루어졌다. 장례식을 연상케 하는 순간이었다. 그에 반해 너무 신나 있고 바보 같아 보이는 나 자신을 발견했다. 선수들 몇 명이 나를 쳐다보는 게 느껴졌다.

먼저 (볼넷 2개에 2득점이었지만) 11타석 무안타를 기록한 SK 와이번스의 올스타 2루수 정근우. 그리고 역시 타율 0.000에, 9타석에 5삼진이라는 놀라운 기록을 세운 롯데의 올스타 포수 강민호가 있었다. 전준우, 최정, 김태균 선수는 모두 0.333로, 나쁘지 않은 성적이었다. 투수로는 윤석민이 있었다. 토요일에 2점만 내주면서 좋은 스타트를 끊은 장본인이었다. 패배할 만한 플레이가 아니었다. 실망스러웠던 건 공격이었다. 사실 나는 손승락을 편애하긴 하지만, 한국 자타공인 최고의 마무리 투수 오승환도 있었다. 손승락은 방 건너에서 나를 보고 애써 미소를 지어 주었다. 그는 지난주 2⅓이닝 평균 자책점 3.86를 기록했는데, 좋다고는 할 수 없는 성적이었다. 나도 그를 향해 웃어 보였지만, 창피한 마음에 우리는 둘 다 재빨리 고개를 돌리고 말았다. 서로에게 안쓰러운 마음이 들어서였을까.

이용규와 이승엽은 축 처진 어깨를 하고 나란히 서 있었는데, 그 두 명이 5년 전 베이징에서도 연출했던 장면이, 역사의 장난처럼 똑같이 반복됐다. 이승엽은 나와 눈이 마주치자, 나를 알아봤다는 뜻으로 아주 살짝 (사실 거의 눈에 띄지 않았지만) 고개를 끄덕 해 주었다. 조금 후에 설명하겠지만, 이것은 나에게 있어서 그 주 내내 일어난 일 가운데 대박 중의 대박 사건이었다.

화장실에 가는 길에 다른 선수들과 더 마주쳤다. 그 중 몇몇은 한국어로, 혹은 영어로 인사를 해 왔다. 나머지 선수들은 바닥만 쳐다보고 있었는데, 마치 담배를 피우러 나왔는데 나눠 피울 담배를 아무도 안 가져온 흡연자들 마냥 어색한 자세를 하고 있었다. 소변을 보는 내 옆에는 2회 연속 우승에 빛나는 삼성 라이온즈의 류중일 감독이 있었다. 말을 걸기에는 뭔가 부적절한 상황인 것 같아, 그냥 속으로 삼켰다. 이 모든 전설적인 인물들을 마주하고 뭐라도 말을 하고 싶었지만, 사실은 할 말이 없었다. 우리는 모두 씁쓸함, 당혹감, 심지어 창피함 등의 감정과 속으로 씨름하고 있었으리라. 돌아오는 비행기 안은 대기실만큼이나 어색한 분위기로 가득 찼다. 선수들과 팬들이 짐을 찾으러 다시 모였을 때에도 그 참담한 분위기는 가시지 않았다. 입국장 앞에는 의욕 없는 기자들이 이번 참패의 의미나 원인을 찾으려 기다리고 있었지만 딱히 새로운 대답을 들을 수는 없었다. 결과는 단순명료했다. 우리가 졌다는 것.

내 북이 수하물 중 맨 마지막에야 나오는 바람에 한 시간을 기다렸다. 내가 게이트를 나서던 시간에는 이미 모든 환영 인파며 리포터들이 가 버린 뒤였다. 구로동 집으로 돌아가는 쓸쓸한 외국인을 알아봐 주는 사람은 아무도 없었다. 하지만 그 다음날은 얘기가 달랐다.

다음날은 잔뜩 흐리고 비가 왔지만, 대만으로 출발했던 날보다는 따뜻했기에 안양천에서 산책을 감행하기로 했다. 아파트 카페에서 커피를 사 들고 나서는데, 친구들과 막걸리를 마시던 웬 중년의 아저씨가 길을 막았다. 시간은 아침 열 시 반쯤이었다. "어이 거기 너!" 아저씨는 느닷없이 나에게 말을 걸었다. "너 걔 아니냐? 그 뭐야, 넥통령 걔?"

나는 머뭇거리다가 대답했다. "어, 네… 전데요. 왜요?"

"저번에 너 티비에서 봤다. 대만에 간 거. 너 짜식 잘했어. 그 놈들이 실망을 시켜서 그렇지. 류중일 X 까라 그래. 그 새X 반역죄로 처단해야 돼. 너는 임마 좋은 놈이야. 니가 비록 겉은 백인이지만 속은 한국인인 거 다 알아." 아저씨 딴에는 칭찬을 한 것이었으리라. "여기 앉아라, 같이 술이나 마시자."

안될 거 뭐 있나. 직장이 있는 것도 아니고. 그렇게 나는 그 아저씨와, 아저씨의 다혈질 친구들과 함께 한 시간 정도 술을 마셨다. 나는 원래 모르는 사람들과 종종 술을 마시기로 유명하다. 하지만 그 날 아침이 특별했던 이유는, 유니폼을 입지 않았는데도 누가 나를 알아봐 준 최초의 사건이었기 때문이다. 그 때까지 나는 옷을 입고 안 입고에 따라 자아가 두 개로 분열된 상태였다. 그 자아는 슈퍼맨과 클라크 켄트(Clark Kent)같이 서로 공존할 수 없는 사이였는데, 이제야 비밀이 밝혀진 것이다. 사람들은 진짜 나를 알아주었다.

그로부터 몇 주간, 더 많은 신문 기사며 방송이 쏟아지자, 내 이름도 덩달아 블로그와 인터넷 채팅방에 등장하기 시작했다. 진실은 물론 각종 추측도 쏟아졌다. 어딜 가든지, 사복 차림의 나를 알아보는 사람들이 있었다. 3월 중순에는 3일 내내 밥값도 음료수 값도 낼 필요가 없던 날들도 있었다. 어떤 식당이나 카페, 바를 가더라도 사람들은 나를 티비에서 봤다며 기꺼이 내 몫까지 내는 것이었다. 심지어 그런 일들은 한국을 떠나서도 계속되었다. 도쿄에서도, 샌프란시스코에서도 나를 아는 한국 사람들을 만날 수 있었다.

그리고 25일에는 한국의 내 아파트로 돌아와, 기적 같은 티비 출연 요청이나 책 계약을 기다렸다. 당시 그런 일은 일어나지 않았지만, 뭐 어쨌든 동기의 말은 옳았다. 내가 유명하다는 것은 이미 기정사실이었다.

미국의 신문들은 그 특유의 차분한 어조로 한반도에 전쟁이 일
어날 거라고 예언했다. 주식시장에 여파가 닥치고, 원화는 하락
했으며 비행기표 역시 엄청나게 싸진 덕분에 나는 한국 왕복 티
켓을 600달러에 살 수 있었다. 그 정도면 설사 핵전쟁이 일어난
대도 죽음을 무릅쓰고 갈 정도의 헐값인 거다. 가족들은 가지 말
라고 나를 뜯어말렸지만, 나로서도 어쩔 수가 없었다.

1회초

N 때마침 올림픽 금메달전에서는 한국과 쿠바가 맞붙는 상황이라, 나는 아주 단순한 도박을 하기로 마음먹었다. **한국이 이기면 한국어 수업을**, 쿠바가 이기면 스페인어 수업을 듣기로.

2008년 8월 22일. 중국 베이징(北京) 우커송야구장(五棵松棒球場).

7회 말. 올림픽 4강전의 점수는 2대2를 기록하고 있었다. 한국과 일본이라는 극동의 두 강국은 비록 유전적, 언어적으로 연결되어 있지만, 피로 얼룩진 지난 400년간의 반목으로 인해 틀어질 대로 틀어진 사이였다. 2대2의 동점 상황은 두 나라간의 갈등을 제대로 나타내는 듯 했다. 일본의 구원 투수 이와세 히토키(岩瀬仁紀)는 김현수를 삼진시키고, 이용규가 1루에 남았다. 1사 1루 상황에서 이승엽이 타석에 섰다. 지구 반대편, 아직 8월 21일인 캘거리에서 나는 소파에 앉아 생중계를 시청하는 중이었다.

이승엽을 알게 된 건 그가 요미우리 자이언츠에서 뛰었었기 때문이다. 나는 대학 시절 3번의 여름 방학을 도쿄에서 보냈고, 도쿄돔 경기에서 이승엽을 볼 기회가 여러 번 있었다. 그가 아시아 홈런 기록[1]을 보유하고 있다는 것과, 20대 때 세계 최연소로 300홈런을 친 선수라는 것은 알고 있었다.

---

1) 도쿄 야쿠르트 스왈로즈의 블라디미르 발렌틴(Wladimir Balentien)이 2013년 신기록 달성.

이승엽은 단번에 두 개의 스트라이크를 쳤다. 이와세가 다시 공을 던졌고, 이승엽은 파울을 치고는 플레이트에서 물러섰다. 아나운서들은 예선전과 비교해서 이승엽의 기록이 실망스럽다는 얘기를 하는 참이었다. 그럴 만도 한 것이, 이승엽은 엄지손가락 부상을 입은 채 0.136의 타율에 머물러 있었던 것이다. 그는 다시 앞으로 발을 내딛었다. 결정적인 투구였다.

공을 치는 것만 보고도 홈런이라는 감이 올 때가 있다. 그런 감은 오지 않는 타격이었다. 공은 높이 솟았고, 보이지 않게 되었지만 이나바 아츠노리(稲葉篤紀)가 펜스 쪽으로 뒷걸음질을 치는 사이 관중석의 웅성거리는 소리가 우렁찬 함성으로 변했다. 공이 그의 바로 위 외야석에 떨어지는 순간, 이나바는 포기한 듯 팔을 내렸다. 믿기 힘든 광경이었다.

32살의 이승엽이 입을 헤 벌리고 어리버리한 웃음을 띤 채, 만세를 부르며 베이스를 도는 모습은 마치 엄마를 쫓아가는 어린아이 같았다. 그 장면은 절대 잊지 못할 것이다. 플레이트에서 이용규와 양 손으로 하이파이브를 하고, 덕아웃에서는 잃어버렸던 형제를 찾은 것 마냥 환대를 받는 동안 표출된 있는 그대로의 감정을 보고, 나는 한국인의 정(情)이란 것을 처음으로 느꼈다. 영어로는 보통 애정(affection)이라고 번역이 되지만, 정은 그보다 더 미묘하면서, 또 더 거대한 것이다. 정은 한 국가만큼 크며, 국가보다도 크기도 하다. 정은 그것을 이해하기 위해서는 설명보다도 일단 느껴야 하는 것이다. 정을 낯설어 하는 사람들을 위해 나름 풀어 써 본 것인데, 설명의 미숙함에 대해 한국 분들에게 양해를 구한다.

정은 가족 간의 유대와 같은 것인데, 커뮤니티 전체로까지 아주 자연스럽게 퍼져나간다. 크건 작건, 목적이나 경험을 공유하는 어떤 단체에나 정이 존재한다. 아무튼 이것이 무엇이든 간에, 티비를 통해 똑똑히 볼 수 있었다. 정은 내 마음을 사로잡았다. 무슨 일이 있어도 내일 경기를 놓칠 수 없었다.

4강전이 끝나고 결승전이 시작하기까지의 28시간 동안 사실 나는 인생의 중대한 기로에 섰다. 이제 맥길대학교에서 졸업반이 될 참이었는데, 지난 몇 달 간 수강신청과 졸업 여부를 묻는 이메일을 줄곧 무시하고 있었던 것이다. 개강이 1주일 남짓 남은 이 시점에 마지못해 수업 시간표를 짜기 시작했다. 그제서야 깨달은 암담한 사실은, 모든 수업을 다 들어도 졸업하기에 3학점이 모자란다는 것이었다.

나는 1학년 때 한번 낙제를 받은 적이 있었다. 당시에는 아무렇지 않게 코웃음을 쳤지만 3년 후 이게 뒤통수를 칠 줄이야(그것도 엄마가 예견한 그대로). 하지만 학교를 한 학기 더 다녔다가는 졸업 후 계획이 모두 뒤틀릴 터였다. 다행히 맥길에는 보통의 3학점짜리 수업과 다르게, 주 5일 수업에 학기 당 4.5학점을 받을 수 있는 집중 어학 코스가 있었다. 1년짜리 집중 코스에 다른 수업 네 개를 들으면, 딱 3학점을 더 채워 제때 졸업을 하고 어른들의 세계로 갈 수가 있는 셈이다.

하지만 무슨 수업을 골라야 하나? 시간표에도 들어맞으면서, 전공 요건도 충족시키는 수업은 한국어와 스페인어뿐이었다. 때마침 올림픽 금메달전에서는 한국과 쿠바가 맞붙는 상황이라, 나는 아주 단순한 도박을 하기로 마음먹었다. 한국이 이기면 한국어 수업을, 쿠바가 이기면 스페인어 수업을 듣기로. 그리고 이승엽은 또 한 건 했다.

1회에 좌측으로 날린 2점 홈런은 그대로 쿠바 팀의 운명을 결정지었다. 나에게 새로운 영웅이 생김과 동시에 고민 역시 해결되었다. 그 주 주말에 나는 학교가 있는 몬트리올로 떠났고, 한국어 수업 첫 시간에 한국 이름을 정하게 되었다. 수업을 같이 들은 친구들은 여전히 나를 이 이름으로 기억하고 있다. 승엽 스미스.

1회말

N 지나갈 수 없을 만큼 빽빽하게 길을 메운 **40만** 개의 몸이 박자에 맞춰 움직일 때, 그 속에 나도 속할 수 있다면. 광장에 그 많은 사람들의 함성이 메아리친다면. 고대 스칸디나비아 서사시에 나오는 바다에 대한 묘사와도 맞닿아 있는 광경이었다.

2010년 6월 12일. 대한민국 서울특별시 종로12길.

"저 사람이야! 저기! 저 사람!" 무리의 우두머리는 목청을 높였다. 붉은 불빛 사이로 정확히 나를 가리키는 그의 팔을 보았다. 붉은악마 무리가 거칠게 휘몰아치듯 나를 에워쌌고, 그들의 뿔 머리띠는 먼 옛날의 바너드 루프처럼[1] 빛났다. 나를 죽이려는 것인지, 친해지고 싶어 하는 것인지 알 수가 없었다. 오직 내 티셔츠 색만이 내 운명을 결정할 수 있었다.

순식간에 몰려들었던 것처럼, 순식간에 그들은 멈춰 섰다.

맨 앞줄이 쭈그려 앉았다. 뒷줄은 몸을 앞으로 굽혔다.

모두 귀를 기울였다.

나는 주먹을 쥐고 하늘 높이 쳐들며 외쳤다.

"이겼다!"

---

1) Barnard's Loop. 오리온 자리의 붉은색 성운.

"이겼다!!!" 사람들의 괴성이 메아리쳤다. 바로 이런 장면을 보고 시인 존 밀튼은 '아수라장(pandemonium)'이란 단어를 고안한 게 아닐까…. 사람들은 주문에라도 걸린 양, 한 순간 일제히 다시 나를 덮쳤다. 내 팔다리를 잡고 인파 위로 들어 올리면서도 그들은 아까의 함성을 멈추지 않고 있었다.

2010 FIFA 월드컵 조별리그 1차전에서, 랭킹 48위의 한국 대표팀이 16위의 그리스를 방금 2대0으로 격파한 것이었다. 온 도시가 떠나갈 듯 했다. 모든 국민들이 2002년의 영광이 재현되기를 바라고 있었다. 내가 8,505 킬로미터를 날아 한국에 온 목적이 바로 이런 일대 혼란을 두 눈으로 목격하기 위해서였다.

나는 2002년 월드컵 때, 처음으로 한국을 하나의 나라로 뼈저리게 인식하게 되었다. 그보다 어린 시절에는 지도를 보고 한국의 존재를 희미하게나마 알고 있었고, 가족들과는 가끔 캔모어에[2] 있는 한국식 바베큐 식당에도 가곤 했다. 하지만 여전히 한국은 나에게는 추상적인 곳에 불과했다. 달의 뒷면이라든지 나니아 연대기의 나니아와 동급인 정도였다. 어떤 사람들이 살고 있을지 상상하는 게 불가능했을 뿐 아니라, 딱히 상상해 볼 생각도 하지 않았다. 아빠의 서재에는 조지프 C. 굴든(Joseph C. Goulden)의 『한국전쟁: 알려지지 않은 이야기[3]』라는 두껍고 무거워 보이는 책이, 내 손이 닿지 않는 책꽂이에 꽂혀 있었던 게 기억난다. 책 커버에는 커다란 태극 문양이 있고, 어렵게 생긴 4괘가 이를 단정하게 둘러싸고 있었다. 서재에 갈 때마다 내 시선은 그 책으로 향했다. 그러던 중 캘거리 글래드스톤 로

---

2) Canmore. 캘거리에서 서쪽으로 약 80 킬로미터 떨어진 도시.

3) 원제 "Korea: the Untold Story of the War"

드(Gladstone Road)에 있는 'J. J. Lee 태권도 무술 학교'의 현관문에 같은 문양이 있는 걸 발견하고서야 나는 태권도가 한국 것인 줄 알게 되었다. 또 우리 학교 음악 밴드 수업에는 플루트를 부는 '킴'이라는 여자애가 두 명 있었는데, '킴'이 이름이 아니라 성이라는 데 한번 놀랐고, 그 둘이 가족이 아니라는 사실에 또 한번 놀랐다. 2002년, 한국에 대한 나의 이런 막연한 이미지를 뒤엎고 국가적 단합을 여실히 보여 준 사건이 있었으니, 바로 붉은악마였다.

1995년에 창단된 붉은악마는 대한민국 국가대표 축구팀의 공식 응원단이다. 2006년 월드컵 당시 공식 회원 수는 30만 명 정도였으나, 비공식 회원은 이루 헤아릴 수가 없었다. 붉은악마라는 단어는 마치 '한국인'과 동의어로 쓰일 수 있을 정도였다. 붉은 티셔츠를 맞춰 입고, 불이 들어오는 뿔을 머리에 단 무리들은, 중세 시대의 군대처럼 거대한 현수막과 국기를 휘날리며 경기장에 출몰했다. 더 엄청난 건 그들이 내는 소리였다. 북과 징을 비롯해 소리를 내는 온갖 도구들을 동원하고, 그보다도 양손과 목청을 이용해, 지옥에서 올라온 것 같은 소음을 만들어냈다.

중학교를 졸업하고 고등학교 진학을 앞두고 있던 여름, 나는 그 때 15살이었다. 2007년과 2012년을 제외하면 내 인생에서 가장 행복했던 여름이었다. 어딜 가나 당시의 히트곡이었던 에미넴의 'Without Me'가 흘러 나왔고, 롱보드와 빌라봉 반바지가 유행의 최전선에 있었다. 음향기기 시장에서는 미니디스크와 MP3가 격돌했다. 나는 오는 가을에 고등학교 팀에 선발되려는 꿈을 품고 매일같이 농구를 했다. 맥스벨 아레나에서[4] 열린 썸

---

4) Max Bell Arena. 캘거리의 아이스하키 경기장.

41의 콘서트에서 오프닝 밴드로 나온 골드핑거도 봤다. 그리고 앨리스 데일이라는 여자애와 난생 처음으로 사랑에 빠졌다. 그녀의 출중한 미모에 영감을 받은 나머지, 내용은 형편없을지언정 처음으로 소설까지 썼다. (그 한심한 결과물은 내 옷장 안 서류 보관함에 아직도 봉인되어 있다.) 티비에서는 무려 축구 중계방송이 나왔는데, 월드컵 기간이 아니고서는 도저히 있을 수 없는 일이었다.

캐나다에서는 2007년에야 한 팀이 북미 프로축구리그(MLS)에 참가하게 되었고, 지금은 세 개 팀으로 그 수가 늘었지만 여전히 티비에서 경기를 보기는 힘들다. 나는 어린 시절을 통틀어 정말 딱 한번 티비에서 축구를 봤는데, 그게 월드컵이었다. 캐나다는 1986년 단 한번 월드컵 본선에 진출한 이력이 있다. 세 경기를 내리 지고 한 골도 못 넣었다. 신통하게도 1904년 올림픽에서는 금메달을 땄다는데, 나도 이 글을 쓰느라 조사를 하면서야 알게 됐다. 캐나다 사람들은 월드컵 경기를 볼 때, 본선에 진출한 나라 중 자기 핏줄과 관계가 있는 아무 팀이나 골라서 응원을 한다. 엄한 시간에 술을 마실 수 있는 좋은 구실이기 때문이다. 캐나다는 아주 다양한 뿌리를 가진 사람들이 모인 곳이라, 그만큼 다양한 유니폼들을 입는 걸 볼 수 있다. 다만 캐나다 유니폼은 아무도 입지 않는다는 것이 함정이다. 나만 해도 독일, 스위스, 아일랜드, 리투아니아계 유대인이기 때문에 응원할 나라가 없을 걱정은 없다. 전형적인 캐나다식 월드컵 응원이란, 친구들 네다섯 명이 각기 다른 나라의 유니폼을 입고, 큰 티비가 있는 집에 모여서 경기를 시청하는 것이다. 이런 우리가 전형적인 한국식 월드컵 응원을 처음 접했을 때 반응이 어땠을지 상상해 보시라.

서울의 시청 앞 거대한 스크린으로 경기를 보기 위해 40만 명이 모였다는 뉴스가 티비에 나왔다. 40만이라니! 캐나다의 웬만한 도시 인구보다 많은 숫자다. 경기 중간중간, 그 인파를 위에서 비추는 장면이 나오곤 했다. 항공사진으로 40만 명이 한 곳에 모인 광경을 찍을 수는 있을 것이다. 하지만 그걸 느끼는 건 또 다른 문제다. 지나갈 수 없을 만큼 빽빽하게 길을 메운 40만 개의 몸이 박자에 맞춰 움직일 때, 그 속에 나도 속할 수 있다면. 광장에 그 많은 사람들의 함성이 메아리친다면. 고대 스칸디나비아 서사시에 나오는 바다에 대한 묘사와도 맞닿아 있는 광경이었다. 똑같은 복장을 한 사람들이, 하나의 원대한 목표에 집중해, 하나가 되어 움직이는 사건은 나폴레옹이 군대를 이끌었던 이후로는 이번이 최초가 아닐까 생각될 정도였다. 한국이 골을 넣는 순간은 마치 트라팔가 전투와 2차대전 유럽 승전일을 합쳐놓은 것인데 그게 배경이 우주이고 레이저를 쏘고 난리가 난 상황이라고 할까. 축하라는 단어로는 이 순간을 충분히 묘사할 수 없었다. 광희(狂喜) 정도는 돼야 할 것이다. 언젠가는 나도 그 광경을 직접 보리라고 맹세했다

그로부터 8년 뒤, 대학을 갓 졸업한 나는 딱 월드컵 원정 응원을 갈 정도의 돈을 모아 둔 상태였다. 남아공에서 직접 경기를 보는 대신 사람들을 보러 서울로 가는 편을 택했다. 모두 나보고 정신이 나갔다고 했다. 그도 그럴 것이 천안함 사태의 여파가 가시지 않았을 때였으니까 말이다. 3월 26일 서해 백령도 인근에서 천안함은 침몰했고, 46명의 해군이 희생되었다. 5월 20일 발행된 사건 보고서는 북한의 어뢰가 폭발의 원인이라 주장하고 있다. 미국의 신문들은 그 특유의 차분한 어조로 한반도에 전쟁이 일어날 거라고 예언했다. 주식시장에 여파가 닥치고, 원화는 하락했으며 비행기표 역시 엄청나게 싸진 덕분에 나는 한국 왕복 티켓을 600달러에 살

수 있었다. 그 정도면 설사 핵전쟁이 일어난대도 죽음을 무릅쓰고 갈 정도의 헐값인 거다. 가족들은 가지 말라고 나를 뜯어말렸지만, 나로서도 어쩔 수가 없었다. 6월 8일, 공항으로 가는 길에 엄마는 내가 다시는 돌아오지 않을 것 같다며 걱정스럽게 얘기를 하셨다. 한편으로는 엄마의 말씀이 맞았다. 3일 뒤 나는 종로 한복판에서 신이 난 붉은악마 군단을 맞닥뜨리고 헹가래를 당하게 되는데, 그 때의 기분은 걷잡을 수 없이 굉장한 것이어서 이후 내 삶의 행로를 통째로 바꾸게 된다.

"만세! 만세! 만세!" 나를 하늘로 들어 올릴 때마다 사람들은 소리쳤다. 공중을 날고 있던 순간, 카페 2층에 앉아 있던 한 남자와 눈이 마주쳤다. 세 번째 들어 올려지던 때 나는 그를 향해 하이파이브를 했는데, 그도 창문을 통해 하이파이브로 답해 주었다! 바로 그 순간이, 한국으로 이사를 오기로 마음먹은 순간이 아닌가 싶다.

2회
라이세움

나는 점점 까칠해졌다. 소주의 맛도 알게 되었다. 카페나 바에서는 혼자 책을 읽었다. 일에 대해서, 그리고 아이들에 대해서도 신경을 덜 쓰기 시작했다. 하지만 만날 때마다 예전의 내 모습으로 되돌아가게 만드는, 한 때 활활 타오르던 나의 이상의 불씨를 살리고 그 작은 불꽃이 허무주의의 바람에 날아가지 않게 지켜주는 그런 아이들이 있었다. 야구를 하는 아이들이 바로 그랬다.

2회초

N 나는 완벽하리만큼 이상적인 유년시절을 보냈다. 곰돌이 푸에 나오는 남자아이 '크리스토퍼 로빈'도 나를 부러워했을 테다.

2011년 3월 1일. 대한민국 인천광역시 인천국제공항.

비행기에서 통 잠을 못 잤다. 평소 잘 자는 편이지만 이번만은 아니었다. 비행기는 오후 5시 5분, 인천 공항에 도착했다. 왼쪽 창문으로 착륙하는 광경을 보고 있었던 기억이 난다. 한국 방문은 태어나서 세 번째였다. 공항은 육지에서 12 킬로미터 떨어진 섬에 위치해 있었고, 굽이진 콘크리트 다리가 아치를 그리며 본래의 인천시까지 닿아 있었다. 썰물 때는 군도를 둘러싼 얕은 갯벌에 물이 빠져, 흐린 하늘을 완벽하게 비추는 회색빛 늪으로 변한다. 공항에 가까워지면 낚싯배와 조개 줍는 사람들이 고무장화를 신고 그날 일당을 벌기 위해 뻘을 뒤지고 있는 광경도 종종 보인다. 맥아더는 1950년 9월 15일 이곳에 도착해서 전쟁의 판도를 뒤집어 버렸다지. 허세처럼 들리겠지만 내가 인천에 첫 발을 내딛는 순간은 그 만큼이나 상서로웠다고 생각한다. (역주: 아시는 분들은 아시겠지만 테드의 특기가 허세죠)

공항 도착층의 약속 장소에는 땅딸막하고 화난 표정의 남자가 'E.P.I.K.'라는 사인을 들고 있었고, 그 주위에는 대개 금발머리인 여자애들이 어느

대학엘 다녔고 한국엔 왜 왔는지 신나게 떠들고 있었다. 그 대화에는 끼지 않았다. 우리는 다른 사람들을 기다린 다음, 호텔로 가는 버스를 탔다. 그리고 다시 로비에서 어정대며 방 키와 학교 배정 봉투를 받기를 기다렸다. 나는 뉴욕에서 온 대니 리(Danny Lee)라는 이름의 한국계 미국인과 같은 방을 쓰게 되었다. 방에 도착해서 봉투를 여니 여의도고등학교로 배정을 받았다는 내용이었다. 그게 어디인지는 몰랐지만, 어렸을 때 서울에 살았던 대니가 한강에 있는 섬이라고 알려주었다. 같이 밖에서 삼겹살에 소주 한 병을 먹고, 그가 방으로 쉬러 돌아간 사이 나는 호텔 안의 바를 찾아 돌아다니는 편을 택했다.

식당과 정문 사이의 공간에 틀어박힌 허름한 바의 이름은 KGB였다. 시커먼 바닥과 벽, 똑같이 시커먼 가구, 흰색 아크릴 카운터에, 이따금씩 윙윙거리는 소리가 나는 분홍색 형광등까지, 이곳의 인테리어는 1988년에서 시간이 멈춘 것 같았다. 새벽 3시의 대학교 컴퓨터실과도 어딘가 닮은 분위기였다. 어쨌든 잠시 숨어있기에 안성맞춤인 공간이었다. 걱정거리로부터든, 법으로부터든.

테이블에 자리를 잡은 키가 큰 남자는 곰보 얼굴에 페도라를 쓰고 있었다. 테이블 맞은편 남자는 그보다 키는 작고 덩치가 있었는데, 가죽 자켓을 입고 머리는 올백으로 빗어 넘긴 채였다. 보리스와 알렉세이 정도의 이름이 어울리겠다. 둘 중 누구라도 사람 하나쯤 능히 제거할 수 있는 외모로 보였다. 바에는 러시아 이름을 가진 한국 혼혈 여자가 두 명 일하고 있었는데, 블라디보스톡 출신이고, 한국에 와서 만난 사이라고 했다. 그 중 동생은 영어, 러시아어, 한국어를 했다. 언니는 러시아어밖에 못한다고 했다.

나는 모스코뮬[1]을 마시며, 바 이름을 이렇게 지은 사람의 몰상식함에 대해 생각했다. KGB라는 이름 자체의 인지도는 알겠지만, 독일식 맥주집 이름을 '게스타포'라고 짓거나, 일본식 선술집을 '일본순사'이라고 짓는 사람은 없을 거 아닌가?

페도라를 쓴 남자는 끊임없이 테이블과 창고 사이를 어슬렁거리며 여기저기 뒤지고 있었다. "저 사람 여기서 일해요?" 나는 여자 중 동생에게 한국말로 물었다.

"아뇨."

"저 사람이 여기 주인이에요?"

"아뇨."

"그럼 뭐 하는 거예요?"

"질문을 너무 많이 하시네요."

내 습관이 그렇다. 곧잘 참견을 한다. 언제나 모두의 이야기를 알고 싶어 한다. 알고 보니 그녀에게는 슬픈 사연이 있었다. 어머니가 돌아가신 후 한국으로 왔지만, 한국에 와 보니 아버지도 세상을 떠나고 없었단다. 그녀에게 남은 유일한 가족은 서울에 있는 배다른 형제뿐인데, 서로 얘기도 잘하지 않는다고 했다. 그러면서 나에게 술 한 잔 사달라고 하는데 안 사고 배길 수가 없었다.

그러자 내가 이야기를 털어놓을 차례였다. 그녀의 사연을 듣고 나니 쉽사리 입이 떨어지지는 않았다. 이유인 즉, 만으로 22살 때까지의 내 삶은 순탄대로 그 자체였으니까 말이다. 나는 완벽하리만큼 이상적인 유년시절을 보냈다. 곰돌이 푸에 나오는 남자아이 '크리스토퍼 로빈'도 나를 부러워

---

1) Moscow Mule. 보드카, 생강 맥주, 라임 등을 넣어 제조한 칵테일.

했을 테다. 고등학교 때는 일주일에 다섯 번씩 농구를 하고, 주말마다 차를 몰고 친구들 집으로 파티를 찾아다녔다. 일류 맥길대에 합격하고, 큰 도시로 이사해서는 똑똑하고 세련된 동부 친구들과 어울렸다. 잘나가던 시절이었다. 22살이 되기 전까지는 나에게 정말로 나쁜 일이라고는 일어나지 않았다.

22번째 생일을 딱 6주 앞둔 2009년 3월 13일, 위스콘신대학교(University of Wisconsin) 대학원에서 첫 번째 불합격 통지서가 도착했다. 그 다음주에는 워싱턴대학교(Univeristy of Washington)에서 같은 연락을 받았고, 하버드가 2주 후 그 뒤를 이었다. 이보다 더한 소식은 4월 9일에 찾아왔다. 부모님의 이혼. 적어도 이 소식은 공식 문서를 통해서 접하지는 않아도 됐다. 아버지가 몬트리올까지 직접 와서 얘기를 해 줬으니 말이다. 그것도 내 첫 번째 졸업 시험 전날 밤에.

졸업 후 다시 돌아간 집은 어색했다. 모든 게 달라 보였다. 그저 내 느낌이 그랬던 게 아니라, 캘거리는 실제로 지난 4년 간 폭발적으로 성장했던 것이다. 이상한 새 건물들이 스카이라인을 가득 메우고 있었다. 예전에 살던 동네도, 집들이 팔리고 새로 지어지는 바람에 거의 알아볼 수 없을 만큼 변하고 말았다. 내가 자란 집도 포함해서 말이다. 엄마는 고양이를 기르기 시작했는데, 나는 알레르기가 있어서 아버지와 지내야 했다. 가구도 없고 우울한 이혼남 느낌이 물씬 나는 아버지의 아파트에서 살던 6개월 동안 나는 영어 과외 일을 했다. 내 삶을 처음으로 싫어하게 된 것이 그때였다.

과외 선생 노릇은 할 만 했다. 그보다 더 힘들고 형편없는 돈벌이도 경험해 봤으니까. 하지만 캐나다의 최고 대학을 졸업한 사람이 어쩌다 유학생들에게 'be' 동사나 가르치고 있냐고 사람들이 물어올 때는 대답을 하기가 쉽지 않았다. 그래서 다행히 내가 만들어 둔 구실은, 바로 "소설을 쓰는 중"이라는 것이었다. 9시 출근 5시 퇴근하는 보통의 직장에서 일할 수 없는 이유라고 했다. 내가 정말 좋아하는 일에 정신을 집중하기 위함이라고 했다. 물론 거짓말이었지만, 나를 아는 사람들에게는 통하는 이야기였다. 어릴 때부터 언제나 나는 뭔가를 쓰고 있었다. 노래, 시, 각본, 오글거리는 하이틴 연애소설, 뭐든지 말이다. 고등학교 때는 학생신문을 내가 혼자 만들었고, 대학에서는 내가 쓴 연극이 맥길 연극제에 오르기도 했다. 도쿄에서 지내던 여름, travelblog.org라는 사이트에서 스타 블로거까지 돼 봤다. '하지만 그 정도는 아무것도 아니었지~' 하고 말하며 센 척을 하는 것도 어느새 한계에 다다르고, 나는 제대로 된 직장을 잡든지, 아니면 도시를 떠나야 하는 선택의 기로에 서게 됐다. 아시아에서 영어 보조교사를 하는 건 그 자체로 괜찮은 일자리로 보였고, 외국에서 모험을 한다는 번지르르한 핑계도 덤으로 따라왔다. 완벽한 구실이었다. 나는 덜떨어진 백수가 절대 아니라, 두려움을 모르는 젊은 교육자로서 학생들을 가르치고 또 인생이라는 학교에서 배움을 얻기 위해 길을 떠나는 거다. 에헴.

그래서, 왜 한국에 왔냐고? 내 삶이 부끄러웠고, 나를 아는 사람들 곁에 있는 게 견딜 수가 없었기 때문이었다. 한국에는 숨으러 왔다. 보리스와 알렉세이처럼. 내 앞에 있는 여자애도 마찬가지일 수도 있지만, 모르겠다. 구구절절 개인사로 그녀를 지루하게 만들고 싶지는 않았기에 내 얘기를 하지는 않았다. 그녀의 가슴 아픈 사연을 듣고 난 후라 더욱 그럴 수가 없었고, 대신 결론만 얘기했다. "나 말이야? 난 모험을 찾아 왔지. 나를 아는 사람이 아무도 없는 곳으로 가고 싶었어. 전혀 다른 내가 될 수 있는 곳으로."

그녀는 대답했다. "너를 아는 사람이 아무도 없는 곳이라면, 서울이 제격이네. 낯선 사람들 투성이거든."

방금 그 말은 어딘가 이상하게 들렸다. 가난에 찌든 고아의 입에서 나오는 영어라기에는 너무도 유창한 표현이었으니까. 그녀는 길었던 독백 중에서는 언급하지 않았지만, 상당한 교육을 받았을 거라는 짐작도 가게 했다. 맛깔스러운 이야기를 만들기 위해 첨가하거나 생략한 부분이 있지 않나 하는 느낌이 들었다. 나도 그렇지만, 대개 낯선 사람 앞에서 더 창의력을 발휘할 수 있는 법이다. 나에게 한 잔에 12,000 원씩이나 하는 술을 사게 만들려고 처음부터 다 지어낸 이야기일지, 누가 알아?

"한 잔 더 사줄래?"

"미안, 내일 중요한 일이 있어서. 일찍 일어나야 돼."

다음날은 아침 9시 출발이라고 들었지만, 정작 버스는 10시 45분이 돼서야 출발할 수 있었다. 직장 동료들을 만나게 될 거라 생각하고 자리에 맞는 옷을 입으려고 신경을 썼다. 갈색 울트라스웨이드 자켓과 자주색 페이즐리 패턴의 넥타이에, 거기 어울리는 갈색 밀짚모자까지. 아침 먹는 자리에서 이미 칭찬을 좀 받을 만큼 화려한 조합이었다. 아시아에서는 직장에서 너무 신경 써서 빼 입지 말라는 얘기를 들은 적 있지만 가볍게 무시해 줬다. 옷차림을 직장 동료에 대한 리트머스 시험지라 생각했던 것이다. 나의 외모에 대한 그들의 반응을 보면, 내가 거기서 1년을 버틸 수 있을지 가늠할 수 있을 테니까. 아무튼 그 와중에 나는 커다란 더플백을 두개, 그중 하나에는 아버지의 낡은 가죽 서류가방을 밧줄로 묶은 채 질질 끌면서 틀림없이 전체적으로 웃긴 꼴을 하고 있었을 것이다. 상관없었다. 나는 한국에 왔으니까. 신이 나는 걸 너무 티 내지 않으려고 노력했다.

버스는 여기저기 멈췄다 다시 달리기를 반복했다. 우리는 일정에 대해 설명을 듣고, 그룹별로 나뉘어 다시 계약조건에 대해 설명을 듣고, 맛대가리 없는 밥을 먹고, 다시 각자의 담당자를 기다리느라 그룹별로 나뉘었다. 2시간 늦게 도착한 나의 담당자는 나를 만난 게 그리 달갑지 않은 표정이었다. 우리는 택시를 타고, 대니의 말대로 원효대교를 건너 고층 빌딩이 빽빽하게 들어선 작은 섬으로 들어섰다. 좁은 길을 따라 한강 둔치 가까이에 다다르니, 황량한 60년대식 아파트 단지 가운데, 여의도고등학교라고 쓰여진 초라한 3층짜리 기역자 건물이 있었다.

교문간에 있는 크고 넙적한 돌에는 '眞理研究(진리연구)'라고 한자로 새겨져 있었다. 읽는 내 얼굴에 썩소가 번졌다. 나는 "사실이란 없으며 오직 해석만이 있을 뿐이다."라는 니체의 말을 좋아하지, 절대적인 진리란 건 믿지 않으니까 말이다. 학교에서의 나날이 흐르고 업무에서 오는 우울감에 빠져 가던 차, 그 돌을 볼 때마다 더욱 시니컬해지는 나 자신을 발견했다.

2회말

*N*상아탑이 산산이 부서지고, 그 잔해를 가지고 우리가 학생과 교사 사이를 잇는 빛나는 다리를 건설한 날이로다! 그런 생각을 할 만큼 나는 어리고 순진했었던 것이다.

2011년 3월 3일. 대한민국 서울특별시 여의도 고등학교 운동장.

세 학년, 학년당 열두 반의 학생들은 36개의 줄로 운동장에 섰다. 맨 왼쪽에는 1학년 1반이, 맨 오른쪽에는 3학년 12반이 있고, 각 줄은 다시 이름의 가나다순으로 섰다. 완벽하게 수학적인 이 행렬은 날씨 때문에 흐트러지고 말았다. 학생들은 코트 주머니에 손을 찔러넣은 채 종종거리고, 제자리에서 점프를 하고, 달리기 시늉을 했다. 한 명은 "X발 추워!!" 하고, 듣는 사람도 없는데 외쳤다. 나와 다른 선생님들이 만나러 가기까지 학생들은 거의 20분이나 밖에서 기다려야 했다.

그날은 개학식이었다. 한국의 학교에서는 한 해가 3월에 시작해 2월 중순에 끝난다. 미국과 캐나다에 비해 여름 방학은 짧고, 12월 말에 시작하는 겨울 방학은 더 길다. 만물이 소생하는 봄에 새 학기가 시작된다는 건 낭만적인 일에 틀림이 없다. 서쪽에서 불어오는 바람이 얼어붙은 땅을 녹이고, 나무에 꽃을 피우고, 젊은이들에게는 열정을 불러일으키고, 나이든 이들에게는 따스한 옛 기억을 떠오르게 한다.

하지만 처음 몇 주 동안의 한파로 인해 꽃망울은 절대 터지지 못할 것만 같았다. 나도 겨울이 다 지난 줄 알고, 겨울 코트를 집에 두고 오는 실수를 저질렀다. 기온은 매일같이 섭씨 3도인데다, 학교가 강 바로 옆에 위치한 탓에 습기와 바람까지 겹쳐 입김과 함께 영혼이 빠져나갈 뻔 했다.

아침 9시 15분, 교사들은 건물 입구에 위치한 사열대에 일렬횡대로 학생들과 마주보고 섰다. 교감 선생님의 훈화 말씀, 곧이어 교장 선생님의 훈화 말씀이 뒤따랐고, 교사 한 명 한 명의 이름과 과목이 차례로 불렸다. 40~50명의 소개를 하는 데에는 꽤나 시간이 걸렸다. 시차 적응도 안 된 데다 추위에 떠느라 뭐가 어떻게 돌아가는 건지 알 수가 없었지만, 어쨌든 내 이름이 불리자 나도 사람들을 따라 한 발 앞으로 나와서, 햇빛 아래 섰다. 고개 숙여 인사만 하고 박수를 받고, 다시 자리로 돌아가야 하는 것이겠거니 생각은 했지만, 이건 나의 이미지를 각인시킬 기회이기도 했다. 그래서 결과에 대해서는 별 생각 없이 일단 질러 버린 것이다.

나는 고등학교 졸업식 때 입었던 검정 핀스트라이프 정장에 차콜색 헤링본 피코트를 입고, 자주색 실크 스카프와 나의 시그니처 아이템 웨이페어러를 착용한, 한마디로 눈에 띄고 싶어서 안달난 차림을 하고 있었다. 안 그래도 외국인이라 눈에 띄는 건 고사하고 말이다. 나는 교장 선생님 바로 옆에서 뒤꿈치를 모으고 차려 자세를 하고 섰다. 그리고 오른팔을 들어 힘차게 학생들에게 경례를 날렸다. 그 때 내가 받은 박수갈채 때문에 국립현충원의 정령들이 잠에서 깨었을 지도 모른다. 나는 천 번은 해봤던 것 마냥 태연하게 군인처럼 뒤로 돌아 씩씩하게 제자리로 돌아왔다. 이 철없는 행동 때문에 식은 잠시 지연되었고, 다른 선생님들은 교사로서의 나의 자질을 의심할 만도 했다. 학생들이 계속해서 환호하는 동안 내 머릿속에 든 생각은 바로, 이 사건이, 한국 교육 혁명의 신호탄이 될 수도 있겠다는 것이었다! 멋지지 않은가 말이다. 상아탑이 산산이 부서지고, 그 잔해를 가지고 우리가 학생과 교사 사이를 잇는 빛나는 다리를 건설한 날이로다! 그런 생각을 할 만큼 나는 어리고 순진했었던 것이다.

교사가 사실 내 일생일대의 꿈이었던 것은 아니었다. 하지만 내가 포기한 다른 꿈들을 대신할 수 있을 정도로 괜찮은 직업이었기에, 나도 그만큼 진지한 자세로 임했다. 첫날부터 열심히 파고들고 싶었다. 단지 업무뿐만 아니라, 아이들의 생활에까지 말이다. 나는 당장 농구부 코치와 1학년 밴드부 담당교사를 하겠다고 자원했다. 수업을 마친 후에도 과제를 채점하고 다음 수업 준비를 하느라 학교에 남았고, 격주 토요일에도 동아리 활동과 다음 주 업무를 미리 보느라 학교에 나왔다. 방과후 교실과 보충수업도 맡기로 했다. 점심시간에 학생들이 모이는 운동장에서는 물론이고, 전교에 나를 알리느라 애를 썼다. 내가 머릿속에 그린 그림은 아리스토텔레스 학파의 부활이었다. 봄폭풍 속에서 세심한 정원사가 어린 싹을 보살피듯이, 차가운 교실이 아닌 교정 전체가 나에게는 학생 한 명 한 명과의 관계를 다질 수 있는 배움의 장소였던 것이다.

정말로 여의도고는 어딘가 라이세움[1] 같은 모양을 하고 있었다. 학생들이 주로 여유 시간을 보내는 넓은 축구 잔디 구장이 있었고, 교정의 서쪽에 위치한 야외 농구 코트, 도서관 1층의 실내 탁구장, 그리고 북쪽 끝에는 흙바닥으로 된 테니스 코트도 있었다. 운동장은 목련과 벚나무가 그 가장

---

1) 아리스토텔레스의 소요학파가 철학을 논했던 학교. '리케이온(Lykeion)'으로 일컫기도 한다. 일부 유럽 국가에서는 중등 교육 기관을 라이세움으로 부르기도 함.

자리를 둘러싸고 있었는데, 만개했을 때는 멋진 풍경을 연출했다. 날씨가 점차 따뜻해지면서 나는 건물 입구 울타리에 앉아, 남학생들이 뛰어노는 걸 보면서 나의 학창시절을 즐겁게 추억하곤 했다.

눈치를 챘는지 모르겠지만 여의도고는 남학교다. 서구식 남녀 공학 환경에서만 자란 나로서는, 처음엔 이 사실이 충격적으로 다가왔지만 이내 익숙해졌다. 냄새만 빼고 말이다. 이성에게서 너무 떨어져 있으면, 수천 년의 문명을 거슬러 올라가 석기시대 부족 사회가 돼 버린다는 것을 나도 경험을 통해 알고 있었다. 그럼에도 불구하고, 십대 여학생들이 주변에 전무한 이 공간에도 감도는 낙원 같은 분위기가 있어, 학교가 신고전주의 느낌이 나게 하는 데 일조했다. 돌이켜보면 그곳에 대한 좋은 기억이 너무나 많아서, 어디서부터 뭐가 잘못됐는지를 짚어내기가 힘들다. 내 생각에는 수면 부족이 그 시작이 아니었나 싶다.

학교 분들의 도움으로 내가 배정받은 아파트는 2층으로, 서울에서 가장 붐비는 도로 중 하나인 여의대방로를 향해서만 창문이 나 있는 구조였다. 자동차의 경적 소리가 24시간 끊이지 않았다. 배기가스 때문에 숨이 막혀서 창문을 열 수가 없었다. 보일러도 절대 적당히 맞춰지지가 않아, 너무 덥거나 너무 춥거나 둘 중 하나였다. 비가 올 때면 복도 천장에서 새는 물 탓에, 울퉁불퉁한 타일 바닥에 웅덩이가 생기곤 했다. 여름이 되면 건물이 모기떼로 들끓었다. 건물 관리인은 항상 자리를 비웠다. 간혹 모습을 보일 때에도 그에게 일은 뒷전인 것 같았다. 불만사항을 관리인에게 직접 전달하려다가, 학교를 통해서 하려다가, 결국 포기하고 내가 형편없는 집에 산다는 현실을 받아들이기로 했다. 그리고 패배한 자로서의 마음의 평화 같은 걸 찾긴 했다.

집 근처의 다른 건물들도 사정은 마찬가지였다. 신길동은 지하철 1호선 철로와, 비교적 고소득 동네인 고지대의 대방동 사이에 위치한 저지대 저소득 동네였다. 비가 올 때면 잘사는 사람들의 쓰레기가 언덕 아래로 떠내려와 사회에 대한 묘한 비유를 길가에 드러냈다. 대부분 벽돌로 된 3·4층 빌라가 들어서 있었는데, 길은 한 뼘도 남김없이 포장이 돼 있어서 풀밭을 보려면 집에서 15분은 걸어가야 했다. 인도를 따라 가로수가 심어져 있기는 했지만, 나무도 동네 사람들과 마찬가지로 오래 전에 죽었음에도 불구하고 모양만 유지하고 있는 것처럼 보였다.

주거환경이 그 모양이었으니, 나는 집보다 차라리 사무실을 좋아했다. 여의도는 아주 괜찮은 동네였다. 깨끗하고, 나무도 많고, 현대적인 건축물에, 상점과 식당도 많았다. 동료 교사들은 내가 퇴근 시간인 네 시 반(한국 기준으로는 말도 안 되는 특권인 셈)을 넘겨서도 학교에 남아 있는 것을 이상하게 여겼다. 사실 그들은 나에 대한 모든 것이 이상하다고 생각했을 것이다. 옷 입는 방식도 그렇고, 사무실 책상에서 아침을 먹는 것도, 심지어 걸음걸이도(나는 걸을 때 약간 특이하게 몸을 흔드는데, 이걸 '스웨거[2]'라고 부르는 사람도 있었다) 모두 입방아에 오르내렸다. 많은 사람들이 마치 내가 그 자리에 없는 것처럼 내 얘기를 했는데, 내가 한국말을 한다는 걸 잊었거나, 아니면 내가 얘기를 듣고 행동을 고치기를 바랐던 것일 테다. 나에게 직접 말을 거는 사람은 극소수였다. 윗사람들은 나에게 부탁이 있을 때면, 내 바로 옆에 앉아 있는 담당 교사에게 가서 나를 제3자로 지칭하는 식이었다. "원어민 선생님에게 음식물 쓰레기를 쓰레기통에 버리지 말라고 해 주세요. 파리가 꼬이니까."

----

2) Swagger. 뽐내는 태도. 거드름피우기.

나는 딱히 동료들 사이에서도 신임을 얻을 만한 행동을 하지는 않았던 것 같다. 나는 익살을 잘 부리는 아버지의 성향을 물려받아서, 어떤 상황에서건 어떤 것에 대해서건 곧잘 농담을 한다. 예를 들어 학교, 직장, 죽음, 결혼제도 같이 모두가 진지하게 받아들이는 주제에 대해서는 특히나 더 그렇고. 나는 도치(倒置)와 오스카 와일드(Oscar Wilde)식 교차 배열법을 대단히 좋아하는데, 한국 코미디에서는 둘 다 잘 쓰이는 것 같지 않았다. 학생들은 내가 수업시간에 부리는 익살을 꽤나 즐거워 한 반면, 교사들은 이를 불온하다고 여겼던 것 같다. 내 수업 때는 언제나 자연스럽게 웃음이 폭발해, 이따금씩 옆 반 수업을 방해하기도 했다.

내가 또 많이 핀잔을 받은 것은 학생들과 함께 운동을 했다는 이유에서였다. 나는 보통 체육복을 가지고 와서, 농구, 배구, 축구, 배드민턴을 가리지 않고 학생들이 운동장에서 하는 모든 운동에 시간이 날 때마다 참여하곤 했다. 이 역시 학생들과 교감하고, 또 가르칠 하나의 방법이라 생각했기 때문이다. 물론 스스로도 즐겁기도 했지만, 학생들이 실제로 흥미를 가질 만한 상황에서 영어를 쓸 기회를 만들어 주려는 게 목적이었다. 3점슛을 쏜다는 의미의 'jack a three'는 수능에는 나오지 않을지라도, 고1 남학생이라면 대부분 'agriculture'이라는 영단어보다는 스포츠에 훨씬 신경을 쓸 것이 틀림없다.

"그러지 않는 게 좋을 거에요." 하고 동료 교사 한 명은 나에게 주의를 주었다. "학생들과 같이 놀면, 같은 위치에 있는 것처럼 보이잖아요. 한국에는 '스승의 그림자도 밟지 않는다.'는 속담이 있어요. 학생들이 테드를 선생님으로 보지 않게 되면, 존경하지 않게 돼요. 학생뿐만 아니라 다른 선생님들도 마찬가지고요. 여유 시간에 수업 준비는 하지 않고 운동을 하는 게으름뱅이라고 생각할 거예요. 테드가 여유 시간이 너무 많은 것처럼 보이면 윗분들은 일을 더 시킬 거라고요."

설사 일을 더 시키려고 해도 그럴 수가 없었을 것이다. 과장하는 게 아니라 내가 맡은 학생만 600명이 넘어서, 한 명 한 명과의 관계를 다지기는커녕 그 이름들을 다 기억하는 것조차 불가능했다. 학생들을 만나는 것은 1주일에 한번 뿐인 50분짜리 수업에서였다. 보통 한 반이 30명이니, 학생과 일대일로 교류할 수 있는 환경이라면, 한 명 당 내가 봐 줄 수 있는 시간은 1분에서 3분 사이인 것이다. 주 40시간 근무 중 26시간은 수업이었고, 나머지 14시간 동안 준비를 해야 했다. 하지만 첫 두 달 동안 나는 아이들과 운동을 하는 대신, 인간관계에 피해가 가더라도 내 개인적인 시간에 수업 준비를 하는 방식을 고수했다. 결국 더 이상은 안 되겠다 싶어서, 굴복하고 운동장에서 보내는 시간을 1주일에 1시간 미만으로 줄였지만 말이다. "테드 씨, 예전보다 시간을 현명하게 쓰는 것 같아 좋네요." 하고 학기말에 한 교사는 말했다. 그 칭찬은, 마침내 모두 사라져버린 나의 이상에 대한 확인 사살로 들렸다.

아이들과 노는 걸 포기했다고 해서 교사들과의 관계가 나아지지는 않았다. 나는 이미 인습 타파주의자에, 불성실한 직원이자, 한국 사회 규범에 반발하는 외국인으로 낙인찍힌 뒤였다. 아마도 내 스스로 세운 신념조차 지킬 능력이 안 됐다는 사실 때문에, 나는 더 약해 보였을지도 모른다. 유교를 세운 공자를 그렇게 비판했었는데, 결국 "두 마리 토끼를 잡다간 둘 다 놓친다."는 공자의 가장 유명한 명언 중 하나가 바로 내 얘기가 되고 말았다. 아니 로마 속담이던가? 기억이 안 나네. 어쨌든 학생과 교사 사이의 선을 아슬아슬하게 걷던 나는, 어느 쪽에도 속하지 못하는 상태가 된 것이다. 가깝기는 학생들과 더 가까웠다. 대부분의 교사에 비해 나이도 학생 쪽에 가까웠고, 생각도 마찬가지였다. 해외에 살다 온 학생들도 꽤 있어서, 그 중 몇몇은 영어 교사들 보다 영어를 더 잘했다. 학생들과 얘기도 많이 했고 우리 사이에는 공통점도 많았다. 그렇지만 그들을 친구라고 부를 수는 없었다. 학생들 역시 나를 친구라고 하지는 않았을 것이다. 사실 나에게는 친구가 하나도 없었던 셈이다.

한국에서 외국인들과 한번도 어울리려고 하지 않았던 이유는, 내가 아는 외국인들이 죄다 교사였기 때문이었다. 원어민 교사끼리 만나면 하는 일이라고는 학교에 대해 불평하는 것뿐이었는데, 나는 우울하게시리 퇴근해서까지도 일에 대해서 얘기하는 것만큼은 피하고 싶단 말이다. 유일하게 아는 서울 사람인 동기는 교환학생으로 캘리포니아에 가고 없었다. 매사 남들과는 다른 방식을 고집한 탓에, 정작 내가 친해지려고 노력했어야 할 동료 교사들은 나를 멀리 대했다. 가끔 집으로 걸어가는 길에 근처 식당을 지날 때면, 그들 몇몇이 같이 즐겁게 저녁 식사를 하는 모습이 보였다. 내가 초대받지 못한 이유는 스스로도 너무나 잘 알고 있었다. 나 말고 누굴 탓하랴.

나는 점점 까칠해졌다. 소주의 맛도 알게 되었다. 카페나 바에서는 혼자 책을 읽었다. 일에 대해서, 그리고 아이들에 대해서도 신경을 덜 쓰기 시작했다. 하지만 만날 때마다 예전의 내 모습으로 되돌아가게 만드는, 한 때 활활 타오르던 나의 이상의 불씨를 살리고 그 작은 불꽃이 허무주의의 바람에 날아가지 않게 지켜주는, 그런 아이들이 있었다. 야구를 하는 아이들이 바로 그랬다.

학교에는 야구 시설도 없고, 따라서 공식 야구부도 없었다. 하지만 3학년을 통틀어 20명 정도의 학생들은 매일같이 축구팀이 운동장을 비우기를 참을성 있게 기다렸다가, 소매와 바지를 걷고, 글러브를 집어 들고, 남서쪽 코너를 차지하고 연습을 했다. 언제나 20명이 다 오는 건 아니었고, 매일 나오는 사람도 없었지만, 팀을 채워야 하는 암묵적인 규칙이라도 있는 것처럼 언제나 그 고정 20명 중 최소한 10명은 나타났다. 시험기간이 다가올 수록 축구며 농구, 탁구, 테니스를 하는 학생들은 숫자가 줄어 갔다. 하지만 야구는 멈추는 법이 없었다. 운동장에 눈이 쌓인 날도 마찬가지였다. 야구에 대한 한국인의 깊은 사랑 때문인지, 아니면 변변찮은 환경 속에서도 최선을 다하겠다는 학생들의 의지 때문인지 알 수는 없었다. 어느 쪽이든 간에 나는 감명을 받았다.

한 명이 코너에서 땅볼이나 플라이를 쳐주면 나머지는 그의 지시에 따라 수비를 했다. "1루에 주자! 2루로 던져!", "오케이, 3루에 주자, 홈에서 아웃시켜!" 이렇게 공을 10개 정도 쳐주면 수비가 포지션을 서로 바꿨다. 학생들이 아홉 명씩 운동장에 나와 자리 잡고 있는 것을 보면 나는 항상 하던 일을 멈추고 책상 아래 서랍에서 글러브를 꺼내서, 15~20분 정도 같이 뛴 후 다시 업무로 복귀했다. 작은 체격도 그렇고 송구 능력이 약한 탓에 나는 2루수를 맡았다. (3살 때 아버지가 나에게 팔 튜브를 끼워 주려다 실수로 어깨를 골절시킨 탓에 어깨 연골이 안 좋다.) 나는 야수로서의 실력은 괜찮았다. 학생들이 나에게 타자를 시키지 않은 것은 다행이었다. 그랬다가는 나는 쫓겨났을 테니까. 사실 나는 공을 지지리도 못 친다. 정중앙으로 들어오는 시속 120킬로미터 공은 쳐도, 아무리 빌빌거리는 공이어도 변화구는 칠 수가 없다. 배팅 연습장에서 나를 본 사람이라면 내가 정말 야구를 잘 한다고 오해할 수도 있겠다. 하지만 절대 그렇지 않다는 거….

이렇게 못하는 야구를 왜 그토록 좋아하는지 궁금하실 거다. 나는 야구와 오랜 인연이 있었던 것도 아니다. 하키가 꽉 잡고 있는 캐나다에서 자랐고, 고등학교 때는 농구 선수로 뛰었다. 대학 전까지는 야구 경기를 처음부터 끝까지 본 적도 없었다. 야구 경기를 처음부터 끝까지 직접 뛴 적은 사실… 지금까지도 없다. 그럼에도 불구하고 내 삶 전체를, 나라는 인간 자체를 바꾸어 놓고, 오랫동안 포기했던 희망과 꿈을 되살려 준 것이 야구다. 교사로서의 직장생활도 파국을 향해 가던 당시, 야구는 내가 유일하게 숨을 쉴 구멍이었다.

미국의 위대한 게임

한번만 더 패하면 집어치울 거라고 협박함과 동시에, 영혼을 바쳐서라도 단 한번만이라도 이기게 해 달라고 신에게 기도하게 된다.

3회초

N 2005년에 『Juiced』가 출판되고, 청문회가 잇따르면서, 우리 어린 시절의 영웅들이 한 명씩 다 사기꾼이었다는 사실을 천천히 깨닫게 되었다.

태양을 피하는 게 하키를 피하는 것보다 쉬운 캐나다.

외모와 행동은 그래 보일지라도, 나는 미국인이 아니다. 사람들은 이 사실을 알고는 놀란다. "너 근데 진짜 미국 사람 같아…"라고들 말해주는 게, 칭찬인지 에둘러 욕을 하는 건지 모르겠다. 티비에서 보통 보는 미국 사람 같다는 말인 것 같은데, 그 경우라면 칭찬으로 받아들이겠다. 내가 캐나다인이라는 걸 알고 나면 꼭 따라오는 질문이 "잠깐만, 그런데 왜 야구를 좋아해?"라는 것이다. 좋은 질문이다. 캐나다인들은 하키 팬으로 알려져 있다. 메이저리그에 진출한 캐나다 출신 선수 자체도 거의 없거니와, 야구 명예의 전당에 들어간 수는 더 적다.

이 글을 쓰는 시점에 메이저리그에는 모두 27명의 캐나다인이 뛰고 있다. 아무리 봐도 많은 숫자는 아니지만 '야구의 나라'라는 한국(2명)이나 일본(11명)보다 많다. 캐나다가 배출한 선수들 중에는 콜로라도 로키스의 저스틴 머노(Justin Morneau)나 신시내티 레즈의 조이 보토(Joey Votto)처럼 MVP

를 두 번이나 수상한 강력한 1루수들도 있다. 내가 제일 좋아하는 선수는 빅토리아 출신의 외야수로, 시애틀 매리너스의 1번 타자인 마이클 손더스(Michael Saunders)다. 또 몬트리올 엑스포스, 로키스에 이어 세인트루이스 카디널스에서 활동한 왕년의 스타 외야수 래리 워커(Larry Walker)를 빠뜨리면 섭섭하다. 1997년 내셔널리그 MVP, 골든글러브 7회, 타율왕 3회 등을 포함, 선수 생활 동안 그가 받은 상을 모두 진열하면 로나[1]보다도 클 거다(캐나다 식 농담임). 에릭 가니에(Éric Gagné)도 부상을 당하기 전까지는 굉장했다. 2003년에 LA 다저스에서 내셔널리그 55세이브 기록을 달성하고는, 캐나다인으로는 두 번째로 사이 영 상[2]까지 수상했다. 사이 영 상을 최초로 받은 선수는 훗날 명예의 전당에도 입성한 1971년 시카고 컵스의 투수 퍼기 젠킨스(Fergie Jenkins)였다. 통산 284승을 달성한 그는 올스타에도 3회 선정되었고, 그의 배번 31은 시카고 컵스에서 영구 결번으로 지정되었다.

사실 야구는 캐나다에서도 보기보다는 조금 더 인기가 있는 스포츠다. 엑스포스는 연고지를 옮겨버렸지만, 캐나다의 또 다른 메이저리그 팀인 토론토 블루제이스에는 여전히 적지 않은 팬들이 있다(팬 수에 비해 경기장이 너무 큰 게 문제지만). 브리티시컬럼비아의 내륙 지방으로 가면 야구는 종교도 저리가라 할 정도로 신도가 많다. 북쪽 지방에서도, 많은 초원 마을 중 어딜 가도 작은 옛날식 잔디 야구장을 볼 수 있는데, 그 잔디가 주변 밭의 곡식에 버금가게 잘 가꾸어져 있지 말이다. 또한 야구는 전통적으로 문학의 소재이기도 했다. W. P. 킨셀라(W. P. Kinsella)의 명작 『인디언 조』[3]는 대표

---

1) Rona. 캐나다의 대형 철물점 체인.

2) Cy Young Award. 각 리그 최고의 투수에게 주어지는 상.

3) 원제 "Shoeless Joe".

적인 야구 영화 중 하나인 〈꿈의 구장〉[4]의 원작으로 더 잘 알려져 있다. 캐나다의 초대 계관 시인 조지 바워링(George Bowering) 역시 그의 작품들 중 많은 부분을 이 『미국의 위대한 게임』[5]에 할애했다.

그럼에도 불구하고 캐나다는 확실히 하키의 나라다. 그렇게 추운 곳이니 어쩔 도리가 없다. 캐나다는 대부분의 지역이 북위 49도 위에 위치하고, 땅덩이의 거의 1/4이 북극권 안에 있다. 대서양과 마주한 땅 끝에서 태평양 해안까지는 4,400킬로미터가 넘는데, 이 넓디넓은 지역에 걸쳐 아주 다양한 풍경의 스펙트럼이 펼쳐지고 그에 걸맞게 다양한 사람들이 살고 있다. 그래서 국민성보다도 지역색이 훨씬 뚜렷한 것이다. 캐나다 문화에 있어 하키란, 모두의 공감대를 이끌어내는 유일한 것이라고 해도 무방하다. 제아무리 하키를 좋아하지 않는 사람이라 해도, 하키가 인간관계의 거의 모든 면면과 떼려야 뗄 수 없이 맞닿아 있다는 데 동의할 것이다. 겨울철에는 북위 66도 위로만 가면, 태양을 피하는 게 하키를 피하는 것보다 쉬울 거다. (그건 그렇고 캐나다인이 하키를 좋아하지 않는다고 하면 그건 대부분 거짓말이다.) 나는 어떻냐고? 나는 하키를 좋아하다 못해 사실 사랑한다. 속도, 팀워크, 공을 때리는 모양새, 몸싸움, 스틱을 능수능란하게 다루는 재주까지, 전부 다. 나는 마이크 버논이나 테오 플레리 같은 하키 선수들을 숭배하면서 자랐다. 그렇지만 실제로 하키를 한 적은 없었고, 야구도 마찬가지다. 나는 농구를 했다.

이 사실을 알고 사람들은 더 놀란다. 눈을 찌푸리고 나를 한번 내려다보고는 묻는다. "그래? 너 키가 몇인데?" 내 키는 165센티미터다. 아무리 봐

---

4) 원제 'Field of Dreams'. 케빈 코스트너 주연.
5) 원제 "The Great American Game".

도 농구 선수로서 바람직한 키는 아닌 건 알지만, 나는 그래도 포인트 가드 역할을 그럭저럭 잘 했었다. 브랜튼중학교가 2000~2001년도 챔피언십에 출전했을 때는 주전으로 뛰었다. 고등학교 때는 주로 벤치를 지키긴 했지만, 조금밖에 못 뛰었음에도 불구하고 2학년 때는 한 경기에 일곱 번, 한 시즌에 40번 차징으로 캘거리시 기록도 세웠다. 대학에 가서는 선수로 뛰는 건 무리였기에 남자 팀의 매니저가 됐다. 야구를 좋아하게 된 것이 그 때 즈음이다.

대학 1학년 전까지 과연 내가 야구 경기를 처음부터 끝까지 본 적이 있는지 잘 모르겠다. 1994년 시카고 컵스 홈구장 리글리 필드(Wrigley Field)에 갔다는 티켓은 갖고 있는데, 그날의 기억은 거의 없다. 날이 진짜 더웠고, 햇볕에 피부가 탔고, "새미 소사(Sammy Sosa)는 어딨어요?" 하고 쉴 새 없이 아빠한테 물었다는 것 밖에. 그러면 아빠는 "곧 나온단다." 하고 대답했다. 나는 흥미를 잃고 외야수들의 등만 쳐다보고 있었다. 외야수들은 별로 움직이질 않았다. 그러다 다시 "소사는 어딨어요?" 하고 물었는데, "이전 회에 나왔었는데. 안 보고 있었니?" 라는 게 아닌가. 또 남아 있는 그 날의 기억은, 아빠가 사촌 조엘과 맥주를 많이 마셨다는 것, 그리고 나는 그 맛이 아주 궁금했다는 것이다. 내가 묻자 아빠는 "배스킷"[6] 아래로 손을 뻗어 리글리의 명물인 외야 담장의 담쟁이 잎을 따더니 말했다. "맥주는 이런 맛이 나지. 자, 먹어 봐." 나는 그걸 먹었다. 지독하게 맛이 없었고 얼마 못 가 나는 길에다 토를 했다. 집에 와서 어머니에게 그 얘기를 하자 엄마는 아빠에게 화를 냈다. 그로부터 10년 간, 맥주는 마른 담쟁이 잎 같은

---

6) 외야 벽 안쪽으로 드리워져 있는 펜스. 팬이 플라이볼을 가로채는 행동이나 벽 아래로 떨어지는 것을 막기 위해 1970년도에 설치되었다.

맛이 나며 마시면 토하게 된다고 생각하며 살았다. 16살 때 다시 맥주를 마셔 본 결과, 내 생각이 절반은 맞았다.

1994년에 나는 야구에 빠져 있었나 보다. 아마 내가 어린 시절 제일 좋아했던 영화, 〈루키〉[7]와 〈리틀 야구왕〉[8]의 영향이었으리라. 그 당시에 나는 야구 룰도 몰랐을 것이다. 그냥 야구라고 불리는 그것이 좋았을 뿐이었다. 내 취미 중 하나가 스크랩이라, 내가 갔던 모든 스포츠 경기나 콘서트의 티켓을 모아 두는데, 그 스크랩 공책에는 1994년부터 캘거리 캐넌스[9] 티켓이 잔뜩 있다. 그 말인 즉, 알렉스 로드리게스(Alex Rodriguez)의 경기도 봤었을 거라는 뜻이다. 알렉스 로드리게스라니! 돈과 배신, 스테로이드 문제가 터지기 한참 전… 그가 커다란 포부를 가진 만 18살 꼬마였던 시절에 말이다. (세월이 진짜 많이도 변했다.) 하지만 이 경기 역시 기억이 나지 않는다. 햇볕에 탄 것과, 빈 외야석, 그리고 캐넌스 선수가 홈런을 칠 때마다 쏘았던 대포. 그 홈런 중에 몇 개는 로드리게스가 친 것이었겠지… 실제로 그는 그 해 여름, 7월에 메이저리그로 승격되기 전까지 여섯 개를 치고 갔다.

하지만 그 해 선수 파업이 일어나고 만다. 월드시리즈도, 티비 중계도 중단됐다. 마이클 조던이 농구로 복귀하면서 나는 그를 따라 갔던 것 같다. 그 즈음부터 농구에 엄청 빠져들게 된 기억이 난다. 그로부터 10년 동안 야구에는 철저하게 관심을 주지 않았다. 내 스크랩 공책에 있는 그 다음 야구 티켓은 2001년 캐넌스 경기인데, 이듬해 캐넌스는 팔려가 '앨버커키 아이소토프스'[10]로 이름을 바꾸게 된다. 학생들에게 표를 그냥 나눠줘

---

7) 원제 'Rookie of the Year'.

8) 원제 'The Sandlot'.

9) 당시 시애틀 매리너스 산하 트리플A 구단. 2002년에 미국 앨버커키로 이전.

10) Albuquerque Isotopes. 집필 당시 로스앤젤레스 다저스 산하 트리플A 구단.

서까지 관중석을 채울 만큼 상황이 절박했나 보다. 공짜표만 아니었다면 당시 야구 경기를 보러 갈 이유는 전혀 없었다. 나는 야구 얘기가 나오면 '강한 무관심'에서 '가벼운 혐오' 정도의 느낌까지 들었던 게 기억난다. 나는 "야구는 지루해." 하고 대꾸하곤 했다. "아무 일도 안 일어나잖아. 텅 빈 구장에 멍하니들 서서, 누가 작은 흰 공 하나를 치면 다른 누가 그걸 받네 마네 하는 게 무슨 대수야?" 그리고 얼마 지나지 않아 스테로이드 복용 혐의가 줄줄이 터져 나왔다. 2004년에는 엑스포스가 해체되었다. 2005년에 『Juiced』[11]가 출판되고, 청문회가 잇따르면서, 우리 어린 시절의 영웅들이 한 명씩 다 사기꾼이었다는 사실을 천천히 깨닫게 되었다. 다음 세대는 절대 이렇게 어린 나이에 환상이 깨지는 경험을 하지 않았으면 한다. 하지만 대학교 1학년 때 모든 것이 바뀌게 되었다. 사라졌었던 그 영웅 정신과 설렘이 격동적이고 아름다웠던 하룻밤 새 모두 돌아온 것이다.

---

11) 메이저리그 강타자 호세 칸세코(Jose Canseco)의 에세이. 야구 선수들의 스테로이드 복용에 대해 폭로한 내용.

3회말

N 자기 **자신**은 잊고, 더 높은 승리의 목표를 위해 자기 육체를 내놓은 모습이라니. 이 경기에는 진짜 뭔가가 있나 보다, 하고 생각했다. 내가 모르고 있는 뭔가가 있을 테지. 그걸 내 눈으로 확인해야만 했다.

2006년 7월 1일. 일본 도쿄(東京)도 도쿄돔.

전통의 일전[1]. 야구 전문가들은 요미우리 자이언츠 대 한신 타이거즈의 경기를 양키스와 레드삭스에 비할 만한 라이벌 경기라고 평할 것이다. 그보다도 조금 더 고조된 분위기라는 것이 내 생각이다. 몇 백 년 전 미국에서 니커보커[2]들이 올드 타운의 미대륙 내 성공을 질투한 나머지, 군대를 일으켜 보스턴까지 행군하고 5개월 동안 도시를 포위했다고 치자. 도시가 황폐화되자 벤자민 프랭클린의 여덟 살짜리 아들을 참수하고, 올드노스교회(Old North Church)를 밀어버린 것도 모자라, 체계적으로 보스턴의 지역 정체성을 지우기 위해 학교에서 아이들이 'R' 발음[3]을 하도록 강제했다면 어떨까. 이날 밤 도쿄돔에서 서로 반대편에 앉은 팬들의 조상들이 바로 세키가하라 전투(關ヶ原の戰い)나 오사카 전투(大坂の役)의 전장에서도 충분

---

1) 伝統의一戰. 오랫동안 라이벌 관계에 있는 팀 간의 스포츠 경기를 일컫는 일본어.
2) Knickerbocker. 뉴욕 지역의 네덜란드계 이민자.
3) 단어의 중간 혹은 끝에 오는 "R" 발음을 거의 하지 않는 것이 보스턴 사투리의 특징.

히 반대편에 섰었을 수도 있는 것이다. 실제로 이날의 관중은 전쟁에 나갈 채비가 된 것 같았다. 모든 사람들이 유니폼을 입고 대부분이 손목 밴드나 모자, 머리띠도 쓰고 있었다. 가는 나일론 끈으로 연결된 응원 막대 한 쌍씩을 목에 두른 것은 소리를 내기 위해서였고, 피부가 쓸리는 것을 막고 땀을 닦기 위해 팀 색깔의 머플러도 두르고 있었다. 더워서 땀을 흘리는 게 아니다. 여기 돔구장은 냉방이 되고 있었음에도 불구하고, 사력을 다해 응원하기 때문에 땀을 흘리는 것이었다. 사실 내가 보러 온 것은 야구 경기보다도 바로 이 광경이었다.

여름방학 동안 나는 도쿄에 위치한 일본계 다국적 기업에서 인턴을 하고 있었다. 내 일본어 실력은 겨우 초급을 면한 수준이었다. 일상의 거의 모든 부분에서 어려움을 겪었고, 친구를 사귀는 것 역시 마찬가지였다. 남는 시간은 대부분 코딱지만한 집에서 보내던 차였다. 퇴근 후에 티비 채널을 돌리다 보면 전혀 알아들을 수 없는 채널 26개와 야구 채널 4개가 나왔다. 그때까지도 '야구는 구려' 하고 생각하던 시기였지만, 유일하게 이해가 되는 프로그램이었던 데다 읽을 책도 다 떨어진 상황이었다. 야구는 뭐, 야구였다. 캐나다에서 바에 가면 우연히 틀어줘서 봤던 경기와 다를 바가 없어 보였다. 하지만 그 소리는 달랐다. 관중석 어딘가에서는 언제나 노랫소리와 함께 밝은 트럼펫 소리가 경기 내내 뚜렷하게 들려왔다. 카메라가 팬들을 비출 때면, 유니폼을 잘 맞춰 입고, 멋지게 쓴 현수막과 커다란 깃발을 들고, 리듬에 맞춰 응원막대를 두드리는 사람들이 보였다. 내가 지금껏 봐 왔던 야구팬들과는 확연히 다르게, 마치 종교적인 무아지경에 빠진 사람들 같았다. 그들이 경기를 제대로 보고 있기는 한 건지도 확실하지 않았다. 갈릴레오가 목성의 궤도를 도는 위성들을 처음으로 망원경으로 확인했을 순간처럼, 나는 어안이 벙벙해서 실눈을 뜨고 티비를 쳐다봤다. 그토록 빠져 있는 그 사람들의 모습에 나는 완전히 빠져버렸다. 자기 자신은 잊고, 더 높은 승리의 목표를 위해 자기 육체를 내놓은 모습이라니. 이 경기에는 진짜 뭔가가 있나 보다, 하고 생각했다. 내가 모르고 있는 뭔가가 있을 테지. 그걸 내 눈으로 확인해야만 했다.

표는 이미 몇 주 전에 매진되었기에 재판매자[4)]에게 3만 엔을 주고 좌익수 쪽 외야석 표 세 장을 샀다. 여름이면 스포츠팬들 사이에서 요미우리와 한신의 경기는 인기가 대단하다. 한신이 플레이오프 진출 경쟁에 남아 있는 7월이면 특히 그렇다. (한신은 8월에 전국 고교 선수권 대회를 위해 홈구장을 내주고 3주 동안 원정을 가는데, 보통 이 시기에 성적이 곤두박질친다. 한신 팬들은 이를 '시노로도', 곧 죽음의 로드라고 부른다.) 요미우리의 홈구장에 왔으니 홈 팀을 응원해야겠다는 생각에, 요미우리 저지도 하나 샀다. 도쿄돔에서는 요미우리 팬은 아무도 왼쪽에 앉지 않는다는 사실은 모르고 말이다. 요미우리의 벤치가 1루쪽에 있어, 전통적으로 요미우리 팬들은 자기 선수들 뒤에 앉아 왔다. 그리고 일본은 전통을 중시하는 나라다. 원정팀 팬들은 반대편 3루 쪽에 앉는다. 한신은 일본에서 요미우리 다음으로 인기가 많은 팀이어서, 팬들이 집단으로 모여 있으면 검정 노랑이 교차되어 마치 말벌떼같은 장관을 연출한다.

시간은 토요일 밤이었고, 경기장에 도착한 건 거의 경기 시작 두 시간 전이었지만 벌써 관중석은 반이나 차있었다. 우리 쪽에 앉은 사람들 대부분

---

4) 일본에 암표상은 없으나 구하기 어려운 스포츠, 콘서트, 영화 시사회 등의 티켓만을 취급하는 가게들이 있음. 성수기에는 여기서 기차와 비행기 티켓도 판매.

은 이미 술에 취한 상태였다. 이 사람들의 혀가 꼬인 간사이(關西)[5] 지방 사투리를 내가 조금이라도 알아들을 리 만무했다. 이미 타국에 와 있는 나인데, 그 안의 또 다른 나라에 온 것 같은 기분이었다. 나는 사내 농구 팀에 있는 카케루, 그리고 쇼와 함께 왔다. 가방에 구겨 넣어 온 요미우리 유니폼을 쇼에게 보여 주자 쇼는 "이거 여기서 입으면 안 돼. 이 사람들 손에 죽을 수도 있어."라며 나를 호되게 다그쳤다. 농담이 아니었다.

열성적이기로 유명했던 과거 80년대 한신 팬들은 저급한 폭력을 휘두르기로도 명성이 자자했다. 시도 때도 없이 만취한 상태로 싸움박질을 하는 터에 부모들은 경기장에 아이들 데려오기를 꺼려했다. 순위에서 요미우리에 뒤질 때마다 이들은 분을 못참고 경기장 밖 자이언츠 팀 버스 옆에서 기다렸다가 선수들 사기를 떨어뜨릴 목적으로 건전지를 던졌다. 1985년 닛폰시리즈 우승 이후 플레이오프에서 승리했을 때 도쿄의 한신 팬들은 열차를 납치했고, 오사카의 한신 팬들은 괴상한 전통에 따라 오물 가득한 도톤보리 강에 뛰어들었는데 심지어 몇몇은 익사하기까지 했다. 이런 광기, 모든 것을 던져버릴, 죽음도 불사할 정도의 팀을 향한 사랑. 나는 이것을 보러 온 것이었다.

경기 시작 45분 전, 스피커에서는 양 팀의 라인업을 발표하는 여자 아나운서의 목소리가 들려왔다. 원정팀인 한신의 순서가 먼저다. 그러자 갑자기 같은 위아래 유니폼을 맞춰 입은 마초남들이 각 이름이 불릴 때마다 트럼펫으로 팡파르를 울렸다. 그리고는 아무도 지시하지 않았는데도 외야석의 모든 사람들이 차려 자세로 응원곡 메들리를 시작했다. 선수들에게는

---

5) 일본 서부의 한 지역. 음식, 활동적인 사람들, 그리고 혀를 굴리는 듯한 발음으로 유명.

저마다 응원곡이 있다. 선수들을 위해 관중들이 선보이는 오페라 공연과도 같았다. 바로 이것을 보러 왔다. 광경 그 자체로 숨막히는 듯했다. 메들리가 끝나자마자 나는 달려 나가 한신 유니폼과 응원배트 몇 개를 구입하고 이 광기에 참여하기로 했다.

크리스 옥스프링(Chris Oxspring)이 한신의 선발 투수였다. 이날 우리는 같은 유니폼을 입고 있었지만 이 다음번 만날 때 그는 롯데 자이언츠의 유니폼을, 나는 넥센 히어로즈 유니폼을 입고 있게 된다. 옥스프링은 1회에서 1점을 내줬지만 타이거즈가 2회에서 만회했다. 그리고는 승부가 나지 않던 차 '아니키(형님)'로 불리는 한국계 일본인 선수 가네모토 도모아키(金本知憲, 본명은 김박성)가 4회에 나와, 나에게 생애 첫 프로 리그 홈런을 선물했다. 무엇보다 그 소리가 기억에 남는다. 엄청나게 큰 소리였으니까. 에어돔인 도쿄돔은 공기압이 높아 소리 전달이 더 잘 된다. 딱! 하고 귀 옆에서 누가 폭죽을 터뜨린 것 같았다. 우리는 입이 벌어진 채, 먹이를 노리는 살

쾡이처럼 몸을 앞으로 기울이고는 우리 쪽으로 날아오는 공을 쳐다봤다. 공은 내 자리 바로 다섯 줄 아래에 떨어졌고 팬들은 팀 이름에 걸맞게 호랑이 같이 포효하며 '로코 오로시'(六甲おろし)를 두 번째로 부르기 시작했다. 세 번째로 부를 기회는 오지 않았다. 6회에서 요미우리는 긴 공격 끝에 승부를 원점으로 돌려놓았고 뒤따른 한신의 외야수 수비 실책과 운 좋은 안타로 4대2를 만들었다. 경기가 끝날 때까지 그 점수가 유지됐다.

그래도 팬들은 끝까지 지켜보았다. 한 순간도 놓치지 않았다. 내가 그날에 대해 쓴 2006년 블로그 글을 일부 빌리자면 "9회가 끝날 때까지 그들은 파이팅이 넘치고 열광적인, 행복한, 흥거운 집단이었다. 디오니소스, 아폴로, 아레스가 모닥불 옆에서 함께 춤을 추는 느낌이 이러했을까 싶다." 보시다시피 나는 이미 이때부터도 극적인 표현을 즐겨 썼다. 그날의 일들이 나의 삶에 미친 영향은 실제로도 매우 극적이었다.

2006년 7월 1일의 사건에 너무나 감명을 받은 나머지, 나는 캐나다의 잊혀진 오랜 전통인 대학 관악대 문화를 직접 되살리기로 마음먹었다. 2006년 9월에 나를 비롯한 학부생 몇 명이 뜻을 합쳐 만든 '맥길 파이트 밴드(McGill Fight Band)'는 이 책이 인쇄에 들어가는 올해 아홉 번째 해를 맞게 된다. 나는 야구 글러브를 사서, 겨울이 오기 전까지 모든 공강 시간을 운동장에서 미국 출신 학생들과 캐치볼을 하는 데 할애했다. 캐나다에서는 야구 관련 책을 구하기가 어려웠지만(아직 온라인 서점과 e-북 사용이 보편화 되기 전의 일이다) 손에 잡히는 대로 읽었다. 심지어 오프 시즌 리포트도 읽기 시작했다(하키와 농구 시즌이 시작했는데도 말이다!). 한동안은 어디를 가든 야구 저지를 입고 다녔고 야구 저지가 내 옷장의 반을 차지했다. 그 수가 상당해서, 룸메이트들과 야구를 테마로 파티도 하곤 했는데 놀러 온 사람들 의상까지 내가 전부 제공했다. 한마디로 중독이었다.

그날의 영향은 단순히 나의 여가시간에만 국한된 것이 아니었다. 야구는 내 정신의 깊은 곳까지 파고들었다. 의식의 흐름 속에 항상 응원가가 상주하고 있었다. 혼자 있을 때마다, 딱히 다른 일에 몰두해 있지 않으면 마음속 어디선가에서 북소리가 들리기 시작하면서 트럼펫 멜로디가 시작되었다. 마치 옆방에서 영화 〈벤허[6]〉를 서라운드 시스템으로 틀어놓은 것 같은 느낌이었다. 잠결에도 이 소리가 들려왔다. 일을 하면서도 휘파람으로 멜로디를 불고, 혼자 걸을 때에도 흥얼흥얼 불렀다. 정신이 나갔나 스스로 의심이 될 정도였는데 정말 정신이 나갔던 것인지도 모른다. 훗날까지도 많은 사람들이 나의 집착을 보고 '미쳤다'고 말하게 되니까.

그 다음 해 여름, 나는 '도코로자와(所沢) 블루 스피리츠'라는 야구 응원 동호회에 가입했다. 퍼시픽리그 팀 중 하나로 사이타마현에 위치한 세이부 라이온스의 독실한 추종자들로 이루어진 단체다. 나는 도쿄와 사이타마의 경계에 있는 히노(日野)라는 공업도시에 살고 있었고, 일본에서의 두 번째 체류 기간 동안 경기를 최대한 많이 보려는 목적으로 세이부 팬이 되었다. 블루 스피리츠, 짧게는 블루스피라고 불리는 이 단체는 2005년도 플레이오프 때 결성되어 퍼시픽리그 중에서도 가장 눈에 띄는 팬 동호회로 성장했다. 퍼시픽리그의 다른 팀 팬들도 이들의 존재를 알고 있었다. 파란색 바탕에 사자를 뜻하는 한자 '獅(사)'가 쓰인 동호회 깃발은 외야 반대편에서도 선명하게 보였고, 세이부 왕조가 겪었던 흉년기 동안 이 깃발은 레지스탕스의 상징과도 같은 것이 되었다. 여기 사람들은 골수 야구팬이었다. 내

---

6) 원제 'Ben Hur'. 1959년작. 1960년도 아카데미상 11개 부문 수상.

가 다다르고자 하는 경지의 매니아였던 것이다. 다카유키 후나오카라는 회원이 나를 동호회에 초대해 주었는데, 일정 기간의 임시 멤버십을 유지한 후 가입을 원하는 이유를 설명하는 짧은 글을 작성하여 선임 회원들의 승인을 받아야만 정식 회원 자격을 얻을 수 있었다.

2007년에 세이부는 꼴등을 했다. 하지만 설사 세이부가 우승기를 획득했다 하더라도 이보다 더 즐거운 시간을 보낼 수는 없었을 거다. 여름 내내 최하위권에 머물다 보면 팬들 간 결성력이 매우 단단해진다. 5점이나 뒤진 상태로 시작한 9회 초에 주변을 둘러보면, 거의 텅 빈 관중석에 남은 몇 명의 팬들끼리 블랙 유머나 결연한 심정같은 것을 공유하고 있다는 것을 느끼게 된다. 마사다에서 로마인들에게 포위당했던 유대교 열심당의 심정이 이러했을까. 지는 팀의 응원은 비극적일 정도로 비장하여 나 같은 영문학도가 반길만한 아이러니로 가득하다. 지는 팀에 감정적으로 이입을 하다 보면, 팀이 잘 할 때는 더 기쁘고 못 할 때는 내 감정의 곡선도 더 바닥을 친다. 그 절망감을 더 절실히 느끼기 때문인 것 같다. 우승은 금보다도 더 귀해진다. 가뭄 중의 단비이자 기근 중의 식량인 셈이다. 긴 연패에 빠질 때는 전쟁 포로의 멘탈을 갖게 된다. 겉으로는 단호하고 의연하면서도, 속으로는 다시 자유의 빛을 볼 수 있을지 의심하는 상태 말이다. 한번만 더 패하면 집어치울 거라고 협박함과 동시에, 영혼을 바쳐서라도 단 한번만이라도 이기게 해 달라고 신에게 기도하게 된다. 이 정도로 필사적인 상황에서는 한번의 승리에도 얼마든지 격하게 열광할 수 있는 법이다.

N 요미우리 선수가 타석에서 스트라이크를 당하는 것이 우리가 평소 한 점 따는 것보다 더 신났고, 요미우리 선수가 타석에서 물러날 때는 경기를 이긴 것만큼 좋았다.

2007년 6월 24일. 일본 도쿄도 도쿄돔

6월의 문을 연 것은 홈에서 요미우리에게 당한 부끄러운 6대11 패배였다. 이로써 3연패. 이어서 우리는 13일까지 계속 패하며 10연패를 기록했다. 그리고는 요미우리와 다시 만나게 되기까지, 잠시나마 6연승의 기쁨을 누린 참이었다. 여태 요미우리는 세이부와의 앞선 승부에서 11대6, 4대1, 5대2로 세 차례나 이긴 상태였고, 오늘을 마지막으로 양 리그 교류전(交流戰) 전 경기에서 우리를 깨끗하게 발라버릴 태세였다.

우리는 먼저 이번 시즌 0.667 승률에 탈삼진왕 타이틀을 자랑하는 요미우리의 선발 투수, 우쓰미 데쓰야(內海哲也)를 상대로 2점을 획득했다. 그리고 요미우리에게는 8회까지 한 점만 내 준 상태였다. 매 투구가 손에 땀을 쥐게 했다. 절대로 스윕을 당할 수는 없었다. 스윕은 죽음… 아니 죽음보다 더한 것이다! 스윕은 항복이다. 무능함을 인정하는 것이다. 한 경기만 이기면 또다시 내일을 위해 싸울 수 있다. 한 경기만 이기면 일말의 자존심을 지킬 수 있었다. 그 해에는 자존심을 찾기가 어려웠다. 야구 열혈 팬에게 있어 자존심이란 화폐와 같아서, 우리에게는 돈보다도, 삶보다도 가치가 있었다. 다 져도 요미우리에게 질 수는 없었다. 요미우리는 야구팀의 모습을 한 악마였다. 전력이 강한 이유는 막강한 자금력 때문이었다. 뇌물과 편법으로 최고의 선수들을 다 뽑아가는 것이, 마치 곡간을 걸어 잠그고 백성은 굶주리게 놔두는 악덕 지주 같았다. 요미우리 선수가 타석에서 스트라이크를 당하는 것이 우리가 평소 한 점 따는 것보다 더 신났고, 요미우리 선수가 타석에서 물러날 때는 경기를 이긴 것만큼 좋았다. 오늘 이기면 무슨 대회를 우승한 것과도 같을 것이다. 동시에 그만큼 비참할 것이다. 자이언츠의 공격을 막는 데에는 한계가 있었고 조만간 타격이 시작될 것이다. 뭔가 보험이 필요했다. 영웅이 필요했다.

9회에 다카야마 히사시(高山久)가 지명 타자로 등장했다. 첫 공이 지나간 다음 곧바로 좌측 관중석으로 날려버렸다. 정말로 이성을 잃을 뻔했다. 꿈이 아니었다! 진짜로 일어나고 있었다! 리그 최고의 팀을 그것도 홈구장에서 이기고 있다! 하지만 아직 일렀다. 오노데라 지카라(小野寺力)가 마무리 투수로 올라왔지만 무시무시한 요미우리 타자들이 줄줄이 출루하여 힘이 빠진 우리 투수를 상대로 2점을 득점하였다. 그래도 운이 따랐다. 마지막

자이언츠의 타자의 공이 중앙 좌측으로 떠올라 와다 가즈히로(和田一浩)가 쉽게 처리했다. 세이부가 4대3으로 승리하였다. (참고로 이승엽은 그날 4타수 무 안타로 마쳤다.)

우리는 안전 요원에게 쫓겨날 때까지 광분했다. 그래서 돔구장 바깥에서 광기를 이어갔다. 한 세이부 팬이 요미우리 팬들에 대한 풍자적인 모욕으로 우리가 그렇게도 싫어하는 자이언츠의 오너, 와타나베 쓰네오(渡邉恒雄)의 사진을 액자에 넣어 영정 사진의 의미로 들고 왔다. 야구팬들의 풍자 센스는 끝내준다. 액자는 외야 좌측 입구 밖의 기둥에 높이 자리 잡고 신사의 신체(神體)처럼 무리를 내려다보았다. 쾌감에 젖은 우리는 돌아가며 그 앞에서 합장하고 기도하는 시늉을 했고 그런 다음 길바닥에 드러누워 빗속에 꿈틀대는 지렁이처럼 굴러다니며 꿈틀댔다. 미칠 듯한 쾌감이었다. 이런 순간에 나는 세상에 태어난 것을 감사한다. 요지경인 세상에 야구라는 것으로 위로를 받을 수 있다.

생각해보면 야구란 참 희한한 놀이다. 둥근 막대기로 둥근 공을 때려서 4각형의 선 따라 반시계방향으로 돌아서 점수를 획득한다. 제한 시간도 없다. 수비가 공을 갖고 있다. 경기 중에는 모자를 써야만 한다. 다른 모든 스포츠와는 반대로 '스트라이크'의 뜻이 공을 치지 않았다는 뜻이다. 가장 뛰어난 타자들도 투수가 던지는 공의 30% 가량만 성공적으로 칠 수 있다. 투수는 12회 투 아웃까지 36명의 타자를 마주하고도 단 한번의 안타나 볼넷을 허용하지 않아 '역사상 가장 위대한 투수전[7]'을 이루더라도 여전히 패할 수 있다. 이런 말도 안 되는 요소들 때문에 비야구인들이 왜 사람들

---

7) Greatest game ever played.
1959년 피츠버그 파이리츠의 하비 해딕스(Harvey Haddix) 선수가 던진 "불완전한 퍼펙트 게임".

이 이렇게 야구에 열광하는지 의문스러운지도 이해가 된다.

야구의 매력을 알기 위해서는 이 스포츠가 얼마나 어렵고 거의 불가능에 가까운지 인정해야 한다. 타자는 약 3톤에 가까운 힘을 전달하여 시속 145킬로미터로 날아오는 공을 받아쳐서 안타를 만들어야 한다. 평균적으로 투수 마운드에서 홈 플레이트까지 공이 날아오는 시간보다 방망이를 휘두르는 속도가 더 느리다. 이 뜻은 타자가 실제로 날아오는 공을 보는 것이 아니라 거의 순간적으로 공의 경로를 머릿속에서 가시화 한다는 의미이다. 같은 시간 내에 이런 계산을 해내는 기술은 NASA[8]에도 없다. 투수는 또 어떤가? 지난 세기 동안 타자들만큼이나 과학자들을 혼란스럽게 했다. 마침 야구의 황금시대가 광란의 20년대와 겹친 관계로 많은 투수들이 당 시대의 가장 위대한 예술가인 마술사에 비교되는 것이 놀라운 일은 아니다. 1949년도에 랄프 B. 라이트풋(Ralph B. Lightfoot)이 광범위한 윈드 터널 실험을 통해 커브의 움직임을 증명하기 전까지 수십 년 간 커브가 실제로 휘는 것인지 착시인지 끊임없는 논쟁이 있었다.

이러한 연구활동 또한 내가 야구에서 사랑하는 측면 중 하나이다. 단순한 추측이 아니라 부지런히 연구한 결과로 발표되어 물리학, 심리학, 통계학, 경제학 분야의 최고 권위자들을 통해 검증된 사실들이다. 다른 스포츠에서는 이정도 정교한 수준에 이만한 자원 투자로 연구를 진행하지 않는다. SABR[9]와 같은 단체는 통계 분석학을 완전히 새로운 방향으로 이끄는데 큰 역할을 하였다. 그들은 적절한 기준점에 대해 오랜 기간에 걸쳐 성적을 측정하면 누적된 데이터가 예견적인 가치를 가지게 되어 통계

---

8) National Aeronautics and Space Administration. 미 우주항공국.

9) Society for American Baseball Research. 미국야구학회. '세이버'로 읽음.

가 중요하다는 사실을 실증적으로 증명하였다. 생각해보면 정말 대단하다. SABR 덕분에 아무도 중요하게 생각하지 않았던 비교적 단순한 개념이 주류가 되었다. 비단 야구에만 연관된 얘기가 아니다. 세이버메트릭스[10]는 성적 측정 기술을 발전시키는 데 새로운 기준을 설정했고 다른 스포츠에도 보편적으로 적용되었다.

야구는 프로 스포츠 트렌드를 세우는 데 항상 남들보다 앞서 있었다. 메이저리그 야구는 처음으로 유색인종을 허용한 프로 스포츠 리그다. 실력 있는 선수를 찾아 해외로 처음 손을 뻗은 리그이기도 하다. 잠재력 있는 프로선수를 키우기 위해 처음 팜 시스템(farm system)을 도입하고 개발 중인 야구 시장의 현지 실력자를 키우기 위해 해외에 훈련시설을 처음 설립하기도 하였다. 지금은 거의 모든 프로 스포츠 리그가 이렇게 하고 있다. 야구는 세계화의 선구자였고 이제는 전 세계 상업과 정치의 기본 법칙이 되었다.

적어도 서반구에서는 야구의 영향력이란 거의 측량불가하다. 야구 비유는 원어민도 모르고 사용할 만큼 미국 영어 어휘와 깊이 엮여 있다. 'Ballpark figure(어림셈)', 'right off the bat(시작부터)', 'out of left field(예기치 않게)' 등 수십 가지 표현이 일상적인 표현이 되었다. 나한테는 별로 놀라운 일이 아닌 게, 야구 역사는 미국 역사 그 자체다. 둘은 분리될 수 없고 분리되어서도 안 된다. 야구는 미국이라는 나라의 탄생과 거의 같은 시간에 태어났고 미국이 고립상태의 긴 잠에서 깨어나 세계무대에서 다른 나라들과 나란히 하게 됐을 때 크게 성장하였다. 나라의 성장과 함께 한 야

---

10) Sabermetrics. 야구 통계를 수학적으로 분석하는 방법론.

구는 미국 민간 문화에도 특별한 자리를 차지하고 있다. 그레이트 밤비노[11]는 웬만한 동화 주인공보다도 더 존재감이 있다. 타이 코브(Ty Cobb), 사이 영, 프레드 머클(Fred Merkle)은 미국인들의 기억 속에, 상상 속에 동일하게 자리한다.

물론 야구는 문제도 많았다. 몇 가지 예로는 승부조작, 뇌물, 마약, 음주, 파업, 스테로이드, 포스트식민주의, 지명타자 제도 등이 있다. 그래도 야구는 적어도 20세기 초의 영광을 잘 유지했다고 생각한다. 자세히 들여다보면 지난 세기의 시대정신을 엿볼 수 있다. 그때만 해도 사람들은 아직 '진보'나 '웅장함', '국민 오락'에 대한 믿음이 있었다. 진보(사회적이든 경제적이든)가 과거의 기억처럼 급속히 멀어져만 가는 지금은 외형보다는 성능이 중요하고 '오락'이라는 단어 자체가 점점 반사회적인 가상의 활동을 의미할 뿐이다. 나는 야구가 진정으로 '한때 좋았었고 앞으로도 다시 이룰 수 있는 모든 것들에 대해 상기시켜' 줄 수 있다고 믿는다. 나만 그런 것이 아니다. 월트 휘트먼(Walt Whitman)부터 J. D. 샐린저(J. D. Salinger)에 아우르는 위대한 작가들이 야구가 가진 변화시키고 치유시키는 능력에 대해 언급하였다. 뭔가 특별하고 마법 같은 성격을 갖고 있다. 정확하게 설명할 수는 없지만 더 설명할 필요도 없을 거라 생각한다. 무슨 얘기인지 모르겠다면 당장 야구장으로 가서 직접 느껴보길 바란다. 한마디 조언을 하자면, 한 팀과 사랑에 빠지기 전까지는 진정한 야구의 매력을 깨닫지 못할 것이다. 반드시 응원하는 팀이 있어야 한다. 다른 방법은 없다. 우리 팀이 있어야 한다.

---

11) The Great Bambino. 베이브 루스의 별명.

4회
서울의 영웅들

우리 팀 자리에서 정말 한 명이라도 큰 소리로 응원을 해 주고, 깃발을 흔들고, 농담을 하고, 심판에게 야유를 하고, 우리가 점수를 낼 때마다 일어서 주는 게 얼마나 힘이 되는지. 오늘 딱 하루만이라도 그런 존재가 되기로 마음먹었다. 초반에는 도저히 신이 나지가 않았지만 말이다.

4회초

N 스포츠 팬들이 원래 직감을 잘 따르는 편이다. 말이 안 될 지라도 이게 우리의 방식이다. 이거다! 싶은 그 순간이 오기를 기다리는 거다. 왜 그 팀을 응원하게 됐는지 나중에 누가 물으면, 답할 수 있는 이야기가 생기기를 말이다.

2011년 4월 3일. 대한민국 서울특별시 잠실야구장.

1회초. 박용택이 중앙으로 희생플라이를 치자 박경수가 태그업해서 점수를 냈다. 다른 건 몰라도 박경수가 삼루를 찍을 때의 함성만큼은 기억한다. 그가 내딛는 한 발 한 발이 마치 자갈길을 달리는 차 안의 오디오 볼륨 눈금인 것 같았다. 음향 기술이나 작곡 이론이 아무리 발달한들, 관중의 함성보다 더 성스럽고 장엄한 음악이 있을까. 만 명의 목소리가 순간의 열정으로 하모니를 이루는 것은, 나에게는 어떤 예술이나 과학도 풀 수 없는 미스터리다.

2011 롯데카드 프로야구가 개막하던 주 주말, 두산 베어스는 라이벌인 LG 트윈스와 맞붙을 예정이었다. 아직 팀을 정하지 않은 나는 참관만 하러 갔다. 프로 야구 팀이 3개나 있는 도시에 온 덕에, 응원할 팀을 실제로 고를 수 있는 특별한 기회가 주어진 것이다. 야구는 보통 민주화 된 나라에

서 하는 스포츠니까 모두들 이론적으로는 응원할 팀을 고를 수 있는 게 맞겠지만, 그런 식으로라면 카톨릭의 자유 의지와 개신교 칼뱅주의의 예정설 간의 논쟁 역시 다시 수면 위로 떠올라야 한다.

이 말인즉 스포츠 팀이란 대개 사람이 태어날 때 이미 결정되는 것이라는 뜻이다. 그 사람이 태어난 장소, 아니면 그 부모가 누구인지에 따라서 말이다. 예를 들면 나는 캘거리에서 태어났으니 캘거리 플레임스[1]의 팬이자 여름에는 캘거리 스탬피더스[2]의 팬이다. 나의 고장인고로 나의 팀이다. 여기에는 의심의 여지가 없었다. 하지만 출생증명서에 찍혀 있는 지역이 다는 아니고, 성(姓)이 더 중요한 경우가 많다. 피는 물보다 진하다고 하지 않나. 우리 아버지는 캘거리에서 나고 자랐지만 앨버타대학교(University of Alberta)을 나왔고 거기서 농구를 했다. 그래서 골든 베어스가 다이노스와의 경기를 위해 캘거리에 올 때면, 우리는 에드먼턴 사람들과 함께 앉아 반대편의 캘거리 사람들의 조롱을 받았다. 그렇지만 왜 그래야 하는지 의문을 가진 적은 한번도 없다. 같은 차를 타고 경기를 보러 간 친구들이 점프볼부터 경기 종료 버저가 울릴 때까지 40분 동안 적으로 돌변하는 것도, 스포츠 팬에게는 당연한 이치일 뿐인 것이다. 그가 굽게 하신 것을 누가 능히 곧게 하겠느냐?

물론 운명을 거스르며, 자신에게 부여된 팀을 응원하기를 거부하는 반동분자들도 있다. 스포츠 팬으로서 나는 이런 부류를 좋아하지 않지만, 합당한 이유가 있는 탈선이라면 용서할 것이다. 어린 시절의 쓸 만한 에피소

---

1) Calgary Flames. 캘거리의 아이스하키 구단. 북미 아이스하키리그(NHL: National Hockey League) 소속.

2) Calgary Stampeders. 캘거리의 미식축구 구단. 캐나다 풋볼리그(CFL: Canadian Football League) 소속.

드가 있다면 멀리 떨어진 팀을 응원하려고 조상을 갖다 붙이지 않아도 된다. 내가 맥길 남자 농구팀에서 일하던 때 보조 코치로 있던 빌 맥아더(Bill MacArthur)는 그의 멋진 에피소드를 들려주었다. 그가 자란 곳은 나이아가라 반도에 있는 작은 마을로, 사람들은 대부분이 토론토 메이플리프스 팬이었다고 한다. 하지만 그는 평생 디트로이트 레드윙스의 팬이었는데, 그의 가족이 6명이고 NHL 팀도 6개였던 것이 이유였다. (보시다시피 NHL 팀이 원년의 6개였던 시절의 얘기다.) 한 사람씩 하나의 팀을 맡아서, 매주 토요일이면 가족이 흑백 텔레비전 앞에 모여앉아 두 명은 서로 싸우고 나머지는 내기를 하곤 했단다. 늦게 태어난 빌은 하는 수 없이 디트로이트를 맡은 것이다. 그 당시 캐나다에는 야구팀도 농구팀도 없었기 때문에, 빌은 레드윙스 말고도 타이거즈, 피스턴스, 게다가 불운의 라이온즈까지, 디트로이트의 다른 팀들도 모두 담당하게 됐다. 괜찮지 않은가 말이다. 이 매력적인 이야기에는 개인사와 스포츠 역사가 고루 녹아 있고, 20세기 중반 캐나다 시골에서의 가족생활의 단면도 담겨져 있다.

내가 못 봐주겠는 것은 바로 뉴욕 출신도 아니고 아무런 연고도 없는데, 그냥 이기는 걸 보고 싶다는 이유로 양키스를 응원하는 사람들이다. 그리고 분명히 말해 두지만 소호[3]에 있는 괜찮은 카페를 하나 안다고 해서 뉴요커가 되는 게 아니란 말이다. ('Houston'을 미국 텍사스 주에 있는 도시 이름과 똑같이 발음한다면 더욱이 아니고.)[4] 내 생각엔 이런 멍청한 부류는 미국보다도 캐나다에서 더 많이 보일 것이다. 캐나다가 미국보다 신생국가라, 대부분의 사람들의 뿌리가 그만큼 깊지 않아서일지도 모른다. 2004년 이후 캐나다

---

3) SoHo. 'South of Houston (Street)'을 줄여서 부르는 표현. 뉴욕에서 예술가들의 공방과 옷가게, 액세서리점이 밀집해 있는 거리.
4) 뉴욕 맨해튼의 Houston Street는 '하우스턴'으로, 텍사스 주의 Houston은 '휴스턴'으로 발음.

에서는 자칭 레드삭스 팬들이 우후죽순처럼 생기기 시작했으며, 맨해튼에서 여름방학 인턴십을 했다는 핑계로 양키스 열풍에 평생 합세하는 재수 없는 놈들도 어딜 가나 만날 수 있다. 유행을 따라서, 혹은 인기가 많다는 이유로 팀을 정하는 사람들이 제일 별로다. 인간으로서의 신용 자체를 의심하게 될 정도다. 나라면 그들에게 돈을 빌려 주지 않는 것은 둘째 치고, 친구라고도 부르지 않을 거다. 고향도 아니고, 좋아하는 그 팀에 대해서 옛날을 배경으로 하는 예쁜 에피소드도 없다면, 적어도 그 지역에서 제법 살기라도 해야 한다는 게 나의 세 번째 법칙이다. 바로 당시의 내 상황이 여기에 해당한다.

나는 기왕 서울에 살게 됐고 최소한 1년은 여기 있을 테니, 응원할 팀이 있는 편이 좋았다. 서울에는 한 개가 아니라 LG 트윈스, 두산 베어스, 넥센 히어로즈라는 세 개의 야구팀이 있다. 이론적으로는 나는 아무 팀이나 고를 수 있었다. 제일 강한 팀을 골라 드디어 플레이오프에서도 응원을 하든지, 내 옷들과 제일 어울리는 유니폼이 있는 팀을 골라서 야구장에서 스타일을 뽐내든지. 치어리더가 가장 예쁜 팀, 응원가가 좋은 팀, 등 멋대로의 이유를 갖다 붙이면 그만이고, 그럴 자격도 있었다. 하지만 나도 원칙이라는 게 있는데 말이지. 나의 다른 원칙들과는 달리 스포츠 원칙만큼은 아주 확고해서, 절대 예외가 없고 타협이 불가능하다. 마음을 정하기에 앞서 각각의 팀 경기에 몇 번 가서, 홈 응원석에 앉아 분위기를 본 다음, 느낌이 오는 팀을 응원하리라 마음먹었다. 스포츠 팬들이 원래 직감을 잘 따르는 편이다. 말이 안 될 지라도 이게 우리의 방식이다. 이거다! 싶은 그 순간이 오기를 기다리는 거다. 왜 그 팀을 응원하게 됐는지 나중에 누가 물으면, 답할 수 있는 이야기가 생기기를 말이다. 그 순간은 8월 중순에야 찾아오게 되지만 내 마음은 그 전에 정해진지 오래였다. 이상하게도 결국 그렇게 된 계기는 야구 실력도, 유니폼도, 치어리더도, 응원가도 아닌, 바로 날씨 였다.

N 제대로 빛도 못 본 채 짓밟히고 잊혀진 선수들로 이루어진 팀에게 나는 맘을 빼앗기고 말았다.

2011년 4월 5일. 대한민국 서울특별시 목동야구장.

지난 이틀이 너무 더웠던 탓에 나는 코트를 집에 두고 오는 치명적인 실수를 저질렀다. 초봄에 이미 오후 기온은 17도를 찍었고, 목련이 꽃망울을 터뜨리려 하고 있었다. 5시 반에 일을 마무리하고 경기를 보러 가기로 마음먹었다. 넥센이 홈 경기장인 목동에서 두산과 붙는다는데 1회를 놓치고 싶지 않았다.

호기심에 일하던 중 구단에 대해 검색을 좀 해봤다. 서울 히어로즈 베이스볼 클럽은 2008년에 창단했으나, 팀의 비공식 역사는 리그가 창설된 1982년까지 거슬러 올라간다. 이들은 삼미 슈퍼스타즈(1982~1985), 청보 핀토스(1985~1987), 태평양 돌핀스(1988~1995), 현대 유니콘스(1998~2007)라는 이름으로 꾸준히 변신을 거듭하며 필드를 누볐다. 구단주가 이렇게 여러 번 바뀐 것으로부터 짐작할 수 있을 테지만, 인천에 연고를 두던 시절에는 지지리도 못하는 팀이었다. 첫 10시즌 동안 다섯 번 꼴찌를 했고, 1985년에는 자그마치 18연패라는 리그 기록을 달성했다.

그 후로도 성적은 별반 다를 게 없었지만, 1996년 현대 그룹이 팀을 인수하면서 바야흐로 유니콘 시대가 막을 올린다. 현대 유니콘스는 1998년 처음으로 한국시리즈에서 우승을 하고, 팀은 인천에서 수원으로 옮겨가게 된다. 이들은 계속해서 2000, 2003, 2004년에 챔피언쉽을 차지하는 기염을 토했으나 홈구장의 경기 당 평균 관객은 3,000명을 넘지 못했다. 그래서 2007년, 결국 지난 10년 간 가장 성공한 팀이 해체되어 팔려가는 말도 안 되는 일이 일어난다.

여기서 개인 투자자들이 팀의 잔해를 사들여 서울 목동에 새 클럽을 차린 것이다. 우리 히어로즈라는 이름을 달고 첫 두 시즌을 보낸 뒤, 그 다음 2010 시즌부터 넥센 타이어를 타이틀 스폰서로 하여 팀은 지금의 모습이 됐다. 과거의 충실한 팬층은 고스란히 목동으로 데려왔지만, 히어로즈는 유니콘스라는 이름과 역사, 그리고 찬란했던 성적마저도 수원에 두고 온 듯 했다. 창단 후 세 시즌에서 연달아 7위, 6위, 7위를 기록하며, 한번도 승률 0.500를 넘지 못했다. 이렇게 제대로 빛도 못 본 채 짓밟히고 잊혀진 선수들로 이루어진 팀에게 나는 맘을 빼앗기고, 바로 이 팀이 나중에 아무도 예상치 못한 반전으로 한국 야구계를 열광시키게 된다. 아직 이 얘기가 나올 때가 아니지만 말이다.

그때까지도, 올해는 다를 거라는 조짐은 보이지 않았다. 히어로즈는 문학야구장에서 치른 첫 원정 경기에서 SK에게 참패를 당했고, 목동에서의 첫 홈 경기에 모습을 보인 팬도 고작 몇 백 명이 다였다. 홈 팬들보다 두산 팬들이 세 배는 숫자도 많고 목소리도 큰 걸 보고 나도 경기장을 가로질러 두산 쪽에 앉을까 살짝 생각했지만, 결국 3루 측 내 자리를 지켰다. 아마 감정이입이 돼서 그랬을 거다.

내가 졸업한 윌리엄애버하트(William Aberhart)고등학교는 캘거리 역사상 유일하게 시내 남학생 농구 1부 리그 챔피언십 4연패(1998~2001)를 달성한 학교였다. 나는 관중석에서 그 경기들을 모두 지켜봤다. 어린 나의 일생일 대의 꿈이 바로 그 금색 유니폼을 입는 것이었다. 하지만 막상 그 유니폼 을 입게 된 쯤에 팀의 상태는 형편없었다. 팀에 들어간 지 2년째에 우리는 2부로 강등되고 말았기에…. 잘나갔던 역사를 가진 별 볼 일 없는 팀에서 뛴다는 게 어떤 느낌인지, 나도 확실히 안다. 홈 경기인데 관중석에 홈 팬 보다 원정 팬이 더 많은 광경을 벤치에서 올려다보는 게 어떤 느낌인지 안 단 말이다. 동시에 단 몇 명의 목소리 큰 팬들이 큰 변화를 만들 수 있다는 것도 안다. 우리 팀 자리에서 정말 한 명이라도 큰 소리로 응원을 해 주고, 깃발을 흔들고, 농담을 하고, 심판에게 야유를 하고, 우리가 점수를 낼 때 마다 일어서 주는 게 얼마나 힘이 되는지. 오늘 딱 하루만이라도 그런 존 재가 되기로 마음먹었다. 초반에는 도저히 신이 나지가 않았지만 말이다.

2회가 시작할 즈음 이미 해는 지고 기온은 7도 아래로 떨어졌다. 의자에 앉아 이를 부딪치며 덜덜 떠느라 경기에 집중할 수가 없었다. 보통 사람이 라면 이 정도 상황에서 집에 갔겠지만, 나는 스포츠 게임에 관해서만은 거 의 강박증이 있다. 티켓을 사서 들어 온 이상, 결과를 보기 전까지는 경기 장을 떠날 수가 없는 것이다. 그래서 공수를 교체하는 동안 뭐라도 걸칠만 한 옷을 사러 나갔다.

이곳에서 파는 유일한 겉옷은 히어로즈 공식 팀 자켓이었다. 폴리에스 테르 재질로 윤기가 좌르르 흐르는 자태에 밤색 가슴팍에 흰 소매로 된 80

년대 투톤 버튼업 스타일. 완전 마음에 들었다. 제대로 복고 스타일이었다. 가격은 집에 가는 지하철 표 값의 딱 100배인 9만5천 원. 이 돈으로 뭘 할 수 있을까 저울질 해 보았지만 오늘 경기를 끝까지 보고자 하는 욕망이 제일 컸다. 넥센이 2회에 공격으로 나올 때 나는 자리로 돌아왔다. 새 옷을 입어 보는데 티비 카메라가 나를 비췄다. 그로부터 몇 년 후에야 이 책 초안을 쓰려고 예전 경기 영상을 뒤지던 중 알게 됐지만 말이다. 카메라에 찍히는 건 더 이상 드문 일도 아니게 되는 날이 올 것이었다. 옷을 입고 앉아서 비로소 경기를 즐기기 시작했다.

넥센 허준은 좌측 2타점 적시타를 올리며 승부의 포문을 열었다. 3회초 두산의 오재원은 전광판을 맞추는 솔로 홈런을 터뜨리지만, 다시 3회말 강정호가 1타점 적시타로 다시 달아났다. 그리고 6회 두산은 투런 홈런을 터뜨리며 3대3 동점이 된다. 상당히 흥미로운 경기였다. 내가 이틀 전에 잠실에서 보았던 일방적인 경기가 아니었다. 곧이어 6회말 장영석의 출루, 대주자 김민우는 상대팀 실책으로 3루까지 진루했다. 그리고 마침내 고종욱의 타구가 우중간으로 떠올라 김민우는 곧장 태그업에 성공한다. 최종 스코어 4대3 넥센의 승리였다.

매우 만족스러운 기분으로 경기장을 나섰다. 모기 물린 데가 더 이상 가렵지 않을 때나, 점심을 굶은 다음 푸짐한 저녁을 먹을 때처럼 말이다. 신길 집에 돌아와서 새 자켓을 옷장에 고이 걸고, 침대에 앉아 한동안 자켓을 바라보다 생각이 들었다. 이걸 갖고 있으면서 넥센 팬이 아니라면 심히 멍청해 보일 텐데. 아무래도 조만간 목동에 다시 가야겠군.

4회말

N 내 행동거지에 대해 은근한 비판을 동반하지 않는 대화가 가능한
곳은 **야구장이 유일했다**

2011년 6월 12일. 대한민국 서울특별시 목동야구장.

9회초. 내야석에 앉아 상황이 안 좋게 흘러가는 그라운드를 바라보고 있
는데 친구 앨리스 정한테서 문자가 왔다.

- 지금 너 티비에서 봤다!

- 아 진짜? 나 어떻게 나왔어?

- 지루해 보이던데 ㅋㅋㅋㅋ

손승락이 마무리로 나왔을 때 넥센은 삼성을 3대2로 이기고 있었다. 원
아웃에서 손승락이 만루를 채웠고 삼성 신명철은 3루 쪽 파울 지역으로 향
하는 2루타로 2타점을 뽑아냈다. 결국 우리는 5대3으로 패했고, 나는 왠지
속은 것 같은 기분을 안고 집으로 돌아가는 길이었다. 그 와중에 친구 세
명이 또 티비에서 나를 봤다고 문자를 보내 왔다.

시즌 들어 여덟 번째로 관람하는 넥센 경기였다. 자켓 본전을 뽑으려고
지난 석 달 간 가능한 한 자주 보러 갔지만, 5월 둘째 주 들어 날씨는 이미
아주 따뜻해진 터라 소용이 없었다. 지금은 6월이고 밤에도 더웠다. 여하

튼 팀 색과 맞춰야 하니 져지도 하나 샀다. 원정을 갈 때는 티비로 경기를 보고, 바빠서 직관을 못 가는 날에는 밤에 스포츠 뉴스에서 요약해 주는 걸 봤다. 선수들의 이름과 각각의 응원가도 외우기 시작했다. 이때쯤에는 이미 팬이라 해도 손색없는 정도였을 거다.

그 때문에 학교에서는 맹비난을 당했지만. 야구는 학생들과 말을 트기 좋은 소재였던 지라 수업 중에도 종종 야구 얘기를 했다. 하지만 스스로 넥센 팬이라고 하는 사람은 손으로 꼽을 정도로 적었다. 서울 연고 팀 중 넥센보다 인기가 많은 두산과 LG를 따르는 애들이 대부분이었고, 지방 출신이신 부모님을 따라 KIA나 롯데에 충실한 경우도 꽤 있었다. 어쨌든 열띤 야구 토론이 벌어질 때면, 학생들은 언제나 마지막에는 쓰레기통을 가리키며 영어로 "넥센 이즈 쓰레기" 하는 식이었다.

사실 그 말에 반박하기는 힘들었다. 넥센은 24일 동안 꼴찌 자리를 지키고 있었다. 하긴 이기는 걸 본 일이 별로 없었다. 어쩌다 이길 때도 잘해서 그랬다기 보다 가까스로 살아남았다는 느낌이었다. 주중에는 넥센 관중석에 고작 2,000명 정도가 모였고, 주말이면 원정 팀 팬의 규모는 홈 팀 팬을 압도하고도 남았다. 그래도 나는 무엇보다 야구장에 있는 게 즐거웠다. 비록… 혼자일지라도… 뭐.

화요일 아침, 넥센이 또 막판에 뒤집혀 패한 얘기를 듣겠구나 생각하며 학교로 출근을 했다. 그런데 애들이 입을 모아 하는 말은 그게 아니었다. "선생님, 어제 티비에서 봤어요!"

원어민 강사로 일해 본 사람이라면 누구나 느끼겠지만, 이 직업이 원래 어느 정도 유명세를 동반하기 마련이다. 99% 단일 민족으로 이루어진 한국에서, 어린 학생들이 해외여행을 쉽게 가는 것도 아니다. 해외를 접해 봤다고 해도 외국인과 지낸다는 것은 여전히 특이한 경험일 터이다. 학교에 있는 모든 사람들이 나를 알고 있고, 내가 지나갈 때면 모두가 멈춰서 인사를 꼭 하고, 심지어 내 쪽으로 날아온 축구공을 다시 차 주는 데 이게 구경거리가 된다. 양복과 넥타이, 거기다 내가 어딜 가나 들고 다니는 가죽 서류가방 덕분에 '패셔니스타' 혹은 '007' 따위의 거창한 별명도 붙었다. 그리고 나의 모든 사소한 행동이 엄격한 비교문화의 돋보기 아래 놓여 있는 것 같은 느낌이다. 여자 선생님과 함께 버스에 오르면 바로 학생들은 우리가 사귄다고 말들을 하질 않나, 다른 여자 선생님과 교실 밖에서 얘기라도 하면 A선생님을 두고 B선생님과 바람을 피운다고 하질 않나. 하지만 나는 소문을 잠재우려는 노력은 발톱의 때만큼도 하지 않았다. 사실은 그런 관심이 좋았던 것이다. 내 담당 선생님은 나더러 좀 자중해야 한다고 경고하긴 했지만, 딱히 소문이 난다고 해서 해로울 것도 없지 않나. 결국은 말일 뿐인데 말이다.

그런데 나의 7초 간의 티비 출연에 대한 반응은 장난이 아니었다. 정보는 교무실에까지 들어갔다. 전날 밤 내가 어쩌다 티비에 나오게 됐는지, 학생들이 모두 그 얘기를 하고 있다는 걸 다른 선생님들이 알려 주었다. 도통 이해가 가지 않았다. 내가 뭘 한 것도 아니고, 경기를 보러 가서 혼자 앉아 있다가, 어쩌다 카메라에 잡힌 것뿐인데…. 그런데 이 얘기를 들으면 들을수록 나도 내 자신이 실제로 특별할 수도 있겠다는 생각이 들었다. 왜 그 운명적인 사건 같은 거. 문득 B. C. 라이온즈[1]의 게임에서 스크린에 나온 것을 계기로 데뷔를 해버린 파멜라 앤더슨(Pamela Anderson)이 떠올랐다.

---

1) B. C. Lions. 캐나다 풋볼리그 구단.

바보같이 들리겠지만 나는 유명인이 된 상상을 하기 시작했다. 뭔가 사로 잡힌 취한 듯한 느낌이었고 가을이 가까워질수록 증상이 더 심해졌다.

　그로부터 1주일 후 내리기 시작한 비는 7월 내내 이어졌다. 한국에는 장마라고 불리는 우기가 초여름에 시작해서 길게는 두 달 간 지속되기도 한다. 그 해에는 장마가 유독 심했다. 폭우가 내려 작은 산속 마을에 산사태가 나기도 하고 내륙 지방은 홍수로 물에 잠겼다. 불어난 강물은 차들과 다리를 송두리째 쓸어가버렸다. 서울은 무너진 강둑에 가까이 가지 말라는 경고를 내렸다. 한 3일 간은 탁한 강물이 올림픽대로까지 잠기게 해 차들이 오도 가도 못했다. 나는 도보로 출퇴근했기 때문에 직접적으로 교통 문제를 겪지 않았지만 하루는 여의도 다리를 건너다 샛강 수위가 6미터나 높아진 것을 본 기억이 난다. 샛강공원의 나무들은 마치 웅덩이의 수면 위로 삐죽 나온 풀처럼 보였다.

　내가 비 때문에 불편해진 건 야구를 못 본다는 것 밖에 없었다. 그런데 그게 타격이 너무 컸다. 6월 22일부터 7월 28일까지 30경기 중 16경기가 우천 취소되었다. 미치는 줄 알았다. 어떤 때는 비가 퍼부어도 그냥 목동 야구장까지 가서 3루쪽 티켓 부스 앞에 앉아 비가 그치지는 않으려나 하고 기다리기도 했다. 거기 직원들은 정신이상자로 봤을지도 모르겠다. 우기 마지막 날인 7월 28일에 또 가서 이러고 있는데 티켓 부스에서 일하는 대학생 쯤 되는 직원들 중 한 명이 스마트폰을 들여다보던 것을 멈추고 바깥 건물 기둥에 기대서 책을 읽고 있는 나를 발견했다. 그러고는 창구 안쪽에 "강우로 인해 일시적으로 경기가 중단되었습니다. 기다려주셔서 감사합니다."라고 쓰여 있는 안내판을 내렸다. 나는 비가 와도 경기를 하려나보다 하고 곧장 부스로 달려갔는데 직원은 매우 무심하게 "우천 취소 됐습니다."라고 말했다. 그 얘기를 듣고 내가 멍해져서 그랬는지 그는 내가 한국말을 이해 못해서 그런 줄 알고 영어로 "게임 캔슬!! 베이스볼 노!!"라고 소리쳤다… 영단어 네 개로 이뤄진 말 중에 가장 슬픈 말이었다. 나는 고개를 떨어뜨리고 "하지만 갈 데가 없는데…"라고 했더니 직원이 무서운 생각이 들었는지 움찔하더니 창문 셔터를 내려버렸다.

과장된 말은 아니었다. 싱글에 가족이 있는 것도 아니었으니… 김민우 선수가 친 홈런 수보다 적은 수의 친구들 밖에 없었다. 매일 아침 교무실로 들어가는 발걸음이 하루 종일 땡볕에 있다가 사우나로 들어가는 것처럼 천근만근이었던 나는 야구밖에 의지할 것이 없었다. 영어 문법에 대한 질문이나 내 행동거지에 대해 은근한 비판을 동반하지 않는 대화가 가능한 곳은 야구장이 유일했다. 나에게 진짜 의미가 있는 대화를 같이 할 사람이 있는 곳은 거기뿐이었다. 팀이 내게 갖는 의미는 점점 커졌고 결국 단 하나의 의미가 되었다. 학생들 생각도 안 들었던 것 같다. 밴드실에 가지 않은 지도 벌써 몇 주나 되었고 운동장에도 나가지 않았다. 600명의 성적을 평가하고 말하기 시험을 채점하고 16일 동안 진행될 여름 영어 캠프에서 사용할 44시간 분량 자료를 준비하는 동안 글러브는 책상 서랍 바닥에서 먼지만 쌓여가고 있었다. 이전과는 비교할 수 없는 깊은 우울증에 빠져들어 가고 있었다. 그런데 그런 나의 유일한 처방이 고작 비구름 떼에게 빼앗겨버린 것이다.

내가 매일 자리를 지킬 수 있도록 도운 것은 솔로몬의 "이것 또한 지나가기라."라는 지혜뿐이었다. 아니나 다를까 금요일에는 개이면서 장마가 드디어 종지부를 찍었다. 잇따라 일요일에는 참으로 놀라운 기적이 일어났다. 한 남자가 나타나 우리 팀, 시즌, 내 삶, 모든 것이 바뀌었다.

2010년 6월 29일. 대한민국 서울특별시 잠실야구장.

인천공항에 3시 15분에 도착, 공항철도를 타고 서울로 갔다. 줄리아를 만나기로 돼 있었지만, 전화를 하니 줄리아는 일 때문에 늦는다고 해 8시부터 9시까지 혼자서 시간을 때울 수밖에 없었다. 스포츠 신문을 보니 LG와 한화라는 팀이 6시 반에 잠실에서 경기를 한다는데, 줄리아의 회사에서 한 정거장 거리였다. 오늘 저녁의 첫 목적지로 딱일 듯 했다. 한 시간 후 나는 관광객 티가 팍팍 나는 큰 초록색 백팩을 맨 채 표를 사려고 줄을 서 있었다. 응원 단상부터 열 줄 정도 떨어진, 강남의 스카이라인이 한눈에 들어오는 내야석을 구할 수 있었다.

한국 야구에 대한 첫 인상은 사람이 너무 없다는 거였다. 잠실 구장은 3만 석 정도의 규모인데, 4분의 1도 차지 않은 듯 했다. 한국에 오기 이전에 나는 도쿄에서 산 적이 있었기에, 평일 저녁 표가 매진되거나 경기 후 다음 경기 표를 사기 위한 줄을 서기 위한 자리를 맡는(!) 풍경에 익숙했다. 그래도 한국에서는 관중석 가운데 치어리더들이 있고, 응원단장이 고작 단상 정도가 아닌 무대를 하나 통째로 휘저을 수 있다는 게 마음에 들었다. 응원가는 또 어떤가 하면 가요를 야구 가사로 기가 막히게 패러디해서 전자음을 반주로 하여 틀어준다. 개성도 있고, 무엇보다 매우 한국적이라는 느낌이다. 이 날의 경기 내용도 훌륭했다. 15개의 안타, 배트걸 댄스타임, 승부를 뒤집는 홈런, 그리고 9회 LG의 만루 상황에서 한화가 한점차 리드를 지켜낸 조마조마한 마무리까지.

8회에는 "이택근"의 대타로 "박병호"가 나왔다. 득점도 없는 회인 데다 어디로 보나 내 인생에서 절대 중요할 리 없는 순간이었다. 그런데 바로 다음 벌어진 일은 그 반대였다.

전광판을 보니 박병호의 타율은 0.193. 그래서 내 옆에 앉은 남자 쪽으로 몸을 구부려 물었다. "왜 대타를 이 아이로 시켜요? 동점이잖아요! 우린 안타가 필요해요, 안타."

그러자 그는 대답했다. "우와! 한국말 하세요?"

그리고 박병호는 두 번째 공을 중앙으로 향하는 깨끗한 안타로 받아 쳤다. 내 자신이 멍청하게 느껴졌다. "쟤 몇 살이에요? 나는 머리를 긁으며 물었다.

"음… 25, 아니면 26살요?"

"호… 스윙이 거인 같아요."

2011년 7월 31일. 대한민국 서울특별시
신길동 테드 스미스의 오피스텔.

학생 하나로부터 트레이드 소식을 들었냐는 문자가 왔다. 나는 모른다고, 누가 트레이드 됐냐고 물었다.

- 김성현이랑 송신영이요. LG로.

- 그 대신 누가 오는데?

- 심수창이랑 박병호요. 매년 이래요! 우리가 슬슬 지기 시작하면서 구단주가 좋은 선수들 다 팔든지 들보잡이랑 트레이드 해버려요!

송신영이 없다는 건 불펜 투수가 하나 줄어든다는 뜻인데 좋은 일일 수가 없다. 심수창은 선발 투수로 김승현을 대신하게 될 테지만, 그는 거의 지난 2년 간 승리를 챙기지 못했다. 달갑지 않았다. 당시 우리는 71일 간 8위 자리를 지키고 있었고, 본사에서도 거진 포기한 채 내년을 기약하고 있는 듯했다. 솔직히 말하면 나도 거의 포기할 뻔했다. 박병호는… 그 이름을 어디서 들었더라? 넥센 유니폼을 입고 경기장에 나타난 그의 모습을 보기 전까지는 기억해내지 못했다.

N 사람들은 박병호가 암흑기에서 팀을 구해낼 뿐만 아니라 새로운 시대로 이끌어 줄 수 있다고 생각했다

2011년 8월 6일. 대한민국 서울특별시 목동야구장.

5회 말. 1사 1루. 박병호가 타선에 나왔고, 내 옆자리에 앉은 남자는 박병호가 고교 시절 꽤나 유망주였다며, 전국고교야구대회에서 4타석 4홈런을 두 번이나 달성했다고 설명해 줬다. 그 후 신인 드래프트 1차 지명으로 LG에 입단하지만 2년차 징크스에 빠지고 병역 의무 이행을 위해 상무로 갔다고 한다. 박병호는 복귀 후에도 이렇다 할 성적을 보여 주지 못하며, 후보 선수로 타율 0.188로 작년 시즌을 마쳤다.

"그리고는 이제 우리 팀에 왔네요" 나는 비꼬는 투로 말했다.

그러자 그 남자가 되받았다. "저기요, 그 친구 이적 후 타율이 4할이에요. 어젠 홈런도 쳤다고요."

"오늘은 2타석 무안타네요."

그리고 바로 내 입을 다물라는 듯이, 바깥 공을 받아 쳤고, 그 공은 정중앙 높은 곳으로 뻗어나가 펜스 위로 천천히 넘어갔다. 두산 외야수들은 점프조차 하지 않았다. 유한준이 득점을 한 후 박병호가 홈을 밟을 쯤엔 턱돌이가 레드 카펫을 펼치고 있었다.

박병호를 어디서 봤었는지 정확히 기억해 낸 건 바로 그 때였다. 그 스윙이 떠올랐다. 그 때의 여름 바람, 올림픽 경기장 뒤로 펼쳐진 주황빛 하늘, 그리고 처음 맛 본 OB 라거가 떠올랐다. 이 사람이다. 이 선수가 우리 팀이다. 믿기지가 않아 나는 천천히 자리에서 일어나 박병호를 바라보고만 있다가, 환호하는 팬들에 합류했다.

"어때요, 방금 봤죠, 스미스? …스미스!"

"…네. 두고 봐야겠네요."

다음날 나는 다시 경기장을 찾았다. 박병호는 결승타로 위닝 시리즈를 가져오는 3대0 영봉승을 이끌었다. 그리고 이틀 후에 시스타의 'So Cool'이라는 노래가 발매됨과 동시에 부산 사직야구장에서 또 홈런을 쳤는데 그 후 몇 주 간은 박병호가 중요 플레이를 일궈 낼 때마다 이 노래가 흘러나왔다. 13일엔 문학구장에서 또 다른 홈런을 기록했다. 그리고는 18일에 한화를 상대로 또 결승타를 냈다. 여전히 밑도 끝도 없이 지고 있기는 했지만, 이 선수가 또 뭘 할 지가 궁금해서 나를 포함 내가 아는 모든 넥센 팬들은 티비 앞을 떠날 줄 몰랐다. 박병호의 타율이 0.315로 뛰어오르는 걸 모두들 놀라움 가운데 지켜보았다. 이걸 뭐라고 불러야 하나. 레전드의 탄생? 운명의 성취? 소년, 남자가 되다? 놀라운 건 그게 다가 아니었다. 팀의 두 번째 변신은 훨씬 잔잔하게 이루어졌다. 달라진 건 선수들이었다.

뭐라 말하긴 힘들지만 티비 화면에서도 확연히 보이고, 외야석 가장 끝자리에서도 똑똑히 감지할 수 있었다. 내가 팬이 된 이후 처음으로 선수들은 경기를 즐기고 있었다. 하나의 팀이 되어 있었다.

이제는 브룸박으로 불리고 있었다. 전 히어로즈 4번 타자 클리프 브룸바(Cliff Brumbaugh)의 이름과 클린업 타자라는 의미로 빗자루(broom)을 섞어 패러디한 언어유희인 것 같다. 브룸바는 오른손잡이 파워 히터일 뿐만 아니라 아직 유니콘스였던 2003과 2004년도의 플레이오프 영웅이었다. 그는 아직도 역대 포스트 시즌 최고 타율과 최다 타점 기록을 갖고 있다. 이와 같은 별명을 얻는다는 것은 단순한 칭찬이 아니라 기대감을 표하기도 한 것이다. 사람들은 박병호가 암흑기에서 팀을 구해낼 뿐만 아니라 새로운 시대로 이끌어 줄 수 있다고 생각하는 것이었다. 무거운 얘기처럼 들릴 수 있겠지만 세상에, 그해 8월에는 정말 브룸박이 이룰 것으로 믿었다. 멋진 별명은 선수들이 누릴 수 있는 가장 큰 영광 중 하나이자 스타를 전설로 만들어 주는 요소다. 재능이 있다고 무조건 얻어지는 건 아니고 운도 상당히 필요하다. 활용도가 높은 이름을 갖고 있으면 금상첨화다. 언어유희에 능한 사람에게 한번 잘못 걸리면 평생 안 좋은 별명이 따라다닐 수 있으므로 가능한 불미스러운 일에 관여하지 않는 것도 좋다. 구장에는 특히 이런 창의력 대가들이 많다.

나도 별명이 있었다. 좋은 일로 얻게 된 건 아니지만 그래도 듣기에는 멋진 별명이다. '포커페이스'란 별명인데 내가 스코어에 관계없이 굳건한 태도로 있기 때문이었으면 좋겠지만 실제로는 6월 14일 잠실 경기에서 술에 취해 노래 '포커페이스'[2]에 맞춰 춤추다가 관객에게 엄청난 호응을 얻었기

---

2) 'Poker Face'. 레이디가가(Lady Gaga)가 부른 곡.

때문이다. 나는 이 일을 좋게 받아들였다. 안 좋았던 건 그날은 사실 데이트 중이었는데 여성분이 너무 부끄러워한 나머지 갑자기 아프다고 하고는 집으로 가버린 것이다. 지금도 구장에 가면 꼭 그때 일을 기억하고 손가락으로 가리키며 "포커페이스!"라고 소리치는 분들이 있어서 그날을 떠올리게 만든다. 그 뒤로도 한 네 번 정도 더 춤추긴 했다. 이제는 그 별명을 극복했다. 다음 가을에 훨씬 더 많은 별명들을 얻게 되었기 때문이다.

N 넥센 팬이라고 해서 지는 걸 당연시하는 건 아니지만, 어쨌든 당시까지만 해도 팀이 역전을 당했다고 놀라는 사람은 아무도 없었다.

2011년 8월 19일. 대한민국 서울특별시 목동야구장.

9회말. 점수는 4대4에 1사 1루 상황. 기아의 한기주의 폭투로 송지만은 3루까지 진출한다. 그리고 김민성이 타석에 들어서고 카운트는 2-2이다. 또 다시 볼이다. 이젠 풀카운트, 주자는 3루. 그리고 낮은 바깥쪽으로 빠지는 볼… 출루! 원 아웃, 그리고 주자 1, 3루 상황에서 장기영이 타석으로 들어온다.

내가 야구를 사랑하는 이유는 상황이 언제든 급변할 수 있다는 데에 있다. 잘 흘러가는 듯 하다가도 내야에서 불규칙 바운드가 났다거나, 아니면 갑자기 분 바람에 슬라이더가 밋밋하게 나갔다던지, 루킹 스트라이크나,

플라이볼을 못 잡기라도 하면 완전히 전세가 역전된다. 얼핏 사소해 보이는 일이라도 아주 다양한 결과를 가져올 수가 있다는 게 놀랍지 않은가? 뻔한 얘기 좀 하자면, 원래 인생이 다 그런 거 아닌가, 에헴.

직접 야구를 한 적은 없어도 나에게는 경기를 이해하는 나름의 방법이 있는데, 그것이 뭐냐면 야구를 바로 나 자신, 혹은 주변에서 보이는 것들에 대한 은유로 받아들이는 것이다. 기술적인 측면에서 나는 사실 농구나 하키에 더 빠삭하지만, 거기에는 야구와 같은 시적 감동이 없다. 왜 그런지는 모르겠다. 아마 볼을 한번 던지고 또 다음 번 던지기까지 뜨는 시간이 너무 많아 생각에 잠기거나 대화를 할 틈이 주어져서일 수도 있다. 어떤 사람들은 그게 지루하다고 하지만, 나는 그 잠깐의 지루함이 야구를 정말 재밌게 한다고 본다. 무슨 일이 일어날지 '모르는', 예측하는, 긴장이 고조되고 분출되는 순간들. 예측이 맞아떨어지거나 설사 빗나갈 지라도 그 모든 과정이 짜릿하다. 마치 데이트와 같다. 키스 혹은 거절이라는 결과는 그간의 데이트라는 과정이 있기에 더욱 특별하거나 더욱 가슴 아픈 것이다.

바로 그거다. 다시 말하자면 야구는 나에게 로맨스다. 눈 먼 사랑의 꽃봉오리로 피어나 한여름의 뜨거운 열기로 자라나고, 가을의 찬바람으로 스러지는 로맨스. 좋은 추억, 잊고 싶은 기억과 함께, 미래에 대한 막연한 기대만 안겨 주고, 제자리에 남겨진 나를 두고 떠나는 그런…

원 볼, 원 스트라이크. 타석엔 장기영. 높은 속구.

우리는 모두 공을 쳐다보고 있었다. 2루를 넘어 잔디에 떨어지기까지 한참이 걸리는 듯 했지만 장기영과 덕아웃의 선수들은 공이 어디로 갈 지 이미 알고 있었다. 이 영상을 그 주에만 50번은 봤을 거다. 심지어 버스 안에서도 학교에서도 볼 수 있도록 영상을 다운받아 휴대폰에 옮겨 놨다. 장기영이 팔을 쭉 뻗는 모습이나, 팀 선수들이 우르르 몰려들어 그를 덮치는 모습만 보면 멍청하게 히죽 웃음이 났다. 허구한 날 휴대폰을 들여다보고 그러고 있으니, 동료들은 다 내게 여자친구가 생긴 줄 알았단다. 내 유니폼에도 이름을 하나 박을 때쯤 됐다. 내일은 히어로즈 샵에 가서 "장기영, 51이요" 하고 주문해야지.

다음 날은 토요일이었다. KIA와의 주말 경기는 보통 자리가 꽉꽉 들어찬다는 걸 잊은 채, 4시가 넘어서야 집을 나섰다. 티켓을 사 들고, 유니폼에 이름을 새기려 15분쯤 줄을 서서 기다렸다. 1회 말에야 관중석으로 입장했는데 빈자리가 하나도 없었다. 계단에도 3층까지 두 줄씩 사람들이 앉아 있어, 돌아다니며 기웃거릴 수도 없는 노릇이었다. 응원 단상 뒤 통로에 겨우 서 있을 공간이 보이기에, 덮개가 처진 쪽으로 돌아가 불편한 자세로 난간에 자리를 잡았다. 1회가 3분의 2쯤 지났을 무렵, 누군가 내 어깨를 건드렸다. 돌아보니 둥글둥글 덩치가 크고 나 정도 나이로 보이는 얼굴이 검고 은테 안경을 쓴 남자가 있었다. 그는 나에게 영어로 말을 걸었다.

"저기요, 혼자 오셨어요?"

"네."

"자리가 하나 남았는데, 같이 안 앉을래요?"

그는 몇 줄 뒤로 이동해, '우리 히어로즈' 유니폼을 입은 어떤 50대 아저씨의 앞자리로 나를 안내했다. 내 왼쪽에는 빨갛고 파란 색의 '펩시' 넥센 유니폼을 입은 또 다른 덩치 큰 남자가 있었다. 또 두툼한 일자 앞머리에 네모난 뿔테 안경을 쓴 내 앞자리 사람은 학생으로 보였다. 덩치 큰 남자는 내 오른쪽에 앉더니, 이들을 나에게 소개해 주었다.

"쏙쏙2, 신주꾸리, 현우, 그리고 저는 재완이에요. 그냥 개리라고 불러도 돼요."

아직 별명이 없던 때라, 나는 테드라고 자기소개를 했다. 후에 팬들이 "찡"을 붙여 주시게 된 거고.

"우와, 한국말 하시네요."

"네, 조금."

"넥센 경기에서 많이 봤어요. 말도 걸려고 했는데… 왜 한국 사람들이 좀 낯을 가리는 거 있잖아요."

"어, 저를 아세요?"

"그럼요! 다른 경기에서 봤죠. 잠실에서 포커페이스 춤 췄던 사람 아녜요."

우리는 거의 이기고 있었는데, 기아가 8회에 동점을 만들고 연장전에 돌입하게 됐다. 그런데 전날 저녁과 지금 경기장의 분위기를 비교하자면, 지금은 조심스럽지만 낙관적인 기운마저 감돌고 있었다는 거다. 넥센 팬이라고 해서 지는 걸 당연시하는 건 아니지만, 어쨌든 당시까지만 해도 팀이 역전을 당했다고 놀라는 사람은 아무도 없었다. 그저 농담과 빈정거림으로 맞서곤 했다. 맥주나 마시면서 태연하게 날씨 얘기를 하는 식으로. 하지만 그가 온 이후로는 달라졌다. "아 또야" 하고 탄식하는 대신 "혹시나…"라고 기대를 하게 됐다. 박병호가 10회에 선두 타자로 나왔을 때 모두의 마음이 바로 그랬다.

KIA의 유동훈은 두 개의 스트라이크를 던졌고 박병호는 두 공 모두 강하게 스윙했지만 두 개 다 헛스윙이었다. 그리고 다음 두 개의 볼 이후에 상황은 투 앤 투 상황이 됐다. 다음 공은 같은 위치인 높은 바깥쪽, 이제는 풀 카운트. 유동훈은 주저할 것 없이 마무리를 하고 플레이트 정중앙에 공을 꽂아 넣었다. 그리고 그 소리. 누구나 아는 그 소리.

결혼이나 여타 애정을 주고받는 행위에 대해 본디 냉소적인 편인 나는, 27살 먹도록 진정한 사랑이란 걸 해본 적은 없는 것 같다. 하지만 많은 이들에게 결혼을 결심했을 때의 기분이 어떤 건지 물어는 보았는데, 대답은 대개 이런 식이었다.

"다른 누구도 지금 눈앞에 있는 이 사람만큼 사랑할 수 없겠다, 느낌이 팍 들 때가 올 거야. 그러면 이 사람하고 평생 같이 살아도 되겠구나 생각하는 거지."

여자에게 아직 그런 느낌을 느껴 본 일은 없는 것 같고, 앞으로도 그럴 수 있을지 잘 모르겠다. 하지만 내가 진짜 이 선수들을 이렇게 사랑하는데, 다시는 어떤 다른 팀도 이렇게 사랑할 수 없으리라는 것은 그 순간 분명히 느꼈다. 이집트의 피라미드나 핼리 혜성[3]은 못 보고 죽더라도, 히어로즈의 경기만 매년 여름 볼 수 있어도 행복하게 죽음을 맞이할 거다.

한참 소리를 지르다 보니 어느 샌가 (거의 알지도 못하는 사람인) 개리가 나를 껴안고 있었다. 곧이어 분위기는 진정되고 사람들은 하나 둘 나가기 시작했다.

"저기요, 다들 내일도 오세요?" 내가 물었다.

"그럼요." 개리가 대답했다. "전화해요, 내일도 경기 같이 봐요."

집에 돌아와 맥주 한 캔을 따서, 들이키지도 않고 한동안 침대에 앉은 채로 꺼진 티비 화면만 물끄러미 바라보았다. 그리고 나는 난데없이 울기 시작했다.

---

3) Halley's comet. 태양 주위를 도는 혜성으로 출현 주기는 76.2년.

기뻐서였을 것이다. 한국에 온지 6개월, 정확히는 172일이 지났다. 그리고 내일, 처음으로 야구장에는 나를 기다리는 친구들이 있을 것이다.

5회
테드찡

야구의 투구란 참 까다로운 일이기 때문이다. 다른 야수와는 달리 고정된 장소에 있기 때문에 그렇게 보이지 않겠지만 완투를 하는 건 그 어떤 신체 활동만큼이나 혹독하고 힘들다. 시속 160킬로미터를 던진다는 건 인간의 팔에 있는 힘줄이 견딜 수 있는 최대한의 물리적 압력을 견디는 것이라고 한다.

5회초

N 투수와 사랑에 빠지는 것은 롤러코스터를 타는 것과 비슷하다.

2011년 8월 21일. 대한민국 서울특별시 목동야구장.

내가 우연히 가입한 동아리는 히어로즈 트위터 커뮤니티였다. 먼저 트위터 계정을 만들면 '#히어로즈' 해시태그[1]로 다른 넥센 팬이랑 교류할 수가 있다고 했다…. 뭔 말인지 전혀 몰랐지만 그렇다고 하니, 결국 '@noyagunolife'(야구 없인 못 산다는 뜻)라는 닉네임으로 트위터를 시작했다. 내 인생을 한마디로 표현할 수 있는 말이다. 단 2개월 후 우리 시즌이 끝날 것이었다. 겨울에 야구 없이 어떻게 살아갈지 생각도 할 수 없었다.

심사숙고한 끝에, 와인색의 원정 유니폼에 한 선수 이름을 새겼다. 역시 손승락으로 결심했다. 심사숙고를 한 이유는 그가 마무리 투수였기 때문이다. 내가 투수 이름을 등에 안 새기는 이유는 두 가지가 있다. 하나는 다른 선수들보다 자주 볼 수 없기 때문이다. 선발투수인 경우에는 시즌 동안 1주일에 두 번 보면 많이 보는 것이다. 중간 계투라면 더 자주 볼 수 있지만 길게 안 던진다. 그리고 마무리인 경우에는 특히 자주 지는 팀의 마무리 투수라면, 다음 언제 나올지 아무도 모른다. 몇 주 간 못 볼 수도 있다.

---

1) Hashtag. SNS에서 입력할 단어 앞에 '#'을 붙여 해당 단어에 대한 글을 모아서 볼 수 있게 하는 기능.

두 번째는 해마다 투수 성적이 야수에 비해 기복이 심하다는 것이다. 투수의 커리어를 나타내는 표를 그린다면 원만한 곡선보다 저가주(低價株)의 변동 추세에 가까울 것이다. 투수와 사랑에 빠지는 것은 롤러코스터를 타는 것과 비슷하다.

야구의 투구란 참 까다로운 일이기 때문이다. 다른 야수와는 달리 고정된 장소에 있기 때문에 그렇게 보이지 않겠지만 완투를 하는 건 그 어떤 신체 활동만큼이나 혹독하고 힘들다. 시속 160킬로미터를 던진다는 건 인간의 팔에 있는 힘줄이 견딜 수 있는 최대한의 물리적 압력을 견디는 것이라고 한다. 다시 말하면 이보다 더 세게 던질 경우 팔이 말 그대로 떨어져 나간다고 보면 된다. 투구 동작의 격렬함 때문에 투수들은 지치거나 부상을 당할 가능성이 더 높다. 그 결과 투수들은 그 어느 포지션보다 더 자주 교체되고, 더 자주 트레이드 되며, 더 자주 명단에 등록되고 말소된다. 게다가 투수의 위기는 물리적인 것에만 그치지 않는다. 정신적인 스트레스 또한 견줄 데가 없다. 팀 전체를 책임져야 하는 상황이 언제든지 발생할 수 있다. 센티미터 단위의 미세한 실수 하나도 팀 전체의 패배로 이어질 수 있다. 또는 반대로 승리로 이어질 수도 있다. 중요한 게 바로 이거다. 경기의 결과를 자기 손 안에 쥐고 있다는 건 설명할 수 없는 스릴일 것이다. 이렇게 흥망이 좌우되기 때문에 투수는 특별한 사람이나 할 수 있는 일이다. 손승락은 딱 그런 사람이었다.

관중석 어디 앉아도 손승락이 등판한 것은 바로 알 수 있다. 등번호 1번이나 큰 덩치만을 얘기하는 것이 아니다. 그의 투구에는 특징이 있다. 불펜에서 나오자마자 시간 낭비 하지 않고 바로 스트라이크를 던진다. 매우 이상적인 클로저. 게다가 기회가 된다면 언제든 삼진을 노렸다. 겸손하고 과시욕이 없는 선수를 선호하는 아시아 쪽에는 특히 그런 쇼맨십을 보기 힘들다. 손승락은 그런 담대함은 있어도 거만하지는 않았다. 그러나 내가 손승락 선수에게서 가장 맘에 드는 점은 첫 공을 던지기 전 먼저 항상 타자와 심판에게 모자를 벗고 인사를 한다는 것이다. 메이저리그에서도 100년 간 본 적이 없다.[2] 믿을 만도 하고 신사적인 우리 손승락 선수. 마무리 투수로서 부족한 게 없지 않은가!

그래서 그의 이름을 자랑스럽게 입고 다녔다. 모두 잘 선택했다고 해 주었다. 아쉽게도 그날은 우리가 5대9로 져서 스윕을 하지 못하고 손승락도 못 봤다. 그래도 위닝 시리즈로 마무리했으니 다행이었다. 집에 가서 등번호가 보이게 유니폼을 행거 끝에 걸고는 책상에 앉았다. 트위터에 새 소식이 없나 하고 켜봤는데 팔로워가 30명으로 늘어나 있었다. 이상하다. 내아이디를 알려 준 건 여섯 명뿐인데….

2011년 8월 24일. 대한민국 서울특별시 잠실야구장.

목동에서 친해진 형님 두 분, 경훈 형님과 성근 형님을 만났다. 3루쪽 출입구 옆 자리에서 태욱이란 다른 형님과 함께 앉아 계셨다. 빈 옆자리에 같이 앉자고 하시며 시원한 맥주를 권하셨다. 그 당시에는 넥센이 잠실에서 경기할 때마다 3루쪽 내야석은 거의 텅 비어 있어서 아무데나 앉을 수 있었다. 그 땐 자유롭게 돌아다니면서 사람들과 인사도 할 수도 있어서(서

---

2) 박찬호가 선수 시절 이렇게 했다는 걸 나중에 알게 됨.

로 다 알고 지냈다.) 이런 부분은 조금 그립다. 안전요원도 참견하지 않았다.(넥센 팬들을 안타깝게 생각했던 것 같다.) 그리고 그 때는 티비에 나오기가 정말정말 쉬웠다.

넥센 공격 때마다 카메라는 우리 쪽으로 와 팬들을 찍기 위해 돌아다녔는데 몇 명 없었으니 카메라에 잡힐 확률이 높았다. 저렴한 자리를 선호해서 나는 보통 높이 300번대 자리에 앉았는데 이런 확률 때문인지 외국인인 게 너무 튀어서 그런지 항상 티비에 쉽게 잡혔다. 빨간불이 켜질 때마다 내가 중계되고 있는 걸 알았다. 해설 위원들이 내 한국어 발음을 평가하는 줄은 몰랐다. MBC의 한명재 캐스터와 양상문 해설위원은 보통 외국인들이 한국어를 어려워하는데 나는 발음이 정확하다며 칭찬하였다. 내가 하는 것은 고작 "안타! 장! 기! 영!" 정도였으니 어려운 것도 아닌데 트위터는 그 얘기로 금방 들썩였다. 심지어 네이버 스포츠의 '오늘의 베스트 플레이어'에도 내 사진이 올랐다.

이날은 이숭용이 역전 타점을 올리며 4대2로 LG에 이겼다. 7회초에 대타로 나왔고, 우중간으로 시원하게 2루타를 날려줬다. 이숭용 선수의 마지막 활약 중 하나였다. 집에 도착했을 땐 팔로워 수가 100명을 넘어서 있었다.

N 내 맞은편에 심지어 손승락이 앉았다고 해도, 이보다 더 신나지는 않았을 거다.

2011년 8월 25일. 대한민국 서울특별시 잠실야구장.

5회말. 개리가 내 쪽으로 다가오더니 말했다. "너 티비에 또 나왔었어." 그러고는 휴대폰에 저장된 사진을 보여주는데, 그의 친구가 집에서 경기를 보다 스크린샷을 찍은 것이라고 했다. 친구는 사진을 트위터에 올렸고, 이로써 나는 '사팔눈을 하고 나초를 우걱우걱 먹는 백인'의 모습으로 처음 소문이 나게 된다.

그리고는 나를 쳐다보는 (그리고 말을 걸려다 마는) 사람들이 제법 생기기 시작했다. 히어로즈 커뮤니티 안에서는 한국말을 하는 웬 양키가 거의 매 경기에 나타난다는 얘기가 이미 퍼져 있을 때였다. 사람들과 눈을 마주칠 때면, 나에게 던질 질문을 머릿속으로 궁리하는 게 보였지만, 왠지 몰라도 직접 묻지 않고 휴대폰을 꺼내 트위터로 대신 하곤 했다. 몇 초 뒤 알림이 떠서 보면, 모르는 아이디가 "저기요, 오늘 219 블럭에 앉아 있죠? 얼굴 본 것 같아요~"하고 멘션[3]을 보내는 식이었다. 그때까지만 해도 별 이상한 일이 다 있다고 생각했다. 머지않아 같이 사진을 찍자는 사람, 사인을 해달라는 사람들이 생길 거란 건 모르고 말이다.

---

3) Mention. 트위터에서 다른 사용자에게 공개 메시지를 보내는 행위.

유한준이 사구로 출루했다. 그리고 박병호가 삼진을 당했고 강정호가 병살을 쳤다. 일어나서 스트레칭 좀 해야겠다 하고 화장실을 들렀다 맥주를 구입한 다음 블럭 주변을 한 바퀴 돌고 7회 중반에 원래의 내 자리로 돌아왔더니 거기엔 짧은 스포츠머리에, 딱 하루 기른 것 같은 수염을 한 잘생긴 남자가 앉아 있었다. 여름 내내 주마다 봤던 얼굴이라 단번에 알아볼 수 있었다. 그가 먼저 고개를 들어 입을 열었다.

"안녕하세요, 저는…"

나는 가로채며 말을 이었다.

"서한국. 넥센 히어로즈의 응원단장이시죠?"

대한민국 서울특별시 신천동 엉클파닭.

진작에 집에 들어갔어야 하는 늦은 시간이지만, 신나서 어쩔 수가 없었다. 엘지를 상대로 8대4의 승리를 거둔 날이었다. 고종욱은 안타를 네 개나 쳤다. 몇 달 만에 처음으로 달성한 스윕이라 축하해야 마땅한 일이었고, 게다가 우리 무리에 진짜 유명인이 합류했다는 이유도 있었다.

개리, 쏙쏙2, 히어로범, 레드베어, 젼, 그리고 제느 누나까지 언제나의 그 멤버들이 테이블에 둘러앉았다. 지난 몇 주 동안 내 가족 같은 존재가 돼버린 사람들이었다. 또 누가 있었냐 하면 의병대장이 있었다. 원정 경기에서 자처해서 응원을 주도하던 용감한 팬이다. 넥센이 지지리도 가난하던 시절, 돈을 아낀다며 원정에는 치어리더와 음향 스태프들을 보내 주지 않았기 때문에 팬들은 알아서 즉흥 응원을 해야 했다. 그 가운데 의병대장은 무대에 올라가 호루라기를 불 정도의 배짱을 가진 유일한 인물이었다. 존경합니다! 그리고 가운데에는 서한국이, 바로 그 서한국이 있었다. 하, 나에게도 이런 행운이 다 오다니…. 서한국과 친구인 친구들을 둔 덕에 나도 덩달아 잘나가는 사람이 된 기분이었다. 나에게 응원 단장은 선수와 동급이란 말이다. 내 맞은편에 심지어 손승락이 앉았다고 해도, 이보다 더 신나지는 않았을 거다. 나는 잠자코 있질 못하고, 서한국에게 그의 직업에 대해 이것저것 묻기 시작했다. 교육은 어떻게 받았는지, 경기 준비는 어떻게 하는지, 무대 위에 서 있을 때의 기분은 어떤지…. 역시 소문대로 그는 겸손하고 또 공손하게 모든 질문에 대답해 주면서 내 열정이 고맙다고 했다.

"자요, 이거 받으세요." 그는 걸고 있던 흰색 티타늄 목걸이를 풀어, 조심스레 두 손으로 나에게 건넸다. 나는 천만 원짜리 수표라도 받은 양, 무슨 말을 해야 할지를 몰라 그저 "고맙습니다." 하고 대답하고는 목걸이를 걸었다. 서한국의 너그러운 마음씨에, 그리고 나의 새로운 패션에 사람들은 박수를 쳤다. 그 시즌과 그 다음 시즌에도 나는 매 경기 목걸이를 걸고 나갔다. 하지만 잃어버릴까봐 걱정이 된 나머지, 결국 캘거리의 아빠 집에, 내 사인볼을 진열하는 선반에 그 목걸이를 모셔두게 됐지만 말이다.

서한국은 말을 이었다.

"테드, 소맥 마셔 봤어요?"

그리고 그 이후는 기억이 없다.

5회말

*N*학교 축제의 하이라이트는 바로 근처 여고 댄스팀들의 공연이었다. 대부분의 남학생들은 그 공연을 여름방학보다 더 손꼽아 기다렸다.

2011년 8월 26일. 서울특별시 여의도고등학교 체육관.

엄청난 두통을 느끼며 다음날 아침, 잠에서 깼다. 출처를 알 수 없는 흰색 목장갑 15켤레가 마루에 널려 있었지만, 학교에 지각할 판이었기에 알아보고 있을 시간이 없었다.

다행히 그날은 학교 축제날이어서, 내가 면도도 안 한 채 술 냄새를 풍기며 한 시간 늦게 온 걸 눈치 챈 사람도 없었다. 바깥은 30도의 날씨였기에 나는 편하게 내 의자에 앉아 아픈 머리를 빙수로 식히면서 창밖의 난장판을 감상했다.

학교 축제의 하이라이트는 바로 근처 여고 댄스팀들의 공연이었다. 대부분의 남학생들은 그 공연을 여름방학보다 더 손꼽아 기다렸다. 학원 말고 유일하게 여자를 가까이서 볼 수 있는 기회였을 테니 말이다. 한국에 온 이래 이국적이고 낯선 일은 수도 없이 있었지만 이렇게 이상한 광경은 처음이었다.

남학생들은 한 덩어리가 되어 우왕좌왕 움직이고 있었다. 무대 앞쪽을 차지하려는 노력이었는데, 무슨 식량 보급 트럭에 몰려든 피난민마냥 서로를 밀치고 난리도 아니었다. 옆문을 통해 체육관에 입장한 댄스팀들은, 끈을 쳐서 만든 통로를 따라 무대로 향했다. 경호원 역할을 하는 건장한 고학년들은 그 경계 뒤에 서서 여학생들을 못 건드리도록 후배들을 거칠게 밀쳐내고 있었다. 학교보다는 교도소에 더 어울릴 만한 광경이랄까. 마침내 불이 꺼지고 음악이 나오자 상황은 통제 불능의 아수라장으로 변했다. 첫 무대는 미스에이의 '굿바이 베이비'였다. 십대 소녀들의 매끈한 다리가 하늘을 향해 솟을 때 터져 나온 함성 소리는 가히 박병호가 목동에서 홈런을 쳤을 때보다 우렁찼다. 사실 나는 그들과는 조금 다른 반응을 준비하고 있었다.

나는 6개월 전부터 역삼동 ING댄스 학원에서 댄스 수업을 받았다. 이 부분을 지금까지 일부러 숨긴 이유는 당시 사람들과 대화할 때마다 언급하지 않았던 이유와 동일하다. 고백하자면 나를 무슨 이상한 사람으로 취급할까 봐 두려워서다. 입은 근질근질했지만. 더구나 새롭게 터득한 스킬을 선보이고 싶었지만 악담을 피하기 위해 적절한 시기다 싶을 때까지 쭉 침묵했던 것이다. 그 시기가 지금이 아닌가 싶었다. 아니면 말고. '굿바이 베이비'는 초반에 안무를 완벽하게 소화한 곡 중에 하나였다. 곡을 틀자마자 엉덩이부터 본능적으로 의자에서 나와 체육관 중앙까지 움직였다.

그리고 노래 몇 마디가 지나자 학생들 무리는 반으로 갈라져서, 뒤쪽 절반은 다 나를 보고 있었다. 내가 동작을 그대로 따라 하니, 무대 위의 여학생 중 하나는 실눈을 뜨고는 믿을 수 없다는 듯이 나를 쳐다봤다. 내 머릿속의 그나마 멀쩡한 부분이 나에게 적당히 좀 하라고 지시하는 듯 했지만 내 발은 아랑곳하지 않고 계속 춤을 췄다. 내가 가르치던 C반 학생들 중,

원숭이 같은 행동 때문에 '몽키'라고 별명을 붙인 말썽꾸러기가 소리쳤다.

"하하! 쌤, 저기 나가서 쟤네들이랑 같이 춰요!"

계단까지 가는 길이 수월했으면 정말 그랬을지도 모른다. 더 이상 고민하지 않을 생각이었으니까. 그때 이후로 내 인생은 천천히 교무실을 나와 무대로 향했다.

N 이렇게 8월도 다 가고 플레이오프 진출은 사실상 불가능했지만, 내 기억에 그 해 여름은 더 이상 좋을 수 없을 만큼 좋았다. 그런데 문제는 더 좋아졌다는 것이다. 그것도 **엄청나게**.

2011년 8월 31일. 대한민국 서울특별시 잠실야구장.

8회말. 넥센은 2대1의 근소한 리드를 지키고 있었다. 동점 주자가 3루, 역전 주자는 1루에 있는 상황에서 두산의 김동주가 타석에 섰다. 위기 상황을 진화하기 위해 손승락을 일찍 등판시켰다. 본인의 위치보다 더 큰 기대를 했음에도 불구하고 원하는 걸 얻었던 순간이 있었는가? 매우 드문 일이지만 일어나기도 한다. 난 그런 적이 있다. 바로 1996년 성탄절 아침이다. 계단을 내려와 보니 '멕워리어2 : 머셔너리'[1] 신제품이 다른 선물과는 따로 벽난로 앞에 놓여 있었다. 사달라고 부모님께 몇 달이나 졸랐던 게임

---

1) Mechwarrior 2: Mercenaries. 1996년에 나온 메카닉 시뮬레이션 게임.

이다. 이 세상에 이것 말고 갖고 싶었던 건 없었다. 그리고 몇 달 간 어린 시절 최고의 추억을 선사해 줬다. 자, 이런 게 진정한 선물이다. 사람을 행복하게 해 주는 건 어떠한 '물건'이라고 착각하지만 실은 즐거움을 지속시켜 주는 건 추억이다. 나머지는 그 순간일 뿐이다. 흐린 가을날 잠깐 내리쬐는 햇빛이라고나 할까. 야구는 내게 추억을 선사하는 선물이다. 오래된 순간이 지나도 입가에 미소를 띠게 만드는 작은 선물을 끊임없이 주고 있다.

다시 경기로 돌아와서 당시 세상에서 가장 원했던 건 손승락이 김동주를 삼진 처리해서 시끄러운 1루 측 관중의 입들을 틀어막는 일이었다. 이번 타석을 지켜보는 동안 발산한 감정의 흐름이 고스란히 중계방송에 잡혔다. 집필이 이루어지고 있는 현재 그 중계 영상은 온라인으로 감상할 수 있다. "2011년 8월 31일 손승락 삼진 후 환호하는 테드찡"으로 검색하면 자리에서 일어나 침착하고 기대에 찬 모습으로 피켓 시위에 처음 참여한 사람마냥 어색하게 손승락 마킹 저지를 들고 있는 나를 발견할 수 있다. 가슴에는 서한국 전 응원단장으로부터 받은 목걸이가 선명하게 보인다. 김동주를 투 스트라이크까지 잡은 후 카메라는 다시 나를 비춘다. 얼굴엔 긴장이 역력하다. 삼진을 외치기 시작한다. 이후 김동주는 바깥쪽 변화구에 방망이가 나가고 난 14년 전 성탄절 아침에 지었던 표정을 그대로 보여준다.

그때의 표정은 며칠 간 온라인 세상을 장식했다. 그걸 게시판 프로필 사진으로 사용하는 넥센 팬들이 아직도 있다. 누군가가 그걸 소위 '움짤'[2]로 만들어 한동안 기분 좋은 일을 표현하는 걸로 유행했다. 넥센 커뮤니티 밖

---

2) 움직이는 이미지 파일을 의미함.

에서 내 명성을 더해 준 건 '블론 세이브에 아쉬운 테드찡' 영상이다. 바로 다음 이닝에 손승락은 투 스트라이크까지 잡은 상황에서 최준석에게 동점 2점포를 허용했다. 중계방송은 나의 망연자실한 모습을 잡으려고 카메라를 돌렸고, 비통함을 감추기 위해 손승락 저지를 뒤집어 쓴 모습이 잡히고 말았다. 그 모습의 스틸컷은 타 구단 팬이 야구 게시판에서 '넥센의 수치'라는 의미로 사용하는 공용 '짤'[3]이다. 학생들은 몇 주 동안 내가 보는 앞에서 그 영상을 틀어 놓고 깔깔 웃었다. 그만하라고 하기 위해 교사의 권위를 남용해볼까 심각하게 고민해봤다. 하지만 우리가 그 경기를 이겼다! '우리'가 이겼다. 또 다른 마킹 저지의 주인공, 장기영이 10회에 2점 홈런으로 회답했고 이정훈이 10회 말 두산 타자들을 막았다.

이렇게 8월도 다 가고 플레이오프 진출은 사실상 불가능했지만, 내 기억에 그 해 여름은 더 이상 좋을 수 없을 만큼 좋았다. 그런데 문제는 더 좋아졌다는 것이다. 그것도 엄청나게.

N 다시는 **두려움** 때문에 내 꿈을 놓치는 일은 없으리라.

---

3) 유행처럼 인터넷을 떠도는 이미지 파일을 의미함.

2011년 9월 1일. 대한민국 서울특별시 여의도고등학교 교무실.

이메일을 열었더니 미확인 메일만 일곱 페이지 분량이 와 있었는데, 전부 트위터에 새 팔로워가 생겼다는 알림이었다. 하룻밤 사이에 팔로워가 350명. 어마어마한 숫자는 아니더라도 나를 어리둥절하게 만들기엔 충분했다. 나는 그 사람들을 전혀 몰랐지만 그들은 다 나를 알고 있는 것이다. 조금 뒤 동기가 나에게 디씨인사이드의 한 게시글 링크를 이메일로 보내왔다. 사용자 한 명이, '스트라이크 아웃 표정'을 짓고 있는 나를 스크린샷으로 찍어서 포럼에 질문을 올린 것이다. "이거 누구냐? 맨날 넥센 경기에 나오는 외국인인데." 이때가 그 이름을 처음으로 본 순간이었다.

"걔 테드쩡임" 다른 누가 답글을 달았다. "단풍국 출신, 여의도고 원어민 선생."

.

.

.

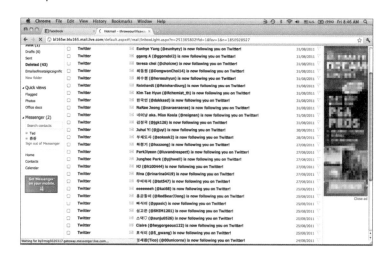

바로 정미 누나에게 전화를 걸어, 같이 저녁을 먹을 수 있는지 물었다. 그녀의 조언이 필요했다.

대한민국 서울특별시 COEX.

"그래서 무슨 얘기가 하고 싶은데?"

누나는 물었다. 우리는 코엑스의 한 샌드위치 가게에 앉았다.

"다리 좀 그만 떨어."

누나가 내 말에 어떤 반응을 보일지 몰라 긴장이 됐다. 정미 누나는 나보다 다섯 살 위인데다 나보다 훨씬 현실적인 사람이다. 엄한 어머니와 같은 사랑으로, 난센스는 용납하지 않으며 할 말은 거침없이 하는 전형적인 한국 여자다. 캐나다에 있을 때 누나는 공공장소에서 나를 혼낸 일도 비일비재했는데, 친구들은 그녀가 정말 내 친누나 역할을 톡톡히 한다고 말들을 했다.

"나 일 그만두려고."

나는 침착하게 말을 꺼냈다. 누나는 표정 하나 바뀌지 않았다.

"…그럼 뭘 할 건데?"

"배우가 될 생각인데."

"어디서 하게? 캐나다, 미국, 일본?"

"…여기서 하려고, 누나."

"여기? 한국에서??"

나는 고개를 끄덕였다.

"근데… 너 한국말 잘 못하잖아."

"아, 아 나아질 거야. 일 쉬는 동안 공부 하면 되지."

"그리고?"

"오디션도 보러 다니고 그럴 거야. 대학 때, 나 연기하는 거 봤잖아, 나 잘 못할 것 같아?"

"못하진 않았지. 너 전부터 배우가 되고 싶었던 거야? 그건 어때 그, 응원 밴드? 그것도 잘 했었잖아…."

"누나, 미국 프로 스포츠에는 공식 응원단 같은 건 없어. 대학교랑 고등학교에만 있지."

"그럼 여기서는 어때?"

"여기 한국??"

"말도 안돼 누나, 내가? 쩽쩽거리는 목소리의 쪼끄만 백인을 누나라면 따르겠어?"

"음, 아니."

그녀는 하하 웃었다. 그 웃음소리가 살짝 마음을 아프게 했다.

"알겠어, 내가 연예 기획사를 한번 알아볼게. 넌 공부 더 해!"

"넵."

함께 저녁을 먹고 누나는 집으로 갔다. 잠실경기장은 코엑스에서 한 정 거장 거리라, 남은 경기를 혹시 볼 수 있을지 몰라 일단 거기로 향했다. 내가 도착했을 때는 6회 초, 우리가 두산에게 5대1로 두들겨 맞고 있는 상황이었다. 더 우울한 것은, 우리가 타석에 서 있는 지금 무대 위에서 응원을 주도해야 할 의병대장도 보이지 않는다는 사실이었다. 경기라기보다 장례

식장에 온 것 같은 기분이었다. 평소에 앉던 자리로 가 보니, 의병대장이 운동복 위에 점퍼를 입고 목도리까지 두르고 있지 뭔가…(참고로 날씨는 23도였는데).

"대장님, 무슨 일이에요?"

걱정이 돼서 물었다. 그는 창백한 얼굴로, 끙끙대더니 기침을 한 후 입을 열어 겨우 '감기' 한 단어를 말했다. 감기가 돌고 있긴 했다. 나도 걸린 상태였고. 강정호는 병살타로 이닝을 마감했다.

3분의2회쯤 지나서 청바지에 야구 모자를 눌러 쓴 서한국이 계단을 따라 올라와, 내 옆에 앉자 나는 소리쳤다.

"단장님! 오늘 응원 이끄실 거에요?"

"모르겠어요…. 노는 날인데, 경기나 보고 쉬려고 왔거든요."

단장님의 대답이었다.

"그치만 의병대장이 아파요. 누군가 필요해요…."

그가 싱긋 웃더니 다시 말했다.

"그럼, 테드가 해 보면 어때요?"

목구멍이 콱 막힌 기분이었다.

나는 소심하게 물었다.

"…단장님이랑요?"

"무대 위엔 한 사람 자리밖에 없지요…."

그는 이 말을 하고는 의병대장 쪽으로 고개를 돌렸다.

"대장, 호루라기하고 유니폼."

그러자 의병대장은 가방 안을 뒤져 노란색 호루라기와 원정 경기 유니폼을 꺼냈다. 서한국은 다시 나를 보며 말을 이었다.

"노래는 다 알죠?"

물론이다. 나는 고개를 끄덕였다.

"그럼 됐네, 한번 해 봐요."

그러면서 단장님은 내게 호루라기를 건네 주셨다.

.

.

.

나는 얼어붙었다. 편도는 부었고 몸은 쑤시고, 옷차림으로 말할 것 같으
면 쓰리피스 정장에다 3센티미터 굽이 있는 구두를 신은 상태였다. 이 중
어떤 것도 나를 막을 수는 없었지만, 내가 얼어붙은 건 오직 두려워서였다.
대학 내내 백 번은 족히 나서서 주저 없이 응원을 이끌었고 하물며 지금보
다 아픈 상황에서도 단상에 섰었다. 하지만 그걸 한국말로 해 봤어야 말이
지…. 쪽팔릴 게 두려워 의자에서 도저히 일어설 수가 없었다.

"그럼 다음번에 해요,"

서한국 단장님이 웃으며 말했다. 그는 아까의 유니폼을 걸치고는 쏟아지
는 박수 소리에 맞춰 계단을 내려갔다. 나는 자리에 앉아 과연 "다음번"이
올지에 대해 생각하며, 그의 뒷모습을 질투 어린 눈길로 바라보고만 있었
다.

11시에 집에 도착해 샤워기를 틀었다. 하수구 옆에 쪼그리고 앉아, 아마
도 20분을 꼼짝 않고 뜨거운 물이 머리로 쏟아지도록 내버려 두었다. 샤
워를 마치고는 서린 김이 말끔히 없어질 때까지 거울을 쳐다보며, 그 회색
눈동자를 오랫동안 노려보며 다짐했다. 다시는 두려움 때문에 내 꿈을 놓
치는 일은 없으리라고.

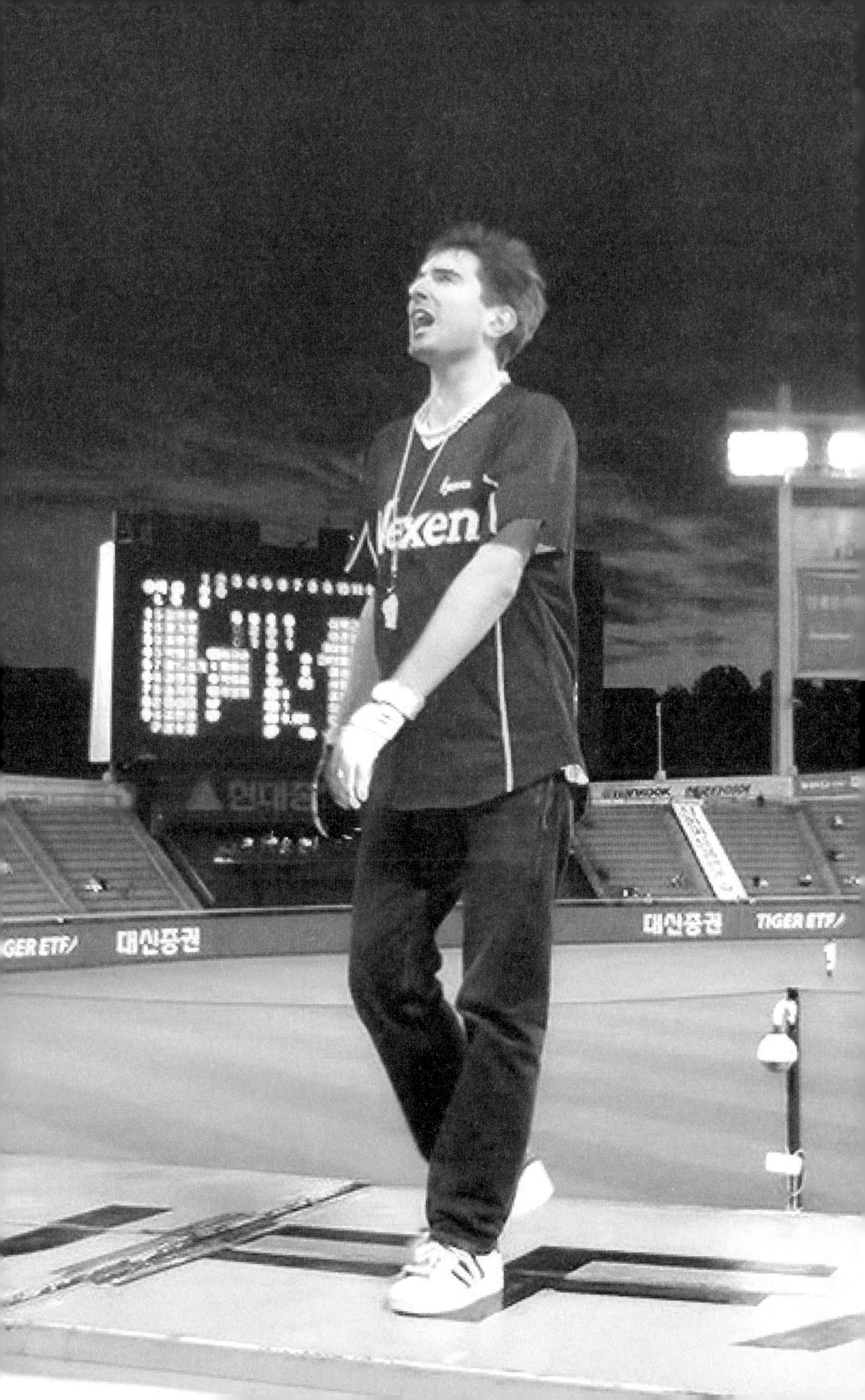
대신증권
TIGER ETF

6회
예전의 나

우리 팀이 득점할 때 가슴 속에서 흘러나오는 초자연적 멜로디와 완벽한 하모니를 이루는 그런 음악. 그래서 한국 야구에 푹 빠졌는지도 모른다. 멋진 순간과 함성 소리 간의 연결 고리를 이해하는 사람들이 있는 곳이다. 봄과 벚꽃, 석양과 감수성처럼 항상 같이 갈 수 밖에 없는 조합이다.

6회초

N 나는 망설이고 있었다. 능력과 **욕망** 사이에서 저울질하고 있었다.

2011년 9월 3일. 대한민국 서울특별시 오목교역.

오전 8시 45분 경, 나는 5호선 방화행 쪽 개찰구 앞에 서 있고 맞은편 상일동행 개찰구 앞에는 넥센 유니폼을 입은 남자 두 명이 서 있었다. 상당한 시간을 서로 쳐다봤는데 누가 가서 얘기할지 입씨름하던 둘 중 키가 작은 쪽이 졌는지 조심스럽게 다가와서 물었다.

"혹시 테든가요?"

나는 고개를 끄덕였다. 그는 돌아서서 말했다.

"맞잖아요, 형님! 테드라니깐요. 혹시 유석이 형 기다리세요?"

내가 다시 고개를 끄덕였다.

"혹시 어디쯤 왔는지 아세요?"

나는 고개를 가로저었다.

'유석 킴' 형은 지난 주 잠실야구장 화장실에서 처음 만났다. 그는 바로 옆 소변기에 서서 '넥센 테마 3번'을 부르고 있었는데 기분이 좋아서 나도 따라 흥얼거리는 걸 듣고 나를 알아봤다. 넥센 팬이라면 LG에 이기는 경기는 항상 기분이 좋다. 손을 씻고 나서 형은 자기소개를 했고 같이 1층 넥센 덕아웃 바로 옆에 있는 자리로 가서 자기 친구들이랑 한두 회만 같이 보자고 초대하셨다. 맥주를 한잔 두잔 하다가 그 다음주 대전에 같이 갈 것을 제안하셨다. 한화와의 원정 경기가 있었기 때문이다.

원정을 떠나는 건 야구팬에게 유서 깊은 전통이다. 그리고 여름에 하는 종목이기 때문에 차로 여행할 수가 있다. 내 고향 캐나다의 경우 겨울철엔 폭설과 산사태가 운전자를 심각하게 위협하기 때문에 아이스하키 팬은 도로를 질주하는 것에 대한 로망은 버리고 비행기로 원정을 떠난다. 개인적으론 자동차로 이동하는 게 그 나라를 가장 잘 구경할 수 있는 방법이라고 생각한다. 기차는 옆만 볼 수 있고, 비행기는 내려다만 볼 수 있지만 차는 목적지를 정면으로 향한 상태로 지형이 바뀌는 모습을 보면서 갈 수 있다는 사실이 내겐 깊은 비유적인 의미를 갖는다. 무엇보다도 압도적이고 아름다운 장면이다. 비행기 옆면에 타원형으로 뚫어 놓은 창문이나 그보다는 큰 기차 창문은 자동차의 파노라마형 앞 유리만큼 좋은 시야를 제공해 주지 못한다. 게다가 자가용을 몰면 자유를 느낄 수 있다. 인류 최고의 발명품인 내연 기관 엔진을 직접 조종해 그 뛰어난 마력을 원하는 방향으로 가게 할 수 있다는 자유. 자기 손에 본인의 생명이 (탑승자의 생명도) 달려 있으며, 무의식적으로 위험을 즐기는 데서 오는 스릴은 자동차 여행을 훨씬 더 매력적으로 만든다. 게다가 그 역사만 해도 이용이 편리한 철도와 항공보다 훨씬 전으로 거슬러 올라간다. 이동 수단이라고는 사람의 두 다리나 순한 가축의 네 다리 밖에 없었던 그 시대. 상상력이 좀 있는 사람이라면 우리 선조들이 봤던 모습 그대로를 보고 있다고 생각할 수도 있을 것이다. 좀 더 어렸을 때 나는 로키산맥을 지나는 고속도로를 달릴 때마다 곰곰이 생각한 게 있다. 당연히 있어야 되는 것처럼 여기는 이 고속도로는 한때 용감한 옛 개척자들이 멀리 보이는 산 뒤에 무엇이 있는지 알고자 했던 욕망 하나로 뚫고 갔던 흙길일 뿐이었다. 차를 운전하면 개척자나 고대 용사가 된 것 같은 느낌을 가질 수 있다. 경부고속도로는 삼국시대의 위대한 도시 간 이동에 사용하던 옛 길 위에 놓은 것이다. 우리가 지금 사용하는 바로 그 길을 서기 936년에 왕건이 개성에서 타고 내려와 신검을 무찌르고 재통일을 이룩했던 것이다!

근데 대체 유석이 형은 어디 있는 거지? 현재시간은 10시 15분, 우리 넥센 팬이 네 명 더 나타났지만 정작 유석이 형도, 타고 가기로 한 차도 보이지 않았다. 서울에서 대전까지는 차로 약 세 시간 걸리는 거리였고, 길이 막히면 더 걸린다. 우리는 꼭 5시까지 구장에 도착해야 했다. 지금으로선 네 가지 선택이 가능했다. ① 계속 기다린다. ② 서울역에서 KTX를 타고 간다. ③ 영등포역에서 기차를 타고 간다. ④ 고속버스를 타고 간다. 몇 분 정도 의논하다가 우리 모임에서 가장 나이가 많은 분이 급속히 피로해지는 것이 보여서 다수결로 가기로 했다. 내가 여기서 아는 사람은 유석이 형뿐이어서 나는 기다리자는 데에 손을 들었다. 놀랄 것도 없이 나머지 6명의 의견은 가장 차비가 적게 드는 버스를 타고 가자는 데 만장일치했다.

잘 모르는 사람들과 45분 동안 지하철을 타고 고속버스터미널까지 와서 마침내 차표를 구입하고 버스를 타려고 줄 서있는데 드디어 기다리던 유석이 형에게서 전화가 왔다. 그로부터 또 45분 후에 형은 산타페를 끌고 나타나 말했다.

"걱정 마요, 여러분. 지체한 시간은 고속도로에서 따라잡을 수 있어요."

계기판 바늘이 시속 160킬로미터를 두 번째 가리켰을 때 난 비로소 형이 진심이었다는 것을 깨달았다.

커다란 은색 벌꿀 마냥 붕붕 차선을 들락날락 하면서 다른 차들을 추월했다. 과장 표현이 취미인 사람으로서 정말 진지하게 말하지만 이렇게 무서웠던 건 생전 처음이었다. 결국 포기하고 눈을 질끈 감은 상태로 고통스럽게 죽기보단 즉사하기를 바랐다. 하지만 기적처럼 우린 전부 살아서 도착했고, 단 한번도 속도위반으로 걸리지 않았다. 점심 식사를 하기 위해 청주 근처 어디에서 또 다른 넥센 일행을 기다렸다. 거기서부터 한밭야구장까지는 얼마 걸리지 않았다.

한밭은 중세 한국어로 '커다란 밭'이라는 뜻이다. 이는 대전의 옛 이름이고, 대전은 현대 한국어로 '커다란 밭'을 의미한다. 그렇기 때문에 대전의 야구장이 작은 건 좀 모순이었다. 외야의 크기 때문에 '탁구장'이라는 오명도 있었다. 홈에서 좌우 코너까지 99미터에 중간 담장까지 121미터. 그리고 외야 펜스는 딕 포스베리[1]가 턱시도를 입고 뛰어넘을 수 있을 정도였다. 당시에는 2층이 관람석이 없어 많아야 1만 명밖에 수용하지 못했다. 프로야구가 출범했던 1982년에 OB 베어스(현 두산 베어스)의 연고지로 시작했다. 1985년에 OB가 서울로 떠나자 한국화약그룹(현 한화그룹)은 1986년 시즌부터 참가하기 위한 대체구단을 창단하여 제과 전문 제조 계열사인 빙그레를 명칭으로 사용했다. 1993년까지 빙그레 이글스로 참가했고, 1999년 지금의 이름으로 창단 이래 처음이자 유일한 우승을 맛보았다. 메이저리그의 시카고 컵스와 비교할 수 있겠다. 성적이 좋은 시즌에는 다른 더 잘하는 팀이 꼭 있었다. 마지막으로 우승한 게 까마득하지만 오랜 우승 가뭄 속에서도 팬들은 대거 참관하며 아주 야단법석을 떤다. 게다가 그 야

---

1) Dick Fosbury. 미국 높이뛰기 선수

단법석이란 게 참. 비유를 하자면, 만일 장님이 한화 경기에 갔다면 한화가 꼴찌라는 걸 전혀 알지 못할 것이다.

타격 연습이 이루어지는 동안 3루 측에 앉아 맥주 마시면서 휴식을 취했다. 오후 5시가 다가오자 넥센 팬들이 하나 둘씩 모습을 드러냈다. 목동 단골들은 덕아웃 뒤쪽에 모여 앉았다. 나머지는 내야석 군데군데 흩어져 있었다. 어림잡아 30~40명 정도로 보였다. 후퇴 중인 소대장이 살아남은 소대원 수를 파악하듯이 아무렇게나 앉아 있는 넥센 팬들을 훑어봤다. 유석이 형에게 한숨 쉬며 물었다.

"오늘 누가 리드한대요?"

"노바디."

그가 말했다.

"의병대장님은요?"

"아 힘? 히 노 컴 히어. 온니 잠실만이야. 섬타임 문학도. 걔가 학생이라 원정을 많이 못 가."

"저기 에어혼 가진 사람이 보통 먼저 노래 시작하는데, 목소리가 엄청 커서 다들 그냥 따라 불러."

아니나 다를까, 경기가 시작되자마자 그는 빵빵이를 불기 시작했다. 1회 동안 분 것만으로도 이미 그 에어혼을 산 돈의 본전은 뽑은 듯 했다.

고종욱, 알드리지, 박병호의 백 투 백 투 백 홈런으로 경기는 시작되었다. 우리도 질세라 아주 함성을 고래고래 질렀더랬다. 맥주도 더 사 와서 7회까지 파티 분위기를 이어갔다. 송지만이 나왔을 때엔 모두 함께 춤동작을 했으면 했는데, 사람들이 너무 여기저기 흩어져 있어서 나는 사람들이 잘 볼 수 있도록 계단 가장 아래로 내려가 시범을 보이기 시작했다.

유석 킴이 소리쳤다.

"저기 봐! 외국인 응원단장이다!"

모두 쥐죽은 듯 조용해졌다. 에어혼을 불고 있던 사람조차도 동작을 멈추고, 내 신호를 기다린다는 듯이 나를 쳐다보았다. 나는 순간 멍청하게 서 있다가, 곧 오른팔을 뻗고 외쳤다.

.

.

.

"하나! 둘! 셋! 넷! 히어로즈 송지만 워오오오오!"

그러자 그 자리의 모든 사람들은 기다렸다는 듯이 합세했다.

송지만은 삼진 아웃을 당했고 나는 자리로 돌아왔다.

"잘 했어, 테드야. 유 슈드 두 댓 어게인. 에브리원 라이크 잇 아이 띵크."

유석이 형이 격려했다.

"글쎄, 모르지."

내가 대답했다.

나는 갑자기 창피해졌다. 뭘 하는지도 모른 채 일단 저지르고 본 것이다. 이렇게 간단해도 되는 거야? 저 아래 투수 마운드에서 응원 단상으로, 시선을 옮겼다.

우리는 결국 졌다. 어쩌다 3대0 리드 상황에서 승부가 원점이 됐다가 배힘찬이 11회 만루 상황에서 마운드에 올라왔는데 그만 상대편 카림 가르시아에게 볼넷을 허용해 밀어내기로 역전당했다.

사실 믿기 힘들 정도로 예측 가능한 일이긴 했다.

모두들 속상해서 앞 다투어 경기장을 빠져나가려고 하던 참에, 나는 그들을 불러 모았다.

"여러분! 내일 밤에는 단상 앞에 앉읍시다."

"왜요?

누가 응원을 이끌 건데요?"

나는 망설이고 있었다. 능력과 욕망 사이에서 저울질하고 있었다.

.

.

.

"제가요."

N 우린 젊고 멋졌다. 그리고 승리를 거두었다. 이후 지금까지 이와 비슷한 순간을 찾아다녔다.

2005년 3월 11일. 캐나다
앨버타주 캘거리시 크레센트하이츠(Crescent Heights)고등학교.

앰버 싸임(Amber Syme) 선수가 팁오프에서 나온 공을 3점 라인에서 잡아 코트 우측을 따라 이동했다. 스테프 폴스키(Steph Polski)에게 기브앤고(give-and-go)를 위해 패스. 스테프는 3점 라인에서 잠시 멈췄다가 앰버에게 다시 패스하여 여유로운 레이업으로 득점했다. 그러곤 바로 다시 수비로 들어갔다. 곧 불가능한 일이 벌어지게 된다. 전반전까지 20점 차이로 뒤지고 있던 윌리엄 애버하트 시니어(William Aberhart Sr.)고등학교 여자 농구팀은 시간을 끌며 시내 선수권 대회의 우승이 확정되길 기다렸다. 기적 같은 역전극은 기사나 'ESPN클래식'에서 볼 수 있지만 '기적'이라고 하는 건 직접 보기 전까지는 믿기 힘들다. 파더 라콤(Father Lacombe)고등학교가 절대적인 우승 후보였다. 시에서 최다 득점을 올린 가드도 있고, 183센티미터짜리 센터(캐나다 청소년 여자 농구계에선 엄청 큰 키)도 있었다. 애버하트 고교는 공격적이고 후보 선수들이 좋았지만 슈퍼스타라고 할 만한 선수는 없었다. 하지만 그들보다 한 가지 앞서는 부분이 있었다. 그건 바로 '우리'가 있었다는 것이다. 정확하게 말하면 300명이나 되는 우리. 이 날 엄청난 규모와 이례적인 파워의 병력이 나타난 거였다. 우리 함성은 정말 컸다. 우리는 무자비했다. 리듬감 있는 응원에서부터 개인적인 모욕까지 다양한 구호를 선보이면서 상대의 집중력을 깨트리고 우리 선수들을 승리 직전까지 끌고 갔다. 우승 트로피 획득까지는 5초밖에 남지 않았다.

내가 응원단장 역할을 하고 있었다. 우리 학교는 공식적인 거리 응원이나 치어리더나 그런 게 하나도 없었다. 나 혼자였다. 나 그리고 핑계 거리가 없어 경기 보러 나오라고 설득 당한 사람들뿐이었다(보통 친한 친구와 선수 가족). 대부분의 캐나다 청소년에게서 볼 수 있는 패혈성 무관심병을 잘 나타내는 대목이다. 캐나다 고교 스포츠의 현주소다. 앨버타주에선 11월에 열리는 배구 플레이오프에서 치어리딩을 시작했다. 농구부에서 여섯 명. 폴 캐리(Paul Cary), 마크 버그(Mark Baerg), 론세드(Lonseth) 형제, 윌 랜슨(Will Ranson), 제레미 스탠리(Jeremy Stanley), 그리고 절친 중에 하나이자 생애 첫 시애틀 매리너스 경기에 나를 데리고 간 제프 마쓰미야(Jeff Matsumiya). 이렇게가 배구부 선수였다. 난 배구를 할 생각은 전혀 없었지만 친구들이 전부 배구부여서 뭔가 기여를 하고자 하는 마음으로 가득해서 배구부 벤치 맞은편에 앉아 경기를 구경했다. 혼자일 땐 벤치 끝에 앉아 있는 친구와 눈을 마주친 다음 입 모양으로만 대화를 주고받았다. 우리 학교 학생이 있으면 같이 앉아 농담 따먹기를 즐겼다. 세 명이 있을 땐 열을 내며 시끄러워졌다. 이 정도 되면 선수 부모와 여자친구들이 (그리고 관람석에 앉은 다른 사람들도) 합류해 무엇이든 우리가 시작하면 따라했다. 그땐 정말 재미있었다. 너무나도 재미있던 나머지 사람들에게 전화를 돌리며 거리 응원을 혼자 주최했다. 종목이나 상대 학교를 불문하고 그저 사람들을 몰고 다닐만한 명분을 찾았다. 무슨 인기투표에서 이름이 거론된 적은 없지만 친구는 많았다. 그리고 그 친구들도 친구들이 있으니까 여기저기 흩어진 개인들이 모여 수십 명을 이루었고, 그 수십 명은 수백 명이 되었다.

자, 이제 간다. 파더 라콤 고교가 공을 코트 안으로 던져 시계가 다시 가기 시작했다. "오!" 우린 외쳤다. 상대 가드가 공을 코트 끝까지 '사!'수해서 '삼!'점 슛을 '이!'인의 수비수 사이로 날렸다. 슛은 림 앞부분을 맞고 튕겨 나와 '일!' 백보드에 맞은 뒤 베이스라인 어딘가에 떨어졌고 종료 버저가 울렸다. 파더 라콤 고교 49, 윌리엄 애버하트 고교 58. 선수들을 맞이하러 내려간 관중은 정확히 코트 중앙에서 선수들과 만나 다같이 시계 반대 방향으로 원을 그리며 돌았는데 소용돌이치는 모습이 마치 상대 팀의 꿈이 배수 구멍으로 빠지는 것을 의미하는 듯 했다. 우린 젊고 멋졌다. 그리고 승리를 거두었다. 이후 지금까지 이와 비슷한 순간을 찾아다녔다. 그리고 몇 차례 경험할 수 있었던 걸로 참 운이 좋았다고 생각한다.

유일하게 존재하는 이 경기의 영상은 제나 트레이시(Jenna Tracy)의 아버지께서 8미리 캠코더로 찍으신 영상이다. 몇 년 전 영상 테이프의 복사본을 찾았고, 향수(鄕愁)에 사무치던 한 때 80년대 음악을 배경으로 깔고 느린 화면도 적용한 하이라이트 믹싱테이프 버전을 제작하기 위해 고생하면서 영상을 최신 미디어 형식으로 변환했다. 그리고 역시나처럼 걸작이 탄생했다.

그 영상을 20번은 더 봤을 거다. 난 네 번 등장한다. 첫 장면. 카메라 화면이 좌측으로 이동하면서 코트 가까이 앉아 있는 내가 순간적으로 보인다. 경기 응원을 리드할 때마다 항상 입었던 흰색 운동복 바지에 금색 스웨터. 다음 장면은 하프타임 때 응원 공동 주최자인 윌 랜슨 옆에 서 있는 모습이 화면 전경에 잡힌 거다. 후반전에 어떤 구호를 사용할지 논의하는 중이다. 초점은 '트로잔' 마스코트 코스튬을 입고 코트 중앙에서 정신없이 돌며 애버하트 고교 깃발을 힘껏 흔드는 테일러 와실루크(Taylor Wasiluk)에 잡혀있다. 5초 후에 사이드라인을 따라 뛰지만 스스로 망토를 밟고 바보같이 넘어진다. 넘어지는 모습은 잡히지 않았지만 미친듯이 웃고 있는 코트 위 선수들에게로 화면이 이동한다. 후반전 종료 6분 55초를 남긴 상황에서 사이드라인을 따라 움직이는 내가 보인다. 테일러가 뒤따라오고 있고 함께 무언가에 웃고 있다. 분위기가 좋다. 물론 그래야 하는 거지만. 모두 역전을 감지하고 있었다. 다음 점유 때 우리가 리드를 빼앗는다. 내가 마지

막으로 등장한 장면은 거의 끝부분에 관중이 지칠 때 쯤이다. 관중은 우리 포인트가드에 주장이자 이 경기의 MVP로 선정된 앰버를 헹가래 친다. 아마 앰버는 높이 떠오른 만큼 날아갈듯한 기분이었

을 것이다. 사람들은 날 들어올려 앰버 옆으로 옮겼고, 난 주황색(우리 학교를 상징하는 색) 장미로 된 꽃다발을 건네준다. 그리고 그녀는 두 팔 벌려 나를 안아준다.

N 당시 자리에 함께했던 친구들 중 아무도 나를 진지하게 생각하지 않았던 것 같다. 그러나 난 진지했다.

2006년 10월의 하루.
캐나다 퀘벡주 몬트리올시 바 뒤 팽(Bar du Pins).

비어퐁[2]을 하다 빨간 플라스틱 컵에 담긴 싸구려 생맥주를 들이킬 때 떠오른 아이디어였다. 그때는 일기를 쓰지 않았기에 정확한 날짜는 알 수 없지만 장소와 상황은 정확하게 기억하고 있다. 심지어 어느 방향을 향해 서 있었는지도 기억한다. 몬트리올 아브 뒤 파르크(Ave du Parc) 3700 블록에 있는 관리도 조명도 엉망인 바의 시커먼 실내에서 북쪽을 향하고 있었다. 그렇다. 바르 뒤 팽(Bar du Pins)은 아베느 데 팽(Avenue des Pins)에 존재하지도 않는다. 거리에 소나무(pins) 한 그루도 없고. 대학 시절에 배운 수많은 모순 덩어리들 중에 몇 가지를 소개한 거다. 당시엔 모순점에 대해 그렇게 집착했다. 단지 모순적이라는 이유만으로 그 지저분한 곳에서 술을 마셨다. 더럽고 역겨운 술집에 간다는 게 그렇게 웃겼다. 왜냐하면 우리 같이

---

2) Beer-pong. 식탁 끝에 있는 맥주나 물을 담은 여러 개의 컵에 탁구공을 던지는 놀이.

멀쩡하게 생긴 젊은 남자들은 그런 형편없는 곳에 나타나는 게 맞지 않기 때문이다. 2000년대 중반은 '힙스터리즘[3]'이라는 사회악을 낳았던 시대라는 점을 염두에 두기 바란다. 요즘 들어서는 반모순적인 삶을 매일 같이 추구하지만 당시 순수했던 시절엔 그런 종류의 탐닉을 할 여유가 있었다.

"밴드를 시작할까 봐."

내 차례를 기다리는 동안 한참을 반복해서 중얼거렸다. 게임을 누가 이겼는지 누구와 함께 했는지 기억나지 않지만 우리 자리로 돌아와서도 큰소리로 이야기할 수 있을 정도로 합리적이다 싶을 때까지 반복했던 건 기억한다.

"얘들아, 우리 밴드 하나 만들자."

선포를 했다. 트럼본을 연주할 수 있는 마이클 쇼클리(Michael Shockley)와 코리 벤슨(Cory Bensen), 그리고 색소폰 연주가 가능한 클로우 스템러(Chloe Stemler)가 함께였었다. 난 할 줄 아는 건 없었지만 응원에 대해선 잘 알았고, 어떻게든 내 재능을 포함시키는 게 목표였다. 우리 모두 더글라스관(기숙사)의 'H하우스'에서 생활했고, 지금은 더글라스관 H하우스 동문회 주점 파티로 모인 거였다. 일명 '더그 라이프(The Doug Life)'를 누리던 그 해 마이클과 난 이것저것 논의할 게 있으면 복도나 휴게실, 때로는 1층 계단 밑 비밀 창고 같은 데에서 만났다. 특별히 중요한 거라기 보단 말 그대로 그냥 이것저것. 동부 캐나다인과 서부 캐나다인 비교, 총기 소지 관련법, '햄릿', 순수한 버번(Bourbon)과 옥수수의 산성 맥아즙으로 만든 위스키의 차이점, 등등. 반복됐던 주제 중에는 행진 악대도 있었다. "왜 우리 학교는

---

3) Hipsterism. 1940년대 재즈광을 지칭하는 용어였으나 현대 사회에서는 독립적인 생각을 가지며 소외된 사회 집단과 문화 코드, 지식과 유머를 존중하는 유행을 의미

없을까?", "캐나다의 학교들은 왜 없을까?" 우리 우수한 새내기 지성인이 풀 수 없는 수수께끼였다.

이보다 3개월전, 도쿄돔에서 한신쪽 외야석에 트럼펫 주자가 여섯 명이나 있는 것을 봤었다. 1루쪽엔 모르겠지만 여섯 명 만으로 5만 석 야구장에서 응원하기에 충분한다면 100분의 1 정도 되는 우리 체육관에서는 여섯 명이나 그 이하로도 충분할거라 생각했다.

"락 밴드?"

코리나 클로이 둘 중 한 명이 물었다.

"아니 아니, 행진식. 근데 행진 대신에 우린 술을 먹는 거지. 어때? 최고지?"

"근데 누가 이걸 다 진행 해?"

아마도 마이클이라고 생각했다.

"내가… 하면 같이 할 거야?"

모두들 대답했다.

"그러지 뭐….'

당시 자리에 함께했던 친구들 중 아무도 나를 진지하게 생각하지 않았던 것 같다. 그러나 난 진지했다. 젠장, 정말로 할 생각이었는데! 이후 방으로 돌아갈 때까지 사람들의 음악적 재능을 확인하러 다녔다. 집으로 돌아오는 길은 상쾌했다. 나를 즐겁게 해 준 건 술보다 이 모든 것에 대한 가능성이었다.

N 우린 서로를 이해했다. 같은 명분을 갖고 있었다. 서로 성공하는 모습을 보기 위해 최선을 다했다.

며칠 후—아마도 목요일.
캐나다 퀘벡주 몬트리올시 맥길대학교 체육부 건물.

체육부장 데릭 드러먼드(Derek Drummond) 박사와 면담을 가졌다. 키가 작고 흰 수염에 금테 안경을 쓰고 계신 분이었다. 삶에 너무 찌들지 않은 어르신에게 종종 보이는 멋지고 매력 있는 미소를 가지셨다. 공학부 명예교수였지만 두운을 맞춘 이름으로 보아 스포츠의 세계가 그 분의 운명이었다. 잘 알려진 학교 후원자이자 자선가였고, 맥길 관계자로서 보기 드문 특성을 갖고 계셔서 이 일에 둘도 없는 적임자였다. 그 특성이란 'campus community(캠퍼스 커뮤니티)', 'school spirit(학교의 단합 정신 또는 애교심)' 등 자기 이름 외에도 무엇이든지 두운을 맞추려고 하시는 점이었다.

내 제안은 간단했다. 유니폼 및 기타 비용으로 400달러(당시 환율로 한화 35만 원)를 지원해 주고, 복사기 및 회의실 사용을 허락해 주면 농구 시즌 개막전에 맞춰 행진 악대를 편성하겠다는 내용이었다. 박사님은 알겠다고 하시면서 공짜 맥주까지 제공하겠다고 하셨다. 서로 악수를 나눴고, 대업이 시작됐다.

한 가지 염두에 둬야 할 건 우리가 이 사업에 뛰어들었던 당시의 전반적인 분위기이다. 앞서 캐나다인들이 전반적으로 갖고 있는 무관심의 문화를 질병에 비유하며 언급했다. 정말 질병이라면 맥길대학교는 예산도 없는 초만원 병원의 격리 병동으로 칠 수 있다. 우리 학교가 하나의 천체였다면 초질량의 자기중심이 온 우주에 영혼 없는 회색 방사능 대변을 뿌려대는 거대한 무관심의 블랙홀이었을 거다. 일반적인 맥길대 학생은 필수 과목에 포함된 일이나 이력서에 한 줄 넣을 수 있는 자선 바자회 같은 게 아니라면 교내 활동에 참여할 생각 자체가 없다. 거주지로는 (모순되지만) 라면에 섞을 유기농 재료를 구할 수 있는 르 플라토 몽 로얄(Le Plateau-Mont-Royal)의 북부를 선호하고, (모순되지만) 저렴한 와인을 마신 뒤 좋지도 않은 클럽에 가서 별로 좋아하지도 않는 음악에 맞춰 일부러 막춤을 춘다. 대학 스포츠 경기의 관중 참여도가 7월에 여는 겨울코트 판매 행사보다 못하다는 건 굳이 더 설명할 필요가 없겠다. 학생들에게 돈을 준다고 해도 오지 않는다. 내가 좋아하는 모순이라고 해도 오게할 수 없었다.

맥길대학교가 한때 캐나다 최초의 스포츠 육성 기관이었다는 게 참 모순적이지 않은가. 시민들은 아껴놓은 나들이옷을 입고 역사적인 운동부들이 겨루는 걸 보기 위해 학교를 찾았다. 우리 자랑거리인 레드멘(Redmen) 미식축구부는 하버드대학교를 상대로 사상 최초의 대학 미식축구 경기를 가졌었다! 역사상 가장 오래된 아이스하키부와 두 번째로 오래된 농구부가 오늘날까지도 존재하고 있다. 우리 학교 체육학과 동문인 제임스 나이스미스(James Naismith) 박사는 미식축구 헬멧을 발명하고 '농구'라는 스포츠를 시작한 분이다! 하지만 내가 입학할 때 맥길 체육부는 명맥을 간신히 유지하고 있을 뿐이었다. 1980년대 주 정부에서 감행한 예산 삭감에서 학교 체육을 '불필요한' 것으로 분류하고 정부 지원을 끊었다. 캐나다에서 아마추어 스포츠는 비영리로 운영되기 때문에 주 정부의 결정은 퀘벡주 대학 스포츠에 치명타를 가한 거나 다름없었다. 고대 전설과도 같은 레드멘 미식축구부가 유일하게 수익을 내며 모든 운동부들을 먹여 살리고 있었다. 그러나 2005년(내 입학년도) 전국적으로 보도된 성추행 스캔들로 인한 외압에 무너져버렸다. 신고식이라며 새내기들을 한밤중에 깨워 스쿼시 코트에 집합시킨 사건이었는데 옷을 벗고 손을 벽에 댄 채 서 있게 한 뒤 졸업반 선배들이 'Dr. Broom(빗자루 의사)'이라고 적힌 빗자루 끝을 항문에 쑤셔 넣었던 것이다. 지어낸 이야기가 아니다.

이런 끔찍한 사건으로 아직 혼란스러운 중에 드러먼드 박사는 마치 1951년 연합군 지휘를 인수한 매슈 리지웨이(Matthew Ridgway) 장군처럼 당시 체육부장의 직책을 이어받았다. 한정된 예산과 현장을 이해하지 못하는 사람들이 정한 규율에 따라 속된 표현으로 다른 사람이 싼 똥을 치워야 했다. 그야말로 난처한 상황이었다. 박사님은 낙천가였지만 동시에 현실주의자셨다. 자신의 한계를, 그리고 하루아침에 이길 수 있는 싸움이 아니라는 걸 잘 아셨다. 조금씩 변화를 가져오는 것만을 목표로 삼았다. 형세를 역전시키지 못한다면 최소한 운동부를 사라지게 만드는 무관심의 급류를 차단하는 것이다. 박사님도 맥길인(1962년 졸업생)이셨다. 즉 난 박사님의 후배였다. 우리 맥길인에게는 신성한 인연이다. 우린 서로를 이해했다. 같은 명분을 갖고 있었다. 서로 성공하는 모습을 보기 위해 최선을 다했다. 박사님의 약속을 받은 상태에서 곧바로 일을 추진했다.

6회말

*N*팬으로서 받는 궁극적인 보상은 이런 게 아닐까. 선수들이 잘되는 걸 보고, 어떻게 해서든 그들을 향한 **애정**을 보여 주는 것.

몇 주 후.
캐나다 퀘벡주 몬트리올 매코널 아레나(McConnell Arena).

11월 하고도 몇 주가 지났고, 우린 준비를 마쳤다. 맥길 파이트 밴드(McGill Fight Band)는 이날 밤 레드멘 아이스하키 경기에서 데뷔했다. 두 달이라는 기간 안에 '무'에서 '밴드'로 성장한 것 치곤 공연을 잘 치렀다고 본다. 물론 단원들은 긴장했다. 난 재롱 잔치를 지켜보는 부모의 마음이었달까. 페이스오프 5분 전, 우린 지하 2층 연습실에서 장비를 챙겨 레드멘 벤치 맞은편 관중석으로 이동했다. 사람들은 우리가 시체라도 운반하는 냥 쳐다봤다. 1피리어드가 시작된지 6분이 지나자 우리 팀이 득점했고, 첫 연주를 선보일 수 있었다. 특별한 건 없었고 그저 네 마디짜리 빵빠레를 빠르게 두 번 연주했다. 피리어드 종료 버저가 울려 처음으로 곡 전체를 연주했다. 해리 벨라폰테(Harry Belafonte)의 'Jump in the Line'을 끝까지 별 탈 없이 연주했다. 적어도 내 아마추어 귀로는 문제없었다.

연주가 끝난 후에 박수 소리가 났는지는 잘 생각나지 않지만 빙판 위의 선수들이 우리를 올려다 본 건 확실히 기억한다. 거리에서 전 여자친구가 오랜만에 눈에 갑자기 들어올 때 놀라움과 행복감이 애매하게 교차하면서 물어보고 싶은 건 많지만 무리 없이 묻지도 못할 그런 모습이었다. 팬으로서 받는 궁극적인 보상은 이런 게 아닐까. 선수들이 잘되는 걸 보고, 어떻게 해서든 그들을 향한 애정을 보여 주는 것. 음악이 내게 그런 역할을 했다. 우리 팀이 득점할 때 가슴 속에서 흘러나오는 초자연적 멜로디과 완벽한 하모니를 이루는 그런 음악. 그래서 한국 야구에 푹 빠졌는지도 모른다. 멋진 순간과 함성 소리 간의 연결 고리를 이해하는 사람들이 있는 곳이다. 봄과 벚꽃, 석양과 감수성처럼 항상 같이 갈 수 밖에 없는 조합이다.

N 캐나다의 프로 스포츠는 미국과 마찬가지로 응원단이나 행진 악대를 두지 않는다. 스포트라이트를 받는 시절은 끝이 났다. 슬프지만 괜찮았다. 그 무엇도 영원한 건 없다.

2009년 2월 말 또는 3월 초. 캐나다 퀘벡주 몬트리올 매코널 아레나.

단체 사진을 찍은 후 우리는 센터 아이스 페이스오프 서클을 따라 둥글게 서서 서로 마주 봤다. 나는 빨간 점으로 이동해 한바퀴 돌면서 마지막으로 밴드 회원들과 눈을 맞췄다. 내 구호에 따라 세이부 라이온즈로부터 차용한 단합 박수를 쳤다. 승패에 관계없이 모든 경기에서 하는 순서다. 사실 맥길대 여자 아이스하키부는 계속 이겨왔고 오늘도 이겼다. 당시 무패를 기록했던 걸로 기억한다. 몇 주 뒤에 윌프리드 로리에(Wilfrid Laurier) 대학교도 3대1로 꺾고 전국 선수권 대회를 우승했다. 밴드가 따라가서 공연하지는 못했지만 어디선가 지켜보고 있다는 걸 알았을 거라 믿는다. 오늘은 맥길 파이트 밴드의 '단장'으로서 고별 무대였다. 지난 3년 동안 술김에 나온 바보 같은 아이디어가 학교에서 지원 받는 어엿한 응원 악단이 되고, 추계 부원 모집 때 40명이나 입단하는 모습을 지켜봤다. 눈물을 흘리고 싶은 충동을 참았다. 마지막으로 리드하는 순간이라는 걸 알았다. 캐나다의 프로 스포츠는 미국과 마찬가지로 응원단이나 행진 악대를 두지 않는다. 스포트라이트를 받는 시절은 끝이 났다. 슬프지만 괜찮았다. 그 무엇도 영원한건 없다. 고작 만으로 21살밖에 되지 않았지만 이 사실은 이미 알고 있었다. 3개월이라는 짧은 시간 후에 졸업을 하고 집에 돌아가게 된다. 나에게는 내 미래가 있다. 미지의 세계로 나아가는 건 흥미진진하다. 마치 대학 교육을 받기 위해 집을 떠났던 날처럼 말이다.

N 대학 졸업 후 언젠가부터 겁쟁이가 되었다. 뭔가 잘못되고 있었다. 물리적으로 또는 비유적으로 있지 않아야 할 곳에 있었다. 집으로 돌아온 지 1년도 되지 않았지만 또다시 떠나야 할 때가 벌써 왔다고 판단했다.

2010년 12월 20일. 캐나다 앨버타주 캘거리 새들돔(Saddledome).

크레이그 콘로이(Craig Conroy)[1] 선수의 고별전이었다. 통산 1,009번째 경기. 10월 28일 그의 1,000번째 경기도 참관했다. 당시 아무도 몰랐지만 1월 25일에 웨이버 공시가 되고, 일주일 후에 은퇴하게 된다. 아이스하키를 잘 안다면 이쯤 되면 끝이 보이는 게 명확했지만 실제로 언제 닥칠지 잘 모른다. 아니면 모르고 싶은 걸 수도. 내 영웅에게 그런 일이 생긴다고 믿고 싶지 않은 거겠지. 그렇지만 누구나 늙는다. 아이스하키 선수도 대졸자도.

'코니'는 삼촌과 같은 존재이다. 또래 캘거리 시민이라면 대부분 이렇게 생각하지 않을까. 날 돌봐 주던 삼촌보다는 나중에 결혼을 통해 친척이 된 그런 삼촌. 처음에는 달갑게 받아주지 않았지만 나중엔 없어서는 안 될 인물이 되고, 그가 없는 가족 모임은 모임 같지 않게 되는 그런 삼촌 말이다. 코니는 2000~2001년 시즌 캘거리에 입단했다.(그리고 나는 바로 다음 해 내 생애 최고의 여름을 맞이하게 된다!) 그를 얻기 위해 팀 득점 왕 코리 스틸먼(Cory Stillman)을 트레이드해야 한 것 때문에 반기지 않은 사람들이 있었던 걸로 기억한다. 하지만 팬들은 팀에 이득이 되는 게 뭔지 잘 모를 때가 많지 않

---

1) 캘거리 플레임즈의 전 센터.

은가. 다음 시즌[2]에 코니와 이기[3]는 아주 불이 붙었다. 코니는 28골, 이기는 52골이나 넣었다! 아주 멋진 콤비였고 정말이지 엄청나게 과격한 발레 듀오를 보는 느낌이었다. 플레임즈의 열혈 팬이라면 두 선수가 전세를 뒤바꿔 놓을 거라는 걸 뼛속부터 느꼈을 것이다. 2년 뒤 우린 스탠리 컵 결승전에 올랐다! 그게 벌써 6년 전 일이라는 게 믿기지 않는다. 그 사이에 난 고등학교에 대학교까지 졸업했고, 플레임즈는 2년 연속으로 플레이오프에 나가지 못했다. (집필 당시 5년 연속.)

물론 경기를 관람할 당시에는 이런 것들에 대해 알 수가 없었다. 그저 돔에서 보낸 여러 날 중 하나였다. 1대1 동점인 채 3피리어드로 진입했고, '왜 이렇게 조용하지?'라고 생각했던 게 떠오른다. 마르틴 하블라트(Martin Havlát)가 미카 키프루소프(Miika Kiprusoff)를 피해 가장자리로 슛을 성공하자 따분하게 중얼거리던 관중은 거의 완전한 침묵에 빠졌다. 우리 구역의 캐나다에서 보기 드문 터번에 아이스하키 저지를 입은 아저씨가 내는 소리가 전부였다. 우리 팀이 미네소타 골대 뒤에서 퍽(puck)을 점유할 때마다 아저씨는 크게 외쳤다.

"애들아, 좀 잘해보자. 사이클[4]! 사이클!"

한동안 그러더니 불만 가득한 얼굴로 주변을 보면서 우리에게 호소했다.

"여러분, 좀 도와줍시다. 플레임즈 파이팅! 플레임즈 파이팅!"

아무도 따라하지 않았다. 일부는 가리키며 웃기까지 했다. 경기를 혼자

---

2) 2001~2002년 시즌. "세 번째"로 최고였던 여름의 서막.
3) 제롬 이긴라(Jerome Iginla)의 애칭. 전 플레임즈 라이트윙이자 팀 주장.
4) Cycle. 공격수 세 명이 골대 주위를 돌면서 득점 기회가 생길 때까지 퍽을 돌리는 전술.

관람하고 있는 거나 다름없었다. 아저씨를, 우리 팀을 돕고 싶었다. 뭘 할 수 있을까? 대학 생활 3년 동안 매주마다 했던 한 가지가 있긴 했다. 행동에 옮기기로 결심했다.

"잠깐 내 맥주 좀 들어줘."

여자친구에게 말한 뒤 두 손을 불끈 쥐고 일어섰다. 그러나 내 머리가 관중 위로 드러난 순간 가슴이 타는 듯한 끔찍한 느낌이 들면서 눈과 코끝으로 올라오기 시작했다.

"자기, 뭐하려고?"

여자친구가 물었다.

"화장실 다녀올게."

누군가에게 쫓기듯 복도를 달려 소변기 앞에 몇 분 간 서서 자리를 비운 핑계 거리에 대한 정당성을 만들려고 방광을 쥐어짰다. 그러나 소용없었다. 더 이상 나올 것이 없었다. 진실을 직면해야 했다. 대학 졸업 후 언젠가부터 겁쟁이가 되었다. 뭔가 잘못되고 있었다. 물리적으로 또는 비유적으로 있지 않아야 할 곳에 있었다. 집으로 돌아온 지 1년도 되지 않았지만 또다시 떠나야 할 때가 벌써 왔다고 판단했다.

*N*해야만 했다. 무대 위에 올라가야만 했다. 나 자신을 위하지 않더라도, 선수들을 위해서. 선수들이 우리에게 얼마나 중요한 의미를 갖는 존재인지 알려줄 필요가 있었고 그 수단은 바로 **응원단**이었다.

2011년9월4일. 대한민국 대전광역시 유성온천.

2011년 9월 4일. 청주의 한 모텔에서 떠들썩한 저녁을 보내고 난 뒤, 잠에서 깨어 다 같이 대전으로 아침을 먹으러 갔다. 나는 술병이 난데다 아직 독감 기운이 남아있어 뭔가 삼키는 건 무리였다. 음식점 밖 노천탕으로 나와 발을 담그니 그제야 곧 닥칠 일이 걱정되기 시작했다. 오늘은 내가 응원을 이끌겠다고 모두에게 약속을 했단 말이지…. 나는 한다면 하는 놈이고, 당연히 내가 한 말은 지킬 생각이었다. 그렇지만 막상 경기가 시작되면, 과연 무대에 올라갈 배짱이 남아 있을까?

아침 식사 후 그룹에서 이탈해 김혜지라는 후배를 만났다. 혜지는 맥길대학교를 졸업하고 국립충남대학교에서 석사 과정을 밟고 있었다. 충남대 정문은 유성온천에서 그리 멀지 않았다. 바닥이 거의 드러난 하천을 건너자 삼각형과 사각형들이 서로 교차하며 실용적인 세상과 이론적인 세상을 구분하고 있었다. 충남대 정문은 특이한 형태 외에도 거대한 벽돌로 지었다는 게 참 마음에 들었다. 보통은 철근 위에 시멘트를 매끄럽게 발라 만드는데 말이다. 난 남들과 차별화 한 건축물에 애정이 간다.

혜지는 이론적인 세상 쪽의 아치길에 서 있었다. 어느 정도 걷다가 근처 벤치에 앉아 캔커피를 마셨다. 먼저 그녀의 안부를 묻고, 내 이야기를 들려줬다.

"그래서 할 거에요?"

혜지가 물었다.

"안 할 수가 없잖아. 할 거라고 말해버렸으니까."

"그럴 필요까진 없죠. 하기 싫으면 안 하는 거죠."

"그런데 '정말' 하고 싶어."

"그럼 뭐가 문제에요?"

'두려워서 벌벌 떨려. 그게 문제야'라고 소리내어 말하진 않았지만 얼굴에 쓰여 있었던 모양이다.

"왜 두려워요? 이전에 해봤잖아요. 그렇죠?"

혜지가 물었다.

"응. 그런데 한국어로는 처음이야. 망쳐버리면 어떡하지?"

"선배, 언제부터 이렇게 나약했어요? 대학교 때 더 '남자다웠던' 걸로 기억하는데…."

"그럼 기억 잘 못하는 거네. 이제까지 테드 스미스를 설명하는데 '남자다운'이란 단어를 사용한 사람은 없어."

"적어도 응원 이끄는 걸 두려워하진 않았다구요."

"그래, 그러진 않았지. 하지만 혜지야, 대학 땐 우리 모두 잘 나갔던 시절이잖아."

"알았어요. 그럼… 망친다고 쳐요. 누가 알겠어요? 누가 신경쓰겠어요?"

"내가 알지. 친구들도 알 테고."

딱 그때 중계 카메라에 잡힐 수도 있다는 생각이 떠올랐다.

"알았어요. 그럼 해결책은 간단하네요."

"뭔데?"

"망치지 마세요."

"하, 간단해서 좋네."

"예전의 선배였으면 이렇게 말했을 거에요."

예전의 나.

갑자기 같은 말을 반복하는 느낌이 들었다. 혜지는 이 이야기를 처음 듣는 거지만 난 지난 3일 동안 머릿속을 맴돌던 독백을 입 밖에 내는 거였기 때문이다.

"알았어. 그만."

혜지보다 나 자신에게 한 말이다.

"주변에 문구점 있어? 무기가 필요해."

가까운 문구점에서 내 첫 호루라기를 구입했다. 노란 끈이 달린 2000원짜리 구슬형이었다. 포장을 풀어 목에 걸고, 입고 있던 손승락 유니폼 버튼 사이에 넣어 두었다. 가슴에 호루라기를 품고서 지하철을 타고 가는 동안 머릿속으로 응원가를 모조리 연습했다. 중구청역에 내려서는 구장까지 걷기로 했다.

주차장에 가니 내 글러브로 다른 사람들과 캐치볼을 하고 있는 유석이 형이 보였다. 그는 나를 발견하고는 '헤이 테드!' 하고 외치며 바로 내 쪽으로 6-4-3 병살을 시도했지만, 글러브가 없는 탓에 나는 에러를 범했고 공은 나를 지나쳐 넥센 버스 쪽으로 굴러갔다. 우리는 부리나케 공을 주우러 달려갔다.

형은 발밑의 공을 줍더니 그대로 얼어붙었다. 그는 내 어깨를 치며, 지금 그가 보는 방향을 쳐다보라는 손짓을 했다. 버스의 열린 문 옆에는 넥센 선수 한 명이 뭔가를 기다리는 듯이 서 있었다.

"두 유 노우 후 히 이즈?"

형이 나에게 물었다.

서서 위아래로 쳐다봤다. 70년대에서 튀어나온 듯한 니삭스, 남성미 넘치는 말근육 팔뚝, 베테랑 전사와 같은 그을린 얼굴, 그리고 바지의 왼쪽

다리의 선명한 25번. "송지만." 나는 귓속말을 하듯이 그 이름을 말했다.

유석이 형은 나에게 공을 내밀고는, 뒷주머니에서 검정 마커를 꺼냈다. "유 원트?"

나는 야생마에게 접근하는 것 마냥 소심하게 송지만 선수에게 다가갔다. "송지만 선수, 혹시"

"사인이요? 그럼요."

공을 받아 든 그는 검은 눈으로 나를 흘깃 보았다.

"어, 누군지 알아요!"

"…정말요?"

"티비 자주 나오잖아요."

그는 숫자 25까지 마저 쓰고는 공을 돌려주었다.

그리고 "응원 고맙습니다."라는 말을 남기고 경기장으로 저벅저벅 걸어 갔다. 유명인이, 나를, 티비에서 봤다. 이 느낌은 뭐라 표현할 길이 없다. 너무 신기하고 이런 느낌은 또 없다. 어쩌면 고3 때 좋아하던 여자애에게 졸업 무도회 파트너가 되어 달라고 물었던 그 때의 기분일지도 모르겠다. 그 애가 승낙하자, 엄청난 성취감과 함께 멍한 기분을 느꼈다. 그렇게 오랫 동안 멀리서 바라만 봤던 이 사람에게, 내가 감히 어울리는 상대이기라도 한 것처럼….

무슨 마법의 힘이라도 숨겨져 있는 듯이 공을 손에 쥐고 찬찬히 살펴보 았다. 그 작은 공에서 용기가 뿜어져 나와 내 몸으로 스며드는 게 느껴졌 다. 해야만 했다. 무대 위에 올라가야만 했다. 나 자신을 위하지 않더라도, 선수들을 위해서. 선수들이 우리에게 얼마나 중요한 의미를 갖는 존재인지 알려줄 필요가 있었고 그 수단은 바로 응원단이었다.

경기장 안으로 들어온 우리는 잠시 단체 사진을 찍은 뒤 응원 단상 바로 앞에 앉았다. 한 무리의 히어로즈 팬들이 이미 와서 대기하고 있었는데, 그중 에어혼을 든 사람이 다가와 자기소개를 했다.

"민수라고 해요. 오늘 이끄시는 거에요?" 그가 물었다.

"아아아 예에…"

"아, 그럼 저는 따라 할게요. 단상 위에 올라가세요?"

"예에… 조금만 있다가요…."

벌써 발목을 잡힌 느낌이었다.

1회초. 고종욱, 김민성, 알드리지가 순서대로 삼진, 땅볼, 삼진. 아직은 스탠드에서 응원을 이끌면서, '다음 타자가 나오면' 무대에 올라가야지 마음은 먹고 있었지만 타이밍은 순식간에 지나가 버렸다. 민수가 다시 와서 말했다.

"보이지 않으면 따라하기가 너무 힘들어요."

"네, 민수 씨 옆으로 자리를 옮길게요."

내가 대답했지만 그는 재촉했다.

"위에 올라가서 해야 될 것 같은데요."

"네… 다음 회에 올라갈게요.

1회말. 한화의 최진행이 뜬공을 치고 2루에 강동우가 잔루 되면서, 스리아웃! 이제 내가 나설 차례였다. 박병호가 웨이팅 서클을 나서는 게 보였을 때 나도 계단을 내려가 무대로 향했다. 친구들이 보이면 더 긴장할 것을 알았기에 일부러 다른 쪽으로 눈을 돌렸지만, 등 뒤에서 목소리가 들려왔다.

"어서 가!"

"가자!"

"올라 가!"

단상 가까이로 발걸음을 옮기는 잠시 동안은 여유만만한 기분까지 들었다. 그런데 올라서려고 발을 뗀 순간 꼼짝할 수가 없었다. 고속도로에서의 운전 중에 제어력을 잃기라도 한 것처럼 두려움이 몰려왔다.

다시 들려오는 목소리들. "어서 테드!"

"빨리, 지금 시작한다!"

여전히 움직일 수가 없었다.

그렇게 발레리나마냥 한쪽 다리를 허공에 든 채 서 있었을 때, 뒤에서 나를 양 손으로 밀쳐 단상으로 보낸 건 민수였다. 그리고 눈앞이 하얘졌다.

그 자리에서 눈을 꿈뻑거리며, 내가 어디 있는 건지 다시 감을 잡는 데 몇 초가 걸렸다. 모두가 나를 지켜보고 있다는 것은 알았지만 내 눈엔 그들이 보이지 않았다. 색깔로만 보였다. 호루라기를 입에 물고 크게 심호흡을 했다.

500번의 투구

긴장한 상태로 국가가 끝나기를 기다렸다가, 이번에는 머뭇거림 없이 무대 위로 올라가 호루라기를 입에 물었다. 요란하게 불어 젖히며 큰절을 올리자 박수 소리가 뒤따랐다. 처음에는 천천히, 곧이어 온 관중석에서. 더 이상 두렵지 않았다. 무대에 우뚝 서서 선수 호명을 하자는 신호를 보내자, 사람들은 박자에 맞춰 손뼉을 치기 시작했다.

7회초

*N*4일 연속으로 공짜로 먹고 마셨다. 생전 모르는 사람들에게서 저녁 초대도 받았고, 심지어 과외비를 줄 테니 자녀들에게 영어를 가르쳐 달라는 요청도 있었다. 쏟아지는 관심 속에서 나는 어쩔 줄을 몰랐다.

2011년 9월 5일. 대한민국 서울특별시 여의도 고등학교.

1교시. 앞에 서서 휴대폰을 대놓고 보며 낄낄대는 학생이 있다. 물론 학칙에 어긋나는 행위이다. 이젠 나보고 보라고 얼굴 앞에 들이밀고 있었다. 수업을 시작하기 위해 내려놓으라고 일렀지만 마치 총으로 겨냥하듯이 들고 서서 내리지 않았다. 학생의 그런 대담한 행위가 주변 학생들의 시선을 끌었다.

"말도 안 돼! 맞네, 맞네."

한 학생이 말했다.

"원석아, 이거 봐봐!"

학생들이 몰려들었다. 얼마 지나지 않아 학급 절반이 궁금증을 해소하기 위해 그 학생의 어깨 너머로 들여다보았다. 가만두기 힘들 정도로 소란스러워졌다.

더 이상 안 되겠다 싶어 학생의 손에서 휴대폰을 냉큼 뺏었다.

© 스포츠조선

사진에 대한 설명은 아래와 같았다.

'넥센에 외국인 응원단장이 등장했다.' 4일 대전한밭야구장에서 열린 넥센과 한화 경기에서 넥센 응원단상에 외국인이 등장해 열띤 응원을 펼쳤다. 넥센 나이트가 선발로 등판한 경기에서 넥센을 응원하는 외국인이 무대에 등장해 호루라기를 불며 열띤 응원을 펼치고 있다.

얼굴에 놀라움을 감추지 못했던 모양이다. 아이들은 바로 웃음과 박수로 흥분의 도가니를 이루었다. 많은 학생들은 휴대폰을 꺼내 학교 전체에 링크를 퍼다 나르기 시작했다. 너무 놀랐던 나머지 아이들을 통제해야 한다는 생각이 들지 않았다. 그저 한편으로는 당시의 순간을 떠올리며 상황이 진정될 때까지 기다린 뒤에 수업을 시작했다.

넥센 히어로즈 응원단장 데뷔 무대는 스윕으로 이어져버렸다. 나이트(Brandon Knight)가 $3\frac{2}{3}$이닝까지 무실점으로 막았지만 이후 신경현에게 만루 홈런을 내 주고 말았다. 넥센은 7회에서 코리 알드리지(Cory Aldrige)와 박병호가 백투백 장거리 홈런(두 경기 연속)을 날리면서 첫 두 점을 올렸다. 그러나 한화의 선발이었던 양훈은 이후 다시 안정된 투구를 이었다. 우리 불펜은 2점을 더 허용하고 그렇게 끝이 났다. 그 날 밤의 하이라이트는 귀경길에 3루수 김민성과 휴게소 기사 식당에서 마주친 일이었다. (부모님과 함께 식사하고 있었던 걸로 기억한다.) 3회가 되면서 긴장감이 사라졌고, 학생 때 했던 대로 앞에 나가 리드했다. 한국어 모드로 들어가는 데는 좀 어려움이 있었다. 말은 최소한으로 줄이고, 소통이 끊길 때면 호루라기라는 만국 공통어에 의존했다. 전반적으로 무사히 넘긴 무대였다. 그래서인지 그 기사를 볼 때까지는 첫 무대를 잠시 기억에서 잊고 있었다.

카메라 렌즈란 것엔 뭔가가 있다. 나를 내가 절대 하지 못할 뭔가를 하고 있는 낯선 사람으로 보이게 만들었다. 벌써부터 다른 사람이 돼버린 건 아닌가 싶었다.

교무실에서 룰루랄라 혼자 즐거워하면서 당시 300명 정도 되는 팔로워에게 기사를 트윗했다. 날이 밝으면 모든 사람의 머릿속에서 지워지겠지 싶었다. 화요일이 되자 학교 안은 평소와 다를 바 없었다. 그렇지만 야구장은 달랐다.

배팅 연습 구경하는 걸 좋아하는 터라, 나는 보통 일을 일찍 끝내고 경기 시작 한 시간 전부터 덕아웃 바로 뒤 난간에서 알짱댄다. 흰색 장기영 유니폼을 입고 늘상 서는 곳에 있는데, 어떤 여자 셋이 나를 쳐다보는 게 느껴졌다.

한 명이 말했다.

"쟤야!"

"확실해?"

"그런 것 같애, 쟤"

그러다 내가 뒤를 돌아보는 걸 그 여자도 보고 말았다. 그녀는 바로 입을 꼭 다물더니, 이내 차분하게 내 쪽으로 걸어 와 말을 걸었다.

"저기요, 일요일에 한밭구장에 계셨어요?"

"네, 있었어요."

"혹시 그…?"

"네, 그 사람이에요."

"그죠!"

여자는 별안간 신이 났다.

"내 말이 맞지, 테드짱이라니까!"하고 그녀가 친구들에게 소리를 쳤다.

 내가 물었다.

"찡이요?"

"네! 테드찡. 사람들이 그렇게 불러요."

그녀의 두 친구에 이어, 다른 여러 명의 사람들이 차례로 나에게 다가왔다. 모두들 나와 악수를 하고, 맥주를 주고, 같이 사진을 찍자고 한 뒤 고맙다고 인사를 했다. 아니 왜? 곰곰이 생각을 해 봤지만, 아무래도 난 한 게 없는데 말이지….

그 주에 있었던 네 번의 홈 경기에서, 사람들은 어김없이 단체로 몰려 와 사진을 찍자고 했다. 그리고 4일 연속으로 공짜로 먹고 마셨다. 생전 모르는 사람들에게서 저녁 초대도 받았고, 심지어 과외비를 줄 테니 자녀들에게 영어를 가르쳐 달라는 요청도 있었다. 쏟아지는 관심 속에서 나는 어쩔 줄을 몰랐다.

 그 주 금요일은 긴 추석 연휴의 시작이었다. 히어로즈는 부산에서 두 경기를 뛸 예정이었고, 친구들도 대부분 친척들을 방문하느라 서울에 남아 있지 않았기에 나는 집에서 혼자 경기를 보고 있었다. 문득 함께 할 가족이 곁에 없다는 걸 깨닫고는, 한 달 만에 집에 전화를 해서 그 주간 일어난 일을 어머니에게 모조리 얘기했다.

어머니께서는 앤디 워홀의 말을 인용해서 축하를 전해 주셨다.

"아들, 드디어 15분의 명성을 얻었네."

그 말은 약간 엄숙하게 들렸다.

"엄마, 내가 만약 15분 넘는 명성을 원하면 어떻게 하죠?"

"그럼 분명 그렇게 할 수 있을 거야. 테드 스미스, 넌 멋진 일을 하기 위해 태어났잖아."

어머니의 말씀이라 믿고 싶었지만 실현 가능성은 희박해 보였다. 누가 야구 응원 같은 걸로 유명해질 수 있으랴. 사람들은 내가 신기하다고는 하지만, 신기함은 머지않아 사라질 테고 나는 다시 그저 원어민 영어 교사 중 한 명으로 남을 터였다.

2011년 9월 14일. 대한민국 서울특별시 신길동 테드 스미스의 오피스텔.

"전화가 왔다. 아침 8시 경, 그것도 연휴 기간에!"전화가 울렸다. 쉬는데 방해를 받아 화가 난 나는 전화를 안 받을 뻔 했다. 어쨌든 받긴 했다.

"으으음 여보세요?"

"안녕하세요, 테드 스미스 씨 되십니까?"

"서울 히어로즈의 박성문이라고 합니다."

나는 침대에서 벌떡 일어났다.

"네?"

"혹시 금요일 경기 때 시구를 해 주실 수 있을까요?"

.

.

.

"여보세요?"

"네."

"아 네. 그게, 이번 주 금요일 경기 때 시구를 해 주실 수 있냐고요?"

"네네, 물론이죠!"

"좋아요. 그러면 금요일 4시 반까지 경기장으로 오세요. 홈 유니폼이 있으면 입고 오시고요. 다른 자세한 건 문자로 알려 드리겠습니다."

"네."

"네, 안녕히 계세요."

도무지 그 기분을 주체할 수 없었다. 그대로 침대를 박차고 나와 다섯 평짜리 아파트를 빙글빙글 뛰어다니다, 잠시 숨을 고르고 지금 무슨 일이 일어난 건지 생각을 했다. 다시 휴대폰을 들어 학생 중 하나인 성우에게 전화를 했다.

"여, 여보세요? …쌤?"

휴일에 아직 시간이 8시 반도 되지 않았다는 건 잊은 채 나는 말을 했다. "성우야, 내일 아침 7시에 축구장에서 만나자."

"에? …왜요?"

"나한테 직구 던지는 법 좀 가르쳐 줘. 그리고 선균이도 데려와. 공을 받을 사람도 필요하니까."

7회말

N 리그의 최약체 팀이 챔피언십 연패 신화를 이뤄내는 게 가능하다면, 어쩌면 나도 그 절반만큼은 위대한 일을 할 수 있을지도 모른다.

대한민국 인천광역시 문학야구장.

두 시간 일찍 도착해서 동네에 새로 음식점을 연 사람 마냥 모든 넥센 팬과 일일이 악수를 하며 시구를 한다고 홍보를 했다. 사실 나타난 팬은 많지 않았다. 여전히 추석 연휴라, 서한국 단장님, 의병대장, 턱돌이 등 목동의 고정 멤버들이 없었던 것이다. 나보고 응원 리드를 하라는 계시 같았다. 하고 싶었다. 영웅이 되고 싶었다. 아니면 비슷한 역할이라도. 나 말고는 리드를 할 사람도 없었다.

긴장한 상태로 애국가가 끝나기를 기다렸다가, 이번에는 머뭇거림 없이 무대 위로 올라가 호루라기를 입에 물었다. 요란하게 불어 젖히며 큰절을 올리자 박수 소리가 뒤따랐다. 처음에는 천천히, 곧이어 온 관중석에서. 더 이상 두렵지 않았다. 무대에 우뚝 서서 선수 호명을 하자는 신호를 보내자, 사람들은 박자에 맞춰 손뼉을 치기 시작했다.

첫 타자 고종욱이 몇 구째 안 돼서 응원 무대 근처 관람석 쪽으로 파울 타구를 날렸다. 파울 볼을 잡아 본 적은 없고, 주변에 잡을 만한 사람도 없었다. 하지만 응원을 이끄는 사람으로서 그 공을 가진다는 건 주제넘은 행동이 아닌가 하는 생각이 들었다. 빵 조각에 우르르 몰려드는 비둘기 떼마냥 파울 볼만 보면 달려가는 아이들에게나 줘야겠다고 결론을 내렸다. 하지만 낙구 지점으로 가는 동안 생각이 바뀌었다. 훨씬 더 거만하면서도 재미있는 아이디어가 떠올랐다.

공을 주워 무대로 갖고 와서 (원래는 선수와 마주칠 경우를 대비해) 뒷주머니에 넣고 다니는 검정색 유성펜을 꺼내 공에 사인을 했다. 방금 얘기한 비둘기처럼 글러브를 들고 계단을 뛰어내려오던 아이가 보이자 오른 손가락으로 아이를 가리킨 다음 왼손으로 공을 던져 줬다.

텔레비전 중계에서 이 장면을 목격한 아나운서들이 웃음을 터뜨렸다.

"사인까지, 사인까지?!?!"

한만정 해설 위원이 더듬더듬 말했다.

"본인이 이제 스탄데요."

김완태 아나운서가 뒤이어 멘트를 붙였다.

날 스타덤에 올린 게 있다면 내 행동이라기 보단 아나운서의 말 한 마디였다. 꼴지 팀에 대한 알 수 없는 열정을 가진 이상한 사람 그 이상이라는 말씀. 이 사람이 누굴까에 대한 질문을 해소하기 위해 시청자들을 PC와 스마트폰 앞으로 끌어들였다. 궁금증은 또 다른 궁금증을 낳았다. 어느 순간 야구 경기에서 재미난 행동을 하는 사람 그 이상이 됐다. 사람들의 대화 주제로 떠올랐다. 보통 서울과 같은 대도시에서 살면 이상한 일을 아주 흔하게 볼 수 있다. 대부분 그저 눈썹 살짝 들어 올리거나 옆 사람 살짝 찔러서 알려 주는 정도의 일일 뿐이다. 그러나 당시의 경험을 하나의 일화로 바꾸면 기억으로 남는다. 그리고 지금과 같은 대중 매체의 시대에는 확실히 '문화적 기억(cultural memory)'이라는 게 존재한다. 김태완 아나운서 덕분에 난 그 일부가 되었다.

내가 스타이건 말건 우리는 7대8로 졌다. 가슴 아픈 일이 아닐 수 없었다. 1회에 5점을 내주고, 3회 박병호와 알드리지의 홈런으로 타이를 이루며 간신히 우리 페이스를 되찾았다. 그리고 4회와 5회에 또 득점하며 승리를 잡는 듯 했으나, 불펜진에서 3점을 다시 내주고 말았다. 그러고 끝이었다. 두 팀 모두 여섯 명의 투수를 내보내며, 총 12명의 투수가 등판한 셈이었다. 참 길기도 한 경기였는데 지하철을 타고 집으로 돌아오는 길은 더 길었다.

지하철에서 60대 초반쯤으로 보이는 할머니 옆에 앉게 되었다. 경기장에서 본 얼굴이었다. 그도 그럴 것이 할머니는 무대 바로 앞에 앉았으니까. 나는 말을 걸었다.

"오늘 같이 응원해 주셔서 고맙습니다. 힘든 경기였죠?"

할머니가 이야기를 시작했다.

"있잖아, 내가 오랫동안 이 팀의 팬이었다구. 도원 구장에 있을 때부터 말이야. 지금은 없어졌지. 철거됐어. 한번은 우리 불펜진 전부가 나온 경기를 본 적이 있는데, 그땐 마운드에 외야수까지 나와서 경기를 끝내야 했지. 아니 글쎄 그때는 우리가 지지리도 못했어. 지금보다도 더 말이야. 그치만 유니콘 때는 챔피언도 했잖아. 네 번이나. 언젠가 또 할 수도 있을 거야, 두고 봐…"

얘기를 들으며 내 얼굴에는 미소가 번졌다. 할머니는 얘기를 이어갔다.

"맞아, 내가 진짜 오랫동안 팬이었다구. 수없는 경기를 봤지. 멋진 순간도 많이 봤고… 그런데 내가 한번도 못 봤던 게 뭔지 알아?"

"뭔데요?" 내가 물었다.

"무대에 외국인이 올라가는 건 못 봤지. 너 오늘 아주 잘 했어."

"고맙습니다." 나는 살짝 부끄러워졌다.

"자, 이거 받아."

할머니는 가방에서 노란색의 작은 유니콘 깃발을 꺼냈다. 두 번째 챔피언십을 따낸 해인 '2000'이 새겨진 거기에는 25개가 족히 넘는 사인이 되어 있었다. 할머니는 나에게 그 깃발을 떠넘겼다.

"저, 저는 이거 못 받아요…."

"받아! 나는 챔피언 때마다 받아서 세 개 더 갖고 있어. 운이 좋으면 죽기 전에 또 세 개 더 생기겠지! 여기!"

할머니는 껄껄 웃으시며 억지로 내 손에 쥐어 주었다.

나는 갓난아기를 안은 것 마냥 깃발을 고이 모시고 와서, 매일 아침 일어날 때 마다 보이도록 침대 위 천장에 핀으로 꽂아 두었다. 리그의 최약체 팀이 챔피언십 연패 신화를 이뤄내는 게 가능하다면, 어쩌면 나도 그 절반만큼은 위대한 일을 할 수 있을지도 모른다는 생각을 하면서.

N 팬에게 사진이나 싸인보다 값진 건 비록 짧은 시간일지라도 우러러 보는 인물과 인연이 닿는 일이다. 한국에서 유명세를 타며 얻은 기념품 중 가장 소장 가치가 있는 건 이런 일화들이다.

2011년 9월 15일. 대한민국 서울특별시 여의도고등학교 축구장.

아이들은 졸린 눈에 어깨를 늘어뜨리고 나타났다. 선균은 골라인에 서고, 성우는 페널티 지역에서 크게 세 걸음 뒤로 물러나, 투수 마운드와 홈 플레이트 사이의 거리인 18.39미터에 맞춰 섰다.

지금은 아침 7시. 정확히 35시간 반 뒤에 나는 넥센 히어로즈 경기에서 시구를 하게 된다. 이건 대단한 경사다! 내가 공을 던질 줄 모른다는 것만 빼면 말이다. 살면서 야구 경기를 수백 번은 봤지만 실제로 해 본 적은 한 번도 없었으니까. 땅으로 공을 꽂는 수모를 피하기 위해서라도, 이제서야 선생인 내가 가르치는 학생들에게서 직구 던지는 법을 배우려는 것이다.

"검지와 중지로, 공의 실밥이랑 직각을 이루도록 잡으세요. 엄지는 그 밑에." 나는 성우가 가르쳐주는 대로 따라 했다. "이제 포수를 바라보고요. 피벗하고. 왼다리 올리고. 홈플레이트 쪽으로 발 내딛고. 그대에에에에로 공을 놔요." 성우는 선균의 글러브 한가운데로 멋지게 공을 보냈다.

"오케이, 한번 해보세요."

던졌다. 내 공은 똑바로 가질 않았다.

"한번 더요."

아홉 번 더 던졌다. 실력은 아주 들쭉날쭉했다.

"자 그럼 왼쪽 다리를 들기 전에, 한 발 뒤로 빠져서 팔을 머리 위로 올려보세요… 그리고 돌아서 다리를 들 때 팔을 가슴 쪽으로 내리는 거예요."

그대로 해 봤다.

이번에는 똑바로 성공.

"나쁘지 않네요 쌤! 그럼 30개만 더 던지고 들어가요."

"80개."

"에?"

"80개 더 던지자고. 그런 다음 들어가는 거야."

"알겠어요. 80개…"

"그리고 점심 때 80개, 학교 끝나고 80개, 그리고 내일도 똑같이 반복."

"쌤, 그건…"

"…490개지. 그리고 그라운드에서 10개쯤 던질 걸 더하면 500개. 그 정도면 충분할 것 같아."

"쌤 그건 엄청 많잖아요, 팔 떨어질 걸요."

"그럴지도 몰라… 하지만 전국방송에서 스트라이크를 '한번' 던질 기회가 '한번' 있는데 그게 내일 밤이야. 그게 내 오른팔로 하는 마지막 일이 되더라도 할 거야. 알겠지?"

성우는 고개를 끄덕였고 우리는 다시 연습을 시작했다.

스포츠동아는 전 날 밤 문학야구장에서의 퍼포먼스 사진을 내보냈다. 수업이 시작할 무렵 학교 전체에 기사가 떠돌고 있었다. 하지만 더 놀라웠던 건 MBC 김태완 아나운서가 날 '여의도에 있는 고등학교의 영어 교사'로 정확하게 소개했다는 점이다. 결국 발 달린 말은 교장 선생님의 귀까지 들어갔다. 교장은 교감에게, 교감은 담당자에게, 그리고 담당자는 내게 "내

ⓒ스포츠동아

행동 하나하나가 학교 이미지에 영향을 주게 되고, 학교 안에서나 밖에서나 교사답게 행동해야 한다."고 일렀다. 떨기나무에 불붙은 형상으로 나타난 하느님이 명령하신 느낌이었다. 무슨 유명인이 되어 가고 있다는 증거가 있었다면 대외 활동이 일과에 지장을 주기 시작했다는 점이다. 사람들의 반응 때문에 늘어가는 유명세를 모른 체 할 수가 없었다. 다른 교사들은 내 자리를 지날 때마다 '티비 스타'라며 엄지를 치켜들었다. 학생들은 아주 난리를 쳤다. 수업은 무슨 내가 강호동에 출연 게스트 역할까지 전부 소화한 이상한 버전의 〈무릎팍 도사〉가 돼버렸고 여의도고 선생으로서 최고의 인기를 누렸다. 정오가 되자 내일 시구한다는 소식을 모르는 사람이 없었다. 투구 연습 하는 걸 지켜보기 위해 엄청나게 모인 학생들은 스트라이크를 던질 때마다 환호하고, 볼을 던지면 야유를 날렸다.

그 이틀 동안 나는 철저히 내 트레이닝 계획대로 움직였다. 연습이 끝날 때마다 얼음과 진통 스프레이를 가지러 양호실에 가니, 양호 선생님은 붓기를 진정시킨다고 팔에 압박 붕대를 감아 주기까지 했다. 금요일 아침에는 학교에 (많은 논란에 휩싸였던) 나의 트레이드마크 정장과 타이 대신 청바지와 넥센 저지를 입고 출근함으로써 모두를 놀라게 했다. 그리고 그날 오후 연습 때 490번째 공을 던진 후, 경기장으로 출두하기 전 나의 두 코치님께서 마지막 조언을 구했다.

성우가 말했다.

"기억해요, 마운드에 설 땐 조금 낮게 조준해야 돼요. 홈플레이트보다 25센치 정도 높으니까."

이번엔 선균을 바라봤다.

"빨리 던지는 건 신경 쓰지 마세요. 그냥 똑바로만 던지면 돼요."

"고마워."

그렇게 말하고 나는 글러브를 집어 들고 목동으로 향했다.

박성문 씨와는 주차장에서 만났다. 선해 보이는 얼굴에 안경을 끼고 나이보다 어린 느낌의 분위기를 갖고 계신다. 처음 보는 사람은 절대 실제 나이를 맞추지 못할 것이다. 그를 따라 선수 출입구를 지나 VIP 자리로 갔다. 누군가 또 나를 아래층 홈플레이트 바로 뒤 대기실로 데려갈 때까지 혼자 배팅 연습을 구경하며 삼십 분 정도를 보냈다. 대기실에서 한 시간 동안 또 혼자 기다리면서, 혹시라도 일이 잘못되었을지 모른다는 온갖 상

상을 하며 쓸데없이 초조해 하고 있는데, 바로 그 때 문을 벌컥 열고 뛰쳐 들어온 사람은 나를 제대로 놀라게 했다.

키는 나만하고, 숱이 많은 눈썹에 코가 둥근 남자였다.

"안녕하세요 테드, 나는…"

내가 말했다.

"턱돌이!"

탈을 쓰지 않았는데도 한번에 알아볼 수 있다니.

우리는 악수를 했다.

"네, 오케, 팔로우 미."

턱돌이는 드디어 3루 옆 통로를 지나 나를 필드로 데리고 갔다. 그라운드에 이렇게 가까이 와 본 적은 처음이었다. 잔디 위를 걷는 느낌이 완전 초현실적이었다. 포수 글러브를 끼고 파울 라인에 쪼그려 앉은 턱돌이를 향해 나는 마지막 열 개의 공을 던졌다. 스트라이크 일곱에 볼 셋이었다. 500번의 피칭 후에도 나는 준비가 돼 있는 것 같지 않았다. 그 때 누군가 어깨를 치기에 보니 우리 좌익수 코리 알드리지 선수였다.

"헤이 테드, 어때요?"

나는 거짓말을 했다.

"어… 좋아요."

"고맙습니다. …알드리지 씨…."

"에이 그냥 코리라고 불러요. 왜 다들 이렇게 예의가 바를까?"

"잠깐만요, 제 이름을 아세요?"

"그럼요. 팀 모두가 알죠. 테드는 항상 있잖아요…."

모두가?

코리는 1997년 애틀랜타로부터 지명 받았다. 이후 20개가 넘는 팀에서 뛰었고, 최근에 마지막으로 안부를 물었을 때 아직도 야구를 하고 있었다. 몇 세기 전에 태어났더라면 떠돌이 용병 전사가 아니었을까. 그런 사람에겐 분명히 이야깃거리가 많다. 야구 이야기만을 말한 게 아니다. 같이 잔을 기울이면 인생에 대해 몰랐던 이야기들을 들려 줄 거다. 아쉽게도 나는 그럴 시간은 갖지 못했다. 잡담만 나눴지. 코리는 텍사스주 샌앤젤로(San Angelo) 출신이고, 우리 아버지는 댈러스 출신이다. 이야기하다 보니 같은 장소에 가족이 있었던 걸 알게 됐다. 늘 브라운관에서 보던 사람과 시간을 함께 보내는 건 참 묘한 느낌이다. 더 환상적이었던 건 내가 코리에 대해 가진 관심만큼 그도 나에 대해 관심을 가졌다는 점이다. 팬에게 사진이나 싸인보다 값진 건 비록 짧은 시간일지라도 우러러보는 인물과 인연이 닿는 일이다. 한국에서 유명세를 타며 얻은 기념품 중 가장 소장 가치가 있는 건 이런 일화들이다.

그렇게 떨리는 순간에 영어를 들었다는 건 엄청난 위안이 되었다. 알드리지 덕분에 나는 혼자였더라면 찾지 못했을 자신감을 찾았다. 국가가 나오는 내내, 홈플레이트로 딱 꽂히는 완벽한 직구를 던지는 상상이 머릿속을 떠나지 않았다. 마침내 음악이 끝나고 내가 나설 차례가 되었다.

음악이 끝나고 박수 소리가 잦아들어 턱돌이는 탈을 쓰고, 우리는 함께 필드로 나갔다. 티비 카메라맨 하나가 마운드로 우리를 따라왔다. 턱돌이는 곧장 오른쪽의 타석으로 향했고, 나는 마운드 앞에 멈춰서 김수경 선수를 마주보게 되었다. 그는 내 눈과 투수판을 번갈아 쳐다보더니, 이렇게 말하는 것처럼 보였다. "니가 마운드를 감당할 수 있겠냐?"

어쨌든 마운드에 오르려는 참에, 추평호 심판 위원은 나에게 바로 돌아서서 던지라는 몸짓을 했다. '오케이. 자, 그럼 조금 높게 겨냥해서'라는 것이 그 순간 한 마지막 생각이었다. 우선 여기 구장 22년 역사의 모든 승부가 결정되었을 바로 이 좁은 공간을 눈으로 훑었다.

나는 허도환 포수의 눈을 똑바로 응시했다. 그가 내 쪽을 향해 글러브를 뺐었다. 로커 스텝. 와인드업. 그리고 그대에에에에로 공을 놓는다.

스트라이크라고 한다. 공이 내 손을 떠났는지, 포수의 글러브에 맞았는지, 전혀 기억이 없지만 아무튼 그랬다고 한다. 아무튼 티비 카메라는 촬영을 하고 있지 않았고, 아나운서들은 계속해서 두산 선수 라인업을 불렀다. 내 인생의 이 영광스럽고 긴장된 순간에 대한 유일한 기록은 핸드폰으로 찍은 비디오뿐이다.

우리는 3회에 점수를 내며 앞서갔다. 코리 알드리지가 만루 상황에서 희생플라이를 치며 김민우를 불러 들였고, 5회에는 유한준이 2루타를 치면서 김민우가 다시 득점에 성공했다. 그러다 위기가 찾아온 건 6회였다. 김수경이 베이스를 모두 채운 상황에서 두산 최준석에게 2타점 적시타를 내주자, 김시진 감독님은 바로 투수를 교체시켰다. 그래서 이보근이 나왔지만 2안타 2타점을 내어주면서, 불 난 집에 부채질을 하는 꼴이 되어버렸다. 그리고 두산의 양의지가 3루 스틸에 실패할 때까지 우린 단 하나의 아웃 카운트조차 잡아내지 못하고 있었다. 마침내 병살타를 이끌어내며 이닝을 잠재웠지만, 2대4로 두산에 뒤지고 있는 이런 상황에서 실점 행진을 막아줄 누군가가 필요했다.

그게 누구냐 하면 바로 강윤구였다. 지난 시즌에는 고작 15이닝을 뛰었을 뿐이고, 올 시즌에는 딱 두 번 등판한 21살의 좌완 투수. 그는 불펜으로 나와 두산을 3이닝 동안 노히트 노런으로 붙들어 두었고, 우리는 천천히 점수를 내며 따라잡고 있었다. 우리는 7회말에 2점 득점으로 동점을 만들었지만 2주자 잔루로 이닝을 끝냈다. 그러던 8회초에 이숭용이 나오자, 전광판에는 '2000경기 출장' 멘트가 떴다. 그가 타석으로 나오는 동안 턱돌이는 레드 카펫을 펼쳐주기까지 했다. 이런 역사적인 날이니만큼 역전 안타로 동화처럼 완벽한 결말을 내 주기를 바랐지만… 스윙 삼진으로 주자 2명이 또 잔루가 되고 말았다.

마침내 우리에게 마음의 평화를 안겨 준 건 고종욱이었다. 9회 만루 1-1 카운트에서 페르난데스의 3구는 조금 높아 가운데 꽉 차게 들어왔고, 고종욱의 스윙은 잘 들어맞았다. 크게 떴지만 얼마나 멀리 뻗는지에 대한 감은 잡히지 않았다. 두산의 외야수 김현수와 이종욱은 같은 지점을 향해 달렸지만 둘이 닿지 못하는 곳에 떨어졌다. 중간 담장에서 좌측 파울 폴 중간쯤 워닝 트랙 바로 앞. 넥센 선수들은 전부 덕아웃을 나와 끝내기 안타의 주인공에게 물과 발차기를 퍼부었다. 내가 가장 좋아하는 한국 야구의 전통이다.

행운은 거기서 그치지 않았다. 서한국 단장님은 나를 무대 위로 불러내, 선수 인터뷰에 참가하게 해 주었다. 결승타를 친 고종욱과 승리투수 강윤구도 거기서 팬들과 인사를 하며 질문에 대답을 하고 있었다. 그때까지도 별 볼일 없던 나의 한국어 실력 때문에 질문 대신에 노력에 감사하다고만 전했다. 주변에 있던 몇 사람들이 나보고 귀엽다고 하는 얘기도 들었는데 나는 그냥 그 선수들과 함께 무대에 서 있는 것만으로도 정말 행복했다. 내가 우리 히어로즈의 팬이 될 자격이 있다고도 잠시 느껴졌다. 나는 시구 때 던졌던 공을 그대로 들고 있었는데, 가까이 있던 강윤구 선수에게 거기다 사인도 부탁했다.

그 공을 손에 쥐고는 "아 내 인생 최고의 날이다" 생각한 게 기억이 난다. 경기장의 불이 꺼지기 시작하자 조금 슬퍼지기까지 했는데, 마치 나에게 비치는 스포트라이트도 함께 꺼지는 느낌이었기 때문이다. 나는 공을 집으로 가져와 선반 위에 진열하면서, 내가 오늘보다 과연 조금이라도 더 유명해지는 날이 올까 생각했다.

그런데 그러기까지 고작 열흘이 걸렸을 뿐이었다. 그리고 내가 새로 벌인 일은 지금까지의 모든 일을 합친 것의 10배를 훨씬 뛰어넘었다.

후 아이 엠

계약을 연장하면 나는 서울 어딘가의 초등학교나 중학교로 전근을 가게 될 터였다. 그 때 머릿속에 떠오른 유일한 생각은, 새로 배정받은 동네에서 평일 야구 경기를 못 보면 어쩌나 하는 걱정이었다. 망할… 그렇게 되면 다리에서 뛰어내릴 지도 모른다. 지금 내 삶에서 유일하게 좋은 것이 넥센 야구란 말이다.

8회초

 학교에서의 반응은 가히 폭발적이었다. 학생들은 나를 선생님 대신 **단장님**이라고 부르기 시작했고 교실 문을 열 때마다 히어로즈 응원단상에 올라갈 때와 같이 박수와 환호가 나를 맞았다.

2011년 9월 20일. 대한민국 서울특별시 잠실야구장.

국가가 울려 퍼지는 가운데 지하철 5번 출구를 빠져 나왔다. 표를 사고 3루쪽 입구로 들어갔지만 의병대장의 호루라기도, 사람들의 노랫소리도 들리지 않았다. 친구들을 찾으러 관중석을 훑어보다 의병대장을 발견했지만 웬일인지 그는 사복을 입은 채 제자리에 앉아 있었다.

"무슨 일 있어요? 왜 안 올라가요?" 하고 내가 물었다.

"아파서요." 그가 대답했다.

"또?"

고개만 끄덕끄덕.

"한국이 형은 오나요?"

그는 고개를 절레절레. "턱돌이는 오고 있대요. 그치만 늦을 거예요."

바로 이거다.

지금이 바로 내가 기다려 온 두 번째 기회다.

절대 놓치지 않으리라고 벼르던 기회.

"제가 할까요?"

"…하고 싶은 대로 하세요."

나는 고개를 끄덕이고는 스테인리스 호루라기를 가방에서 잡아 꺼냈다. 행운의 상징인 마냥 언제나 가지고 다녔던 것이다.

"그거 말고." 의병대장은 가방을 뒤지며 말했다. "이거 써요." 그가 건네준 것은 노란색의 Fox 40 Classic 호루라기였다. 명예로운 훈장처럼 나는 그걸 목에 걸었다.

2회초. 주키치(Benjamin Jukich)는 코리 알드리지에 볼넷을 허용했고, 강정호가 타석으로 나서는 순간 나도 투우사와 같은 자신감을 가지고 응원단상에 올랐다. 왼쪽, 오른쪽, 그리고 가운데를 향해 고개 숙여 인사를 하니 박수 소리가 천둥이 치는 7월의 소나기처럼 갑작스럽게 몰아쳤다.

그런데 인사를 끝내고 관중들과 눈이 마주치자마자 아까의 자신감은 온데간데없이 사라지고 말았다. 300명은 족히 될 텐데, 이렇게 많은 사람 앞에 서 본 일은 없었던 것.

나는 숨을 깊이 들이 마시고는… 내쉬었다. 자 한번 더 들이마시고…. "아이고 한국말 못해."

웃음소리가 관중석에서 물결처럼 일렁이더니 이내 사라졌다. "테드쩡, 화이팅!" 누군가가 소리쳤다. 메아리처럼 몇 명이 함께 했다.

나는 마음을 다잡았다. "턱돌이가 오고 있어요." 나는 가능한 한 큰 목소리와 정확한 한국어로 말하려고 애썼다. "하지만 그가 도착할 때까지 제가 할 거예요." 다시 한번 박수가 나왔다. "한국말은 잘 못 하니까, 실수를 해도 봐주세요."

"걱정 마!" 누군가가 대답해 주었다.

"오케이. 그러면… 라인업!"

5회초. 유한준의 삼진으로 이닝이 끝나고, 히어로즈는 아직 2대0으로 뒤지고 있었다. 씁쓸한 실망감을 안고 터덜터덜 계단을 내려오는데, 응원단상 아래에서 노트를 손에 든 한 여자와 마주쳤다.

"실례합니다," 여자가 말했다. "저는 후아이엠 인터넷 신문의 강은실이라고 하는데요. 잠깐 인터뷰를 할 수 있을까요?"

"네?" 나는 내 귀를 의심했다.

그녀는 기자 출입증을 보여주었다.

"어… 제가 선수가 아닌 건 아시죠?"

"네. 아닌 것 같네요."

"넥센에서 일하는 것도 아니고요."

"그렇게 생각하지 않았어요."

"그럼… 뭐가 알고 싶으신 거에요?"

"음… 일단, 누구세요?"

기사는 그날 저녁 9시 21분에 나왔다. 테드 스미스라는 본명과 맥길대학교 출신이라는 걸 처음으로 밝힌 기사였고, 점차 그 이름은 각종 미디어에서 '푸른 눈의 응원단장' 같은 별명으로 바뀌어 갔다.

학교에서의 반응은 가히 폭발적이었다. 학생들은 나를 선생님 대신 단장님이라고 부르기 시작했고 교실 문을 열 때마다 히어로즈 응원단상에 올라갈 때와 같이 박수와 환호가 나를 맞았다. 하지만 선생님들은 기뻐해주지만은 않았던 것이, 동료 교사 몇몇이 내 자리로 와서 축하의 말을 건넨 다음, 조금 자중하는 게 좋을지도 모른다는 말을 꼭 덧붙였던 것이다. 나는

©whoiam 강은실

당최 이유를 알 수 없었다.

"내가 뭐 잘못했어?" 나는 내 담당 선생 효선에게 물어보았다.

"그냥 선생님들은 네가 티비에 신문에 계속 나오고 그러면 혹시라도 학교 위상이 떨어질까봐 걱정하는 거야."

"왜? 나도 사람인데, 취미 생활 좀 하면 안되나?"

"아니, 사람이 아니지. 선생님이잖아." 그녀는 비꼬는 듯한 말투로 도도하게 얘기했다. "너는 세속적인 욕망을 모두 배제한 금욕의 삶을 살아야해. 학생들에게 훌륭한 본보기가 될 수 있도록."

"설마 그 말을 믿어?"

"그럴 리가." 그녀는 혀를 쏙 내밀었다. "하지만 다른 사람들은 그럴지도 모르지." 이때 그녀는 관리직 자리가 포진해 있는 교무실의 서쪽 끝을 손으로 가리켰다. "그리고 몇몇 학부모들이 학교에 전화해서 너에 대해서 따졌다는 소문을 들었어. 네가 야구 하는 게 학생들한테 방해가 될 거나. 몇 명이 방과후 교실 빠지고 너 시구 하는 거 보러 갔었잖아."

"그게 어때서? 입시 공부 몇 시간, 그것도 딱 한번 빠진 건 괜찮지 않아?"

"아니, 심각한 문제야. 이제 곧 10월이잖아. 시험이 다가온다고."

10월

.

.

.

"미스터 스미스!" 나를 부르는 목소리는 나의 직속상관인 유 선생님이었다. "기사 봤어요. 사진 아주 멋있게 나왔던데요."

"고맙습니다, 유 선생님… 혹시 선생님도 저보고 야구 그만두라는 말씀 하러 오셨나요?"

"아뇨! 계약 갱신일이 다가온다는 것 알려드리려고 왔어요." 그녀는 두꺼운 서류뭉치를 내 책상에 내려놓았다. "내년까지 계약을 연장하고 싶으면, 여기에 사인해서 화요일까지 제출해 주셔야 돼요."

"고맙습니다." 나는 멋쩍어서 대답하고는 서류들을 훑기 시작했다. 간만에 감정이입하고 읽으려는데 때마침 전화가 걸려왔다.

"헬로 마이 브라더!" 쾌활한 남자의 목소리였다. "저 '히사영' 다음 카페 회원, 허준석입니다. 우리 2주 전에 대전에서 만났었는데, 기억나세요?"

솔직히 기억이 나지 않았다. 게다가 전화번호를 알려준 기억도 없었다. "아 네, 그럼요 미스터 허… 잘 지내셨어요?"

"그럼요. 그럼요! 덕분에요. 아 혹시 이번 주말에 대구 가는지 물어보려고 전화 했어요."

"전… 딱히 갈 계획은 안 하고 있었는데요."

"알다시피 넥센 히어로즈가 삼성 라이온즈랑 경기 하잖아요. 주말에 테드가 우리 응원을 좀 이끌어주면 어떨까요?"

N 스타디움이라고 부르기에는 차마 입이 안 떨어지는 이 겸손한 외관의 야구장은 1948년에 지어졌다. 좋게 말해 겸손하게 생긴 거지 솔직히 말하면 내가 살면서 본 건축물 중 가장 볼품이 없다.

2011년 9월 24일. 대한민국 대구광역시 동대구역.

정확히 오후 2시 39분에 KTX에서 내려 버스 정류장으로 향했다. 9월이 다 끝나 가는데도 불구하고 27도나 되는 날씨에, 붐비는 대구시민구장행 버스 안에서 나는 땀을 줄줄 흘려야 했다. 라이온즈의 소굴은 이번이 두 번째 방문이다. 한국에서의 생활은 각종 아이러니의 연속이었는데, 대구 역시 예외가 아니다. 2010년 6월 13일 처음 여기를 찾았을 때는 나는 삼성 관중석에 앉아서 넥센이 3대1로 이기는 걸 지켜봤다. 넥센 관중석에는 모두 세 명(…)이 응원을 하고 있었는데, 최하위 팀을 응원하러 230킬로미터를 달려오다니 찐따들이군, 하고 생각을 했었다. 이제는 내가 그 찐따다.

스타디움이라고 부르기에는 차마 입이 안 떨어지는 이 겸손한 외관의 야구장은 1948년에 지어졌다. 좋게 말해 겸손하게 생긴 거지 솔직히 말하면 내가 살면서 본 건축물 중 가장 볼품이 없다. 높이는 바로 근처의 주택들과 비슷하고, 내부에는 깨진 플라스틱 의자들이 들어차 있다. 이 의자에는 컵홀더도 없어서 꼭 11살 쯤 되는 남자애들이 달려다니다가 꼭 바닥에 둔 맥주를 넘어뜨리는데, 변상해 줘야 할 부모는 꼭 안 보인다. 그리고 이곳의 특징이라면 가드레일도 없이 바닥에서 1미터 위에 붙어 있는 2층 좌석인데, 첫째 줄의 흥분한 팬들이 종종 사고를 당하기도 하는 것이 볼거리라면 볼거리일지도. 구조물 전체는 방수 콘크리트로 되어 있는데 물이 빠질 수 있도록 지을 때 지상층에다 배수관을 설치하거나 경사가 생기도록 지을 생각을 못 한 것 같다. 결과적으로 소나기가 내린 며칠 후에도 자리 밑에 흙탕물이 고여 있어서 벌레가 득실거리는 것을 볼 수 있다. 이게 6년 연속 챔피언 삼성 라이온즈의 홈이라니. 개인적인 영웅 중 하나인 이승엽이 여기서 수 백 개의 공을 담장 위로 넘겨 프로리그 최연소 300홈런을 달성한 것이다.

일찍 도착했기에 선수들이 버스에서 내리는 것도 볼 수 있었는데, 자주색 유니폼을 입고 서 있는 나를 본 그들의 반응은 아주 다양했다. 미소를 짓고 손을 흔드는 사람도 많았고, 벙쩌서 실눈을 뜨고 믿을 수 없다는 표정을 짓는 사람들도 있었다. 그리고는 나는 대전에서 만났던 안경 낀 그 남자를 발견했다. 그는 이름이 허준석이라며 자신을 다시 소개하고는 1루 내야석으로 나를 데리고 들어갔다. 다음 한 시간 동안, 에어혼을 부는 최민수를 포함해 여러 명이 우리 쪽에 합세했다. 홈 관중들이 우리 존재를 모를 새라 쉬지 않고 응원을 하던 중 생방송 카메라에 잡혔을 때, 임용수 아나운서는 나를 두고 이렇게 말했다.

"한국 사람 다 됐네요."

 임용수 캐스터는 한국인 축구 서포터가 EPL에서 응원을 이끄는 거나 다름없다고 덧붙였다.

2011년 9월 25일. 대한민국 대구광역시 대구시민야구장.

4회초 오재일을 1루 땅볼로 유도하여 삼자 범퇴 처리하며 2대0으로 뒤따라가고 있는 넥센이었다. 22이닝 연속 무득점이었다. 화요일까지 간다면 무려 33이닝 연속이 된다. 무대에서 막 내려오려는 찰나 미스에이의 '굿바이 베이비'가 흘러나왔다. 안 그래도 지루해 죽겠는데 필드의 분위기마저 될 대로 되라는 식이니 나는 이참에 홈 관중들에게 내가 제일 좋아하는 댄스 루틴이나 선보이기로 했다. 경기는 시시하고… 아나운서들도 아무 할 말이 없고… 그래서 SBS 중계진은 나와 치어리더들의 동작을 실황으로 비교 분석해 준 것이다. 문제의 그 장면은 티비에는 "테드찡 vs 삼성 치어리더 댄스 배틀"이라는 타이틀을 달고 방송됐다.

©Sportkorea

그해 그리고 이후 지금까지도 가장 자랑스럽게 여기는 일이다. 안무는 그렇게 잘 해내지는 못했다. 영상을 보면 내 동작이 치어리더보다 반 박자 정도가 늦고 있다. 이는 일단 스피커들이 3루 측에 나와 반대 방향으로 향해 놓여 있고, 소리(초속 340미터)가 내야석에 반사된 후 내가 있던 장소까지 도달하는 데 약 10분의 3초가 걸리기 때문이다. 결국 "그러니 여기까지 하기 너의 쇼는 이제 끝난 거야"라는 가사가 나올 때까지 잘 나가다 페이스가 무너져 웃어버리고 반대 방향으로 스핀 동작을 한 뒤 무대를 내려옴으로써 또 한번 아나운서들에게 웃음을 선사할 수 있었다. 임용수 캐스터와 삼성의 전설 양준혁 해설 위원이 2분 동안이나 내 이야기를 했다. 양준혁 위원은 서울에선 자리를 반반씩 나뉘어 응원하지만 지방에선 1루나 3루 측 좌석 모두 홈팀이 응원하기 때문에 대구에서 무대 위에 서는 게 쉬운 일이 아니었을 거라는 의견을 말씀하셨다. 임용수 캐스터는 한국인 축구 서포터가 EPL에서 응원을 이끄는 거나 다름없다고 덧붙였다.

아울러 그날 대구KBS를 통해 첫 텔레비전 인터뷰에 응했다. 대구시민야구장에 늘고 있는 관중에 관한 지역 뉴스의 일부였다. 삼성은 페넌트레이스 수위 자리를 지키며 5년만에 첫 한국시리즈 우승을 향해 박차를 가하고 있는 덕에 불지옥 같은 기온이 이어지는 중에도 관중 동원이 잘 이루어지고 있었다. 그때 발언했던 "응원단장 아니고, 단장 대리요"와 "넥센이 내 홈팀이에요"는 훗날 유행어로 발전했다. 특히 후자는 한 달 뒤에 출연했던 KBS의 케이블 프로그램에서 다시 사용해 꽤 재미를 봤다.

*N*대학을 졸업하고 처음으로 내가 뭔가 가치 있는 일을 한다는, 노력이 보상 받고 있다는 느낌이 들었다. 그리고 또 깨달은 게 있었다. 교사는 내 길이 아니라는 것. 계약서는 재활용 박스로 들어갔다.

2011년 9월 26일. 대한민국 서울특별시 여의도고등학교.

내 이야기를 실은 네 번째 기사가 스포츠 코리아에 났고, 몇몇 선생님과 학생들은 나의 댄스 배틀을 생중계로 시청했다. 오후가 되자 그 영상은 돌고 돌아 전교생이 다 보게 되었다. 눈치 보고 자중이라니, 택도 없다! 이제 누구 하나 꾸중하는 사람도, 축하하는 사람도 없었다. 내가 티비와 뉴스에 나온다는 사실은 지난 3주 간 너무 익숙한 일상이 된 나머지, 자판기 커피를 마시며 하는 잡담거리 수준이 될 판이었다.

내 수업 시간에는 이따금씩 길고 어색한 침묵이 흘렀다. 지금의 나를 있게 한 선택과 우연들, 그리고 그것들이 만들어 낸 희한한 조합에 대해서 생각하다가, 나도 모르게 아무 말 없이 창문 밖만 바라봤기 때문이다. 공상이라는 어렸을 적의 습관이 되살아난 것이다. 역할이 바뀌어서 내가 학생이었다면, 분명 수업에 집중하지 않는다고 선생님에게 혼났겠지.

새 계약서는 하다 만 숙제처럼 책상에 놓여 있었고, 나는 읽는 걸 미루고 미뤘다. 기한을 몇 시간 남겨 둔 화요일 아침. 드디어 계약서를 넘기다가 알게 된 사실은 E.P.I.K. 고등학교 프로그램이 폐지된다는 것이었다. 계약을 연장하면 나는 서울 어딘가의 초등학교나 중학교로 전근을 가게 될 터였다. 그때 머릿속에 떠오른 유일한 생각은 새로 배정받은 동네에서 평일 야구 경기를 못 보면 어쩌나 하는 걱정이었다. 망할! 그렇게 되면 다리에서 뛰어내릴 지도 모른다. 지금 내 삶에서 유일하게 좋은 것이 넥센 야구란 말이다.

유 선생님이 4시까지 제출하라는 말을 하러 들렀을 때, 나는 중대한 깨달음에 이르기 일보 직전이었다. 계약서에 서명을 하든 안 하든 이 학교에서는 더 이상 일할 수 없게 되었다는 말을 하자 그녀는 바로 그걸 교감 선생님께 알렸고, 교감 선생님은 상부에 전화를 해서 내 자리를 보전해 주겠노라며 약속까지 하시는 게 아닌가. '그러실 것까진 없다'고 말씀 드리려는 찰나에 누군가가 내 이름을 불렀다.

"저기요, 테드 스미스 씨 되시나요?" 택배 기사였다.

"네, 무슨 일이세요?"

"택배 왔습니다. 여기에 사인 해 주세요."

"아 네…" 택배 받을 일이 없어서 어리둥절했다.

작은 골판지 상자를 자리로 가져와 테이프를 뜯었다. 후아이엠 강은실 기자로부터의 편지가 들어 있었는데, 넥센 히어로즈의 구단주 차길진 씨가 감사를 전한다는 내용이었다. 그가 보내는 선물은 다음과 같았다. 포토 다이어리, 공식 모자, 이승용 티셔츠, 게다가… 손승락의 사인볼.

머리가 멍해졌다. 정말로 나는 의자를 뒤로 빼고 그 바닥에 앉은 채 숨을 고르려고 애를 썼다. 선수들과 구단 관계자들이 인터뷰나 공식 행사에서 팬들에게 형식적으로 고마움을 표현하는 일은 자주 있다. 그저 '팬'이라고 뭉뚱그리는 탓에 그 고마움이 수천, 아니 수백만 중 이름 모를 팬인 나 하나에게 진심으로 전달되지는 않아서 그렇지. 하지만 지금, 이 편지에는 내 이름이 적혀 있는 것이다. 내가 다니는 직장으로 배달까지 된 것이다.

대학을 졸업하고 처음으로 내가 뭔가 가치 있는 일을 한다는, 노력이 보상 받고 있다는 느낌이 들었다. 그리고 또 깨달은 게 있었다. 교사는 내 길이 아니라는 것. 계약서는 재활용 박스로 들어갔다. 내년에 뭘 하든 이 일은 절대 하지 않을 거라는 것은 확실했다.

N 아이디어나 암시, 막연한 개념이나 느낌도 떠오르지 않았다. 올 시즌 승리에 대한 기억은 연기 같았고, 횟수마저 드물었다..

2011년 9월 27일. 대한민국 인천광역시 문학야구장.

9회말, 투 아웃. 히어로즈는 전년도 한국 시리즈 우승팀인 SK 와이번스를 5대0으로 앞서고 있었다. 손승락이 마운드에 올라 타자를 한 치의 오차도 없이 정면으로 바라보고 있었다. 타석에는 SK의 3루수이자 슬러거 최정. 그는 0.319를 치고 있었지만 그날은 대타로 출전했다. 손승락은 엄청난 구속을 자랑하고 있었기에 투구 패턴을 공략할 정도로 많은 공을 볼 수 없을 거다. 8회엔 만루 상황에 등판해 최동수를 공 세 개로 범타 처리했다. 이번 이닝에 들어와 박정권을 공 두 개로 범타, 정상호는 공 네 개로 삼진을 잡았다. 그리고 제10구는… 스트라이크! 허리 높이의 바깥쪽 코너를 살짝 걸쳤다.

나는 무대에 다리를 넓게 벌리고 서서 손승락 유니폼을 콜키스[1]의 황금

---

1) Colchis. 그리스 신화에서 황금 양모를 구하기 위한 이아손과 아르고 원정대의 목적지.

양모인 양 관중을 향해 높이 들어 올리고 있었다. 자랑스럽게 여겼지만 이거 하나 가졌다고 무슨 왕이 되는 게 아니라는 건 안다. 영봉승만 기다리고 있었다. 공식적으로 우리 시즌은 거의 끝났다. 이제 남은 일은 포스트시즌에 진출하는 팀을 상대로 우리의 자부심을 되찾는 것이다. 그 중 하나인 SK는 한국시리즈에 5년 연속으로 얼굴을 비추게 된다.

11번째 투구는 너무 높았다. 최정은 타석에서 나와 잠시 허공에 방망이질을 하고는 다시 타석에 들어서 자세를 갖췄다. 12번째 공은 홈플레이트 가장자리를 걸치는 완벽한 바깥쪽 변화구. 최정은 휘둘렀다. 타구는 1루수 박병호에게 유유히 날아갔고, 포구를 마친 그는 세 살짜리 아이에게 '마술'을 보여 주는 것 마냥 공을 등 뒤로 숨겼다. 3루 뒤의 의기양양한 함성보다도 1루쪽의 "어어"하는 소리가 훨씬 컸다. 그러거나 말거나 우리가 이겼다.

손승락은 이걸로 16번째 세이브를 기록했다. 그리고 넥센 선발투수 김수경은 745일만에 승리투수가 되기도 했지만, 그걸 빼면 넥센에게는 사실 별 볼일 없는 날이었다. 이겼지만 아무것도 달라지는 것은 없었으니까. 4위와는 아홉 경기 차이가 났는데, 올 시즌에 남은 경기는 여섯 개뿐이었다. 하지만 적어도 경기장에 있던 사람들에게는 특별한 하루였을 것이다. 나에게는 특히나 더 그랬는데, 프로 스포츠 응원단장으로서 맞는 첫 번째 승리였기 때문이다.

몇 십 명의 관중을 앞에 두고 2011년 시즌의 마지막 인사를 했다. 내가 지금껏 이룬 것들을 앞으로 조금이라도 다시 이어갈 수 있을지 전혀 알지 못한 채로 말이다. 마지막 날에 첫 승을 거뒀다. 내 시즌은 물론 어쩌면 비공식 원정 응원단장으로서의 활동을 시적으로 마치게 되었다고 생각했다.

한 시간 되는 귀갓길에서 마침내 내년에 무엇을 할지, 한국에는 있어야 하는 건지 고민해봤다. 고요한 연못에서 발버둥치는 오리 새끼 마냥 온갖 잡념이 머릿속을 헤엄치고 있었다. 그 어떤 아이디어나 암시, 막연한 개념이나 느낌도 떠오르지 않았다. 올 시즌 승리에 대한 기억은 연기 같았고, 횟수마저 드물었다. 결정은 다음으로 미루기로 했는데 그해 반복되었던 패턴에 따라 외부 요인에 의해 문제가 해결되었다. 9일 뒤 한국 최고의 텔레비전 쇼에 출연하게 되어 운명을 완전히 결정짓는 계기가 된 것이다.

8회말

N **야구**… 내가 그 당시 신경을 쓰던 유일한 것이 **야구**였다. 동시에 내가 돌아버리지 않게 지켜주는 유일한 것이기도 했다. 그런데 그 **야구**가 이틀 후면 끝나려 하고 있었다.

2011년 10월 5일. 대한민국 서울특별시 여의도고등학교.

　오후 4시 40분. 교무실 저 끝에서, 나이 지긋하신 영어과 선생님 두 분 사이에 다툼이 일어났다. 기말고사 답안지 채점을 놓고 벌어진 일이었다. A 선생님은 정답이 두 개이며 둘 중 어느 하나만 골라도 정답 처리되어야 한다는 의견이었고, B 선생님은 그 중 하나가 더 옳으니 그것을 고른 학생이 인정을 받아야 한다며 주장을 굽히지 않았다.

　바로 전 학기에도 똑같은 일이 있었다. 내가 이번 시험 2주 전에 시험 문제 검토를 하겠다고 선생님들에게 제안을 했던 건 바로 이런 문제를 방지하기 위해서였다. 하지만 교사 자격증도, 3학년 커리큘럼에 대한 아무 경험도 없는 나이기에 시험을 수정하는 것은 허락되지 않았다.

　차분하게 서로의 이견을 짚고 넘어갈 때부터 점점 대놓고 소리 지르기 시합을 하는 순간까지 두 분의 목소리에 귀를 기울이고 있었다. 나에게 불똥이 튄 건 그 순간이었다.

"그럼 원어민 선생에게 물어봅시다."

반사적으로 1950년 오산전투에 참전한 병사처럼 몸을 바짝 엎드렸다. 그리고 분쟁에 말려들지 않기 위해 책상에서부터 출구까지 열린 동선을 확인한 후 두손 두발로 기어나가기 시작했다.

먼지투성이의 바닥을 몰래 지나가는 가운데 살짝 창피함을 느꼈다. 이렇게 유치한 짓은 내가 지금 가르치는 학생들보다 어렸을 때 이후로 처음이었다. 내 일을 아무렇지도 않게 회피하고 있는 지금, 나는 그야말로 게으르게 하는 일 없이 돈만 받아먹는 전형적인 외국인 강사가 돼 있었던 것이다. 다른 한편으로는 분노가 치밀었다. 세계에서 제일 좋은 대학 중 한 곳을 졸업하느라 얼마나 고생했는데, 지금 내 꼴은 비싼 사전에 불과하니 말이다. 수업도 한숨이 나오는 수준이었다. 학생들이고 선생님들이고, 내 수업은 보통 수업들 사이에 쉬어가는 시간쯤으로 여겼다. 가르치는 학생들은 총 600명이 넘었으며 한 명 당 볼 수 있는 시간은 1주일에 한 시간이 채 안 됐다. 이 학생들의 삶에 의미 있는 영향을 주려는 생각은 접은 지 오래고, 이제는 그저 계약이 어서 끝나서 다른 일을 할 수 있기를 기다리고 있을 뿐이었다. 그러니 다툼에 휘말려서 한 시간 동안 교무실에 붙들려 있어 봐야 뭐 하나? 넥센 경기에 늦기밖에 더 하겠냐는 말이다. 야구… 내가 그 당시 신경을 쓰던 유일한 것이 야구였다. 동시에 내가 돌아버리지 않게 지켜주는 유일한 것이기도 했다. 그런데 그 야구가 이틀 후면 끝나려 하고 있었다. 출입문에 다다라서 선생님들의 시야에서 벗어났다는 것을 깨닫고, 나는 그제서야 긴장을 풀고 숨을 내쉬었다.

"스미스 선생님, 뭐 하세요?"

익숙한 목소리가 위에서 들렸다. 그 자세로 바닥에서 올려다보니, A반의 경호가 호기심 어린 눈초리로 나를 쳐다보고 있었다. 나는 일어서서 무릎의 먼지를 털고 대답했다.

"경호, 너 영어 숙어 중에 'ducking responsibility(책임 회피)'라고 아니?"

"네, 알 것 같은데요…."

"원래 비유적인 표현이지만, 지금 나는 진짜로 교사로서의 책임(responsibility)으로부터 말 그대로 머리를 수그리고(duck) 있었어."

경호는 말없이 나를 바라봤다.

"너 당황한 것 같은데. 내가 콜라 사 줄게."

우리는 목련 아래 그늘에 앉아, 저 편의 LG 트윈타워로 해가 넘어가는 걸 보면서 음료수를 마셨다. 10월까지 이어지는 따스한 가을은 한국의 매력이다. 이른 저녁에 북쪽에서 불어오는 바람이 아직 초록빛인 나뭇잎을 흔드는 걸 보고 있노라면 사람은 철학적이 되는 걸까.

"네 꿈이 뭐야, 경호?"

"제 음반사를 차리고 싶어요." 그는 자랑스럽게 말했다. "락에 대한 리스펙트를 되살리는 거죠."

"멋진데. 밴드 동아리는 내년에도 할 거야?"

"할 수 있으면요… 그치만 내년이면 3학년이고, 한국은 수능 때문에 힘들잖아요. 공부 엄청 해야 할 거예요."

"그래도 계속 하는 게 좋지 않을까? 1년 동안만이라고 해도 일단 꿈을 접으면, 다시 시작하기 힘들어질 수 있잖아."

"그럴지도 몰라요… 하지만 좋은 대학에 일단 가야할 것 같아요. 뮤지션으로 성공하기는 너무 힘드니까…."

"맞아… 나도 대학 다닐 때 스탠드업 코미디언으로 먹고 살려고 했던 시기가 있었어. 하지만 처음에는 평일 공연에 밖에 설 수 없고, 그것도 다 집에서 멀리 있는 바 같은 곳에서였단 말이지. 공연비도 안 줘. 그냥 공짜 술이나 주는 거야. 개그를 쓰고, 연습하고, 새벽 3시까지 공연을 하고 노력했지만 그것 때문에 결국 유급 됐어. 돈은 하나도 못 벌면서. 그래서 일단은 그만두고 공부에 집중하기로 했지. 그렇게 시간은 2년이 지났고… 그동안 새로운 소재라고는 하나도 쓴 게 없더라. 그래서 교수가 될 거라고 주변에 말하고 다녔어. 하지만 대학원엘 들어가지 못했지. 그다음엔 한국에서 1년간 쉬면서 논문 준비를 위해 현장 조사를 할 거라고 말하기 시작했지. 하지만 조사가 다 뭐냐. 제대로 한 게 없어. 이제 나는 그냥… 영어 선생일 뿐이야."

.

.

.

"저 스미스 선생님?"

"어?" 경호의 목소리는 내가 너무 오랫동안 떠들었다는 걸 깨닫게 했다.

"시간이 많이 됐는데요. 야구 경기 가셔야 하지 않아요? 벌써 5시 반이에요."

"아, 맞다! 고마워."

"음료수 고맙습니다." 경호는 그렇게 말하고 어슬렁어슬렁 걸어갔다.

"아 그리고 경호!" 부르자 그는 뒤를 돌아봤다. "락은 죽었어. 덥스텝[1]을 들어 보는 건 어때?"

---

1) Dubstep. 일렉트로니카 음악의 한 분파.

N 나는 나의 새로운 보물을 꼭 붙들고 그대로 자리에 서 있었다. 머릿속을 채운 생각이라고는 오직 한 가지였다. **"그가 나를 안다. 내 영웅이 나를 안다."**

우리는 두산에게 2대8로 패했다. 경기가 끝난 후 친구들과 다 같이 한 잔 하러 가는 줄 알았지만 의사소통이 제대로 안 되는 나의 착각일 뿐이었다. 그들이 나를 두고 떠나 버린 후, 나는 거의 한 시간 동안 혼자 주차장에 앉아서 친구들이 언제 데리러 올까 기다리고만 있었다. 안 온다는 걸 마침내 깨달은 그때, 선수 출입구에 낯익은 얼굴 하나가 나타났다.

우리는 눈이 마주쳤지만 바로 서로를 알아보지는 못했는데, 그를 몇 초간 쳐다보고 나서야 누구인지 알 수 있었다. 손승락이었다.

일주일 전 세계일보에 내 기사가 실릴 때, 내 활동에 대한 몇몇 선수들의 코멘트도 함께 실린 일이 있었다. 거기서 손승락은 "아직 한번도 만나 본 적은 없다. 하지만 내 유니폼을 입고 열심히 응원해 주시는 걸로 알고 있다. 기회가 되면 만나서 꼭 감사드리고 싶다"고 했다.

물론 내 존재는 알았겠지만, 설마 얼굴도 알았으려나? 그는 잠시 멈추더니 손을 뻗어 검지로 나를 정확히 가리키며 말했다. "아! 어… 안녕하세요!"

나는 어정쩡하게 머리를 숙여 인사를 했다. "아…, 안녕하세요."

나를 가리키던 손가락은 이내 손바닥으로 바뀌고, 그는 내 쪽으로 걸어와 악수를 청했다.

"Thank you." 그가 영어로 말했다.

"아니에요." 나는 한국어로 답했다.

어색한 침묵의 순간이 흘렀다. 나는 "잠깐만요!" 하고 다급히 말하고는 가방을 뒤지기 시작했다. 여기 있나? 갖고 온 줄 알았는데. '아, 여기 있다! 그리고 내 마커도!'

나는 자주색 손승락 유니폼을 꺼내고 그에게 마커를 건넸다. "여기에 사인해 주시겠어요?" 그는 고개를 끄덕였다. 평평한 곳에 유니폼을 펼치고, 그는 등번호 1을 따라 세로로 크게 손승락이라고 이름을 썼다. 그는 미소 지으며 손을 흔들고는 차 쪽으로 걸어갔다. 나는 나의 새로운 보물을 꼭 붙들고 그대로 자리에 서 있었다. 머릿속을 채운 생각이라고는 오직 한 가지였다. "그가 나를 안다. 내 영웅이 나를 안다."

알아주는 것. 그게 내가 바로 원했던 것 같다. 진정으로 위대하거나 자신 감 있는 사람이라면 필요로 하거나 찾지 않겠지만 아직 20대에 있는 나는 사회나 동료나 이성이나 무엇에게든 무시를 당하면 분한 마음을 이기지 못했다. 그때는 '마땅히 받아야 할' 존중을 받지 못하면 너무 짜증이 났다. 3년이라는 시간이 사람을 얼마나 바뀌게 했는지 참 놀랍다. 손승락이 알아 주니 모든 것이 진정되었다. 뿐만 아니라 사람을 완전히 바꿔놓았다. (한편 으로는 이기적인 이유도 있지만) 더욱 잘해야겠다는, 스스로도 진정 믿지 못했던 내 재능을 보여줘야겠다는 생각을 갖게 하였다. 그리고 표현해주기 전까지 는 몰랐지만 그들이 내게 갖는 믿음이 내 안에도 있다는 것을 증명해야겠 다고 다짐했다.

N 우리는 두산을 상대로 한 점도 내지 못하고 4대0으로 패했다. 내가 사랑한 '끝까지 포기하지 않는 모습'을 결과로 보여주진 못했지만 또 이런 것이 바로 야구가 아닐까. 매번 잘 풀릴 수는 없는 일이다.

2011년 10월 6일. 대한민국 서울특별시 목동야구장.

2011 정규 시즌의 마지막 경기였다. 우리의 순위는 8위고 두산은 6위인 상황. 플레이오프 진출은 물 건너갔다 할지라도, 누가 대미를 장식할지를 놓고 벌이는 싸움이었다.

경기는 거의 매진되었지만 한 선수의 어머니께서 내야 211블록의 표 두 장을 선물로 주셨다. 나머지 한 장은 새 여자친구 지은이를 데려가는 데 썼다. 사귄 지는 일주일밖에 되지 않았다. 드디어 누군가를 만난다는 게 안심하면서도 긴장됐다. 공공장소에선 처음 보내는 시간이었고, 나만의 '식구'를 소개해 주려고 했다. 넥센 커뮤니티 회원들과의 인연을 설명할 때 '식구'라는 단어를 많이 사용한다. 단순한 지인 이상이라면 '삼촌', '이모', '형·오빠', '누나·언니' 등의 호칭을 자연스럽게 사용하지 않던가. 그러나 이런 호칭을 나 자신이 얼마나 진심으로 사용하고 있는지에 대해서는 충분히 설명하지는 못할 것 같다. 싱글에 친구 하나 없을 때 나를 받아 주고, 먹여 주고, 키워 주고, 한국말과 혼자서 절대 알아내지 못했을 일들을 가르쳐 준 건 넥센 팬들이었다. 혈연도 아닌데 마치 식구처럼 대해줬다. 게다가 무엇을 바라고 호의를 베풀어 준 건 절대 아니다. 이런 걸 식구가 아니라면 뭐라고 부르겠는가. 그래서 긴장했던 거다. 마치 여자친구를 부모님께 처음 소개할 때의 느낌이라고나 할까. 여자친구는 부모님께 좋은 인상을 남겼으면 하고, 부모님께선 나만큼이나 여자친구를 마음에 들어 하셨으면 하는 바람이 있는 거다.

6시 쯤 도착해서 티켓을 구해 준 분에게 먼저 감사 인사를 드리고 서한국 단장님과 사운드 팀에게 인사했다. 그리고는 '영웅신화' 멤버들이 다 같이 앉아있는 블럭으로 가 여자친구와 함께 합류했다.

도착한 우리 자리 바로 앞줄에는 카메라가 네다섯 대나 설치가 되어 있었다. "이상하네." 하고 나는 말했다. "시즌 피날레를 위한 뭐 특별한 걸 촬영하나봐." 그리고 그것은 사실이었다.

1회말, 20대 후반 혹은 30대 초반으로 보이는 웬 남자가 넥센 야구 자켓에 넥센 야구모를 쓰고 나타나 카메라 앞에 앉았다. 뒤를 돌아본 그는 통로에서 평소처럼 춤을 추고 있는 나를 보더니, 웃음을 지으며 나에게 잠깐 이야기를 하자는 것이었다.

낯익은 얼굴인데, 어디서 봤는지는 기억이 나지 않아 야구장에서 봤겠거니 했다. 나를 아는 사람이니까 나를 불렀겠거니 생각했지만 그건 착각이었다.

"저는 여의도고 교사입니다." 나는 소개를 하는 중이었다.

"아 정말요! 나 여의도고 나왔는데!" 그가 말했다.

"그거 반가운 우연인데요."

"맞아요, 저 아직 여의도 살아요."

"무슨 일 하세요?"

"어," 하고 그는 쿨하게 어깨를 한번 으쓱 했다. "티비 쪽에서 일해요."

이 사람이 누구인지 나는 알 길이 없었다. "그래요? 괜찮네요, 여의도에는 방송국 스튜디오가 많이 있으니까."

"네, KBS 알아요?"

"그럼요. 거기서 일하세요?"

"네. 우리 프로그램 본 거 있어요?"

"야구만요."

그는 웃었다.

"그렇구나. 아 저는 여자친구가 기다려서요. 만나서 반가웠어요, 다음에 또 얘기해요."

그렇게 인사를 하고 나는 자리로 돌아왔다.

내가 타올맨이라고 부르는 형님은 도대체 믿을 수 없다는 표정으로 나를 바라봤다. "테드야, 너 신기해... 새끼야."

"왜? 뭐 때문에?" 나는 지은이에게 다시 물었다. "형 왜 저러는 거야?"

"저 사람들 누군지 알아?" 지은이는 나와 방금 얘기한 남자와 그 일행을 가리켰다.

"몰라. 누군데?"

"흠, 오빠가 한번 직접 물어봐."

곧장 나는 다시 모자와 안경을 쓴 그 남자 옆자리로 가서 자연스럽게 대화를 다시 시작했다.

"아, 그런데, 아까 존함을 여쭤 보지 못했네요."

그는 웃으며, "저는 윤형빈이고요, 이쪽은 이경규, 저 사람은 이윤석입니다."라고 왼쪽에 나란히 앉은 친구들의 이름을 말해 주었다. "여러분, 여기는 테드에요. 캐나다에서 왔고. 한국말도 조금 해요."

"아아." 마치 윤형빈이 굉장히 난해한 질문에 대답을 하기라도 한 듯이 그들은 동시에 반응했다.

"윤형빈, 이경규, 이윤석." 나는 이름들을 따라 말했다. "모두 만나 뵙게 돼서 반갑습니다." 지금 생각하면 어이없지만, 당시에는 그 이름들을 들어본 적이 없었다. 기타리스트 김태원 씨가 내 어깨를 친 뒤에서야 누구와 이야기를 나눴는지 알아차렸다.

"여기 제 자리인데요." 김태원이 말했다. 부활의 리더이자 전설적인 기타리스트 김태원이 나에게 말을 걸다니!

나는 윤형빈 씨에게 다시 고개를 돌렸다. "우와, 그 프로그램에서 나오셨죠!"

그는 당황한 채 고개를 끄덕였는데, '아니 그걸 여태 몰랐어?' 하는 표정이었다. 이렇게 우연히 인사를 나누게 된 이 사람들은 당시 한국에서 가장 잘나가던 연예인 리얼리티 쇼, 〈남자의 자격〉 출연진이었다.

나는 김태원에게 죄송하다는 말과 함께 자리에서 일어섰다. 그는 아무 말 없이 자리에 앉았고 나도 내 자리로 돌아왔다.

몇 회가 지나고 〈남자의 자격〉 그룹에는 두 명이 더 합류했고, 윤형빈은 테드를 꼭 만나야 한다며 뒤로 돌아 나를 불렀다. "테드! 여기 좀 와봐요." 나는 친구들을 돌아봤다. 대부분은 이 상황에 적잖이 놀란 상태였지만 타올맨만은 예외였다. 그는 주특기인 얼굴 찌푸리기와 빈정대기 콤보를 사용했다.

"이게 누구야, 잘나가는 연예인 아니신가? '내 이름은 테드 스미스, 나는 락 스타들과 놀지.' 야, 빨리 가. 새 친구분들 기다리신다!"

나는 앞줄로 내려와서 윤형빈의 소개를 받아 분홍색 발레복을 입고(…) 턱돌이 탈을 들고 있는 전현무 아나운서와 인사했다. 그가 예전에 티비에서 소녀시대를 인터뷰하는 것을 본 적은 있었다. 보기보다 영어 실력이 굉장히 좋아 내 소개를 더 제대로 할 수 있었다. 요새 아주 살짝 유명해졌다는 사실, 올해에만 50경기 넘게 관람했다는 것, 그리고 원정 경기에도 다닐 수 있도록 새 직장을 구하기로 했다는 것도 이야기했다.

"진짜 엄청난 팬이신가 보네요." 그렇게 말하고 그는 잠시 뜸을 들였다. 그의 눈에는 빛이 번득였다. "그럼 꼭 만나봐야 할 사람이 있어요. 형빈아, 소개해 드리자."

윤형빈 씨는 고개를 끄덕이더니 나를 데리고 몇 자리를 건너갔다. 나는 몸집이 떡 벌어진 40대의 신사분과 마주서게 되었다. "자, 인사하세요."

그 남자는 내가 채 숨을 들이쉬기도 전에 내 말을 막았다. "누군지 알지. 넥센 원정 경기에서 응원하는 꼬맹이 아니냐?"

이 광경에 출연진들은 모두 깜짝 놀란 모습이었다. "우와!" 하고 그들은 동시에 탄성을 내뱉었다.

"자 그럼 그쪽은 나를 아시나?"

.

.

.

나는 솔직히 대답해야 했다. "죄송합니다, 누구신지 모릅니다."

출연진들은 이번에는 더 충격을 받은 듯 "우와!!!" 하고 더 큰 반응을 보였다.

윤형빈이 말했다. "테드, 이 분 몰라? 한국 역사상 최고의 야구 선수인데."

그나마 농담을 던져 볼 기회라는 생각에 나는 망설이지 않고 말했다. "이승엽이 아니잖아요!"

사람들 가운데 웃음이 터지더니, 이내 어색한 침묵이 흘렀다. 그때 윤형빈 씨가 다가와 귓속말로 알려 준 사실.

"테드, 이분이 양준혁 선수예요."

나는 얼어붙었다. 양준혁? 그 양준혁?? 최우수 신인상과 한국시리즈 3회 우승, 타격왕 4회와 골든글러브 8회 수상. 영원한 MVP 후보에 빛나는 선수이자, 은퇴와 함께 대구시민야구장에 그 유니폼을 남긴 그 양준혁? 그런데 면전에 대고 내가 망신을 준 거나 다름없었다.

그런데 그는 오히려 표정을 풀고 껄껄 웃으며 말했다.

"승엽이가 나보다 인기가 더 많긴 했지. 누구나 홈런을 날리는 선수를 좋아하니까. 스미스 씨 말이 맞아요." 그러면서 내 손을 잡고 악수를 했다.

그 방송 분은 3주 후에 KBS를 통해 볼 수 있었다. 출연진과 40분 동안 나눈 얘기는 딱 17초로 편집되었다. 출연진이 막대 풍선을 들고 "김도현 안타!"를 외치는 게 나오고, 몇 장면 뒤에 송지만 응원가와 율동을 하는 내 모습이 비춰진다. 그리고 카메라 뒤에서 누군가가 영어로 "Why do you like Nexen?(왜 넥센을 응원하나요?)"이라고 묻는다. 한국어로 "신길에 살아서 내 홈팀이에요."라고 대답하고, 스튜디오 방청객이 웃음을 터뜨린다. 그렇게 많이 나온 건 아니다. 그래도 17초가 어디냐. 잘 나가는 텔레비전 프로에 출연해 연예인들과 직접 부대낄 수 있었다는 걸로 충분히 멋진 일이다. 하지만 놀랍게도 그날의 하이라이트는 따로 있었다.

우리는 두산을 상대로 한 점도 내지 못하고 4대0으로 패했다. 내가 사랑한 '끝까지 포기하지 않는 모습'을 결과로 보여주진 못했지만 또 이런 것이 바로 야구가 아닐까. 매번 잘 풀릴 수는 없는 일이다.

경기가 끝나자 선수들은 팬들에게 감사를 전하는 팻말을 들고 한번 더 필드에 나와, 필드를 빙 둘러 섰다. 팬들도 필드로 나와서 선수들을 만나 사인도 받고 사진도 찍을 수 있는 시간이었다. 몇 주 동안 이걸 기다려왔던지. 내가 싫어하는 일을 그만두고 다시 꿈을 꿀 수 있도록 선수들이 얼마나 용기를 줬는지, 직접 얘기 할 기회였던 것이다.

강정호를 보기 위해 줄을 서 있는데, 누군가가 내 어깨를 쳤다. 한 커플이 나를 '테드찡'이라고 부르며, 사진을 같이 찍자고 하는 것이었다. 나는 기다리던 줄에서 잠깐 나와서 그들과 사진을 찍은 후, 다시 줄로 돌아가려고 하는데 세 명이 더 기다리고 있는 걸 발견했다. 나를 위해서 말이다! 그리고 그 숫자는 눈 깜짝할 새 불어나, 나와 사진을 찍으려는 사람들의 줄이 7~8미터가 족히 되었다. 태어나서 처음으로 내 사인을 요청하는 사람들이 있었다. 바로 내가, 그들로 하여금 더 열심히 응원하고 더 많이 경기를 보러 올 수 있도록 용기를 줬다고 말하고 있었다.

다른 팬들과 사진을 찍고 나자 선수들은 이미 들어가 버렸다. 유일하게 남은 유명인은 히어로즈 치어리더 송은주 씨였고, 이날 출구 쪽에서 교통정리를 하고 있었다. 저마다 최고로 꼽는 치어리더가 있겠지만 내겐 그녀가 최고였다. 무대를 지날 때마다 송은주 씨는 늘 인사를 건넸고, (미쓰에이, 카라, 티아라 등의) 안무를 하는 동안 내가 따라하는 모습을 발견하고 혼자 키득거릴 때도 있었다. 그런 와중에도 동작을 놓치는 경우가 없었고 이 부분에 경의를 표하고 싶다. 잊을 수 없었던 그날 밤 얻었던 소중한 기념품이다. 경기 자체는 사실 기억에 없다. 아쉽게도 기록지를 보지 않고는 9이닝 동안 무슨 일이 벌어졌는지 전달해 줄 수가 없다.

지은이가 찍어 주자마자 사진을 확인하러 갔다. 내 미소가 마음에 들지 않았지만 모든 게 다 좋을 순 없지 않은가.

"다 된 거지?"

지은이가 물었다.

"잠깐만."

이렇게 대답하면서 풍경을 쭉 살폈다. 이 순간을 머릿속에 영원히 각인시키고 싶었다.

"그들이 매일 밤 보는 게 이거구나."

N 그 순간 오랫동안 잃어버렸던 인생의 목적을 되찾은 듯 했다. 어렴풋하게나마 내가 가고 싶은 방향의 그림이 그려졌다. 그 순간부터 나는 **더 이상 두렵지 않았다.**

1루 측에 앉지 않기 때문에 몰랐지만 그곳에서는 우뚝 솟은 목동 하이페리온이 절반 쯤 보인다. 비행기를 탈 때 보이는 구름 위로 빛나며 솟은 산 같은 느낌이다. 위엄 있는 모습이 날 사로잡았다. 실제 건물의 디자인 때문인지 그날 밤의 멋진 경험으로부터 느낀 행복감 때문인지 잘 모르겠다. 내 마음은 이미 건물 꼭대기로 올랐고, 위에서 내려다보이는 광경을 상상했다. 과연 저 위에서도 좌측 외야석에서 관중과 떨어져 서 있는 고독한 외국인을 찾아낼 수 있을지. 그 순간 오랫동안 잃어버렸던 인생의 목적을 되찾은 듯 했다. 어렴풋하게나마 내가 가고 싶은 방향의 그림이 그려졌다. 그 순간부터 나는 더 이상 두렵지 않았다.

그때 어깨너머 지은이의 목소리가 들렸다.

"빨리 가자. 오빠 친구들이 바에서 기다리고 있어."

"응, 가자."

눈높이는 다시 현실로 돌아왔다. 경기장을 나가면서 마지막으로 한번 더 올려다봤다.

"삼 년." 나는 스스로에게 다짐했다. "삼 년 후에, 저기서 살아야지."

명성을 위한 여정이 그렇게 시작되었다.

9회.
해빙

경험이 없는 사람에게 응원을 리드하는 매력에 대해 설명하는
건 어렵다. 무언가 맡았기 때문에 신이 난 그런 유치한 감정 이상
이며 차아의 실현이다. 단상에 오를 때면 뭔지 모를 에머슨풍의
성취감. 무언가를 초월한, 어쩌면 목적론적인 감정을 느낀다. 솔
직히 흥분된다. 무대에 오르는 건 첫 키스, 대학 합격 통지서, 그
리고 박병호의 홈런을 한 데 묶어 놓은 그런 느낌이다.

9회초

N 세상에서 가장 사랑스러운 패배자들로부터 배울 점들이 무엇인지 열거할 수 있지만, 보기엔 결국 고통스럽다. 꼴지 팀의 팬은 마치 알코올 중독자와 결혼한 꼴이다. 그를 사랑하고 그의 옆을 지켜 주고 싶겠지만 언젠가는 여러분을 실망시킬 수밖에 없는 그다.

2012년 3월 10일. 일본 도치기(栃木)현 닛코(日光).

관광지도를 보며 닛코역 앞 광장에 섰다. '기리후리 아레나'을 찾고 있었다. 지도에는 동조궁의 강 건너 맞은 편 위치한 것처럼 나왔다. 동조궁이라면 몇 년 전 여행으로 왔을 때 역에서부터 걸어갔던 곳이다. 허나 거리가 제대로 표시된 관광 지도가 과연 있을까. 지름은 한 75센티미터 되고 나무로 만든 무거운 북이 오른쪽 어깨에 걸쳐 있다. 나머지 응원 도구들을 담은 바퀴달린 커다란 더플 백을 왼손으로 질질 끌었다. 이 둘을 11월부터 안양 한라 경기란 경기는 다 끌고 다녔다. 아침에 정신없이 집을 나오느라 겨울 코트는 두고 나왔다. 앞에는 으르렁거리는 북극곰 로고가, 뒤에는 'Smith, 必勝'이 새겨진 새파란 안양 한라 유니폼이 드러났다. 적진 깊이 들어와 있는데. 게다가 코트 없이 일반 관광객 행세를 할 생각은 없었다. 뭐, 이미 어느 정도 익숙한 일 아닌가. 일단 링크까지 금방 갈 거라 기대하고 언덕을 올랐다.

생애 처음으로 안양 한라 경기를 보러 간 것은 9월 8일. 넥센의 시즌 마지막 경기 이틀 뒤였다. 한라를 택한 이유는 히어로즈와 별반 차이 없다. 우리 집에서 가장 가까이 있는 팀이다. 안양종합운동장은 신길역에서 버스로 한 시간 정도 걸렸지만 집 바로 앞에 정차하는 버스가 있었기에 그럭저럭 다닐 만했다. 게다가 일주일에 최대 3일만 잠시 왔다 가면 되는 거였다. 지은이를 원정 팀 좌석 뒤편에 끌고 가 앉았다. 한국에 거주하는 캐나다 사람들이 앉는 곳이다. 캐나다 사람들은 원정 팀 좌석에 앉는 것을 좋아한다. 응원하는 팀의 공격을 두 차례나 볼 수 있고, 상대편 골리[1]에게 야유를 퍼부으며 괴롭힐 수 있기 때문이다. 뭐, 문화적인 차이라고 이해하자. 어쨌거나 우리는 닛코 아이스벅스[2]를 3대1로 이겼고, 여기에 빠져들었다. 그놈에 야구. 아이스하키를 얼마나 좋아했는지 잊었던 것이다. 여름날의 뜨거운 열기는 사그라졌고, 활력을 불어 넣어 줄 무언가가 필요했다. 아이스하키가 딱이었다. 스피드와 폭력성. 종종 질질 끄는 야구의 페이스와는 정말 대조됐다. 한국의 겨울은 캐나다만큼 길거나 춥지는 않은데, 나는 빈둥거렸다. 추위는 빈둥거릴 때 타게 되는 것이다. 사무실은 정말 추웠다.

교무실 남서쪽에 있는 구석진 창가 자리가 내 자리였고, 난방기는 후방 20미터 떨어진 동남쪽 구석에 있었다. 바람은 입김처럼 희미했고, 열기는 짓누른 담배꽁초만도 못했다. 겨울 코트 안에 입은 티셔츠 두 겹에 스웨터, 그리고 청바지 밑에 입은 내복과 털양말로도 부족했다. 저체온증을 이겨내기 위해 아기의자에 묶인 아기처럼 자리에서 발버둥을 쳤다. 단단한 얼음

---

1) Goalie. 아이스하키에서 말하는 골키퍼.

2) ホッケークラブ日光アイスバックス(Nikko Ice Bucks). 아시아리그 아이스하키[Asia League Ice Hockey] 참가 구단.

판 같은 콘크리트 바닥에 단 몇 분도 발을 대지 못했다. 한번은 반쯤 마신 물병을 책상 밑에 뒀는데, 점심 먹고 나서 와 보니 얼어버린 것이다. 한편 사무실 다른 한 구석은 따끈따끈한 낙원이었다. 살인을 저지를 정도로 부러웠다. 이 불공평으로부터 내 자신을 구제하기 위해 이동식 난로를 가져갔다. 허나 20분 정도 지나 퓨즈가 나가 버렸다. 관리실 직원들이 휴가를 간 바람에 고치는 데 많은 시간을 허비했고, 배전반은 16세기 영국 궁전에서 나온 건가 싶었다. 학교 전력을 함부로 쓰지 말라고 지시 받았다.

수업은 11월 셋째 주까지였고, 진행해야 했던 '겨울 캠프'는 등록 미달이 되어서 결국 취소됐다. 말 그대로 일거리가 없었다. 계약 기간이 끝날 때까지 책상만 지켜야 했다. 그래 봤자 몇 달 안 남았지만. 새해가 다가오자 교사들은 연간 일정을 하나하나 마무리 짓고 방학과 함께 사라졌다. 교무실을 지키는 이는 날마다 줄었고, 결국 나 혼자 남았다. 텅 빈 학교에 불을 다 끄고 홀로 앉아 있는 건 마치 한밤중 공동묘지에 혼자 있는 거와 비슷하다. 고독은 상태를 악화시키는 성질이 있다. 정신 줄을 놓기 시작했다. 하루는 학교라는 장소에서 목청껏 폭언을 날리는 사춘기 시절 소원을 실현하면서 복도를 몇 시간씩 돌아다녔다. 나름 풀렸다.

스포츠에 대한 집착은 또 한번 접지선 역할을 했다. 갑자기 안 좋은 생각들이 몰려 와 소위 멘붕을 일으키는 것을 유일하게 방지했다. 한라를 응원하기 위해 모든 것을 바칠 수 있었다. 어렵지 않았다. 일단 강팀이었다. 세상에서 가장 사랑스러운 패배자들로부터 배울 점들이 무엇인지 열거할 수 있지만, 보기엔 결국 고통스럽다. 꼴지 팀의 팬은 마치 알코올 중독자와 결혼한 꼴이다. 그를 사랑하고 그의 옆을 지켜 주고 싶겠지만 (특히 중독되기 이전에 알았다면) 언젠가는 여러분을 실망시킬 수밖에 없는 그다. 한라는 내 마음에 그런 고통 따위는 주지 않았다. 히어로즈와 고난의 시즌을 보낸 나로 선 재기를 하기에 완벽한 구단이었다. 내가 보기 시작했을 때 한라는 2년 연속 우승을 한 상태였고, 3연패도 어려워 보이지 않았다. 늘 이긴다는 게 처음엔 어색했지만 금방 익숙해졌다. 두 번째로 꽂히게 만든 건 유니폼이 아닌가 싶다. 정말 예뻤다. 청색에 노란색 무늬. 첫 경기부터 소위 지름신 이 강림하셨다. 셋째는 볼 만하고 꽤 재미있는 아이스하키였다는 점이다. 북미 대학에서 주니어 레벨 사이라고나 할까. 아시아 리그다 하면 기대하 는 그런 것들. 몸싸움도 적고 장거리 슛도 흔치 않지만 스틱 핸들링이 좋 고 스피드가 있는 선수가 많고 악바리 같은 근성이 있다.

첫 경기 이후에 안양에서 18경기를 더 봤다. 총 정규 시즌 18경기 중 16 경기, 그리고 플레이오프 세 경기 전부. 물론 원정을 따라가지 않고서는 '진정한' 팬이라고 할 수 없지 않은가. 한국에서의 도시 간 이동은 그렇게 비싸지도, 번거롭지도 않다. 그러나 아시아 아이스하키 리그는 이름에서 알 수 있듯이 한·중·일 도시들 사이에 멀리 퍼져 있다. 한라의 원정 응 원을 가려면 항공료를 부담해야만 한다. 거기까지는 생각하지 못했다. 그 래서 좀더 '피상적인' 방법으로 최고의 팬이라는 것을 증명하기로 했다.

우선 유니폼 마킹부터 시작했다. 트윗 질문에 답변을 준 허원미 씨('영웅 신화' 회원)께서 동대문 원진스포츠라는 한자 마킹 전문점을 소개해 주셨다. 친절하게도 그곳까지 데려가 주고, 주문까지 도와주셨다. 한라 선수들은 이례적으로 성(姓)을 제외한 이름만 유니폼 뒤에 새겼다. 멋지지 않은가. 하지만 외국인 선수들은 성을 달았기 때문에 나는 'Smith'로 해 주길 원했 다. 그리고 번호 대신에 한자를 원했다. 한국 응원단장들의 전통 아닌가. 그리고 지금 나는 백프로 헌신된 아마추어이기 때문에 구단명 '漢拏'로 할까 생각했다가 내 롤모델인 서한국 전 응원단장의 경우를 보고 아이디어를 얻어 결국 '必勝'으로 새겼다. 철저히 계산된 한 수였다. 내 존재가 무엇인지 뿐만 아니라 내가 누구인지를 알리고 싶었다. 나 자신을 브랜드화 하기 위한 시도였다.

멀리서도 눈에 띄어야 했다. 종로에 있는 '플래그나라'라는 가게를 동기가 찾아 줬고, 그곳에서 세 개의 커다란 응원기를 주문 제작했다. 흰색 바탕의 '구단기', 파란색 바탕의 '공격' 응원기, 그리고 노란색 바탕의 '수비' 응원기. 여기에 5×1(미터)짜리 현수막을 세 가지 언어로 제작했다. 일본 팀을 향한 "존재할 날은 여기까지다(ここで遭ったが百年目だ)"3), 중국 팀을 향한 "오늘의 특선 : 용볶음밥(今日的特色菜：龍肉炒飯)"이 있었고, 우리 팀에게는 "우리는 언제나 함께 하리라(Always We Are Behind You)"라는 긍정적인 메시지를 달았다. 사람들은 멀리서 내 작품들을 보게 됐고, 3개국어로 표현된 열정의 주인공이 누구인지 궁금해 했고, 지나가면서 유니폼을 보고 내 이름을 알게 됐다. 곧 리그 전체에 '필승 스미스'라는 별명으로 하나의 우상이 됐다. 장비가 하도 많아 미즈노의 바퀴달린 야구 장비 가방을 사서야 모두 담을 수 있었다.

머지않아 내 응원소리를 더 키워야겠다는 생각을 하기 시작했다. 통일되거나 꾸준한 응원이 부족했기 때문이고, 이것은 또 안양 한라 팬이 부족했기 때문이었다. 경기장에 사람이 없다는 뜻이 아니다. '관중'은 충분했다. 주말에는 만석일 때도 있었으니까. 하지만 '팬'은 많지 않았다. 적어도 한국에서 말하는 그런 '팬' 말이다. 소리를 내는 게 팬이다. 노래 부르는 게

---

3) 더 직역하자면 "여기서 만나는 게 당신 100년째 되는 해다."

팬이다. 팀 색깔을 입고, 플래카드를 만들고, 경기장에서 대부분의 식사를 해결하는 게 팬이다. 한라 경기에 자주 보이는 사람들은 거의 이러지 않았고, 다음 세 가지로 분류할 수 있었다. 대학 시절부터 선수들을 알아 무조건적으로 흠모하는 미혼 여성, 경기장 근처에 사는 아이 딸린 가족, 그리고 아이스하키가 주 종목인 나라에서 건너와 서울 남부와 경기도 수원에 거주하는 외국인. 아이스하키를 제외하고 이들이 갖고 있는 공통점은 없었다. 경기장에 앉는 구역도 달랐고, 교류도 전혀 일어나지 않았다. 교류가 일어날 건더기가 없으니 한 자리에 모여 에너지를 모을 이유가 없었던 것이다. 상대 팀 팬들은 적게는 다섯이서 힘을 뭉쳐도 경기장 전체를 장악할 수 있었다. 빙상에서는 대부분 승전고를 울렸지만, 관중석에서는 패전을 면치 못했다. 미칠 것 같았다.

안양 한라는 공식 응원단이 없다. 대신 사내 응원단들이 있었다. 보통 한라그룹 계열사에서 시리즈 첫 경기마다 20여 명 되는 파견단을 보내곤 한다. 이들은 회사에서 지원한 응원 도구(전통 북 2개, 서양식 북 1개, 꽹과리 1개)로 무장한 채 되는 대로 응원한다. 링크를 늘 찾는 관객에게는 폐가 되기도 한다. '회사 사람들'이 오면 경기장에서 가장 좋은 좌석을 단체로 맡아 놓는다. 시즌 티켓 구매자마저 무조건 자리를 옮겨야 할 때가 있다. 소리를 내는 데는 성공했겠지만 전체적으로 목적과 방향성이 없는 소음이었다. 누가 이끄는지 몰라도 아이스하키에 대해 전혀 모르는 사람임에는 분명했다. 수비에서 이미 전환한 상황에서 '디펜스'라고 외치고, 한라에 불리한 판정만 나오면 (우리 편이 벤치로 돌아가는 선수를 불시에 공격한 상황임에도) 야유를 퍼부었다. 진정한 아이스하키 팬들이 머리를 떨구고, 고개를 젓게 만드는 수많은 상황 중 두 가지이다. 갑자기 나타나서 할 거 하고, 회사 버스를 타고 집에 가고 나면 링크에서 이들을 다시 볼 일은 없었다. 2차전은 늘 익숙해 있던 도서관과 같은 분위기의 링크로 돌아오는 것이다. 대부분의 관람객은 안도의 한 숨을 내쉰다. '또 안 나타나서 다행이다.' 하지만 나는 그들이 낸 소리는 그리웠다. 아무것도 없는 것보단 나았다. 내 자신만의 소리를 만들기로 했다. 그러나 두 손과 호루라기만으로 하기에는 화력이 부족했다.

하루는 11월에 지은이와 함께 낙원상가를 들려 국산이나 수입 톰톰[4]을 여러 개 시험해봤다. 기대보다 소리가 크고, 가격이 나갔다. 몇 주 후에는 내가 실직자가 될 예정이고, 소리가 강력하게 울리는 작은 링크에서 응원해야 하기 때문에 문제가 됐다. 좀 더 가서 전통 악기점에서 한국 전통 북을 찾자고 한 건 지은이였다. 가격이 더 저렴했다. 게다가 사람들이 흥미롭게 생각할 거라는 이유를 댔다. 전통 북을 치는 외국인이라… 동물 가죽으로 처리된 피막이었기에 합성수지나 케블러로 된 북보다는 소리가 둔탁했고, 단단한 나무로 된 북통은 합판이나 유리 섬유로 된 것보다 깊은 공명음을 냈다. 북을 한번 때리자마자 중세 시대 군대들이 국가의 운명을 걸 준비를 하고 드넓은 평야에서 서로를 향해 행군하는 장면이 갑자기 떠올랐다. 게다가 가장 마음에 들었던 건 손으로 만든 이 경이로운 물건이 8만 원밖에 안 했다는 점이다. 완벽했다. 현금으로 계산하고, 이름을 '북이'라고 지었다. 줄여서 'B'. '북이'는 나쁜 아이여서 많이 맞아야 했… 여튼 지은이의 예언에 따르면 'B'가 내 주황색 호루라기나 레이밴 선글라스나 손승락 유니폼보다도 나를 더 대표하게 될 거란다. 고맙다고 해야 하는데, 최근에는 연락이 뜸하다.

---

4) Tom tom. 북미 또는 아프리카 원주민들이 손바닥으로 치는 몸통이 긴 북.

이제 무장을 했으니 가서 행동하는 것만 남았다. 기억하기론 2011년 11월 20일이 데뷔 무대였고, 히어로즈를 위한 무대보다 살짝 더 떨렸다. 관중석에서 자극 해주는 친구도, 오랜 기간에 걸친 사전 준비도, 우연히 마주쳐 격려해 주는 우상도 없었다. 나와 내 야망만이 함께 하는, 경기장의 정적에 대항하는 한 사람의 도전이었다. 사람들이 어떻게 나올지 알 길이 없었다. 따라할지, 무시할지, 심지어 그만 하라고 할지. 이곳을 찾는 사람들은 아이스하키를 조용히 관람하기를 원한다고 믿을 만한 충분한 이유가 있었다. 그래도 시도는 해봐야 할 거 아닌가. 응원가는 전부 숙지했다. 한화 이글스와 대한민국 국가 대표 축구팀의 응원가와 다를 바 없었다. '한화'나 '한국'을 '한라'로 대신했고, 아이스하키 팀이 퍽(puck)을 점유하는 시간에 맞춰 가장 이상적인 8개의 소절로 줄였다. 앞서 말했듯이 나가서 행동하는 것만 남았다. 그리고 그렇게 했다.

*N*가부라난토카 씨는 닛코 아이스벅스의 나와 같은 존재이다. 적진에서 흥을 돋우기 위해 북을 메고 수천 킬로미터 여행하는 열혈 팬. 항상 링크 맞은편에서 눈싸움을 벌이며, 번갈아 가면서 북을 치고, 폭언과 공갈을 주고받았다.

1월 12일 동아일보가 안양 한라의 '자칭 응원단장'에 대한 미스터리를 밝히는 데 A면 절반이나 할애했다. 나를 다룬 첫 기사! 무려 1미터나 이어지는 글자와 두 장의 컬러 사진을 할당 받았다. 다시 설명하자면 내가 응원하는 아이스하키 구단보다 지면에 더 많은 자리를 차지한 거다. 게다가 동아일보는 스포츠 신문도 아닌 대형 신문사 아닌가. 한국에서 알고 지낸 사람 중 절반이 내가 보기도 전에 읽었다. 지은이도 학교 사람들이 '남자친구'를 신문에서 봤다는 얘기를 해 줬지만 나보다는 그렇게 기쁘지 않은 듯 했다.

매스컴을 다시 타니 팬심에 다시 불이 붙었다. 가속도가 붙어 멈출 수 없었다. 심판이 눈 돌린 동안 상대 선수의 스케이트 날에 파고들듯이 날렵하게 적금을 깼다. 팀과 함께 하기 위해 방학 동안 도쿄를 두 차례 다녀왔다.

ⓒ안양 한라

그리고 백수가 된지 10일만에 이곳 닛코에서 기리후리[5]아레나를 찾기 위해 안개를 뚫고 20킬로그램어치 응원 도구를 견인하며 언덕을 오르고 있

---

5) 기리후리(霧降)는 말 그대로 "안개 폭포"를 의미. 도치기 산맥의 날씨를 묘사하는 명칭으로 추정.

다.

　경사가 깊어지자 기차역에서 왜 택시를 안 잡았을까 후회했다. 기다렸으면 금방 왔을 텐데. 홀로 길을 잃고, 땀범벅이 된 그 때 지금까지 살아온 인생에 대해 의문을 갖기 시작했다. '도대체 무슨 짓을 하고 있는 거지? 지금 여기서 이러고 있는 거 말고 전반적으로 말이야.' 맡은 일 없이 3개월 동안 책상 앞에 앉아 구인 공고 하나 찾아볼 생각조차 하지 않았던 것이다. 영어를 다시는 가르치지 않고, 꿈을 향해 노력하겠다고 다짐했었다. 그런데 내 꿈이 뭐였지? '유명해지자' 외에는 없었다. 도달하기 위한 계획은 그저 모호했다. 계획이라고 부르기도 뭐했다. 이 구단을 맹목적으로 쫓아다니면 무슨 일이든, 그 어떤 일이든 일어날 거라고 바라기만 했던 거다. 뭔지는 모르겠지만 하여튼 무언가. 더플 백 속 깃발과 깃대, 완장과 현수막, 노래책 밑 어딘가에는 코팅된 이력서가 있었다. 안양 한라와 어느 정도 관련 있는 사람을 만날 때마다 한 장씩 드리며 "제 이름은 테드 스미스입니다. 안양 한라의 공식 응원단장이 되는 것이 꿈입니다. 도움을 줄 수 있는 분이 있다면 꼭 전달 부탁 드립니다." 라고 했는데 아무 소식이 없었다. 전화한 통도. 돈 낼 것도 많은데…. 적금은 새 아파트 보증금으로 대부분 나갔다. 일부터 구하기 전에 집세가 더 비싼 곳에 들어가 가구를 샀다. 이런 바보 같은 결정을 또 내린 적이 있을까. 그래도 '타협은 없다. 앞으로 나아가자.'라는 새로운 철학의 실천이었다. '테드 스미스, 앞으로 나아가자.' 언덕을 다시 올랐다.

　긴 꼬부랑길 끝에 기리후리 아이스 경기장을 찾았지만 아이스벅스 팬들로 이루어진 어마어마한 주황색 뱀이 입구 안에서부터 똬리를 틀고 꼬리를 정문 밖 광장까지 내놓은 채 맞이하고 있었다. '제길, 표를 못 구하겠구나.' 지난 주 3차전 패배 후 아이스벅스 프런트에 전화해 따로 예약이 가능한지 물었었다. 일본 내 주소가 있어야 하기 때문에 온라인 예약은 불가능했기 때문이다. 경기일에 일찍 나타나는 수밖에 없다는 답변을 들었다. 페이스오프 세 시간 전인데 앞에 한 1000명은 기다리고 있었다. '에라, 모르겠다.' 매표소에서 거절당하려고 여기까지 온 게 아니란 말이다. 새치기를 해서 은행 강도처럼 요구하기로 마음먹었다.

20킬로그램짜리 물품을 끌고 정문을 박차고 들어서자 수백 명의 눈들이 주시했다. 그러나 내 눈에 들어온 건 단 두 개. 라이벌이자 주적의 단호한 두 눈. 마치 구로사와 아키라(黒澤明) 영화에 등장하는 사무라이의 눈이다.

가부라난토카가 먼저 입을 열었다. "스미스?"

나는 그에게 답했다. "가부라난토카!"

가부라난토카 씨는 닛코 아이스벅스의 나와 같은 존재이다. 적진에서 흥을 돋우기 위해 북을 메고 수천 킬로미터 여행하는 열혈 팬. 항상 링크 맞은편에서 눈싸움을 벌이며, 번갈아 가면서 북을 치고, 폭언과 공감을 주고받았다. 그 전까지 대화를 나눈 기억도 없다. 단지 경기를 그 정도 다니면 다 알기 때문에 서로 알고 지내는 것이다. 모든 열혈 팬은 그렇다. 특히 이런 소규모 리그에선 더하다. 물론 서로 라이벌 의식을 가졌지만 말없이 서로에 대해 존중해 줬다. 아시아의 관중석에는 아직도 기사도 정신이 존재한다.

그래서 이곳에 홀로 섰지만 두려움은 없었다. 그는 더 큰 군대를 가졌다. 어쩌면 그가 더 나은 장수일지도 모른다. 그러나 이번 결투는 군사력은 물론 소리의 크기로 판가름 낼 그런 게 아니었다. 재치전이었다. 그리고 나에게는 한 가지 묘안이 있었다.

간단했지만 형편없는 말장난으로 먼저 공기 중 긴장감을 풀었다. "오레와 초센카라 초센니 기타제. (俺は朝鮮から挑戦に來たぜ.)" 직역하면 "당신에게 도전하러 조선에서 왔다."는 뜻인데 일본어 발음이 같은 '조선'과 '도전'으로 만든 언어유희다.

방안은 웃음으로 가득 찼고 여기저기서 갈채의 소리도 들렸다. 그러고 가부라난토카의 대답을 듣기 위해 곧바로 정적이 흘렀다.

.

.

.

"스미스, 마음에 드는군요." 그가 정적을 깼다. "티켓은 가지고 오셨나요?"

"가라테데스케도, 가라테싯테마스요. (空手ですけど,空手はしってますよ.)" 이렇게 대답하고, 바로 겨루기 자세로 들어갔다. 또 하나의 썰렁한 말장난이다. 직역하자면 "빈손이지만 가라테는 할 줄 안다."는 뜻이다. 사람들은 괴로워했다. 일부는 웃었다.

한쪽 입꼬리를 올려 웃더니 가부라난토카가 외쳤다. "이 자는 앞으로 보내겠습니다! 이의 있는 분은 제가 상대하겠습니다." 갈채가 쏟아져 나왔다.

뭐 그 자리에서 나를 죽일 수도 있었지만 자리를 내 줘서 매우 고마웠다. 감사를 표하고 싶었지만 그랬다간 (그리고 그가 받아들였다면) 지금까지 부린 허세를 그만 둬야 했고, 그건 우리 힘으로 하긴 힘든 일이다. 그는 고개를 살짝 숙이며 통과하라는 신호를 보냈다. 짐을 끌고 줄 맨 앞으로 옮겼고, 경기장 안에 들어가서는 먼저 한라 벤치 맞은 편 2층에 깃발과 현수막을 설치하기 시작했다. 두 시간이 지난 후 주변을 둘러 봤지만 스케이트를 착용한 사람 외에 파란색을 입은 사람은 아직도 나뿐이었다. 어디를 둘러 봐도 전부 주황색이었다. 뭔가 종교적인 분위기를 물씬 풍기는 곳이었다. 닛코는 신사와 절로 유명한 마을이다. 전 세계 사람들은 후타라산 신사(二荒山神社)와 린노지(輪王寺)를 숭배하지만 닛코시민들은 아이스벅스를 숭배한다.

페이스오프 15분 전 드디어 하얀 유니폼을 입은 관중이 들어와 짐을 풀기 시작했다. 회사 응원단이 이렇게 반가운 적이 없었다. 함께 소리를 내고, 분위기가 좋지 않을 땐 보호해 줄 나만의 부대가 생긴 것이다. 실은 분위기가 좋지 않을 뻔했다. 이 경기는 준결승전이었다. 첫 홈 2연전은 모두 이긴 상태였고, 화요일 3차전에서는 3피리어드 마지막 5분을 남겨 놓고 아깝게 패했다. 아이스벅스는 준결승 시리즈를 닛코로 끌고 갈 정도로 버텼지만 두 경기 연속으로 탈락을 직면한 상태였다. 아이스하키는 감정이 많이 들어가는 스포츠이다. 이날 밤 얼음판 안팎으로 상당히 격해질 게 분명했다.

회사 사람들도 나를 보고 놀라지 않을 수 없었다. 변정수 전 단장만은 한라그룹 고위 임원들과 뒤에 앉아 오묘한 미소를 지으며 일을 시작하는 것을 감시하셨다. 5일 전에 이력서를 드리며 고려해달라고 정중하게 부탁 드렸던 분이다. 단장께서는 "약속은 못하지만 자네의 그 열정은 참 마음에 드네."라고 말씀하셨다. 열정 말고는 보여 드릴 게 없었다. 그것만으로도 충분하기를 기대하는 수밖에.

자기소개서에는 응원단을 이끌고 싶다고 명시해 놓았다. 그 당시만이 아니라 언제나. 팬에 의한 그리고 팬을 위한 안양 한라 응원단의 공식 응원단장이 되고 싶었다. 응원을 따르는 것만으론 내 자신을 충족시키지 못했다. 경험이 없는 사람에게 응원을 리드하는 매력에 대해 설명하는 건 어렵다. 무언가 맡았기 때문에 신이 난 그런 유치한 감정 이상이며 자아의 실현이다. 단상에 오를 때면 뭔지 모를 에머슨풍의 성취감, 무언가를 초월한, 어쩌면 목적론적인 감정을 느낀다. 솔직히 흥분된다. 무대에 오르는 건 첫키스, 대학 합격 통지서, 그리고 박병호의 홈런을 한 데 묶어 놓은 그런 느낌이다.

사내 응원단이 자리 잡은 상황에서 리드하기란 어려운 일이다. 보통은 직원 중 한 명이 단장으로 선발되어 온다. 다행히 이런 사람은 실제로 리드를 하고 싶어 하지는 않는다. 일반적으로 높은 분이 직접 선발했거나 상사로부터 점수를 따기 위해 자신을 어떤 상황에 몰아넣는 건지 모른 채 일단 자진해서 지원해 놓고 보는 사람들인 경우가 많다. 그런데 아이스하키는 한국인이 자연스럽게 터득할 수 있는 스포츠는 아니다. 상황만 보고 미묘한 부분들을 습득하기에는 한계가 있다. 야구나 축구라면 어느 한국인이라도 별 탈 없이 응원을 지휘할 거다. 그러나 아이스하키 경기에선 첫 오프사이드(offside)나 아이싱(icing)이 선언되는 순간부터 단장으로 온 사람이 극심한 혼란을 겪는다. 북소리는 멈추고, 동료들에게 "방금 무슨 일이 일어난 거죠?" 하고 묻는다. 이 부분이 내가 진입하는 기회다.

나는 대답한다. "중앙선 뒤에서 골라인 뒤로 넘어가는 슛을 하면 안 돼요. 불필요하게 경기시간을 잡아먹기 때문이에요."

그러면 단장은 묻는다. "그런데 몇 분 전에 상대팀이 그렇게 했고, 관중들은 더 응원해 주던데요."

"그때는 달라요. 상대는 페널티 킬(penalty kill) 상황이라 우리 팀 선수의 숫자가 더 많았잖아요. 그럴 땐 퍽을 멀리 쳐내도 '아이싱'이 선언되지 않아요."

"……."

"헷갈리시죠? 제가 옆에 있을 테니까 모르는 거 있으면 바로 물어 보세요."

이런 식으로 '조수' 위치에 서게 된다. 이 시점만 지나면 사실상 내가 응원단장의 역할을 맡게 되지만 조심스럽게 행동해야 했다. 일방적으로 그 자리를 대신해버린다면 응원단장의 자질이나 그를 임명한 높은 분들의 판단이 좋게 비춰질 리가 없다. 모든 사람의 체면을 세워 주기 위해서는 적어도 표면상으로 위계질서가 유지되어야 한다. 그러기 위해서 '단장'과 '조수'라고 적힌 완장도 만들어 찼다. 그러면 이제 각자 역할에 맞게만 행동하면 된다. 단장님이 일하는 방식에 대해 '조언'은 절대 하지 않는다. 내 능력과 판단력에 맡겨야 할 때 단장의 '지혜'가 발휘될 수 있도록 부추기는 '조언'만 제공해 드린다. 그리고 나서 경기가 시작한지 30~40분 지나, 단장님이 자신의 통제력을 충분히 '발휘'할 시간을 마치면 "단장님, 많이 지치시죠? 물 좀 마시고 쉬었다 오세요. 제가 잠시 대신 해 드리겠습니다." 라고 말한다. 그럼 그는 "테드 씨, 고마워요. 보기보다 쉽지 않네. 여러분, 계속 수고해 주세요!" 라고 답한다. 다시 돌아오면 단장님은 본분을 '잊어 버리고', 나도 다시 양보해 드리는 걸 '잊어버린다.' 둘 사이에 말 한 마디 없이 자연스럽게 이뤄지는 완벽하다고도 할 수 있는 거래다.

너무 약삭빠른 것 같은가? 그렇기도 했다. 하지만 그것은 즐거움의 절반이었다. 한국의 사내 정치라는 미로를 탐색하는 것은 영어를 가르쳤을 때 느껴 보지 못한 도전이었다. 교사로 일했을 땐 하루를 별 탈 없이 보내는 게 유일한 목표였다. 이제 뜻을 품은 응원단장이 되자 삶에 다시 흥미가 일기 시작했다. 사내 응원단과의 밀당할 때마다 나만의 '웨스트 윙'[6] 한 편을 찍는 느낌이었다. 매일 거대한 문화와 언어의 장벽에 부딪혔고, 올라가기 위해 수천 명의 영역을 침범해야만 했기에 조심스럽게 움직였다. 학교 일을 할 때 사람들과 잘 어울리지 못하면서 깨달은 것이 있었기 때문에 한국어, 한국 예절을 배우고 전통 북 실력을 키우는 데 올인 했다. 더 이상 튀기보다 그 속에 섞여 들어가기로 했다. 머리를 숙이고 목소리를 낮추면 차차 공식 응원단장으로 뽑히지 않을까 하는 기대에서였다.

그 날 나는 여느 때처럼 응원단을 장악할 수 있었지만 한라는 픽을 장악하지 못해서 3대0으로 우리가 졌다. 이 경험에 대해 뭔가 제대로 된 소감을 말할 수 있었으면 좋겠지만 사실 이 경기에 대한 기억이 거의 없다. 깡그리 삭제됐다. 응원하는 팀이 중요한 경기를 크게 졌을 때 작용하는 방어 심리 때문이었을까. 이 날 밤 일본식 선술집에서 '츄하이'[7]로 달려서 더 그랬던 것 같다. 회사 사람들은 우쓰노미야(宇都宮)까지 데려다 주겠다 했고, 닛코보다는 저렴한 숙박이 가능할 것 같아 일단 탔다. 도착하자마자 저녁 식사까지 초대 받았다. 한라그룹의 정몽원 회장이 함께하는 자리이기에 큰 영광이었다. 백수일 때 공짜 밥을 거절하는 건 예의가 아닌데, 대기업 입사에 도전하는 입장에서 해당 그룹의 회장과 함께하는 식사 자리를 어찌 거절할 수 있으랴. 기겁을 할 정도로 흥분했다. 대단한 기회가 될 수도 있기 때문이다.

한 시간쯤 뒤 우쓰노미야역에서 얼마 떨어지지 않은 곳에 위치한 고급

---

6) The West Wing. 1999~2006년에 방영됐던 미국 정치 드라마.
7) "소주 하이볼"의 줄임말로 곡물로 만든 술. 탄산, 과일 주스로 이루어진 혼합 음료.

꼬치구이집에 자리를 잡았다. 오른쪽 끝에 정 회장이, 그의 맞은편에 부회장과 안양한라 변정수 단장님이 계셨다. 그리고 식탁 양옆에는 한라그룹 계열사들의 고위직으로 추정되는 정장 차림의 중년 남성들이 내 쪽으로 올수록 머리색이 점점 짙어지는 순으로 마주보고 앉았다. 8미터나 되는 식탁 반대편 끝에 외국인들이 앉는 자리가 내 자리였다. 명목 상 한라그룹의 해외 업무를 맡는다는 일본인 2명, 중국인과 인도인 각각 1명이 나와 식탁을 공유했다. 이렇게 5명에서 5개 국어를 구사했다. 대륙 아시아인들은 모두 영어가 가능했지만 열도 아시아인들은 그러지 못해 5개 국어 중 3개 국어가 가능한 내가 가벼운 대화를 이어 주는 통로 역할을 맡았다. 실은 다른 곳에 집중했기에 빈껍데기 통로였다. 존경하는 회장께 내 자신을 소개할 털끝만큼의 타이밍이라도 노리고 있었다. 보통 정식 안내 없이 말을 건네기란 불가능하지만 '아무것도 모르는 외국인'이라는 점이 유용하게 먹힐 몇 안 되는 상황이다. 그럴듯한 변명이 필요했고, 바로 눈앞에 포착했다.

이 식사 자리를 위해 법인카드 제한이 풀린 것이 틀림없었다. 규슈산 감자 프리미엄 소주가 8명 당 한 병 꼴로 돌았다. 식탁 저편은 한 모금씩 음미하고 느긋하게 다채로운 향기를 맡는 등 그야말로 어르신들의 술자리였다. 나와 천상계 사이에 앉은 간부들은 너무 빨리 들이키고 있었다. 우두머리들이 병을 비울 때쯤 이미 다 마시고 값싼 술로 갈아탔을 것이다. 어르신이라면 (어르신에 대해 잘 안다고 자부하지만) 저렴한 것에 만족하지 않는다. 그 정도 연세에 접어들면 살 날이 얼마 남지 않았다는 것에 민감하다. 나이 40을 넘기고 평범한 술을 마시기에 인생은 짧디 짧다. 예상한 대로 어느 시점이 되면 간부들이 회장의 잔을 채우기 위해 술병을 집어 든다. 그런데 어쩌나. 병이 너무 가볍네. 이때 내가 헤르메스처럼 신성한 넥타르 같은 고급주를 들고 나타나 소개를 하고, 회장과 악수하고, 30초 간 잡담을 나누며, 작은 아이디어에 대한 씨앗을 뿌린 뒤 사라진다. 그리고 방안에 만들어진 거부할 수 없는 사회구조 속 내 자리로 되돌아가는 것이다. 나는 술병 하나를 사막의 담수처럼 잘 간수했다. 그러나 권력의 핵심에는 결국 접근하지 못했다.

20대 초반의 아리따운 여성이 선수를 썼다. 같은 생각을 한 모양이다. 술 따르는 모습마저 예뻤다. "제기랄, 예쁜 가슴이라도 달아야 하나…." 일본어로 투덜댔다.

"뭐라고요?" 이름이 다카기인지 다나카인지 기억나지 않지만 그런 사람이 물었다. 한동안 말이 없다 입을 열기도 한 거지만 무슨 말인가 싶었을 거다.

일단 둘러댔다. "아무것도 아니에요. 소주 더 드시겠습니까?"

누군지는 모르겠지만 그 날 밤 이야기를 나눈 누군가에게 좋은 인상을 남겼나 보다. 왜냐하면 몇 달 후 한라그룹의 자동차 부품 계열사인 주식회사 만도에서 일을 하게 되었기 때문이다.

다음 날 아침 숙취는 아니고 지난 밤 즐거움에 취한 채 일어났다. 2차도 이자카야, 3차는 누군가의 방이었다. 4차가 있었다면 어디였는지 누구와 함께했는지 기억나지 않는다. 회사 나들이에 따라 붙으라는 초대를 또 받았다. 처음 도착한 곳은 기리후리 온천. 호텔 옥상의 미네랄 온천 안에서 나는 다시 살아났다. 산 아랫동네에는 따뜻한 기운이 돌고 있었지만 이곳 산속에는 눈이 땅과 나무 위를 두껍게 덮고 있었다. 새하얀 도화지의 유일한 얼룩은 여기저기 발견되는 동물 발자국이나 떨어진 나뭇가지뿐이었다.

캔모어나 퍼니[8]에서 보낸 유년 시절의 겨울날이 떠올랐다. 캐나다 북방 침엽수림의 깊은 신비에 대해 숙고했던 그 시절. 멀리 바라보며 마치 어린 아이의 것과 같은 경이로움과 1년 넘게 가보지 못한 고향에 대한 극심한 그리움으로 가득 찼다.

다음 행선지는 동조궁이었다. 내게는 세 번째 방문. 여름과 겨울에 한번 씩 다녀왔다. 유명한 사찰은 계절마다 다시 가 봐야 한다고 하는데, 과연 맞는 말이다.

3월의 눈 오는 날 500년 된 산 속의 신사를 걸으며 기운찬 야망으로 가득한 24살 먹은 남자로 산다는 것, 떠오르는 생각들은 무엇인지, 자기가 만든 사색의 숲 깊이 인도하는 고삐처럼 주변 풍경이 자신의 감정을 어떻게 사로잡는지 글을 몇 장이라도 채울 수 있을 것 같다. 그런데 이미 삼천

---

8) Fernie. 브리티시컬럼비아주 남동부에 위치한 도시.

포로 빠져 있는 상태다. 요점은 이것 말고 따로 있다. 따로 있었다고 생각만 한 건지도 모르겠다. 나는 이야기를 시작하면 나도 모르는 사이 기억의 거미줄 안에 종종 뒤엉켜버린다. 심지어 야구 경기에서도 먼 하늘을 뚫어지게 쳐다보곤 한다. "테드, 우리 공격이야. 얼른 무대에 서야지." 바로 이 순간 깊은 성찰에 빠지는 건 내키지 않는다. 아직 아이스하키 경기는 끝나지 않았다!

9회말

N 경기장 저 편으로 건너가 가부라난토카와 매우 진지하게 악수를 나누고, 힘없는 모습으로 도쿄행 회사 버스에 올랐다. 좌석 한 줄을 차지한 채 혼자 앉았고, 머지않아 울음을 터뜨렸다.

일본 도치기현 닛코시 기리후리 아레나.

"주(십)! 큐(구)! 하치(팔)!" 닛코 응원석의 팬들이 카운트다운을 시작했다. 슛은 멀리 빗나가고 릭 잭먼(Rick Jackman)이 긴 리바운드를 잡았다. "고(오)! 욘(사)! 산(삼)!" 잭먼이 자세를 취한 뒤 또다시 슛! 넷 위로 날아가 유리에 맞았다. 퍽은 벽면을 타고 날아가다 닛코 측 벤치 앞 페이스오프 서클에서 닛코 포워드의 손에 들어갔고, 경기는 종료되었다. 동료들은 기쁜 나머지 보드를 뛰어 넘어 그에게 몰려들었다. 최종 스코어 4대3. 많은 이들이 불가능하다고 한 걸 홈팀이었던 닛코 아이스벅스가 해낸 것이다. 안양 한라에게 먼저 두 경기를 내 준 뒤 3연승을 하며 시리즈를 이긴 것이다. 이들은 다음 주 오지 이글스[1]와 맞붙는다. 그리고 모두가 이길 것이라 예상했던 안양 한라는… 빈 손으로 귀국해야 했다.

관중석에 있던 나는 짐을 챙기기 시작했다. 신도림에서 안양, 고양, 도쿄

---

[1] 王子製紙アイスホッケー部(Oji Eagles). 아시아리그 아이스하키 참가 구단.

에 두 차례, 그리고 지금의 닛코까지 문제없이 끌고 다녔던 20킬로그램짜리 응원 도구들이 갑자기 무겁게만 느껴졌다. 경기장 저 편으로 건너가 부라난토카와 매우 진지하게 악수를 나누고, 힘없는 모습으로 도쿄행 회사 버스에 올랐다. 좌석 한 줄을 차지한 채 혼자 앉았고, 머지않아 울음을 터뜨렸다. 어제 처음 만난 한라그룹 직원들은 나를 이상한 사람 취급했을 거다. 다시 생각해보면 애초에 나를 정상적인 사람으로 여긴 이가 있었을까.

　도치기현에서 도쿄까지는 차로 두 시간 반 정도 걸렸고, 거의 처음 탈 때부터 내릴 때까지 얼굴을 차창에 기댄 채 유리에 비친 내 쓸쓸한 모습을 쳐다보기만 했다. 우리는 오다이바(お台場) 어딘가에서 내렸고, 나는 또 저녁 식사에 초대를 받았다. 해변에 자리잡은 화려한 스시집으로 향했지만 이번에는 거절했다. 롯폰기(六本木)의 한 바에 내 이름이 적힌 선토리 위스키와 항상 나를 기분 좋게 만들어주는 유리라는 이름의 바텐더가 있기 때문이다.

N 실은 무슨 얘긴지 몰랐다. 내 시간, 내 존엄성, 내 사생활에 대한 권리 등 살아가는 데 집착할 필요가 없는 것들을 의미하는 줄 알았다. **꿈**을 쫓는 데 이보다 더 유지하기 힘든 게 또 있을까 싶었다.

일본 도쿄도 롯폰기 바 로터스(Bar Lotus).

"텟도, 히사시부리! (테드, 오랜만이네)" 세계 최고의 바텐더 안도 유리였다. 사실 '히사시부리'까진 아니었다. 이틀 전 입국하자마자 들렀으니까. 도쿄타워까지 걸어서 10분 정도 되는 곳에 위치한 친구 겐의 집에서 묵었었다. 이 바는 항상 찾는다. 나 같은 이상한 놈들을 위한 등대이고, 종업원들이 현 침체기에선 점점 찾아볼 수 없는 유쾌함을 지녔기 때문이다. 유리가 왜 훌륭한 바텐더냐면 마쓰시타 전축의 바늘처럼 이야기가 어느 부분에서 끝났는지 정확하게 기억하고 있기 때문이다. 몇 달 지난 대화 내용도 속기사처럼 꼼꼼하게 기억하고, 반드시 물어 본다.

"아이스하키 경기는 어땠어?"

말이 없으면 직감으로 대답을 알았다.

"늘 마시던 거 줄까?"

"부탁해."

"넵. 각병에 얼음!"

손으로 다듬은 동그란 얼음 위에 일본 사람답게 참 조심스럽게 따르며, 바에서만 볼 수 있는 긴 나선형 스텐레스 도구로 저었다. 약처럼 쭉 들이켰다.

"그 대학생 여자친구는?" 유리는 대화를 이었다.

"최근에 얘기를 많이 못했어."

"그럼 냉전 중?"

"실은, 저기… 최근에 여자친구 생각을 많이 했어. 좀 더 진지하게 만나려고. 장기적으로 본달까. 자주 만나고. 커플들이 보통 하는 것들 하고…."

"음, 그럼 빨리 그렇게 얘기해. 애정이 식었다고 생각하고 있을 걸."

"그러겠네…. 서… 서울에 돌아가면 전화해야겠다."

난 이미 취한 상태였다.

"지금 당장 해. 그냥 놔두면 솔로 된다."

"혼자 태어나 혼자 가는 거지, 뭐."

어깨를 으쓱했다. 그리고는 휴대폰을 꺼내 지은이에게 문자를 보냈다.

"아, 참!" 유리가 입을 다시 열었다.

"소개해 주고 싶은 사람이 있어. 핫스!"

방 저 편에 크게 외쳤다. 근처 테이블에서 작고 단발에 동그란 얼굴 위에 안경을 쓴 아가씨가 뒤돌았다.

"이 친구야. 지난번에 설명했던 그 사람. 한국에선 연예인이야."

"…연예인 지망생이요."

이렇게 덧붙였다.

"하스미는 NHK²⁾에서 일해. 서로 알고 지내면 좋을 거 같아."

"이 분 일본어 할 줄 아셔?" 하스미가 물었다.

"당연히 할 줄 알죠."

알고 보니 하스미도 한국어를 조금 할 줄 알았다. 게다가 당시 가장 좋아했던 곡 'Step It Up'의 안무도 알고 있는 게 아닌가. 유리가 틀어 줘서 함께 3분 20초 동안 바 안의 손님들을 즐겁게 해 줬다.

"여기서 연예 활동 할 수 있지 않겠어?" 갈채가 끝날 무렵 유리가 제안했다. "한국에서도 활동 경력이 있다고 하면 사람들이 알아 줄 것 같은데."

---

2) 일본의 공중파 방송사.

"글쎄다." 하스미가 한 잔씩 더 돌리며 말했다. "나는 감독이라서, 캐스팅이랑은 거리가 멀어. 이렇게 얘기해 두죠. 연결해 줄 수 있는 소속사는 몇 군데 알고 있어요. 물론 관심이 있다면요…."

망설이지 않았다. 서울이 아니더라도 일하고 싶었으니까. "물론이죠. 관심 있어요."

"잘됐네요. 연락처 하나 주세요. 몇 주 후에 연락드릴게요. 그런데…." 그녀가 경고했다. "이 바닥에서 성공하려면 정말 많이 포기해야 돼요. 생각하는 것보다 훨씬 많이. 무슨 얘긴지 아시죠?"

"알겠어요." 이해하는 체하며 대답했다. 실은 무슨 얘긴지 몰랐다. 내 시간, 내 존엄성, 내 사생활에 대한 권리 등 살아가는 데 집착할 필요가 없는 것들을 의미하는 줄 알았다. 꿈을 좇는 데 이보다 더 유지하기 힘든 게 또 있을까 싶었다.

𝒩 입김 한번 잘못 불었다가 민들레 씨처럼 바람에 흩날리게 될까 봐 두려운 그런 부서지기 쉬운 **희망**. 그렇지만 속으로는 모두 올해가 포스트 시즌 진출 첫해가 되기를 희망했다.

2011년 3월 20일. 대한민국 서울특별시 목동야구장.

야구. 드디어 야구. 겨울도 나의 기다림도 끝이 났다. 올 시즌은 넥센 팬들의 기대가 크다. '스토브 리그'는 치열하다 못해 부엌 불처럼 활활 타올랐다. 고종욱과 언더핸드 투수 김대우. 두 명의 주축 선수들을 군 입대로 잃었다. 미국 미시건주 출신의 좌완 투수 앤디 밴헤켄(Andy Van Hekken)을 영입할 자리를 만들기 위해 코리 알드리지(Cory Aldridge)와 재계약을 맺지 않았다. 지명 회의에선 경남고의 유망주 한현희를 데리고 왔다. 그리고 우리의 탕아 이택근이 LG에 있다 돌아왔다. 그러나 장안의 화제는 여전히 박병호였다. 올해는 몇 개를 칠까. 20개? 30개? 이보다 더? 게시판은 온갖 추측으로 열을 올렸다. 이 모든 이야기들에 공통점이 있다면 그것은 바로 '희망'이었다. 입김 한번 잘못 불었다가 민들레 씨처럼 바람에 흩날리게 될까 봐 두려운 그런 부서지기 쉬운 희망. 그렇지만 속으로는 모두 올해가 포스트 시즌 진출 첫해가 되기를 희망했다.

사람들이 얼마나 신났냐면 화요일 오후 1시의 시범경기에 지난 시즌 KIA와의 개막전보다 관중이 많았을 정도다. 호락호락한 날도 아니었다. 해는 쨍쨍했지만 최고 기온은 8도였다. 그늘진 자리는 영하로 떨어졌을 것이 분명하다. 힘겹게 두꺼운 외투 겉으로 유니폼까지 입고 구색을 갖춘 사람들도 있었다. 학생은 땡땡이를 치고, 직장인은 온갖 핑계를 대며 몰래 나오고, 주부는 자식들을 데리고 관중석으로 향했으며, 이 모든 사람들 중심에 내가 있었다. 비록 백수였지만 이보다 더 행복할 수 없었다.

아직 농구 시즌이었기에 치어리더와 응원단장은 다른 곳에 가 있었다. 무대는 검정색 노스페이스 점퍼와 배팅 장갑을 낀 나만의 자리였다. 4개월간의 공백을 깨고 텔레비전으로 복귀한 거다. 김민우 선수가 타석에 들어섰을 때 잠깐 비춘 몇 초였음에도 불구하고 넥센의 온라인 커뮤니티는 바로 알아봤다. 그리고 소문이 돌았다. "테드찡, 히어로즈와의 두 번째 시즌."올해는 뭔가 달라졌다는 걸 시사하는 점은 이 날 경기에선 볼 수 없었다. 홈에서 3대0 영봉패를 당하고 말았다.

다음날은 기온이 올라 넥센 점퍼와 스웨터 하나로 버틸 수 있었다. 타석에서도 열이 올랐다. KIA를 10대4로 혼내 주었으니까. 갑자기 모든 게 잘 굴러가는 것처럼 보였다. 관중도 달라진 점을 주시하고 있었다. 그건 단지 우리가 이기고 있다는 것뿐만 아니라 공격하는 자세에도 있었다. 2회에 선제점, 3회에 3점, 4회에 4점, 그리고 5회에 2점을 추가. 그 이후는 불펜이 상대 공격을 단단히 봉쇄했다. 평소의 조심스럽고, 철저하며 재정비 후 반격하는 야구가 더 이상 아니었다. 말 그대로 정면 대결이었다. 스포츠 기자들도 주목했다. 적어도 박동희 칼럼니스트만큼은 히어로즈의 플레이오프 진출을 예상하는 배짱을 보여 주었다. 이 날 오후에 응했던 인터뷰에서 나도 똑같은 자신감을 표현했다. 게다가 이닝 사이에 뉴스 카메라에 대고 이야기한 것이 중계 카메라에 잡힌 기이한 상황 중의 '상황'이 있었는데, 한 명재 캐스터가 홈 관중을 위해 해설해 주었다.

"이분은 시범 경기인데도 자진해서 응원단장 역할을 하시는 거 같아요. 넥센 팬들에게는 아주 유명인입니다. … 작년부터 열심히 나와 주셨어요. 작년에 여기저기 매체를 통해서 인터뷰도 많이 하셨던데요. … 취재를 오신 모양이군요. 이분을 취재하는 거군요. 이분은 많은 매체를 통해서 인터뷰를 했어요. 한국말도 좀 하시는 거 같던데요. 아주 이제 넥센 히어로즈의 명물이 됐습니다."

외국인 응원단장. 넥센 히어로즈의 명물. 이후 몇 달 간 사람들의 입에 붙은 내 별명이었다. 텔레비전 방송에선 '명물'이라는 단어가 자주 오가는 것을 들었다. 이후 경기 도중 텔레비전에 나오는 건 일상다반사였다. 내 얼굴이 선수와 팬, 그리고 기자와 중계진 사이에 알려진 거다. 그러나 넥센 팬 커뮤니티 회원 이외에 내 이름을 아는 사람은 아직 없었다. 하지만 이 것도 두 차례 세계 챔피언 자리에 올랐던 한 잠수함 투수가 그의 명성을 나누어 주면서 달라졌다.

N 지은이를 이해해보려고 한 적이 없다. '내' 꿈과 '내' 미래에 대해서 얘기하느라 시간을 보냈지, 그녀는 어떤 미래를 원했는지 묻거나 내 삶의 일부가 되어 달라고 얘기한 적이 단 한번도 없었다.

2012년 3월 30일. 대한민국 서울특별시 신도림 '비어 마켓'

그녀가 말했다.

"봐. 오빠의 꿈은 내가 감당하기엔 너무 커. 남편이랑 아이랑 그저 평범한 삶을 원한다고. 유명해지고 싶지 않아."

여자친구 지은이를 6주만에 보는 자리였다. 지은이는 엄청나게 긴 시험 기간 중에 있었는데 난 일본에 아이스하키 플레이오프 보러 간다고 무시해버렸고, 경기 후에도 며칠을 더 지내다 왔다. 둘 사이의 대화는 현저히 줄어있었다. 하지만 한국을 떠나니 새로운 관점에서 생각을 하게 됐고, 앞으로 함께 있고 싶다는 얘기를 꺼내려던 참이었다. 9월부터 자아도취에 빠져 있었고, 점점 늘어만 나는 나의 교만 덕분에 내 뜻대로 되지 않을 수도 있다는 생각은 하지 못했다.

"언젠가 유명한 연예인이 될 거야. 그때 치어리더, 모델, 여배우, 아니면 누군가 만나겠지. 그냥… 아… '눈이 맵다'가 영어로 뭐지?" 그녀가 말을 이었다.

"My eyes are … spicy?" "My eyes … sting?" 그래, 아마 "My eyes sting."

"눈이 매워." 지은이는 이렇게 말하며 고개를 숙였다.

.

.

.

순식간에 끔찍한 생각이 뇌리를 스쳤고, 조심스럽게 물었다. "지은아, 나랑 헤어지겠다는 거니?"

"응, 그런 거 같아….'

고개를 끄덕거리는데, 눈물 두 방울이 지은이의 뺨 위를 흘러내렸다. 마침 웨이터가 나타나 식탁에 음식을 차렸다. 상황을 파악한 웨이터는 얼른 자리를 빠지면서 지혜롭게도 '식사 맛있게 하십시오'라는 말은 생략했다.

이런 일이 일어날 줄이야. 모든 일이 착착 진행되고 있었는데. 취업 면접도 잘 보고 있었고, 신도림에 있는 아파트 18층에 11평이 조금 넘는 집으로 이사했으며, 일주일에 다섯 번은 텔레비전에 나왔다. 왜 '이제' 와서 떠나겠다고 하는 걸까? 지금보다 이전의 삶에서 '무엇이' 나은 게 있다고? 고동치는 침묵 속에서 앉은 채 독선적인 생각과 분노에 휩싸였다. 도대체 이해할 수 없었다. 그런데 이게 바로 문제가 아니었던가. 지은이를 이해해 보려고 한 적이 없다. '내' 꿈과 '내' 미래에 대해서 얘기하느라 시간을 보냈지, 그녀는 어떤 미래를 원했는지 묻거나 내 삶의 일부가 되어 달라고 얘기한 적이 단 한번도 없었다. 지금에 대해서만 얘기해 왔다. '나'의 지금.

그 순간에 나에게 일어나는 일. 지은이는 그저 멀뚱히 서서 나를 지지해 주고, 내가 나아가는 걸 보고, 변하는 걸 지켜봤던 것이다.

여러분에게는 이상하게 들릴지 모르겠는데, 머리기사에 자기 이름 실리는 걸 원하지 않는 사람도 있다는 걸 조금 늦게 깨달았다. 겸손은 반드시 온화함을 가장한 것이 아니라는 것도. 사람이 부자가 되거나 유명해지고 싶지 않다고 말하는 건 자기 자신을 속이는 행위라고 참 오랫동안 여겼다. 어린 시절 꿈을 이루지 못한 것을 정당화하기 위한 일종의 처세술이라고. 모든 사람은 내가 원하는 걸 남몰래 원하지만 단지 인정하지 않는 거라고. 사람마다 삶에서 원하는 게 제각기 다르다는 걸 더 빨리 깨달았어야 했다. 특히 이성교제를 할 때 그런 것 같다. 웃음이 나온다. 나는 독립해서 돈을 버는 성인이고, 지은이는 아직 대학생이었기 때문에 항상 내가 더 성숙한 사람이라고 생각했던 것이다. 아래와 같은 상황을 낳은 수많은 과실 중 하나였다.

"그럼 이젠 됐다는 거야? 끝난 거야?"

그녀는 끄덕였다.

"더 이상 남아 있게 할 방법이 없다는 거지?"

그녀는 고개를 흔들었다.

이렇게 깔끔하게만 끝났다면 얼마나 좋을까. 음식점을 나오면서 화를 내며 진상을 부렸고, 지은이는 울면서 뛰어가 버렸다. 소리를 다 지른 후엔… 왠지 아이처럼 깊은 잠에 들었다.

연장 10회
생애 최고의 여름

젊고 멋있을 때 뛰면 그 모든 실수도 '저러면서 배우는 거지'
하면서 넘겨버린다. 그런데 30대가 되면 몸은 아프기 시작하고,
어린 선수들은 '할배'라고 부르기 시작하고, 등판 결과가 좋지 못
하면 사람들은 이젠 쓸모없으니 그만 뒤야 한다고 선언해버린다.
일반인의 인생을 한 15년으로 축소한 것이 야구선수다.

연장 10회초

N 모든 응원단장은 이 세상에서 만원 관중만큼 좋은 느낌은 없다고 이야기할 거다. 응원을 이끄는 기쁨을 누리기 시작한 이래 가장 크게 소리 내고 호응해 주었던 관중이었다.

2012년 3월 31일. 대한민국 서울특별시 잠실야구장.

토요일이었다. 2012년 엘넥라시코[1] 제1막. 넥센 팬이 4,000명 정도 온 것 같았다. 그것도 시범경기에! 와인색의 관중이 응원석을 다 채우다 못해 아래 섹션과 위에 3층까지 흘러 넘쳤다. 이들을 리드하기 위해 무대에 섰다. 아이젠하워(Dwight D. Eisenhower) 대통령이 디데이[2] 전 날 이런 느낌이었을까. 너무 과장된 비교겠지. 모든 응원단장은 이 세상에서 만원 관중만큼 좋은 느낌은 없다고 이야기할 거다. 응원을 이끄는 기쁨을 누리기 시작한 이래 가장 크게 소리 내고 호응해 주었던 관중이었다. 내가 하는 모든 말에 귀 기울였고, 내 지시를 성스러운 용사처럼 열의 있게 따랐다. 바로 이거다. '이게' 있는데 무슨 여자친구가 필요한가. 일단 여자는 끊기로

---

1) LG와 넥센, 서울 팀들 간의 경기 "엘지-넥센 클라시코"를 줄인 표현.넥센이 우세하기 때문에 넥센 팬들로부터 많은 사랑을 받고 있다.
2) D-Day. 노르망디 상륙작전. 제2차 세계대전 중 영국과 연합군이 본격적으로 유럽 진공에 나섰던 작전.

ⓒ스포츠조선

맹세했다. 지금부터는 넥센과 결혼한 것이다.

일주일 후 시즌 개막전에서 다시 모였다. 4월 1일부로 비자가 만료돼 잠시 도쿄에 다녀와야 했다. 웹사이트에 올릴 영상과 보도 기사를 정리하면서 한 주를 보냈고, 로터스(역주 : 테드가 도쿄에 가면 자주 찾는 바) 사람들에게 "이번에는 제대로 터뜨리고 있다"고 알리고 다녔다. 이제야 내 말을 믿기 시작한 것 같았다. 내 명성은 굉장한 속도로 퍼졌다. 인터넷 검색란에 한글로 '맥길대학교'라고 치면 내 이름이 떴다. 응원을 마치면 무대에 관중이 모여 나와 사진을 함께 찍기 위해 20분이나 줄서며 기다렸다. 서울로 돌아올 때 입국 심사관은 여권의 이름을 보고는 텔레비전에서 봤다며 알아 봤다.

두산을 6대2로 꺾으며 2012년 시즌의 시작종을 울렸다. 승리 투수는 브랜든 나이트(Brandon Knight). 이택근의 넥센 복귀 신고 안타는 명확하게 기억하고 참 애착이 가는 장면이다. 그러나 서건창 선수의 활약을 처음 보게 된 게 가장 기억에 남는다. 아마 많은 넥센 팬들이 동의할 거다. 그는 발목 부상으로 나오지 못하는 김민성을 대신해 2루를 봤다. 4회에 빠른 땅볼을 뻗어서 잡고, 1루로 여유 있게 던지면서 관중을 열광시켰다. 바로 다음 회에 만루 상황에서 타석에 들어서서 2명의 주자를 불러들인 중전 안타는 결승타가 되었다. 이런 신인이 어디 있나. 그때의 모습을 보면 신인왕을 탈 거라는 확신이 거의 들었을 거다. 물론 옛날 일을 돌이켜보면 늘 이런 느낌이 들기 마련이다. 그런데 맹세하지만 진짜 앞으로 다가올 시즌을 내다보기 시작했다. 일주일 뒤에 박병호가 시즌 첫 홈런을 치기 바로 전에도 똑같은 느낌이 들었다.

N 응원하는 선수에 대한 **믿음**이 있어야 한다. 믿어주는 것 외에 해 줄 수 있는 게 있나? 없다! 없는 것보다 더 좋지 못한 게 있다. 바로 의심이다.

2012년 4월 15일. 대한민국 대구광역시 대구시민야구장.

3회초, 만루 상황. 나는 무대에, 박병호는 타석에 섰다. 시즌 개막전이 일주일 넘게 지나도록 박병호의 홈런 소식은 깜깜했다. 하지만 나는 크게 걱정하고 있지 않은 1인이었다. 응원하는 선수에 대한 믿음이 있어야 한다. 믿어주는 것 외에 해 줄 수 있는 게 있나? 없다! 없는 것보다 더 좋지 못한 게 있다. 바로 의심이다. 밤을 지새우게 만드는 의심. '박병호는 칠 거야.' '쳐야만 해.' 계속 생각했다. 그리고 해가 늘 동쪽에서 뜨듯이 박병호는 제 모습을 찾았다. 1-0 카운트에서 제2구를 받아친 게 좌측 파울 폴(foul pole) 안쪽으로 아슬아슬하게 휘어 들어갔다. 시즌 1호. 게다가 만루 홈런! 이닝이 끝나자마자 계단을 올라 넥센 팬들이 앉아 있는 곳으로 가서 준석이 형에게 말했다. "박병호 올해 30개 칠 거예요." 거의 들어맞았다. 31개를 친 데다 홈런왕에 MVP까지 거머쥐었다. '라이온 킹' 이승엽이 복귀했던 해였던 만큼 엄청난 업적이었다. 이승엽 선수도 바로 그 날 시즌 1호이자 삼성 복귀를 알리는 우월 동점 2점 홈런을 쳤다. 라이온즈로 돌아와 처음으로 친 홈런이기도 했다. 홈 팀 팬들이 정말이지 난리를 쳤다. 3연전 스윕을 당할 거라고 생각했던 것도 잠시, 10회까지 가서 이겼다. 조중근이 만루에서 희생 플라이를 쳤고, 8회에 세이브 기회를 날린 손승락이 어찌저찌 승리 투수가 되었다. 나에게도 첫 번째였다. 응원단장으로서 대구시민 야구장에서 올린 첫 승이었다. 요즘 들어 쉽게 얻어지는 게 아닌지라 특별히 기억에 남는다.

그 날 우리 쪽에는 10명 남짓 있었다. 경기 후에 주차장을 행진하며 태평양 돌핀스 시절까지 거슬러 올라가는 옛 히어로즈 응원가를 불렀다. 당시 한국어가 서툴렀기 때문에 따라 부르기 쉽진 않았다. 기차를 타고 돌아오는 2시간을 '영웅 출정가'를 암기하는 데 할애했다. 가사 중에 "이제 새 역사 다시 쓴다."가 특히 내 마음을 움직였다. 새 역사를 쓰는 것. 바로 우리가 하고 있는 것이었다. 관중석의 모든 사람이 느꼈고, 그라운드에서도 느꼈을 것이라고 확신한다. 완전히 새로운 시대의 완전히 새로운 구단이었다. 물론 낯익은 얼굴들이 잔디 위를 누볐지만 완전히 달라진 건 팀 화합이었다. 그 중에서도 우리 수비가 가장 두드러졌다.

김민성이 마침내 복귀하게 되자 김시진 감독은 그를 놓고 3루로 보직 실험을 이행했다. 테이블세터로 자리매김을 하고 있는 서건창을 위해서였다. 지난 시즌 우리 내야 수비는 블랙홀 같이 구멍 나 공을 영영 찾지 못할 정도로 땅볼을 놓쳤다. 이랬던 게 한순간에 리그 수준급이 되었다. 외야는 이택근으로 인해 확실히 달라졌다. 공에 마치 실이 달려 있는 것처럼 타구를 처리했다. 타구를 잡기 위해 다이빙을 하면 마치 젊은 시절의 켄 그리피 주니어(역주 : Ken Griffey, Jr. MLB 골든 글러브 10회 수상자)를 보고 있는 것 같아 내가 한국 야구를 보고 있는 건가 싶을 정도였다. 그가 중견수를 보니 상대팀 강타자가 나와도 자리에 앉아있는 게 편해졌다. 장기영은 좌익수로 옮겨 코리 알드리지 대신했고, 투수를 했던 어깨라 홈을 노리는 주자들에게 천적이었다. 그 누구라도 홈에서 아웃시켰기에 많은 주자들은 3루 주루 코치나 자신의 스피드에 대한 신뢰감을 잃었다. 우익수는 공격이 필요할 땐 유한준 또는 오윤, 플라이 볼을 따라가거나 발야구를 하기 위한 빠른 발이 필요할 땐 정수성으로 가면 됐다. 마운드에서도 만만찮았다. 돌아온 베테랑 브랜든 나이트와 새로운 얼굴 앤디 밴헤켄은 얼마 되지 않아 최고의 외국인 2인방임을 증명했다. '백기사[3]'는 전반기에만 9승에 2.22의 평균 자책점을 기록했고, 밴헤켄도 7승을 올리며 바짝 쫓았다.

선수층이 이렇게 깊다 보니 김시진 감독은 다양한 지도력을 보여 줄 수 있었다. 그중에서도 이것저것 잘 조합해보려는 의지가 돋보였다. 선수를 다양한 보직이나 타순에 기용해 보고, 신인 또는 노장에게 선발 기회를 주고, 실험하고, 평가하고, 바로 원점으로 돌아가는 그런 노력. 첫 일곱 경기는 3승 4패로 6위였다. 성적에는 나타나지 않지만 모든 게 제대로 돌아가고 있었다. 이기는 야구를 하는 건 시간 문제였다. 그러나 히어로즈에 대한 영원한 낙관 속에서도 5월달 순위를 예측하지는 못했을 것이다.

---

3) White Knight에 대한 한국어 직역. 브랜든 나이트의 별명.

N "상관없어. 롯데 팬들은 사직에서는 '내 편도 내 편이고, 네 편도 내 편'이라고 생각해. 그런데, 걱정 마. 네가 미군인 줄 알고 아무도 안 건드릴 수도 있어."

2012년 5월 15일. 대한민국 부산광역시 부산역.

한쪽 어깨엔 북을, 다른 한쪽엔 작은 가방을 맨 채 KTX를 내렸다. 긴 에스컬레이터를 올라갔다 다시 내려가면서 승강장에서 광장까지 이동해 준석이 형을 만났다. 가방 하나를 들어 주고, 우리는 지하철을 타기 위해 지하로 내려갔다. 형은 뭔가 불편한 것처럼 보였다. 무슨 문제가 있는 건 아닌지 물었다.

"아, 알겠지만 사직은 보통 한국의 다른 야구장이랑 달라. 팬들이, 뭐랄까… 유별나지."

대충 무슨 말씀인지 이해했다. 사직야구장은 이번이 두 번째 가는 거였다. 첫 방문은 3월 29일에 있었던 시범경기였다. 3루 좌석은 페인트 작업 때문에 개방하지 않아 구름 낀 목요일 거기까지 간 나를 포함한 네 명의 넥센 팬은 1루측의 롯데 팬들과 동석해야만 했다. 부산에 간다고 했을 때 여러 명의 트위터 팔로워들이 주의하라는 맨션을 남겼다. "롯데 팬들 장난 아니에요. 테드쩡, 조심해요." '뭘 조심하라는 거지?'라고 생각했다. '어떤 큰일이 난다는 거지?' '나한테 소리치려나?' '놀리려나?' 괜찮다. 웬만한 얘긴 다 들었다. 못 견딜만한 건 아니었다. 그냥 앉아서 구경하려고 325킬로미터씩이나 여행한 건 아니다. 이건 골프가 아니라 야구다.

우리는 응원석에 모여 있는 열혈 자이언츠 팬들을 피해 파울 폴 근처에

진을 쳤었다. 계속 별 탈이 없다가, 우리가 이기기 시작했다. 갑자기 응원석 저 뒤편으로부터 한 아저씨가 아직 나는 한국어에 존재하는지도 몰랐던 욕설들을 퍼부으며 계단을 내려 걸어오는데 그가 지나간 길을 따라 환호와 갈채가 이어졌다. 키는 145센티미터 정도 되고, 소주와 분노로 인해 밝은 홍조를 띄고 있었다. 모르는 체하면 그냥 가겠다 싶어 영어로 대답했다. "I'm sorry, Sir, but I don't speak Korean. Can you please repeat your request in English?" (죄송한데 한국어 못해요. 영어로 다시 말씀해 주시겠어요?) 대답이 맘에 들지 않았는지 내 목에 두른 호루라기 끈을 잡고 내 목을 조르기 시작했다. 롯데 팬 두 분이 발버둥 치며 소리 지르는 그 아저씨를 말 그대로 들어 올려서 자기 자리로 되돌려 놓기 전까지 멈추지 않았다.

준석이 형에게 말했다.

"알아요. 지난번 일 기억하고 있어요."

형이 다시 입을 열었다.

"지난번은 시범경기였잖아. 정규시즌에는 더해. 사직은 전쟁터야. 특히 롯데가 페넌트레이스에 있으면."

절대 좋은 소식이 아니었다. 롯데는 3위, 우리는 반 경기 차이로 5위였다.

"그건 그런데, 이번에는 3루 쪽에 앉을 거 아니에요?"

반론하며 물었다.

"상관없어. 롯데 팬들은 사직에서는 '내 편도 내 편이고, 네 편도 내 편'이라고 생각해. 그런데, 걱정 마. 네가 미군인 줄 알고 아무도 안 건드릴 수도 있어."

별로 설득력이 없었다.

6시쯤 경기장에 도착해서 넥센 덕아웃 바로 위에 있는 S석에 자리 잡았다. 준석이 형은 테이블석에 앉아 있는 세 명의 남성을 조심스럽게 관찰했다.

"왜 그래요?"

형에게 물었다.

"저 사람들 우리가 이기기 시작하면 우리한테 치킨 던진다."

"형, 점쟁이에요?"

농담조로 물었다.

"아니, 올 때마다 우리한테 치킨 던졌단 말야. 올 때마다. 게다가 항상 치킨이야."

"항상 똑같은 사람이면 왜 아직 출입금지 안 시켜요?"

"시즌 티켓 산 사람 같아."

8회 말. 넥센이 롯데를 9대1로 이기고 있었다. 1사 만루 상황에서 자이언츠 3루수 황재균이 타석에 들어섰다. 3루 덕아웃 근처 한 줌의 넥센 팬들을 제외하고 야구장 관중 전체가 상모솔새의 머리 깃털처럼 오렌지색 비닐을 머리에 묶은 채 일어났다. 황재균이 0-1 카운트에서 제2구를 친 게 원바운드로 다시 김상수에게 향했고, 김상수는 공을 주워 허도환에게 잽싸게 전달해 1-2-3 병살 플레이를 만들었다. 이닝 종료! 우리는 자리에서 일어나 서로 얼싸안았지만 갑자기 내린 비가 이 기쁨을 방해했다. 테이블석에서 2킬로그램 분량의 뼈 없는 후라이드 치킨이 사정없이 퍼붓는 것이었다. 우리는 마치 임진강 전투의 영국 글로스터셔 대대(Gloucestershire Regiment)처럼 수적으로 열세인데다 옴짝달싹 못한 채 서로에게 붙어 자리를 지키고 있었다. 나는 북 뒤로 숨어봤지만 커다란 덩어리를 다리에 맞아

청바지에 야구공만한 얼룩이 졌다. 결국 경비가 나타나 상황을 정리하고
세 명의 가해자들을 경기장 밖으로 끌고 나갔다. 그들의 퇴장에 우리는 크
게 환호했다.

　나를 강타했던 치킨 조각을 들고 기념사진을 찍었다. 아마 지금까지 찍
은 사진 중 유명세를 가장 많이 타지 않았나 싶다. 몇 주 후 다음 사직 원
정에 가기 전에 바베큐 소스 사진을 찍어 "부산에 갈 준비가 되었습니다."
라는 자막을 달아 게시한 것도 인터넷에 순식간에 퍼졌다. 이 사진은 그
이후로 야구계 전체에서 유명한 유머짤이 되었다. 물론 구단 프런트의 귀
에도 들어갔을 것이다. 왜냐하면 이듬해부터 사직야구장에서 특별히 음식
물을 투척하는 행위에 대해 경고하는 광고를 볼 수 있었기 때문이다. 놀랍
게도 해당 범인은 이 모든 것에도 아랑곳하지 않았다. 지금도 마치 미국

수정 헌법 제2조[4] 지지자가 소총을 들고 다니듯이 뻔뻔하게 치킨을 든 채 3루 측을 다니는 그 아저씨가 보인다. 경비에게 알리면 경비는 그 아저씨에게 주의를 준 후 우리에게 와서 다시는 치킨을 던지지 않겠다고 약속 받았다고 말해 주지만 우리가 막판에 리드를 가져갈 때면 또 던진다. 안 그런 적이 없다.

지난 4년 간 겪은 일 중에 '치킨 공격'은 지금까지도 인터뷰에서 가장 많이 묻는 사건이다. 나를 여기까지 오게 만든 역할에 대해 여러 차례 감사의 말씀을 잘 드려 보려고 했지만 근처에만 가면 "양키 나라로 꺼져 버려!"라고만 하신다. 내 유명세를 키우는 데 있어 이 아저씨보다 더 많은 역할을 한 사람은 단 한 명밖에 없을 거다. 게다가 이 사람도 던지는 걸로 잘 알려져 있다.

N 선수가 성적을 내지 못하는 건 마치 여자친구와 잘되지 않을 때와 많이 흡사하다. 함께 행복했던 시간은 쉽게 잊히기 마련이다.

2012년 5월 17일. 대한민국 경기도 안양시 안양종합운동장.

비는 오고 정장을 입기가 불편한 습도였다. 사직에서 롯데 3연전을 스윕할 기회를 보지 못하고 하루 일찍 올라온 것이 불만이었지만 올해 프로 스

---

4) Second Amendment to the United States Constitution. 개인의 무기 휴대의 권리를 규정하는 조항.

포츠 구단에서 일하기 위한 최선이자 마지막 희망이었다. 안양 한라의 양
승준 단장님과의 면접이 잡힌 것이다.

3월 23일에 1차 면접을 했었다. 내 이력서를 본 구단 프런트의 누군가가
한국어와 일본어가 가능하다는 걸 읽고 선수 통역으로 일할 생각이 있는
지 알아보려고 전화했다. 내 기억이 맞다면 전임자는 본인 블로그에 선수
비난 글을 올린 이유로 해고되었다. 그래서인지 벤치에서 일하는 거나 통
역에는 관심이 없었다. 오로지 응원단장을 하겠다는 마음뿐이었다. 하지만
드디어 '내부인'이 될 기회였다. 면담 내내 시장 저변을 확대하기 위한 제
안과 한국 아이스하키의 거창한 비전을 설명 드렸다. 내 열의를 이해하면
서 공감하고 계신 것 같았다. 양 단장님은 옛날에 AHL[5]에서 몇 년 뛰었고,
맥길대학교에서 훈련한 바 있어 우리 학교 출신 아이스하키 선수들도 몇
알고 계셨다. 나와 비슷한 점이 많았다. 이렇게 먼 타지에 와서 매코널 아
레나(McConnell Arena)의 내부가 어떻게 생겼는지 아는 사람을 만나서 반가
웠다. 긍정적인 분위기 속에서 헤어졌다.

이번 면접은 그리 길지는 않았다. 면접이라기보다 예의상의 만남이었다.
결과는 불합격. 그래도 언젠가 안양 한라에서 일할 수 있을 거라는 바람과
함께 기분 상하지 않았을까 걱정스러워 양 단장님께서 직접 말씀하고 싶
으셨던 거였다. 요지는 예산이 많지 않아 응원단장보다는 통역 겸 연락관
이 더 절실했고, 당시 내 한국어 능력이 우려됐던 것이다. 단장님은 여름
동안 공부 열심히 한 다음 다시 연락 달라고 했다. 그렇게 끝. 이 일을 못하
면 다시 영어를 가르치러 가야한다. 우울하게 사무실을 나왔다. 내 자신을

---

5) American Hockey League. 북미 아이스하키리그의 마이너리그.

실망시켰고 밖에는 비마저 내리고 있었다. 그나마 남은 하루를 의미 있게 보내기 위해 부산으로 다시 내려가기에도 늦은 시간이었다. 히어로즈는 9대1로 나 없이 스윕을 달성했다. 정류장에서 버스를 기다리는 동안 동기에게 전화를 걸었다.

"야, 합격했어?"

"아니, 떨어졌어."

"와, 뭐냐? 하긴, 우리나라에선 취업하려면 이력서 100통은 넣어 봐야 한다고 하더라."

"진짜 그렇게 얘기해?"

"어."

"동기야, 이 나라에 프로구단이 그거 절반도 안 되겠다."

"한 팀당 서너 번 지원하면 되겠네. 그러면 3년이면 취업하겠다."

"격려해 줘서 고맙다."

"별 말씀을. 좋은 소식이 있으니까 힘내."

"무슨 소식?"

"너 또 뉴스에 나왔더라."

"진짜?"

"그래, BK가 널 안대."

"브랜든 나이트(Brandon Knight)?"

"아우, 이 바보. BK. 병현 킴."

조선닷컴에서 "김병현도 아는 넥센의 열성팬 '테드짱'"이라는 기사를 올렸던 거다. 김병현 선수가 선발 출전을 앞두고 인터뷰를 하던 중 고개를 올려 나를 보며 "저 사람이 테드짱인가요?"라고 물었다. "그 분만 열심히 응원하더라. … 혼자 단상 위에도 올라가서 열심히 춤도 추고 응원하고 있더라.”라고 답변한 게 인용됐다. 내가 여의도의 초등학교 영어 강사이고 축구 보러 한국 왔다가 야구에 반해 눌러 앉았다는 내용에 김병현은 “부모님이 걱정이 많으시겠다.”는 농담을 했다.

사실 이 책은 여기서부터 시작하는 게 맞다. 지금까지의 내용은 마치 한국 야구사에 있어 중대한 사건들인 양 서술했지만 사실 그렇지 않다. 그저 나 자신에게 의미 있는 일들이고, 이 책은 내 일대기를 나열하기 위해 쓰고 있는 것이기 때문에 넣은 것뿐이다. 하지만 김병현이 내 이름을 언급하기 전까지 내 일대기는 사실 시작도 하지 않았다. 마이너리그에서 메이저리그로 승격한다는 통보나 다름없었다. 언급 한번 해 주는 걸로 타인의 유명세를 좌우할 만큼 그렇게 유명하다는 건 정말 기가 막히는 일이다.

한국인이라면 김병현이 누구인지 설명해 줄 필요가 없다. 미국인이라면 2001년 월드시리즈까지 갔던 애리조나 다이아몬드백스의 마무리 투수로 기억할 거다. 20살에 마무리 보직을 인계 받아 70⅓이닝 동안 111개의 탈삼진을 잡고, 깔끔한 이닝을 던지며, 구단 최다 세이브 기록을 세우면서 아직까지도 2001년 월드시리즈에서 동점 2점 홈런을 두 번이나 내 준 사나이로 기억된다는 건 참 비극이다. 그렇지만 명성이라는 게 원래 그렇다. 그리고 오늘날 사회 문화에서 이런 부정적인 면이 주는 영향은 막대하다. (화제를 돌리기 전에 양키스에게 한번 더 엿 먹으라는 말을 하겠다.) 아무튼 중요한 건 한국인에게 영웅이라는 점이다. 당당한 메이저리거였고, 두 우승 팀의 주역이었다. 2013년 류현진이 건너가 빛내기 전까진 김병현이 가장 유명한 한국인 운동선수였다고 감히 말하겠다. 우승 트로피를 한번도 들어 올려 보지 못한 박찬호 선수보다 한 단계 위다. 이제 두 선수 모두 유종의 미를 거두기 위해 한국프로리그로 온 거다.

믿기 힘들겠지만 나는 BK가 한국으로 돌아왔다는 사실을 3월 29일(60대 어르신에게 공격당했던 그 날) 시범경기 데뷔전이 되어서야 알았다. 겨울에 소문은 들었지만 아이스하키 시즌에 정신이 팔려 오프시즌 소식에 둔했다. 넥센이 김병현의 지명권[6]을 현대 유니콘스로부터 인계 받았다는 부분도 어렴풋이 기억났다. 그렇지만 부산지역 방송이 카메라를 대며 김병현의 한국 복귀에 대한 소감을 물었을 때 비로소 그가 넥센과 계약했다는 걸 알았다.

내 대답은 "아직도 야구해요?"였다. 모욕하는 건 절대 아니었다. 사실 좀 놀랐다. 화석까지는 아니지만 소위 짬밥이 되지 않은가. 애리조나를 떠난 후 보스턴 레드삭스, 콜로라도 로키스, 다시 애리조나, 그리고 플로리다 말린스에서 뛰었고, 마지막으로 들은 건 일본 프로 야구의 라쿠텐으로 갔다는 소식이었다. 이후 야구는 진작 접었을 거라 생각했다. 그런데 보란 듯이 한국에 돌아와 아직도 건재하다는 것을 보여 주고 있었다. 이런 건 인정해 줘야 하는 거다. 젊고 멋있을 때 뛰면 그 모든 실수도 '저러면서 배우는 거지' 하면서 넘겨버린다. 그런데 30대가 되면 몸은 아프기 시작하고, 어린 선수들은 '할배'라고 부르기 시작하고, 등판 결과가 좋지 못하면 사람들은 이젠 쓸모없으니 그만 둬야 한다고 선언해버린다. 일반인의 인생을 한 15년으로 축소한 것이 야구선수다.

BK는 그 해 천국과 지옥을 오갔다. 2012년은 360도 회전하는 감정의 롤러코스터였다. 지금은 넥센 팬들이 BK가 함께한 시간을 안 좋게 기억하지

6) 2007년 4월 2일에 진행한 해외파 특별 지명 회의를 통해 얻은 지명권. 1999년 이후 해외에 진출한 선수 중 5년이 지난 선수에 한해 지명.

않을까 생각한다. 선수가 성적을 내지 못하는 건 마치 여자친구와 잘되지 않을 때와 많이 흡사하다. 함께 행복했던 시간은 쉽게 잊히기 마련이다. 개인적으론 6월 20일 잠실에서 올린 시즌 첫 승이 잊혀지지 않는다. 나는 물론 히어로즈 팬들도 함께 그 현장에 있었다. BK의 기록은 6이닝, 4안타, 5사사구, 2탈삼진, 무실점. 이후 구장 일대 노점상에서 누님 몇 명과 자정 넘도록 소주를 기울였다. BK의 역투로 다시 2위 자리를 탈환했기 때문에 자축하는 밤이었다. 히어로즈 유니폼을 입고 최선을 다하는 사람은 성적을 막론하고 나의 무한한 사랑과 인정을 받게 된다. '본 투 K[7]' 김병현에 대해 뭐라고 하든 상관없지만 18살이라는 나이에 짐을 싸고 모든 게 익숙한 곳을 떠나 자기 힘으로 빅리그까지 간 대단한 선수인 건 분명하다. 1년도 채 되지 않아 마운드에 올라 메이저리거들을 고목 쓰러뜨리듯 쓰러뜨렸다. 물론 그 이후 불운에 시달리긴 했다. 하지만 그를 쭉 지켜봤고, 인터뷰 장면도 많이 봤다. 팔이 아직 멀쩡할 때 몇 푼이라도 더 벌려고 돌아왔다는 인상을 준 적은 단 한번도 없었다. 말 그대로 야구 자체를 사랑하고, 우리가 허락하는 한 계속 뛰고 싶어 한다고 생각한다. 아프지만 않으면 몇 년 더 뛸 수 있지 않을까. 어쨌든 그러기를 바란다.

N 맘 알아주는 사람 하나 없는 10대 소녀처럼 계단에 앉아 울었다.

---

7) Born to K. 김병현의 별명 중 하나. 여기서 "K"는 탈삼진을 의미.

2012년 5월 23일. 대한민국 서울특별시 잠실야구장.

꿈인가 생시인가. 마운드에는 손승락, 타석에 들어서는 이병규. 1아웃에 주자 하나. 9회말, 넥센이 LG를 10대7로 이기고 있었다. 지난 주 화요일부터 7연승을 달렸다. 사직에서 롯데 3연전 스윕, 홈에서 삼성 3연전 스윕, 그리고 어젯밤 LG를 2대1로 누른 것이 역대 팀 최다 연승의 타이 기록이었다. SK는 문학에서 5대2로 지고 있었다. SK가 지고 우리가 이기면 새로운 기록을 세우는 건 물론, SK를 제치고 1위 자리게 오르게 되는 거였다. '1위'라. 생각해보라. 꼴지 팀이 부활하여 지난 시즌 50승 고지를 간신히 넘긴 후 올해 선두 자리에 오른다?

이런 혁신적인 변화를 주도했다고 볼 수 있는 박병호가 1루에서 글러브를 벌리고 LG 주자 정성훈을 위협하고 있다. 시즌 9호 홈런을 포함해 4타수 4안타에 4타점을 올린 밤이었다. 0-1 카운트에서 와인드업을 마치고 던진 손승락의 제2구를 이병규가 힘껏 쳐 내렸다. 공은 한번 튀어 투수 마운드를 넘긴 뒤 2루로 빠르게 향하고 있었다. 강정호가 왼쪽으로 힘껏 달려가 3번째 바운드 후 낚아챈 후 서건창이 막 도달한 2루 쪽에 백핸드로 넘겼다. 서건창은 왼발로 베이스를 밟고 재빨리 돌아 박병호에게 던졌고, 1000분의 몇 초 차이로 박병호가 이병규보다 먼저 발목 부위에서 송구를 받아내었다. 경기 종료.

그 순간 무슨 생각을 하고 있었는지 정확히 집어내기 힘들다. 소리, 색깔 등 너무 많은 외부 자극을 받고 있었다. 내면에는 지난 시즌의 안 좋은 기억들이 물밀듯이 밀려왔다. 내가 겪었던 모든 괴로움과 답답함이 뜨거운 스테이크 위에 올린 아이스크림마냥 기쁘고 흥분된 내 감정 위에 녹아내렸다. 누군가가 외쳤다. "SK는?!?!" 총소리라도 난 듯 모두 귀를 기울였다. 또 다른 사람이 태블릿을 켜자 주위 사람들이 모여 난생 처음 보는 물건처럼 바라보았다. 태블릿의 푸른빛이 비춰 한층 창백해 보이는 얼굴을 들며 그는 태연하게 "졌다"라고 말했다.

　조금 어렵겠지만 어렸을 때 부모님이 안아 올리던 순간을 한번 떠올려 보라. 그 순간의 느낌이다. 나보다 훨씬 커다란 존재가 내 몸통을 잡아 들어 올리고, 다리는 하늘을 나는 상태. 무릎이 너무 비틀거려 제대로 서 있을 수 없었다. 좌석 팔걸이를 붙잡고 계단에 주저앉았다. 기침이 날 것처럼 목구멍은 뭔가 뜨겁고 텁텁한 느낌이 나는데, 뭔지 알아내기도 전에 눈물이 양쪽 눈에서 볼을 따라 흘러내렸다. 맘 알아주는 사람 하나 없는 10대 소녀처럼 계단에 앉아 울었다. 사람들은 울고 있는 이상한 외국인과 사진 찍으려고 줄서 있었다. 상관없었다. 그저 나만의 세계에 잠시 빠져 있었다. 우리가 1위였다. 그 모든 걸 겪었던 우리가 1위에 오른 것이다.

연장 10회말

N **민수진**은 나처럼 매 경기마다 목동야구장에 있었다. 언젠가 경기가 끝나고 주차장에서 마주쳐 머리로만 수천 번 반복한 멋진 대사가 대화로 이어지고, 언제 차나 한 잔 하자고 묻는 게 꿈이었다.

2012년 6월 14일. 대한민국 서울특별시 목동야구장 주차장.

한 반쯤 취했다. 넥센이 지고 있을 땐 조금 무리하는 편이다. 5이닝 동안 5실점. 김병현에게 힘겨운 등판이었다. 6회에 이택근과 박병호가 백투백 홈런을 치기 전까지 타선은 침묵했다. 그런데 김상수와 이보근이 4점을 더 내 줘 KIA가 9대6으로 승리를 가져갔다. 경기는 끝났지만 아직 많이 남아 있는 맥주 하나를 다 끝내려고 '영웅신화' 회원 몇 명과 회랑에 모여 불펜진에 대한 불만을 쏟아냈다. 경기를 지면 모두 한 마디씩 하기 마련이다. 다들 잘 가라고 한 뒤 캔을 쓰레기 더미에 던지고 집으로 향했다. 안 좋은 기분과 알콜에 흐려진 판단력 때문인지 연석에서 주차장 차로로 넘어서는 순간 왼쪽에서 오는 차를 보지 못했다. 타이어 마찰음과 함께 고개를 들자마자 커다란 헤드라이트 두 개가 나를 향해 돌진하고 있었다. '젠장, 이게 끝이구나' 싶었다. 사고 뒤처리 현장의 광경처럼 고통스럽지 않은 죽음을 바라며 눈을 질끈 감았다.

차는 내 우측으로 방향을 틀면서 부드럽게 멈췄다. 구부린 어깨를 펴고 눈을 뜨자 바로 앞에 조수석 창문이 내려가는 게 보였다. 갸름한 얼굴에 긴 갈색 생머리의 아리따운 여성이 핸들을 잡고 있었다. 우리 치어리더 이주연 씨였다.

"엇, 테드쩡! 바이 바이~~~"

이렇게 외친 후 사라졌다.

.

.

.

'이런… 내 이름을 아네.' 속으로 생각했다.

다음 날도 같은 일이 벌어졌다. (이번에는 조심스럽게 차가 오는지 양쪽 방향을 살피며) 귀가하는데 뒤에서 누가 오더니 어깨를 살짝 치는 게 아닌가. 키는 나보다 조금 크고, 웨이브 진 빨간 머리에, 어르신이 잃어버린 청춘에 대해 통곡하게 만들 미소를 지닌 마른 체형의 여자였다. 처음엔 알아보지 못했지만 입을 여는 순간 치아 교정기가 눈에 들어왔고, 내 심장은 박병호의 홈런처럼 구장 좌측 담장 어디론가로 튀어 나가버렸다. 넥센 배트걸 민수진 씨였다.

배트걸(bat girl)은 준연예인이나 다름없다. 왜 그런지는 잘 모르겠다. 한국 남성들이 좋아하는 두 가지, 각선미와 야구를 간편하게 묶어 놓은 게 아닐까. 그녀들은 매년 카메라의 주목을 재빨리 독차지해버린다. 모델계에 입문하는 지름길이다. 며칠 전에는 MBC가 여름 방학 아르바이트에 대한 집중 취재를 위해 야구팬들에게 수진 씨에 대해 물었다. 내가 농담반 진담반으로 "아주 예뻐서 결혼하고 싶어요." 라고 대답한 것도 찍어갔다. 자신도 모르게 시선을 끌어 보려고 더 멋진 모습을 위해 노력할 정도로 아름다운 사람을 만나 본 적이 있는가. 일을 더 열심히 하거나, 요리를 배운다거나, 정말 어려운 외국어에 매진해 우연히 나누게 된 대화에서 멋진 인상을 심어주고 싶어질 정도의 그런 외모 말이다. 민수진은 내게 그런 존재였다. 넥센 게시판에 올라온 사진들을 처음 봤을 때부터 제대로 반해버렸다. KBS 〈아이 러브 베이스볼〉의 최희 아나운서[1]만이 그에 버금가는 외모를 지녔다. 그런 분은 나와 거리가 멀다. 반면 민수진은 나처럼 매 경기마다 목동야구장에 있었다. 언젠가 경기가 끝나고 주차장에서 마주쳐 머리로만 수천 번 반복한 멋진 대사가 대화로 이어지고, 언제 차나 한 잔 하자고 묻는 게 꿈이었다. 물론 이것보단 좀 덜 진부한 버전으로 말이다.

"테드쩡, 안녕하세요. 음… 저 누군지 아시겠어요?"

그녀가 입을 열었을 때 나온 말이다.

대답도 못하고 난 이상한 끙끙대는 소리만 냈다.

그녀는 표정이 안 좋아졌지만 다시 얼굴을 펴고 말했다.

"저 배트걸 민수진이에요."

"… 정말요?"

솔직하게 털어놓고 자시고 하지도 못했다.

"어, 안녕하세요… 그게… 저… 만나서 반가워요."

"안녕하세요. 네… 음… 그러니까…."

"저는… 테드쩡입니다. 그… 넥센…."

"네, 알아요… 티비에서 봤어요. 응원하는 거."

---

1) 현재는 XTM '베이스볼 워너비'에 출연 중.

"아, 정말요? 우와. 영광… 이에요."

.

.

.

이렇게 말하고 다시 교정기을 드러내며 미소를 지었다. 그런 다음 뒤돌아 유은하 씨(원정 팀 배트걸)에게 뛰어갔고, 둘은 아이스링크 쪽으로 사라졌다.

"안녕히 가세요…."

힘없이 말하고 다시 가던 길로 향했다. 그리고 이 어색한 광경을 쭉 지켜본 '히어로즈 사랑 영원히' 회원 몇 명과 마주쳤다.

"테드랑 같이 얘기 나누고 싶어 했던 거 같은데?"

한 명이 입을 열었다.

"같이 얘기 나누고 싶어 했다는 거 알아요. 고마워요."

내가 딱 잘라 대답했다.

"그런데 왜 더 얘기 안했어?!"

다그치며 물었다.

"왜긴 왜에요. 바보 멍청이니까 그렇죠."

얼마 남지 않은 금요일 밤을 오목교역 근처 '알콜 트리'라는 바에서 보내며 나는 왜 무대에선 수천 명 앞에는 용감하게 나서면서 예쁜 여자가 말을 걸면 대답을 제대로 못하는지에 대한 고뇌에 빠졌다. 때로는 나도 나자신을 알 수가 없다.

모히토 세 잔째에 들어서 이게 다 뭐 하는 건가 싶었다. 이 소생에 대한 김병현의 간소한 대답이 어떤 영향을 미쳤는지 명확해졌다. 유명해진 거다. 팬도 선수도 나를 알고, 이젠 언론마저 내게 접촉하기 시작했다. BK에 대한 기사가 올라온 바로 그 날 세 건의 인터뷰 요청이 들어왔다. 6월 1일부터 올스타전 할 때까지 넥센 경기 중계마다 거의 매번 비춰 준 것과 더

불어 SBS 〈8시 뉴스〉, SBS 〈모닝와이드〉, MBC 〈100분 토론〉, 아리랑티비 〈인사이트〉, MBC 〈스포츠 투데이〉, MBC 〈뉴스데스크〉, 채널A 〈잠금해제 2020〉에 소개되었다.

브라운관에만 노출된 건 아니다. 라디오 방송에도 두 차례 출연했다. TBS eFM 〈스포츠 위켄드〉라는 영어 프로그램과, SBS 러브FM 〈한수진의 SBS 전망대〉라는 한국어 프로그램이었다. 중앙일보는 나에 대한 기사를 2개 국어로 내보냈다. 김우철 기자가 "파란눈 응원단장 '한국 야구, 양키스보다…'"라는 제목으로 아마추어 응원단장으로서의 삶을 전부 다루는 단독 기사를 냈는데 최초로 '짱'에서 '찡'으로 고쳐 불러줬다. 네이버의 온라인 출판물인 〈매거진S〉는 "프로야구의 주인, 야구를 말하다"라는 제목으로 기사화 된 난상 토론을 진행했는데 넥센 팬 대표로 선정되었다.

분명히 말하지만 '긍정적인 노출'만 있었던 건 아니다. 어떤 발언을 할지 전혀 준비하지 않은 채 〈100분 토론〉에 출연한 적이 있다. 한국어 교육을 받은 건 1년, 여기에 한국에 거주한 게 1년 이상. 일상생활은 비교적 큰 어려움 없이 지냈다. 내 생각에 일대일 대화는 괜찮았지만 화자가 늘면 늘수록 대화 내용을 따라가는 데 큰 어려움이 있었다. 지나고 나서 보니 여

러 명의 전문가들이 복잡한 논제를 놓고 일정 시간 안에 토론하는 심야 생방송 프로에 출연하는 게 아니었다. 유명세를 한번 맛보고 나자 방송 한번 타는 게 절실했던 시절이다. 대화 내용에서 이해하지 못한 게 20%였는데 '방청객 질문' 시간이 되자 신동호 사회자는 바로 나를 지목했고, 시청자 앞에서 위기 상황에 이승엽을 상대하는 신인마냥 이러지도 저러지도 못하는 모습을 보여 주고 말았다.

문장을 제대로 구사하지 못하는 모습이 너무나도 볼 만했는지 말실수와 말 더듬는 모습을 '일간베스트' 유저들이 하나의 하이라이트 영상으로 편집해 게시했다. 수천 번 조회되고, 수백 개의 댓글이 달렸는데 대부분 "미국인은 멍청하고 한국을 떠나라"는 내용이었다. 그들이 사용한 인종차별적인 욕설보다 나를 미국인으로 알아본 게 더 화났던 걸로 기억한다. 이러면 나도 인종차별자가 되는 건가. 어쨌거나. 부끄럽고 나에겐 대재앙이나 다름없던 그 순간 이후 〈SBS 전망대〉에선 그나마 선방할 수 있었다.

왜 가장 지기 싫어하는 팀이 LG냐는 대한 질문에 재치 있게 대답해보려고 고등학교 시절 일화를 꺼냈다. 2005년에 부모님으로부터 최신 LG 6190 휴대폰을 선물 받았던 이야기이다. 최초로 영문 패스탭(fastap) 자판을 도입한 폰인데다 주황색에 은색이었다. 정말 마음에 들었다. 그런데 사용하고 보니 전혀 쓸 만한 물건이 되지 못했다. 불만족할 것도 많은 현대인의 삶이지만 그걸 40만 원짜리 폰을 통해 깨닫고 싶진 않았다. 생방송에 들어가서는 "넥센이 LG를 이길 때마다 그 쓰레기 폰에 버린 돈에 대한 복수"라고 말했을 거다. 말해 두지만 같은 문장을 영어로 표현하면 그렇게 자극적이지는 않다. 이에 대한 반응도 뜨거웠다. LG 제품으로 비슷한 경험을 겪은 사람들은 이렇게 재미있는 답변은 처음이었다고 말했다. 나머지는 공식적인 자리에서 지나친 발언을 한 것에 대해 사과해야 한다고 했다. 이렇게 하나씩 배워 나갔다.

차를 갖고 출근하지 않는 경우엔 지하철을 이용했다. 야구장으로의 이동을 최적화하기 위해 거주지를 신도림으로 택한 거였다.

2012년 6월 19일. 대한민국 서울특별시 서울오토갤러리.

세일즈맨으로부터 키를 받자마자 활짝 열려 있는 운전자석으로 들어가 고급스런 가죽으로 된 시트에 앉은 뒤 시동을 켰다. 나는 이제 거의 새 것이나 다름없는 2009 현대 투스카니의 자랑스런 주인이었다. 뭐, 포르쉐 같은 명차는 아니지만 부모님의 차도, 동생들과 같이 쓰는 차도 아닌, 나만의 애마였다. 나만의. 차문을 닫고 기어를 넣은 후 주차장을 빠져 나왔다. 양재대로로 빠지고 나서 액셀을 밟았다. 부릉부릉. 마력에 비해 소리만 큰 엔진이었지만 기어 최고단에서의 스피드는 충분히 빨랐다. 밝은 대낮이라 길이 한적해서 한동안 질주했다.

새 직장에 대한 불만이 있었다면 사무실이 저 멀리 용인 기흥IC 부근에 있었다는 점이다. 대중교통으로 닿을 수 없어 자가용이 필요했다. 희소식이라면 적지 않은 연봉에 유류비까지 제공되어 차값을 금방 지불할 수 있을 거라는 거다. 다시 일할 수 있어서 기뻤지만 다시 가르칠 수 있어서 기뻤다고 하면 거짓말일 것이다. 이전 학교에서 겪었던 일 덕분에 문법책을 여는 건 따분하기 짝이 없었다. 그럼에도 불구하고 5시에 일어나 사무실까지 운전하고, 억지 미소를 지으며 7시 45분에 수업을 시작했다. 그렇게 해야만 했다. 그러지 않으면 굶어야 했으니까. 최악의 경우 고향으로 돌아가 넥센 야구 없이 편안한 여생을 보낼 수밖에 없다.

한라그룹과 일이 잘 안되고 나서 만도에서 다시 연락이 와 거절할 수 없는 조건을 제시했다. 동일한 근무 시간에 연봉을 두 배 받거나 지금의 연봉으로 절반만 일하라는 거였다. 여기에 겨울마다 사내 응원단원으로 활동할 기회가 주어졌다. 후자를 택했다. 야구와 아이스하키를 관람할 시간이 생기니까. 사무실엔 월 · 수 · 금요일에만 출근했고, 화 · 목요일엔 '전화영어' 강사로 일했는데 굳이 사무실에서 할 필요는 없었다. 즉, 이례적으로 평일에 원정을 갈 수 있게 된 것이다.

차가 있으니 야구장으로 가는 게 수월해졌다. 사무실은 경부고속도로와 붙어 있었기에 출근하는 날이면 북으로는 잠실, 남으로는 대전으로 바로 향할 수 있었다. 인천 경기인 경우 서쪽에 영동 고속도로를 타면 바로 문학야구장 근처로 빠질 수 있었다. 대구나 부산 경기일 경우 광명역까지 가서 차는 세워 두고 KTX를 타면 대구시민야구장엔 경기 시작 시간까지, 부산사직야구장까진 3회가 진행될 때 도착할 수 있었다. 광주는 조금 까다로워서 수요일에 벌어지는 2차전은 보통 넘겨버렸다.

차를 갖고 출근하지 않는 경우엔 지하철을 이용했다. 야구장으로의 이동을 최적화하기 위해 거주지를 신도림으로 택한 거였다. 1호선과 2호선이 교차하는 신도림역은 문학운동장역까지 19정거장(51분), 종합운동장역까지 16정거장(36분), 오목교역까지 4정거장(16분)이고, 지방으로 가는 새마을이나 무궁화를 탈 수 있는 영등포역까진 딱 한 정거장이다. 이 두 종류는 야간에도 운행하기 때문에 당일치기 여행도 가능하다. 2012년 여름엔 세 시간의 경기를 보기 위해 10시간이나 기차에서 시간을 보낸 것도 여러 번이다.

결국 이렇게 해서 2012년에 115경기나 볼 수 있었던 거다. 정말 피로가 많이 쌓인다. 밤늦게 자고, 아침 일찍 활동한 거에 대한 대가를 톡톡히 치렀다. 내 음주량도 몸 상태에 큰 도움을 주지 않았다. 스트레스를 극복하기 위한 방법이었지만. 그리고 8월이 되자 일보다 취미에서 받는 스트레스가 더 많았다. 일정이 너무 빡빡해서 그나마 운동이 되었던 댄스 수업마저 포기했고, 날씨가 더워지는 동안 건강이 악화됐다. 격주에 한번씩 병원에서 감기 주사를 맞거나 수액을 맞고 있었던 거 같다. 생활을 이대로 유지할 수만 있다면 상관없었다. 정말 재미있었으니까. 이 회고록을 쓰면서 일기를 훑어보면 요약한 문구들이 마치 HD영상 파일명과 같은 역할을 하며 그때 그 상황으로 바로 안내한다. 다음은 6월 26일자 일기이다.

"분당 보충 수업 진행함." 화요일에? 아, 맞다. 하루 전 날 서울 외곽순환도로 터널에 사고가 발생해 안양IC에서 한 시간 넘게 기다렸다. 덕분에 수업 하나를 빠지게 돼 일정이 없는 날 보충수업을 잡게 만들었다.

"집으로 돌아가다 의왕에서 길 잃어버림." 신갈JC 근처 어딘가에서 잘못 빠졌다가 진입로를 찾으려고 영동고속도로를 20킬로미터나 달려버렸다. 북수원IC에서 서쪽으로 가면 나무로 덮인 평범한 구릉지뿐이다. 내가 달리고 있던 도로는 반월저수지변에 닿았는데 수면에 반사된 햇빛이 매우 아름다워서 차를 세우지 않을 수 없었다. 갓길에 세워 놓고 가드레일을 넘어 물가에 풀이 잘 자란 자리를 찾아 신발을 벗었다. 바깥이 31도였는데 발을 담그자마자 시원함이 몸을 타고 올라와 가슴에서 편안해지는 걸 느꼈다. 너무 덥지도 너무 쌀쌀하지도 않은 완벽한 조화를 느꼈다. 밥 먹은 지 한 시간 조금 넘었지만 졸음을 깰 수 있을 만큼의 적당한 양의 커피도 마셨다. 그냥 이대로 있고 싶었다.

성인이 되면 완벽한 만족감이 드는 순간은 드물다. 어릴 땐 모든 게 단순했다. 아이스크림 하나가 모든 걸 해결해줬던 시절이 기억나는가. 그런데 크면 행복해도 행복하지가 않다. 늘 괴롭히는 뭔가가 존재한다. 오늘 고민하는 걱정이 아니라면 내일을 고민하는 걱정거리들이다. 우리는 그렇게 프로그램 되어 있다. 그러나 그 순간만큼은 그 무엇도 눈에 들어오지 않았다. 심지어 넥센도. 저수지 서편 기찻길 밑에서 낚시를 즐기는 어르신 외에는 나 혼자였다. 매우 고요해서 어르신이 낚싯줄을 던질 때 릴 돌아가는 소리가 들릴 정도였다. 어릴 적 아버지께서 낚시하러 함께 데리고 가셨던 때가 떠올랐다. 1A 고속도로를 타고 캔모어 방면으로 가는 길에 있는 작은 호수로 얌누스카(Yamnuska)산을 등진 곳에 위치했다. 한번은 거기에서 야생 비버를 본 적이 있다. 당당하게 헤엄치는 모습은 한 국가를 상징하는 동물이라 해도 부족하지 않을 정도였다. 호수면이 너무 고요한 나머지 비버 꼬리 끝에서 난 물결이 호수 전체를 덮어버렸다. 나는 저수지 맞은편에 앉아 낚시꾼 어르신을 구경했다. 무게가 실린 낚싯줄은 마치 앞선 비버 이야기처럼 수면을 간지럽혔다. 곧장 그리움에 사로잡혔다. 이렇게 고요한 곳도 몇 년 만이었다. 서울은 꽤나 시끄러운 곳이라 일반 시민들의 사전에 '고독'이라는 단어가 존재할까 싶을 때가 있다. 걱정거리로부터 멀어질 수 있는 녹지를 찾더라도 꼭 거지같은 노래를 크게 틀어 놓은 채 자전거를 타는 머저리들이 사색을 방해한다. 문장에 쓸데없이 들어간 쉼표처럼 거슬린다.

"동기, 은별이와 경기 관람. 히어로즈가 두산을 13대3으로 승리." 이건 정말 기억나지 않는다. 아마 점수 때문이 아닐까. 이런 식으로 점수차가 너무 벌어지면 관심을 꺼버리는 경향이 있다. 게다가 동기와 같이 있었으니 아마 (술로) 무리하게 달리고 있었을 거다. 그래도 난 기록을 남기는 데 있어서 꼼꼼하다. 직관한 경기의 중계 영상은 전부 다운로드 받아 나중에 참고할 수 있도록 득점 상황과 내가 나온 장면을 편집하고, 온라인 기록지를 html 파일로 영상 파일과 같은 폴더에 저장한다. 이렇게 하면 혹시나 기억력이 받쳐 주지 못하는 상황에서 참고할 수 있는 게 생긴다. 물론 시간을 많이 잡아먹는 일이지만 도서 계약을 제안 받았을 땐 정말 고생한 보람을 느꼈다. 6회에는 서건창이 2루타를 치자마자 301블록 뒤편에서 하얀색 '英雄' 깃발을 흔드는 모습을 몇 초 간 방송을 탔다. 기록지를 보면 눈에 들어오는 게 딱 두 가지였는데 김민성이 시즌 첫 홈런을 친 것과 김병현이 승리를 올린 것이다. 아! 그리고 '이것'. 이것을 어떻게 잊을 수가 있을까?

경기 후 곱슬머리의 잘생긴 남자가 자전거 거치대 쪽으로 다가와 "어이, 테드. 잘 지내?"라면서 서로 주먹을 부딪치며 인사를 나누고, 10분 간 영어로 대화. 동기와 은별은 침묵. 그가 떠난 후 동기에게 "방금 저 사람 정수성 선수 닮았다."고 했더니 동기 왈, "정수성 맞잖아, 이 바보야."

말해 두지만 텔레비전으로만 경기를 보면 이런 이야기는 나오지 않을 것이다.

N 눈이 멀었다면 목소리만 들어도 지금의 미모를 연상했을 것이다. 온 신경을 진정시키는 목소리. 야수를 잠재우거나 방랑 작가 겸 응원단장 지망생이 유랑 생활을 접고 아이들 자장가 불러 주는 걸 듣기 위해서 정착하게 만들 목소리이다.

2012년 7월 21일. 대한민국 서울특별시 KBS미디어센터.

이번에는 망치지지 않으리라. 첫 텔레비전 생방송은 참사였지만 이번만큼은 준비했다. 예상 질문에 대해 준비한 답변들과 필기해 놓은 노트를 들고 녹화 2시간 전에 스튜디오에 나타났다. 문제가 생기면 해결해 줄 측근도 있었다. '히어로즈 사랑 영원히' 회원 세 명. 윤창이 형, 승권이, 그리고 기똘이. 이 날은 여신님을 만나는 날이고, 유창한 한국어로 좋은 인상을 남겨야 했다.

KBS 〈아이 러브 베이스볼〉 스튜디오에서 진행한 올스타전 생방송 중계에 출연 요청을 받은 것이다. 솔직히 올스타전이라는 거엔 관심 없다. 사실 한 인터뷰에서는 "거액 구단들이 스폰서들을 쥐어짜며 브랜드 홍보를 대놓고 해대는 의미 없는 인기 대결이고, 어린이와 '야구'의 '야'자도 모르는 사람들이나 '야구'로 부르는 반쪽짜리 구경거리"라고 부른 적이 있다. 그러나 최희 님을 만나기 위해서는 그런 발언 정도는 취소할 수 있다. 이렇게 말하자. 최희 님을 만나기 위해서 신체의 일부를 절단하는 거 외엔 무엇이든 했을 거다.

〈아이 러브 베이스볼〉은 내가 유일하게 시청하는 텔레비전 프로그램이다. '유일한' 프로그램. 당시 집에 텔레비전은 없었고, 필요성을 느끼지 못했다. 야구밖에 보는 게 없으니. 게다가 그 해 직관 100경기 돌파를 바라보고 있었다. 그런데 '히어로즈 사랑 영원히' 커뮤니티 회원이 된 이후 '뒤풀이'에 참석하기 시작했고, 음식점은 항상 〈아이 러브 베이스볼〉을 틀어 놨다. 우리가 항상 기다리는 프로그램이다. 리그가 어떻게 돌아가는지 볼 수 있는 기회였고, 친구들과 좋아하는 팀의 하이라이트를 침착하게(또는 좌절하면서) 기다린 뒤 승리(또는 굴욕)를 다시 체험할 수 있다. 이 나라의 야구팬이라면 모두 공유하는 경험이다. 일상의 푸념들이 좋은 음식, 좋은 사람, 그리고 적당한 양의 소주로 연장되는 한국 밤 문화의 오랜 전통 중 일부이다. 야구 하이라이트가 나오지 않거나 다른 야구 프로그램이 나오면 형들이 KBS스포츠로 채널을 돌렸다. 적어도 거기에서는 최희 아나운서를 볼 수 있었기 때문이었던 것 같다.

'야구 여신'이라는 별명에 만족하는 느낌은 아니었지만 (이런 감언을 받아들이기엔 너무나도 겸손한 여성이다) 이 나라에서 말 그대로 숭배의 대상이라는 점에서는 맞다. 딱 보면 알 것이다. 그녀의 아름다움에 대한 정성적 관찰 의견을 나누자면 그녀의 미소를 최고로 꼽고 싶다. 입술과 치아만으로 웃는게 아니다. 눈웃음. 햇빛만큼 밝고 크며 따뜻한 면이 있다. 어느 곳을 바라보든 빨려들 것 같은 시선으로 집중해서 바라보는 듯한 여신스러운 눈빛을 갖고 있다. 마치 추종자들에게 관심 주는 것보다 더 중요한 일이 있는양 관중 속에서 또는 카메라 상에 보일 수 있는 그런 일부 연예인들의 '거리감'이 그녀에게는 없다. 그러나 내가 마음에 들었던 건 목소리였다. 눈이 멀었다면 목소리만 들어도 지금의 미모를 연상했을 것이다. 온 신경을 진정시키는 목소리. 야수를 잠재우거나 방랑 작가 겸 응원단장 지망생이 유랑 생활을 접고 아이들 자장가 불러 주는 걸 듣기 위해서 정착하게 만들 목소리이다. 근데 이야기가 너무 다른 데로 흘렀다.

다시 본론으로 돌아와서, 나는 〈아이 러브 베이스볼〉 세트장에서 친구들과 타구단 팬 대표들과 있었다. 무대 담당자가 들어와 우리를 준비시키고 대사를 한번 얼른 집고 넘어간 다음 30분 후에 방송이 시작된다고 하였고 40분 후에 드디어 최희 아나운서가 등장했다. 균형 잡힌 걸음으로 술술 미끄러지듯이 활보하며 들어오는 게 마치 퍼레이드에서 행진하는 듯 했다. 지나가는 모습에 촬영장의 모든 사람들이 박수를 치는 게 마치 데뷔탕트볼[2]에서 호명될 때의 장면이다. 단상 뒤에 자리를 잡고, 무대 오른쪽에 나를 향해 위에서 언급한 미소를 지으며 입을 열었다. "앗, 테드 씨. 안녕하세요." 몇 년 전에 시카고 컵스 경기를 보러 시카고 레이크역(Lake Station)에서 리글리필드로 향하는 홍색선 전철을 기다리고 있는데, 예수님과 대화를 나눴다는 노숙자를 만났었다. 그 사람과 다시 마주치면 '야구 여신'과 잡담을 나눴다고 이야기해 줄 거다.

우리는 경기 전 프로그램을 진행했다. 난 내 역할을 다했다. 그리고 나서 올스타전을 관람했다. 나쁘지 않았던 것 같다. 강정호가 홈런을 치고, 서건창이 번트왕 행사에서 2등을 했다. 기억나는 게 이 정도. 정서적인 유대관계가 없는 일에 대해서는 머릿속에 저장해 놓지 않는다. 그 날 절대 잊지 못하는 건 최희 님 옆에 설 수 있는 기회를 마침내 얻었다는 것, 함께 사진 찍은 것과 직접 칭찬해 드린 일이다.

내겐 기념비적인 순간이었다. 그 분과 함께 찍었다는 것뿐만 아니라 그 사진을 게시해서 일어난 일 때문이다. 11월부터 시작한 내 페이스북 페이

---

2) Débutante ball. 서양 상류층 자녀의 성인식.

지가 천 개의 '좋아요'를 받았다. 여자친구는 없는데 '팬'이 1,000명이라는 건 참 묘한 기분이지만 당시만 해도 사랑 받고 있다는 느낌은 받았다. 처음으로 내 자신이 '유명하다'는 걸 느꼈다. 국민들의 사랑을 받고 있는 텔레비전 유명인이 날 알아 봤고, 전국의 시청객 앞에서 내 이름을 호명했다. 게다가 하루에 세 개 방송사에서 동시에 등장하게 됐었다! 〈아이 러브 베이스볼〉을 촬영하는 동안 MBC 〈뉴스데스크〉와 채널A 〈잠금해제 2020〉에서 나에 대한 기사를 보도했다. 연예계에서 성공하려고 노력할 때 이것

만큼 좋은 날이 있을까. 15분 넘게 방송을 탔고, 자랑스러웠다.

그 도취감은 그리 오래 가진 못했다. 7월에서 8월로 넘어가면서 그 느낌은 시들고, 히어로즈의 운세도 여름비와 함께 말라버렸다.

N 경기는 졌지만 시즌이 끝났다고 느낀 관중은 없었다. 그럴 가능성은 거의 없었다. 박병호는 불이 막 붙었고, 우리는 거기서 나오는 연기를 본 것이었다.

2012년 8월 1일. 대한민국 인천광역시 문학야구장.

9회초. SK에게 11대3으로 뒤져 있는 상황에서 박병호가 히어로즈의 첫 타자였다. 난 무대에 섰다. 이런 상황에선 보통 마지막 공세를 위해 자리에서 일어나 응원하게 하기(한국 야구의 전통) 참 힘들다. 그런데 이번만큼은 시킬 필요가 없었다. 방송으로 박병호의 이름이 나오는 순간부터 일어나 있었다. 바로 하루 전 18호 홈런을 쳐 강정호와 함께 홈런 공동 1위에 올랐다. 강정호는 6월 16일 이후 홈런이 없었고, 후반기에 들어 방망이가 굉장히 침묵해버렸다. 박병호는 이 날 2타수 2안타, 전부 홈런이었다. 홈런 20개로 단독 1위에 올랐고, 세 번째 홈런도 가능할 것 같았다. 이렇게 사람이 '흐름'을 타면 저 멀리서도 보인다는 사실 아는가. 자세부터 굉장히 차분한 것이 텔레비전 중계 영상을 보면 그의 눈은 마치 시공을 초월하여 일부가 주장하는 파이(π)의 순환 마디나 모세오경의 패턴과 같은 불가사의한 진리에 도달할 것 같은 모습이다. 호루라기를 불기 시작하자 함성은 지고 있는 게 맞나 싶을 정도로 우렁찼다.

SK 박정재의 제1구는 볼. 다음 1-0 카운트에서 한 가운데로 던진 것을 박병호는 마치 예언을 실현시키듯이 낚아챘다. 철봉에서 내리기를 시도하는 체조 선수처럼 손에서 배드가 빠져나오고, 타구는 우중간 외야식 어딘가에 착지했다. 이런 날을 볼 수 있게끔 태어난 것에 감사했다. 박병호는 그 해 10개를 더 쳤고, 홈런왕을 석권할 수 있었다. 점수에서 볼 수 있듯이 경기는 졌지만 시즌이 끝났다고 느낀 관중은 없었다. 그럴 가능성은 거의 없었다. 박병호는 불이 막 붙었고, 우리는 거기서 나오는 연기를 본 것이었다.

전 룸메이트이자 맥길대학교 응원 밴드의 트롬본 연주자였던 코리 벤슨 (Cory Bensen, 6회 참고)은 "판도라의 상자에서 나온 것 중에 최악은 희망"이라고 늘 말한다. 이건 그와 브라운관 밖에서 본 가장 드라마틱한 '밀당' 관계에 있는 특정 갈색 머리녀를 지칭하는 얘기였다. 코리는 2000년대 초에 '이모(emo)'라 불린 부류의 친구였고, 그 우화를 잘못 이해한거라고 늘 생각해 왔다. 그런데 그 날 밤으로부터 얼마 지나지 않아 코리가 무슨 뜻으로 그런 말을 했는지 이해하기 시작했다.

N 무등야구장의 매력은 순전히 인류학적이라고 생각한다. 사람들이 이렇게 대충 쌓아 올린 곳에서 편하게 앉아 경기를 즐길 수 있다는 데 완전히 매료되었다.

2012년 8월 7일. 대한민국 광주광역시 무등야구장.

네 시 반쯤 넥센 버스들이 무등로 주차 공간에 일렬로 섰다. 화요일이었고 더웠다. 34도의 맑은 날. 선수들은 퇴각하는 군인의 얼굴로 버스를 내렸다. 인사를 건네는 선수가 있는 반면 나머지는 나를 그저 반대 방향으로 걸어가는 행인으로 간주했다. 후반기에 들어 4승 8패였고, 지난 3주 안에 광주에서 벌어진 두 번째 3연전이었다. 순위는 저 아래 6위까지 떨어졌지만 승률은 5할(44승 2무 44패), 3위 롯데(45승 4무 41패)와는 단 두 경기차였다. 역대 가장 치열했던 플레이오프 경쟁이 아니었을까 싶다. 사람들은 가을 야구를 위한 여정을 목격하기 위해 경기장을 채웠고, 모든 구단이 매달 관람 인원 신기록을 세웠다. 매일매일이 짜릿해 두 주먹을 꽉 쥐고 두근거리는 마음으로 경기장을 다녔다. 그런데 지금 이 장소에 있는 순간은 별로 그렇지 못했다.

이 글을 읽을 때쯤이면 전부 밀어버리고 주차장으로 만들었을지도 모르겠지만 당시 무등야구장은 인조 잔디로 된 조그만 필드를 둘러싼 (주차장만큼이나 낮았던) 원시적인 콘크리트 더미였다. 그곳의 상태를 영어로 표현하자면 'dilapidated(다 쓰러져 가는)'와 'derelict(버려진)' 사이 어디쯤이다. 대구의 시민야구장과 비슷한 외관이었으나 제대로 작동하는 변기는 3분의 1도 안 됐다. 한국전쟁 이후에 지어진 일부 건물들은 단순하고 질서가 있어 'quaint(예스러운)'이나 'charming(매력적인)'이라는 단어로 묘사할 수 있겠지만 무등야구장의 매력은 순전히 인류학적이라고 생각한다. 사람들이 이렇게 대충 쌓아 올린 곳에서 편하게 앉아 경기를 즐길 수 있다는 데 완전히 매료되었다. 할머니 댁 창고에서 썩고 있는 나무 판넬로 된 다이얼식 흑백 텔레비전을 접했을 때 느끼는 그런 매료됨 말이다. 물론 응원하는 팀이 잘나갈 땐 거의 아무데서나 앉아서 봐도 상관이 없다. 그리고 타이거즈 구단은 10번 우승할 동안 무수한 경기를 이겼다. 이런 시설임에도 불구하고 우리는 늘 이 구장에 오면 깨졌고, 그 사실 하나만으로 거부감이 들 만했다.

7회초. 넥센이 2대1로 앞선 상황. 타석에는 박헌도. 2-1 카운트에서 한

승혁의 제4구가 몸 쪽 깊이 들어와 박헌도의 벨트 바로 위, 상의 아랫부분을 스쳤다. 문동균 구심이 1루로 가라는 신호를 준다. 의심 많은 관중은 일제히 휴대폰을 켰고, 중계방송 리플레이에서 몸에 닿지 않은 것으로 보이자 투덜대며 야유하기 시작했다. 곧 KIA의 선동열 감독이 덕아웃에서 나와 문동균 구심에게 가차 없이 훈계하고, 나머지 심판들과 상의한 후 갑작스러운 심정의 변화가 있었는지 박헌도를 다시 타석에 세웠다. (참고로 비디오 합의 판정이 도입되기 전이었다. 덕아웃 구석 포근한 의자에 앉아서도 그게 보이다니. 선동열 감독은 정말 예리한 눈을 가진 것 같다.) 어쨌거나 김시진 감독님도 한마디 하시려고 나가는데 최규순 2루심이 끼어들어 모든 구경꾼들을 이해시키기 위해 큰 소리와 함께 커다란 동작으로 상황을 재현하는 것이다. 감독님은 조용히 수용한 뒤 이에 응답하려 하자 최규순 심판이 바로 다그쳤다. 이때부터 상황이 안 좋아졌다. 감독님이 항의하자 최 심판은 감독님의 어깨를 잡아 두 손으로 밀쳤고, 감독님도 그 전설적인 침착함을 잃고 순간적으로 최 심판을 왼손으로 밀쳤다. 이걸로 퇴장 조치를 받았는데, 5년만에 처음이었다.

이 일로 경기의 흐름은 완전 뒤바뀌었다. 넥센 선수와 팬들은 어안이 벙벙했다. KIA는 안 좋아진 분위기를 자신들 쪽으로 유리하게 가라앉혔다. 8회에 손승락을 상대로 2점을 뽑아 역전했고 우리는 9회에 희생 플라이로 동점을 만들었지만 손승락을 구원한 이태양이 만루 상황에서 이성우에게 볼넷을 허용하여 경기를 내 주고 말았다. 밤 11시 영등포행 기차를 탈 수 있었던 나는 식은땀을 흘리며 선잠을 잤다.

목요일 같은 시간 같은 위치에서 버스에서 내리는 선수들을 맞이했다. 나도 많이 지쳐 있었고, 쉬는 날 하루쯤은 휴식을 취하는데 할애하기를 간

절히 원했지만 이 자리에 와야만 했다. 이전 경기를 서울에서 패했었다. 무섭게 덮치는 사기 저하를 막기 위해 뭐라도 해야겠다고 느꼈다. 그것마저 없어지면 아무것도 없는 거나 다름없다.

인사 받아 주는 선수들은 극히 일부였다. 지친 얼굴로 이루어진 긴 행렬 사이에 우리 넥센의 김시진 감독님이 보였다. 감독님은 멈추더니 "아! 테드쨩!"이라고 외치며 악수를 한 뒤 기분이 어떤지 물으셨다. 나야말로 감독님이 어떤지 궁금했다. 늘 (심지어 덕아웃에서도) 선글라스를 착용하시기 때문에 어떤 생각을 갖고 계신지 헤아리기가 어렵다. 그런데 감독님의 목소리가 심상치 않다는 걸 느꼈다. 뭔지 모르겠지만 내가 지나치게 근심한 걸까. 마치 앞으로 닥칠 일에 대해 알고 계신 분위기였다. 다시 악수를 청하고는 어깨를 쳐 주신 뒤 가시는데 우리 시즌이 앞으로 어떻게 될지에 대한 불길한 예감이 들기 시작했다. 생각을 떨쳐버리려고 했으나 더위와 감독님의 목소리, 그리고 수평선에 뜬 위협적인 구름이 경기 내내 나를 괴롭혔다. 폭풍이 오고 있었으나 정확히 언제일지 알 수 없었다.

5회가 되자 3대0으로 뒤지고 있었다. 두 개의 조명탑 사이로 해가 지기 시작하는 모습은 마치 미식축구의 필드 골[3] 장면을 아주 느린 화면을 연상시켰다. 그리고 석양 하늘은 단 몇 분 간 늦여름에 구름이 적당히 있는 날에나 나타나는 기이한 보라색 빛깔을 띠었다. 라일락 꽃잎에서 푸른 멍과 같은 색으로 어두워지는 광경을 지켜보았고, 이내 검은색이 되었다.

필드에서 팀이 지고 있는 모습과 빛이 사라지는 하늘 사이를 오가며 지켜보는데 이때 이미 우리 시즌을, 어쩌면 내 미래를, 얼마나 고통스럽게 비

---

3) Field goal. 미식축구 필드 양쪽 끝에 있는 두 개의 높은 폴 사이로 공을 차서 득점하는 방식.

유하고 있는 지를 인식했다. 그러나 태양은 넘어갈 때 아름다워 보인다. 사람과 그들의 꿈은 그렇지 않다. 해가 지자 비가 내리기 시작했고, KIA가 점수를 5대0으로 벌려 놓자 플레이오프에 또 오르지 못한다는 생각에 세상에서 사라질 것 같은, 상어 밥이 될 찰나에 느끼는 그런 종교적인 공포감이 엄습해 왔다.

그 해 여름만 재미를 느낀 적이 없었다. 물론 이듬해에 더 많은 경기를 이겨 플레이오프까지 가고, 개인적으로 방송도 더 많이 타고, 돈도 더 많이 벌었지만 그때만큼 모험을 하는 듯한 느낌은 없었다. 그땐 모든 것이 그렇게 '새로웠다.' 유목민처럼 한반도를 떠돌았고, 지평선에 우뚝 썬 한국의 도시들은 400년 전 헨드릭 하멜(Hendrick Hamel)이 느꼈을 것 같이 이국적이고 낯설었다. 서울이 저 뒤에서 사라질 때마다 가슴이 뛰었고, 난 어린 아이마냥 창문에 붙어 내다봤다. 끝나지 않았으면 했다. 그렇지만 어떻게 되든 끝은 나기 마련이다.

그날 밤 우리는 KIA에게 스윕을 당했고, 6위 자리를 굳혔다. 더위는 몇 주 간 더 지속됐지만 나만의 가을은 일찍 다가왔다.

연장 11회
또다시 가을은 오고

멘토가 필요했다. 그런데 누구에게 이야기해야 할지 몰랐다. 친구들은 전부 취업하고, 안정만을 목표로 삼는 사람들이다. 어렵지도 않고 연봉도 많이 주는 일을 때려치우고 내 갈 길을 가겠다고 생각하는 것조차도 다들 미쳤다고 생각한다. 같은 딜레마에 빠져 본 사람을 한 명 알고 있었지만 연락하는 게 몹시 두려웠다.

연장 11회초

N 아무튼 배 과장님의 절반만큼이라도 용기를 북돋아 주는 동료는 만나지 못했다. 아이스하키 팀이 내게 주는 의미를 정확히 알았고, 도움이 필요할 때면 늘 달려왔다.

2012년 9월 5일. 경기도 용인시 (주)만도 구 기흥중앙연구소.

자리에 앉아 양승준 단장님께 드릴 마케팅 보고서를 마무리 짓고 있었다. 넥센은 6위에서 빠져나오지 못할 기세였고, 스스로 긍정적으로 보자고 마음을 추스르긴 했지만 앞날을 준비해야 할 시기임을 인지했다. 아이스하키 시즌이 곧 다가왔고, 이를 염두에 둔 채 이 50쪽짜리 보고서를 쓰는 데 여가 시간의 대부분을 할애했다. 사례 연구과 추천서, 원 그래프와 수십 개의 각주로 구성된 안양 한라의 관객 증대 및 영구적인 팬 층 확보 방안에 관한 보고서였다. 사내 '응원단'을 단계적으로 폐지하고, 기존 자원을 활용해 사람들을 효과적으로 끌어들인다는 것이 요지였다. 미묘한 부분도 확실히 전달하기 위해 번역사까지 따로 고용했고, 최종 영문본을 그녀에게 보낼 이메일에 첨부하는 순간 새 메일 한 통이 도착하면서 받은 편지함이 깜빡거렸다.

'Victory Big Bears'라는 계정명으로 된 사내 이메일 주소로 도착해 아이스하키와 관련된 거라 여겨 지체 없이 열었다. 첫 줄부터 느낌이 좋지 않았다. 발송인은 자신을 '안양 한라 응원단장'으로 소개했다. 여태껏 내 직위라고 여겼는데. 큰소리로 "아, 젠장"이라고 하면서 읽기 시작했다. 인사말과 회사의 경기 참여도를 높이겠다는 약속, 그리고 협조에 대한 요청을 담은 내용이었다. 이듬해까지의 안양 한라 경기 일정과 응원단장 순번을 포함한 엑셀 파일이 첨부되었다. 내 이름은 보란 듯이 빠져 있었다. "당황하지 말자." 단순한 오해였을 게 분명하다. 그렇지 않더라도 높은 자리에 지인이 있지 않은가. '아이스하키 구단에 대한 열정'에 근거해 고용해 준 사람들이 나를 어떻게 잊을 수 있을까. 명예로운 응원단장님께 답장을 써 드리기로 했다.

"안녕하세요. 제 이름은 테드 스미스입니다. 지난해 자원 응원단장이었고, (중략) 여기 저를 다룬 보도자료 3건입니다. 응원단에 참여하기 위해 올해 입사했습니다. 어떻게 도와 드릴 수 있을까요?"

이 정도면 됐겠지. 봐라. 아시아에서 몇 년 지내면서 배운 게 한두 가지가 아니다. 여기서 '영역 싸움'을 할 이유가 없다. 암묵적 요지는 분명하다. 검증된 응원단장인데 명단에 없는 것이 기분 나쁘다는 거다. 이제 협조해 줄지 기다리면 된다.

불과 몇 분도 지나지 않아 답변이 왔다.

"와우, 테드쯩. 굉장한 이력이네요. 아쉽게도 지금은 함께할 자리가 없습니다. 내년에 다시 문의해 주시면 자리가 나지 않을까 싶네요."

뭐라고?! 이 사람 뭐지? 윗선으로 바로 가야겠다. 이메일과 엑셀 문서를 출력해 상사에게 갔다. 다시 말하지만 불화를 야기하지 않도록 조심해야 했다. 한국인은 직장생활에 있어 대결구도나 논란은 피한다. 이 나라에서 말썽을 일으키는 사람만큼은 되지 말아야 한다. 이 상황을 정교하게 다뤄야 했다. "음, 선 부장님." 조용히 말했다. "방금 사내 게시판 내용을 봤는데 응원단장 목록에 제 이름이 없는 거 같아서요. 담당자한테 전화해서 저도 포함시켜 주실 수 있나요?"

"아, 그거… 글쎄다. 테드 씨, 잘 모르겠는데… 이미 결정 난 사항인 거 같네. 7월 회의 때 올라온 내용이라…."

얼굴 표정이 좋아 보이지 않으셨다.

"… 7월이요?"

"응, 아니면 6월이었나? 기억이 잘 안 나네. 아무튼 응원단 지원자를 찾아달라는 요청이 있었는데…."

순간 평정심이 깨졌다.

"… 저는요?"

선 부장님은 진정하라는 포즈를 취하셨다.

"자네를 추천했지. 회의 때 자네가 아이스하키 팀 때문에 입사했고, 여기에 참여하고 싶을 거라고 얘기했어. 생각해보겠다고 했었어."

"그래서 어떻게 됐나요?"

"그래서… 좀 지나서 이메일이 왔는데, 잘 안 맞을 것 같다는 식으로 얘기를…."

"그게 무슨 뜻인가요?"

"거 있잖아. 그게 한… 사내 조직활성화 같은 걸 위해(危害) 한다는 거지."

"…그럼 언제부터 알고 계셨던 건가요?"

"뭘 알아?"

"응원단에서 제가 빠진다는 거요. 언제부터 알고 계셨냐고요?"

"뭐, 7월 중순쯤인가?"

"그럼 한 달 넘게였네요… 왜 그때 말씀 안 해 주셨나요?"

"왜냐하면, 내가…."

'왜냐하면 제가 회사 그만둘 줄 알았던 거죠?'라고 말하고 싶었지만 입 밖으로 내지를 못했다. 선 부장님께서도 문장을 이어나가지 못하셨다. 결국 사실도 아닌 말을 해버렸다.

"아닙니다. 괜찮습니다. 저를 위해 최선을 다하셨고, 이 이상 제가 뭘 바라겠습니까? 선 부장님, 개인적인 부탁드리려고 귀중한 시간 빼앗은 거 죄송합니다."

그대로 내 자리로 돌아왔다. 모든 대화내용을 들은 선 부장님의 부하 직원인 배 과장이 따라왔다. 배 과장님은 첫 출근부터 돌봐 주셨다. 영어도 잘했고, 입사하기 전부터 나에 대해 알았던 몇 안 되는 사람이었다. 텔레비전이나 신문에 나오면 자기 아들인 양 주변인들에게 보여주곤 하셨다. 수업을 마치면 배 과장님의 자리로 가서 야구와 내 거창한 인생계획에 대한 쓸데없는 잡담으로 그의 시간을 빼앗았다. 이 젊은이의 몽상에 대해 스폰지처럼 빨아들이곤 "할 수 있다고 생각해요. 그런데 말만 하면 거기까지 못 가요."라고 말씀해 주셨다. 얼른 가서 일하라는 (아니면 당신을 일하게 해달라는) 그만의 표현이었을지도 모른다. 아무튼 배 과장님의 절반만큼이라도 용기를 북돋아 주는 동료는 만나지 못했다. 아이스하키 팀이 내게 주는 의미를 정확히 알았고, 도움이 필요할 때면 늘 달려왔다.

N 이곳은 나를 환영했다. 함께 응원하는 데 누구의 허락도 필요하지 않았다. 모두 같은 유니폼을 입었고, 모두 가족이었다. 단순하고 암묵적 인 인연이다. 자신을 이렇게 받아 주는 곳을 평생 못 찾는 사람들도 있다.

2012년 9월 8일. 대한민국 경기도 안양시 안양종합운동장.

신입사원들이 앉은 자리에서 혼자 눈에 띄었다. 모두 안양 한라의 흰색 원정 저지를 입고 있는 가운데 나만 파란색 홈 저지였다. 안 그래도 외국 인이라 눈에 띄는 건 고사하고 말이다. 사랑하는 팀들을 위해 극동 지역 의 절반을 함께 다닌 'B'를 어깨에 멨다. 북 가죽은 갈라지고 껍질이 벗겨 지기 시작했고, 거기엔 한라 선수들의 싸인이 적혀 있었다. 내 인내심도 북 가죽만큼이나 오늘내일 하고 있었다. 값싼 좌석에 신입들로 이루어진 한 여섯 개의 줄 뒤에는 아마도 이 관중동원을 기획했을 임원들이 모여 있었 다. 아이의 첫 발레 공연에 간 부모들마냥 서서 미소 짓고 있었다. 그리고 정말 첫 발레 공연처럼 뭐가 뭔지도 모르고 있는 한 사람이 선두에 있고 나머지는 무대에 일렬로 서서 긴장한 미소로 주변을 흘끗 쳐다보며 그를 따랐다. 그 사람이 나였으면 하고 간절히 바랐다. 하지만 아니었다. 그 영 예는 응원단장의 것이었다. 며칠 전 메일로 내 코를 납작하게 해 줬던 그 어린 응원단장. 난 드럼라인으로 배정되어 특별히 '진행에 지장을 주지 않 을 것'을 지시 받았다. 뭔 말인지.

배 과장님은 약속대로 나를 구명해 주셨다. 이메일을 보내고, 연락이 보 류되면 기다리고, 심지어 이 어설픈 조직에 억지로 들어갈 수 있도록 쉬는 날 안양까지 달려가서 확인까지 해 주셨다. 담당자의 설명을 들으면 무슨 인천상륙작전인 줄 알았을 거다.

"연세대 응원단이랑 두 달이나 연습했습니다요. 지금 그 스미스는 엄청 뒤쳐져 있는 거잖아요. 와 봤자 방해만 됩니다."

그래도 배 과장님은 그 담당자가 동정심을 느낄 때까지 사정해서 그들 가운데로 인도해 주셨다. 웬만한 단원들보단 내가 적어도 세 살은 많았음에도 불구하고, 엄마의 지령을 받은 형에게 끌려 나온 아이처럼 느껴졌다. 단, 리허설을 하기 전까지 말이다.

연세대학교 응원단의 활동은 아이스하키 경기와 연세로5길[1] 거리 응원을 통해 봤는데 거의 프로 치어리더와 댄서들이나 다름없다. 실제 프로들은 연세대나 고려대학교 응원단 출신으로 알고 있다. 고작 두 달 갖고 이들 수준을 기대하진 않았지만 자기들이 만든 응원가도 제대로 기억하지 못한 채 낄낄 웃고만 있을 거라는 생각은 못했다. 가장 큰 문제는 응원가였다. 전부 16마디로 너무 길었고, 20명의 선수에 대해 각기 다른 곡을 일일이 정해준 거다. 지금까지 언급한 내용만으로 아직 어이없다는 느낌이 들지 않는다면 이렇게 생각해보자. 빙판에는 교대가 거의 이루어지지 않는 골리를 제외하면 포워드(forward)가 세 명씩 들어가는 라인 네 팀, 수비수(defencemen)가 두 명씩 들어가는 라인 두 팀이 각각 수시로 교대한다. 게다가 '평균' 교대 간격은 45초에 불과하다. (보기보다 쉬운 일이 절대 아니지만) 빙판에 뛰고 있는 선수들을 전부 정확하게 파악한다 치자. 그러면 여섯 명 모두 빙판에 나와 있는 45초 중 어느 선수의 응원가를 30초 동안 부를 것인가. 그리고 '스페셜팀(special team)'에 대해선 아직 들어가지도 않았다. 이

---

1) 서울 신촌에 위치한 한 거리의 이름.

래서 골리를 위한 경우를 제외하면 아이스하키에서는 팀 위주의 구호와 응원가를 만든다.

20분 정도의 엉터리 같은 응원을 듣다못해 '응원단장'에게 참사를 불러 일으키고 있다고 조용히 일러 주려고 했는데, 갑자기 문이 활짝 열리고는 또 하나의 일행이 도전장을 내밀었다. 한 계열사에서 누군가가 개막전 응원을 '돕기 위해' 프로 치어리더들을 고용한 것이다. 40대 초반의 위엄 있어 보이는 여성이 스무살 같은 복장을 하고, 좌우로 아이스하키와는 전혀 무관히게 입은 두 명의 아름다운 치이리디를 대동한 채 입장했다. 그러고는 미국 범죄 드라마에서 FBI[2] 요원이 나타나 "여기서부터는 우리가 맡도록 하겠습니다."라고 선언해버리는 장면을 연상케 하는 상황이 벌어졌다. 이제는 페이스오프가 한 시간도 남지 않은 상황에서 23살짜리 남자가 엄마뻘 되는 아주머니와 '응원단 전체'가 보는 앞에서 관할권을 놓고 다투는 광경을 지켜봐야 했다. 실제로 경기가 시작한 뒤에 얼마나 몰상식한 일이 벌어졌는지 독자들도 상상이 갈 것이다.

실수로 화장실 잘못 들어갔을 때의 느낌 있지 않은가. 다 한번쯤 겪어 봤을 거다. 사실 별일도 아닌데 이대로 세계가 멸망해버렸으면 할 정도의 부끄러움을 몇 초 정도 느낀다. 그런 어색한 순간을 두 시간 반으로 늘렸다고 상상해보자. 이 사람들과 함께 한 아이스하키 경기 내내 이런 느낌이었다. 사내 팀워크 활동 기준으로도 형편없었다. 우리가 이기긴 했다. 하이원을 4대2로 눌렀지만 팀의 승리도 절망으로부터 나를 구해내지 못했다. 시즌 내내 이걸 견뎌야만 한다는 것인가? 경기 중간 중간 관중을 장시간 침

---

2) Federal Bureau of Investigation. 미 연방수사국.

묵시킨 이 모든 내부 싸움 외에도 지명 리더라는 사람이 경기 규칙조차 모르고 있었다. 내가 일일이 다 설명해 주고는 멀뚱하게 서서 지시를 받는 게 마치 근사한 음식점에서 시중을 들고 있는 꼴이었다. 그런데 이보다 더한 일들이 기다리고 있었다.

경기 후에 지칠 대로 지쳤고, 보고 겪은 일을 모두 잊기 위해 술이 당겼다. 그래서 드럼라인의 한 여사원에게 물었다.

"다들 이제 어디로 가요? 한 잔 할 사람 없나요?"

"회사 버스 타고 저녁 먹으러 어디론가 가는 거 같아요. 응원단장님에게 물어 보세요. 어딘지 알 거에요."

높은 분들에게 축하 인사를 받느라 정신없는 응원단장에게 다가가서 물었다.

"아, 스미스 씨 죄송해요. 사원만 갈 수 있는 자리로 알고 있어요."

그가 통보해 준 답변이었다.

처음엔 그저 단순한 착각이라고 여겨 지적해 줬다.

"저 사원이에요. 만도에서 일해요. 소개했을 때 얘기한 것 같은데…."

"아아, 제가 말씀 드린 건 신입사원을 말하는 거라…."

"저 신입 사원이에요. 올해 5월부터 시작했어요."

"아, 그럼 알았어요… 음, 그럼 원하시면 제가 담당하시는 분께 동석이 가능한지 여쭤 봐 드릴게요."

"같이 가는 데 특별한 허락 받아야 되요?"

"어… 아마 그러진 않을… 회사 차 타고 가야하니까."

"아니, 그냥 어디로 가는지 말씀해 주세요. 제 차 갖고 갈게요."

"그…래도 여쭤 봐야 할 거 같은데…."

응원단장은 미소와 함께 얼버무리며 말했다.

순간 무슨 말을 하려고 했는지 명확해졌다. 환영하지 않는다는 것이다. 그런데 대놓고 말할 자신은 없고, 내가 납득할 핑계거리를 찾느라 애썼던 거다. 그의 어정쩡한 미소는 희미해지기 시작했고, 마치 영어로 얼굴에 써 놓은 것처럼 그의 생각을 읽을 수 있었다. '왜 눈치없이 아직 안가고 있는 거냐?' 그 속마음을 그냥 모른 채 하고 직접적으로 말할 때까지 밀어붙이고 싶었다. 더 나아가 이유도 듣고 싶었다. 그런데 내 눈을 피해가는 그의 시선을 쫓는 것도 질려버린 나머지 뒤로 물러나면서 말했다.

"저기, 그냥 됐어요. 피곤하네요. 내일 봬요."

"아, 내일도 오세요?"

"그럼요. 작년 홈 경기는 다 갔어요."

"…아, 그렇군요. 그럼 또 봐요."

인사하고 자리를 떴다. 너무 화가 치밀어 오르고 부끄러웠던 나머지 40분은 더 얼굴이 달아오른 채 탈의실 밖에서 내 하소연을 들어 줄 영향력 있는 사람이 나오기를 기다렸다. 기다리는 동안 브록 라던스키(Brock Radunske)[3] 그리고 그의 부인과 마주쳤다.

"테드, 무슨 일이야? 오늘 이겼잖아."

그가 물었다.

"브록, 내가 이 유니폼 입는 모습 이번이 마지막일 거야."

예언하듯이 말하고, 더 이상의 설명은 생략했다. 변정수 회장이 라커룸을 나오는 걸 보자마자 면담을 하기 위해 움직였지만 응원단의 담당자가

---

3) 캐나다 출신의 레프트윙(left wing)으로 한국 국적을 취득한 후 안양 한라와 한국 대표팀에서 활약.

눈치 채고 앞길을 막으며 손으로 가슴을 밀쳤다. 순간 싸움으로 번질 것 같은 생각이 들었다.

"지나가게 해 주세요."

나는 말했다.

"스미스, 어디 감히 회장님하고 얘기하려고. 네가 뭔데? 나한테 얘기하거나 다른 사람들처럼 약속 잡아."

여기에 응원단장이 무슨 영문인지도 모른 채 얼굴에 미소를 띠며 나타나이 대립 구도를 더욱 어색하게 만들었다. 응원단장을 쳐다보고 다시 담당자에게 시선을 돌렸다.

"저 사람 앞에선 얘기 안 해요."

"지금 얘기 안 하면 기회 없어. 어떡할 거야?"

응원단장을 다시 봤다. 이런 말 꺼내기 미안했지만 당장 내 입장을 얘기하지 않으면 밤새 이러고 있을 것 같았다.

"응원을 리드하고 싶어요."

담당자가 비웃었다.

"뭐? 네 혼자?"

"네. 저 사람은 자기가 뭐 하고 있는지도 모른다고요. 무슨 아이스하키 응원단장이 규칙도 제대로 몰라요?"

불행하게도 단장은 얼굴이 붉어진 채 놀라움을 금치 못했다. 나도 안다. 잔인했지만 달리 표현할 방법이 떠오르지 않았다. 담당자는 고개를 젓더니 다시 웃었다.

"그런 일은 없을 거야. 지금 말해 두지만 실컷 따라오는 건 좋은데 '절대' 응원단을 리드하게 될 일은 없을 거야. 자격 미달이야."

·

·

·

"잘 알겠습니다. 시간 내 주셔서 고맙습니다."

이렇게 말하고 인사한 뒤 자리를 떴다. 주차장으로 가서 차 뒷좌석에 북과 저지를 던져 놓고 부천까지 달렸다. '히어로즈 사랑 영원히' 회원들이 SK에게 11대6으로 당한 패배의 상처를 김치찌개와 소주로 달래고 있었다. 불만을 토로할 정신력도 발휘하지 못했다. 온몸에 느낌이 없어질 때까지 마신 뒤 나를 위로해줄 암흑, 즉 잠을 청할 준비가 되어 대리운전을 불렀다.

"아이스하키 응원 간 줄 알았더니…."

"나도 그럴 줄 알았어."

이렇게만 말하고, 더 이상 설명하지 않았다.

"일단 왔으니 편안 데 앉아. 자리가 많이 비었어."

민철이의 자리 바로 아래 줄에 앉아 이번만큼은 미국인들처럼 조용히 관람했다. 점수가 어찌 됐든 눈이 부시든 말든 상관하지 않았다. 이곳은 나를 환영했다. 함께 응원하는 데 누구의 허락도 필요하지 않았다. 모두 같은 유니폼을 입었고, 모두 가족이었다. 단순하고 암묵적인 인연이다. 자신을 이렇게 받아 주는 곳을 평생 못 찾는 사람들도 있다. 지루한 여름날 그걸 단 몇 시간이라도 누렸다는 건 티켓 값보다도 훨씬 값졌다.

N 그리고 **내가** 있었다. 손에 맥주를 들고 방황하는 외로운 외국인. 자신의 일상의 노예이자, 야망의 포로이다.

2012년 9월의 밤. 대한민국 서울특별시 도림천.

도림천은 관악산에서 발원하여 북서쪽으로 흐르며 구로구의 동쪽 경계를 긋는 안양천의 지류이다. 1970년대에는 이 지역 섬유 공장 노동자들이 살던 아파트에서 나온 생활하수를 저장할 수 있도록 개량되는 바람에 경제발전의 희생양이 되어 역사적 가치를 잃고 말았다. 수십 년 간 숨 쉬지 못할 정도로 고약한 오수 구덩이였지만 2000년대 초반 구청 주도의 재개발 사업과 지금은 잘 알려진 구로구 '깔끔이 봉사단'의 끊임없는 노력에 의해 녹지로 복원되었다.

서울 지하철 2호선 지상 구간 쪽엔 아직도 악취가 조금씩 풍기지만 신도림역을 바로 지나면 하천 바닥이 넓어지고 초목이 푸르르며 하늘을 가리는 고층 건물도 보행로를 차지하는 사람도 적다. 산책하기에 최고의 장소이다. 산책을 통해 마음의 평화를 찾는 그런 사람에게는 말이다. 나는 '보행형 사색가'라고 할 수 있다. 정신적 스트레스를 풀기 위해 날마다 먼 거리를 걷는 습관이 있다. 회사를 나갔던 시절엔 자리에 앉기 전에 몇 백 보라도 걷기 위해 사무실로부터 몇 블록 떨어진 곳에 차를 세웠다. 쉬는 날이면 편할 때 일어나 내가 사는 건물의 커피숍을 들른 뒤 도림천에서 신정교까지 2킬로미터나 되는 거리를 걸으면서 하루를 시작했다. 왜냐하면 그곳에서 목동하이페리온이 보였기 때문이다.

스스로 한 다짐은 잊지 않았다. 거의 1년 전 밤에 목동야구장에서 말한 것이 어제 일처럼 아직도 머릿속에 생생하다. 내게 목동하이페리온은 한낱 건물 이상(以上), 즉 이상(理想)의 구현을 의미했다. 거기에 사로잡혀버렸다. 사는 게 힘들어질 때마다 산책하면, 내가 무엇을 위해 이러는지 떠오르게 만들었다. 그러나 여름이 길어질수록 다리 아래 서 있던 장소에서 더욱더 멀게만 느껴졌다. 열대류(熱對流) 현상인가. 아니면 나를 응시하는 또 하나의 고통스러운 상징물인가. 7월말에는 낮에 밖에 있기가 너무 더운 나머지 밤에 산책 나가는 걸로 바꿨다. 커피는 맥주로 바꿨고. 그래도 걷는 길은 늘 똑같이 유지했다. 갈 땐 도림천 북단, 올 땐 남단. 귀뚜라미와 여치들이 북단에 길게 자란 풀 속에서 노래하고, 매미들이 남단의 벚꽃 나무에서 우는 소리가 듣기 좋았다. 좋아하는 음반에 수록된 익숙한 곡들처럼 규칙적으로 우는 것이 내 마음을 가라앉혔다. 게다가 산책로에는 항상 등장하는 인물들이 있다. 도림교 밑에서 색스폰을 연주하는 중년 남성이 있었고, 또 한 분은 오래된 찬송가를 부르며 안양천 보행로를 배회했다. 불면증이 특별히 심할 땐 오목교까지 걸었다. 교각에 분필로 사각형을 그려 넣고 그 안에 야구공을 던지는 한 남자 분이 자주 있었다. 야구공이 콘크리트 벽에 부딪힐 때 나는 '딱 딱 딱' 소리가 빈 방에 있는 커다란 괘종시계의 초침 같았다. 그리고 내가 있었다. 손에 맥주를 들고 방황하는 외로운 외국인. 자신의 일상의 노예이자, 야망의 포로이다.

한번은 9월 어느 날 밤 밖에 나가 공기 중에 찬 기운을 처음 감지했는데 물가에 갔더니 곤충들이 모두 사라졌다는 걸 느꼈다. 아마 죽었겠지. 게다가 아저씨들도 사라졌다. 맥주 들고 있는 것조차 성가시게 만드는 싸늘한 바람을 피해 안에 들어갔겠지. 오로지 내 발자국 소리만 들렸고, 또 다시 걱정이 시작됐다. 내 앞날 그리고 히어로즈의 플레이오프 진출 여부. 이 두

가지는 줄기에서부터 꼬여있는 서로 다른 꽃나무의 시들어버린 꽃과 같았다. 넥센의 승리가 적어질수록 내게 걸려 오는 전화도 뜸해졌다. 2012년도 시즌 후반기에는 신문 기사에 여섯 번, 텔레비전 뉴스엔 단 한번밖에 타지 못했다. 전반기에 비하면 각각 66%와 85% 감소한 수치이다. 중계카메라는 나를 계속 비춰줬지만 성적이 이런데 경기를 누가 보겠는가. 이런 숫자들은 중요했다. 유명세를 계속 이어 나가야 내가 하려는 일을 성공적으로 할 가능성이 어느 정도 생기다는 게 하스미의 조언이었다. 즉 일을 그만두고 소위 '올인' 하는 거였다.

'Victory Big Bears' 참사 이후 월요일에 선 부장님과 배 과장님께 직접 내가 원하는 조건을 제시했다. 면접 볼 때 응원단 내 주요 역할을 약속 받았는데, 회사가 그 약속을 지킬 생각이 없다면 난 사표를 낼 수밖에 없었다. 며칠 뒤 회사 측에서 대안을 제시했다. 사내 응원단에 들어가는 건 (리드하는 건 물론이고) 이제 논의 대상도 아니었다. 그런데 매주 일요일과 평일에 팬 응원단을 이끄는 일을 허용하겠다고 했다. 그러니까 입장권과 북은 자비로 충당하면서 세 경기마다 한번은 사내 응원단이 응원할 수 있게 조용히 관람만 할 수 있는 사람을 구하라? 어이없었다. 정중하게 거절했다. 일이 이렇게 되자 이곳에 있을 이유가 없었다. 어차피 하는 일도 너무 싫었고, 앞으로 6개월 동안 현재 생활수준을 유지할 정도의 돈을 모은 상태였다. 문제는 올해 쌓은 명성을 커리어로 이어나갈 수 있냐는 것이었다.

엔터테이너(Entertainer). 팬 페이지는 나를 이렇게 소개한다. 7월에 번 총 20여만 원의 수입은 모두 '넥통령'이라는 캐릭터로 텔레비전 방송에 출연해 얻은 거다. 나머지 일거리로 모은 건 용돈과 차비 정도였다. 대부분 식사와 커피 한 잔을 대가로 일해 주고 있었다. 나 스스로 엔터테이너라고 떳떳하게 말할 수 있는 건지….

'유명한(Famous)'. 내 개인 웹페이지(famousinkorea.com)는 나 자신을 이렇게 소개한다. 순 방문자만 일주일에 500명이었다. 적은 숫자는 아니지만 크게 보면 그리 대단한 숫자도 아니다.

그렇다면 나는 도대체 어떤 존재인가? 일반인과 연예인 중간쯤 되는 존재? 창문과 블라인드 사이에 갇힌 파리였다. 더 이상 뒤돌아볼 수 없었고, 멋진 세상이 앞에 펼쳐졌지만 투명한 벽으로 인해 앞으로 나아가지 못하는 상황이었다. 인생의 목적이 조동사 'could'의 사용법을 가르치는 것보다 더 많다는 확고함 때문에 이 날 밤은 물론 9월 대부분의 밤잠을 설쳤다. "I could be doing so much more than this. (이것보다 더 많은 걸 할 수 있는데.)"라는 문장에도 'could'가 들어가지. 그런데 어떻게? 이 밑에서 어떻게 저 위로 올라간단 말인가. 파리가 어떻게 창문을 열지? 멘토가 필요했다. 그런데 누구에게 이야기해야 할지 몰랐다. 친구들은 전부 취업하고, 안정만을 목표로 삼는 사람들이다. 어렵지도 않고 연봉도 많이 주는 일을 때려치우고 내 갈 길을 가겠다고 생각하는 것조차도 다들 미쳤다고 생각한다. 같은 딜레마에 빠져 본 사람을 한 명 알고 있었지만 연락하는 게 몹시 두려웠다.

아버지께서는 내가 아직 오줌싸개였을 때 캘거리의 한 법률 사무소 이사 자리를 때려치우고 석유산업에 홀로 뛰어드셨다. 친구와 동료들은 모두 아버지가 정신 나갔다고 생각했다. 만으로 57살에 은퇴하신 아버지께서는 이제 헬리콥터를 타고 높은 산에 올라가 스키를 타거나 알래스카, 아마존 등 색다른 곳에서 낚시를 즐기는 데 대부분의 시간을 보내고 계신다. 옳은 선택을 하신 거라고 구차하게 설명을 늘어놓지는 않겠다. 그런데 성공신화에 대해 물어보면 아버지께선 그저 운이 좋았다고 대답하신다. 아버지의 이런 부분을 난 참 좋아한다. 스티븐가[4] 청년치곤 보기 드문 자아이다. 게다가 굉장히 정직한 분이다. 빙빙 돌리지 않고 들어야 할 내용을 정확하게 이야기해 주신다. 사실 이 부분이 좀 두려웠다. 지금까지 이야기한 사실들을 들은 후 현실적으로 성공할 가능성이 없으니 얼른 다른 길을 택하라고 할까 봐. 어찌 되었든 밤이 길어질 수밖에 없었다. 오목교를 건너 신목로2길에 있는 편의점에서 맥주를 장만한 뒤 목동야구장까지 가서 주차장 벤치에 앉아 인생의 전환점이 될 수도 있는 아버지와의 대화를 준비했다.

연결이 닿자 아버지는 콜로라도에서 시애틀로 가는 비행기를 기다리는 중이라고 하셨다. 시간이 많지 않다고 하셔서 최근 있었던 일들을 최대한 빨리 업데이트 시켜 드린 후 결론을 말씀드렸다.

"그래서 그만둘까 해요."

이렇게 설명을 끝마쳤다.

"그만둘까 한다는 거야, 이미 그만뒀다는 거야?"

"아직 전자인데 후자로 기울고 있어요."

"이미 결정한 거 같은데. 나한테 왜 전화했냐?"

"저기, 변호사 일 그만뒀을 때 이야기라도 해 주시길 바랐죠. 제대로 하고 있는 건지 조언도 좀 해 주시고요. 있잖아요. 아버지의 후손에게 지혜를 전수도 좀 해 주시고 말이죠."

"잠깐만 생각 좀 해보자…."

아버지께서는 말씀을 잠시 멈추셨다.

---

4) Stephen Avenue. 캘거리의 금융 지구.

"글쎄, 벌써 19년 전 일인데… 잘 생각나지 않는구나. 그런데 이건 얘기해 주지. 일적인 관계를 끝낼 땐 말야. 이 네 가지를 생각해봐야 한단다."

이런 분이 우리 아버지시다. '위대한 목록쟁이' 모든 것을 하나하나 목록화 하신다.

"첫째는 말이다. 좋게 헤어지는 거야. 다리는 놓는 게 목적이지 불태워 버리는 게 아니다. 앞일은 아무도 모르는 법이니까. 지금 일하고 있는 사람이랑 인연이 다시 닿을 가능성은 언제나 있는 거지. 그러니까 항상 가능성을 열어 두는 게 좋아. 그리고 아무리 홀대 받았어도 일할 기회를 준 거에 대해 감사하다고 하고 정중하게 물러나는 거다. 왜냐하면 사실이 어쨌건 건물에 불을 지르고 나가면 네 자신한테 해가 되지 그 사람들은 멀쩡해. 네가 떠나는 것 자체만으로도 충분히 의사를 전달한 거니까 사표를 과격한 표현을 써서 쓸 필요도 없다. 테드, 네 말엔 늘 가시가 있어. 그리고 넌 마음만 먹으면 사람을 상당히 기분 상하게 할 수 있으니까 명심해라. 언어는 도구이지 무기가 아니란다."

오케이, 문제없네. 사표만 완전히 새로 쓰면 되는 거다.

"다음은 사람이다. 어느 조직이나 좋아하는 사람이랑 싫어하는 사람이 있을 거다. 오래 있지는 않았으니 잘 대해 주는 사람이 아직 몇 있겠지."

선 부장님과 배 과장님만큼은 분명하다. 두 분은 주어진 일도 아닌데 나를 돌봐주고, 아이스하키 구단과의 일도 잘되게끔 애쓰셨다. 이 부분에 대해선 신세를 졌다.

"그 사람들에겐 반드시 다른 사람이 아닌 네가 먼저 퇴사 소식을 알려 줘야 한다. 그리고 그 사람들의 노고에 대해 얼마나 감사하고 있는지 꼭 알려 줘야 한다."

콜.

"셋째는 말이지. 네 스스로 확신이 없는 거 같은데. 지금 다니는 곳에서 잘 안 될 거라고 확신해도 다른 데서 더 잘될 거라는 보장은 없는 거야. 불확실한 걸 위해 확실한 걸 포기하고 있는 거야. 다시 한번 생각해보게 되는 건 어쩌면 당연한 거지. 내가 법률 회사를 그만뒀을 때 넌 여섯 살이었지, 아마. 샘은 막 말을 배우기 시작했고, 매기는 아직 네 엄마 뱃속에 있었고. 그러니까 내 미래만을 놓고 도박한 게 아니지. 식구들도 생각해야 했던 거야. 테드, 결론은 말야, 물론 너도 아마 이미 알고 있겠지만, 모든 건 때가 있다는 거야. 기회는 생길 때 그때뿐이야. 그리고 기회를 포착했을 땐 말이지, 쇠뿔도 단김에 빼라고 했어. 넌 아직 젊잖아. 일단은 너 자신만 걱정하면 돼. 제대로 된 기회가 앞에 있으면 말야, 듣자 하니 지금 그런 것 같은데, 잡았으면 한다."

"그럼 저를 믿으신다는 건가요?"

"네 자신은 믿고 있어? 진짜 물어야 할 건 이거지. 네 스스로 믿는다면 내가 뭐라고 생각하든 별로 상관이 없지."

"……."

"있잖아. 네 애비로서 내 역할은 네가 하고자 하는 걸 격려하고, 조언해 줄 수 있는 걸 조언해 주는 거야. 그런데 이 야구에 연예 어쩌고는 나와는 좀 거리가 멀구나. 정보가 충분히 없으니 합리적으로 성공을 계산할 수도 없고. 설령 내린다 해도 네가 별로 듣고 싶지 않겠지. 그런데 이것만은 명심해라."

아버지께선 앞으로 이야기할 내용을 강조하기 위해 잠시 멈추셨다.

"네 잠재력은 물론 네 '한계'를 네 자신만큼 아는 사람은 없단다. 네 자신을 속이지만 않는다면 말이지. 너도 이제 어른이잖아. 네 삶이고, 네가 알아서 결정할 수 있잖아. 그리고 어쨌거나 이 경우엔 나보단 네가 더 잘 알겠지."

"그러니까 결국 제가 결정할 일이네요."

"그렇지."

"그 다음은요?"

"응?"

"세 가지잖아요. 생각할 게 네 가지라면서요."

"아, 그렇지. 음, 신나지 않아?"

"뭐가요?"

"네 자신을 책임진다는 거 말야. '내 운명의 주인' 뭐 이런 거 말야. 충분히 가슴 뛰게 만들지. 미지의 세계를 탐험하는 마젤란 같을 거야. 그런데 내가 얘기하고 싶은 건 이런 감정에 차 있어도 제대로 된 시각을 유지하는 게 중요해. 이성을 잃지 마라. 매 상황을 객관적으로 평가하고 장단기 목표를 포함한 계획을 세워야 한다. '유명해지자' 이런 두리뭉실한 거 말고, 뭔가 측정할 수 있는 거 말야. 아빠가 항상 얘기하잖아. 계획이 없다는 건⋯."

"실패하려는 계획이다."

늘 말씀하셨던 거다.

아버지께서 웃으셨다.

"그래, 난 이제 비행기 탄다. 한 가지 부탁할게. 목표 달성을 위해 뭘 해야 하는지 써서 이메일로 보내 주렴. 피드백을 해 주마. 계획을 수정해보고 거기서부터 시작해보자고."

"네, 고마워요."

"아, 그리고 한 가지 더."

"네, 아버지?"

"이게 잘 안 되면 집으로 돌아오는 비행기 표값만 보내 준다. 알았냐?"

"네, 아버지."

"그래. 짜식, 사랑한다. 오랜만에 목소리 들으니 좋네."

"저도 사랑해요."

주차장 벤치에서 일어나 다 마신 맥주 캔을 분리수거함에 던져 놓고 4킬로미터나 되는 귀갓길에 올랐다. 신도림역에 도착하자 동이 트고 있었다. 마침 어울리는 은유가 아닌가.

연장 11회말

N '업계'에 뛰어든지 얼마 되지 않아 이런 아낌없는 지지를 받아 무척 좋았다. 실은 이때까지도 옳은 선택을 한 건지 감이 오지 않았다. 그렇지만 **이제 되돌아간다는 건 없었다.**

2012년 9월 26일. 대한민국 서울특별시 원조 오겹살.

김시진 감독이 경질된 지 일주일 넘게 지났고, 이후 '탈락의 수(elimination number)'가 한 경기 반으로 줄어들었다. 알고 지낸 모든 넥센 팬들은 만감이 교차했다. '히어로즈'라는 이름에 걸맞은 선수들을 데리고 온 것에 대해 신세를 졌지만 동시에 형편없는 성적으로 시즌을 마친 것은 몹시 실망스러웠다. 비난을 짊어질 사람은 그 말고는 없었던 것 같다. 게다가 한국에선 일이 완전 꼬일 땐 후환이 있고, 누군가 그 후환을 겪게 된다. 적어도 내가 살던 곳보다는 더 그런 것 같다. 그냥 '그럴 수도 있지' 하는 사회가 아니다. 대단원의 막이 내리자 우리의 친애하는 감독님은 그렇게 희생자가 되셨다. 그러나 그 고난을 달게 받지는 못하셨던 것 같다. 사람들은 그의 경질 소식을 마치 조부모가 돌아간 것처럼 받아들였다. 김시진 전 감독은 거의 20년을 한 구단에 있었다. 아주 오래 된 기억에 떠오를 만큼 봐온 사람이라면 그 사람이 없는 삶은 상상하기가 힘든 법이다. 아무리 끝이 보인다고 예상할지라도 막상 끝이 오면 뒤통수를 얻어맞는 느낌이다. 우리는 식사 자리에서 건배사를 올릴 때 그의 이름 석 자를 부르고 있었다. 건배를 할 때마다 그가 떠났다는 사실을 힘겹게 받아들이느라 오랜 침묵이 흘렀다. 일부 '히어로즈 사랑 영원히' 회원들은 그가 해 준 모든 것에 대한 감사의 표현이 중계 카메라 기사들의 눈에 띌 수 있도록 현수막을 제작하기 위해 돈을 모았다.

©mydaily

나 또한 9일 후면 시즌이 끝나고, 3주 후면 홀로서기가 시작된다는 사실을 힘겹게 받아들이고 있었다. 이 날 아침 새로 뜯어 고친 사표를 제출했다. 질질 끌었던 건 단지 9월 25일 한라그룹 창립 50주년 기념 문화행사에 가수 싸이가 공연한다는 이유 때문이었다. 적어도 한 가지 긍정적인 기억은 남기고 가야 하지 않겠는가. 목동로에 위치한 원조 오겹살이라는 음식점에 앉아 트위터로 내 결정에 대해 알렸다. 이곳은 보통 홈 경기에서 승리한 날 모여서 먹는 곳이다. 지는 날엔 조금 더 걸어가면 나타나는 감자

탕 음식점으로 보통 향했다. 이 날 SK에게 6대2로 패했지만 최근 들어 감자탕을 너무 자주 가서 모두들 질려버린 상태였다. 식사를 마칠 때쯤 조금 전에 날린 트윗이 50번 넘게 리트윗[1] 되었다. 내 얘기에 사람들이 아직도 관심 갖고 있다는 사실이 반가웠다. 반면 이것도 얼마 가지 못할 거라는 것도 알고 있었다. 곧 겨울이었다.

얼마 되지 않아 언론이 이 소식을 포착했다. 9월 30일에는 MBC의 한만정 해설 위원이 삼성-넥센전 중계를 하면서 내 모습이 비춰지는 순간 다음과 같이 말했다.

"테드 씨가 연예인으로 등록한다는 얘기가 있어요. 이런 열정을 가진 테드 씨를 보면 무엇을 시켜도 할 수 있을 것 같아요."

'업계'에 뛰어든지 얼마 되지 않아 이런 아낌없는 지지를 받아 무척 좋았다. 실은 이때까지도 옳은 선택을 한 건지 감이 오지 않았다. 그렇지만 이제 되돌아간다는 건 없었다. 이 날은 결국 9대5로 졌고, 플레이오프 경쟁에서 공식적으로 탈락했다.

---

1) Retweet. 트위터에서 한 사용자가 올린 글을 공유하는 행위.

*N*늘 뒤에서 바짝 뒤쫓는 누군가가 있다. 타선에서 내 자리를 차지하고, 내 기록을 깨고, 지금의 순간을 내 눈앞에서 뺏어가 나를 역사 속으로 사라지게 만들 기회를 호시탐탐 노리는 누군가가 있다. **누구도 안전하지 못하다**.

2012년 10월 2일. 대한민국 서울특별시 목동야구장.

공식적으로는 이날이 히어로즈의 시즌 고별전이었다. 아직 원정에서 잔여 경기가 몇 개 남긴 했지만 이 시점에선 그저 형식상 절차에 불과했다. 작년과 마찬가지로 두산에게 패했고, 작년과 마찬가지로 경기 후에 선수들과 만나기 위해 필드로 초대되었다. 이번에는 실제로 몇 명을 만날 수 있었다. 앤디 밴 헤켄, 브랜든 나이트, 허도환 그리고 이정훈 선수. 그러나 이날 밤의 하이라이트는 단연 덕아웃에서 민수진 씨와 마주친 일이다. 시즌 종료 일주일 전에 한 만화가에게 치어리더와 배트걸의 캐리커처를 의뢰한

뒤 이를 현수막으로 만들어 경기마다 들어올렸다. 민수진 씨도 이걸 본 적이 있다. 삼성에게 9대5로 패한 날 현수막 뒤에 그녀를 세워 사진을 함께 찍었다.

어쨌거나 민수진 씨가 혼자 외롭게 코끝이 찡해진 채 서 있는 걸 목격했다. 옆으로 다가가 가방 속에서 그녀의 캐리커처 현수막을 꺼내 기념으로 간

직하라는 의미에서 건네줬다. 그걸 보자마자 그녀는 울음을 터뜨리며 내게 안겼다. 그리고 훌쩍거리며 답례로 핑크색 티타늄 목걸이를 벗어 내게 줬다. 아직도 갖고 있다. 실은 자주 걸고 다닌다. 물론 응원을 이끌 때만 말이다. (행운을 아무 때나 남발할 순 없지 않은가.) 그녀를 거의 마지막으로 본 모습이었다. 퇴사한 다음 날 민수진 씨는 넥센 배트걸로서 은퇴를 선언했다. 이듬해 졸업반이고, 취업을 고려해야 했다. 모두들 그녀가 떠나는 것을 안타깝게 생각한 건 당연하다. 그리고 슬픔은 여기서 끝나지 않았다.

민수진 씨와 인사를 나눈 뒤 곧바로 서한국 응원단장님이 눈에 들어왔다. 투수 마운드 앞에 서 있는 모습이 심란해 보였다. 단장님이 내가 영감을 주셨듯이 나도 이번만큼은 단장님께 힘이 되어 보겠다고 이렇게 말했다.

""단장님, 힘내세요! 내년에 플레이오프 꼭 올라갈 거예요."

"테드."

단장님의 목소리는 이제까지 들어보지 못한 엄숙함이 느껴졌다.

"내년에 나도 이곳에 있을지 잘 모르겠다."

더 이상 설명하지 않으셨고, 나 또한 묻지 않았다. 우리의 시즌을 기억하기 위해 함께 사진을 남겼다. 그리고 이것은 우리가 함께한 마지막 시즌이 되었다.

1월 9일 그와 함께 응원단 전체가 교체되었다는 소식을 접했다. 연예계는 참 힘든 직장이다. 이렇게 따지면 야구와 꽤 닮은 점이 있다. 늘 뒤에서 바짝 뒤쫓는 누군가가 있다. 타선에서 내 자리를 차지하고, 내 기록을 깨고, 지금의 순간을 내 눈앞에서 뺏어가 나를 역사 속으로 사라지게 만들 기회를 호시탐탐 노리는 누군가가 있다. 누구도 안전하지 못하다. 내가 가진 것을 유지하기 위해 필사적으로 싸워야 한다. 지금 글을 쓰는 이 순간에도 내가 이런 일에 적합한지 아직도 잘 모를 때가 있다. 몇 년 지나 봐야 알게 되겠지.

N "이제 야구 끝나면 농구장이나 뭐, 배구장에 가지 않을까요?"

2012년 10월 4일. 대한민국 대전광역시 한밭야구장.

2012년도 시즌 테드 스미스의 마지막 소식은 KBS 이기호 캐스터가 전달했다. 마지막에서 두 번째 경기를 한화와 맞붙었다. 1대1 무승부로 끝났다. 나는 무승부가 싫다. 차라리 지는 게 낫다고 거의 생각한다. 하지만 류현진이 한국에서 던진 마지막 경기를 직관했다고 이야기할 수 있는 것은 확실히 좋다. 생중계에 잠깐 잡히면서 이기호 캐스터는 다음과 같이 질문했다.

"이 분 이제 내일로서 넥센의 정규 시즌 경기를 끝내는데요. 내년 시즌까지 어떻게 기다리죠, 이 분?"

이병훈 해설 위원[2]은 이렇게 대답했다.

"이제 야구 끝나면 농구장이나 뭐, 배구장에 가지 않을까요?"

"아니면 도미니카 정도에 가서 보이지 않을까요?" (웃음)

그땐 여행 계획이 분명히 있었지만 봄이 올 때까지 기다려야 했다. 당분간은 조용히 입 다물고, 책상 앞에 공부하러 앉았다.

---

2) 10회에서 〈아이 러브 베이스볼〉의 공동 진행자라고 설명하는 걸 잊었다.

생각하면 할수록 점점 국경의 지배를 받지 않는 것 같다. 이것만큼은 확실했다. 대만에서 낯선 사람들과 관중석에서 어깨동무를 했을 때 '소속감'이라는 걸 느꼈다. 나 자신 또는 내가 가진 성(姓), 우리 동네나 학교, 우리 회사 아니면 응원하는 팀보다도 더 커다란 존재의 일부가 된 느낌이었다. 애국심과 같은 정서를 느꼈다고 감히 말하겠다.

연장 12회초

*N*오키나와로 떠나기 전에 마지막으로 준비한 건 개인 프로필과 블로그로 연결되는 QR 코드를 넣은 명함이다. 나를 알아보는 모든 사람에게 뿌리고, 조용히 기적을 기다렸다.

2013년 2월 21일. 일본 오키나와(沖繩)현 구니가미(國頭)필드.

양준혁 해설 위원과 배지현 아나운서가 먼저 같이 사진 찍자고 했을 때 뭔가 제대로 됐다는 걸 알았다. 양준혁 해설 위원은 20만 명이 넘는 트위터 팔로워들에게 그 사진을 공유했고, 거의 그 즉시 내 휴대폰이 울리기 시작했다. 신문, 잡지, 텔레비전 뉴스, 스포츠 프로그램 등에서 인터뷰를 요청하는 것이었다. 모두 다음 두 가지 질문은 반드시 물었다. 첫째, 넥센의 플레이오프 진출에 대해 어떻게 생각하는가? 둘째, 어디서 그런 우스꽝스러운 복장을 구했는가?

'넥아더' 복장은 내가 직접 디자인 했고, 동대문에 있는 D.M.어패럴에서 맞춤 제작했다. 여기에 모자와 선글라스, 실제 계급장과 뉴발란스 버건디 운동화까지 해서 총 80만 원 정도 들었다. 단순한 외관의 변화가 아니다. 복장에 어울리는 완전히 새로운 페르소나를 꾸며낸 것이다. 넥통령은 뭔가 더 '대통령스럽고', '위엄 있어야' 했다. 야구를 보는 대중이 부여한 이

대단한 직함에 어울리는 그런 사람 말이다. 영감을 받기 위해 역사에서 위대한 지도자들을 찾아봤다. 한국 내 평판을 보나 '품위 있는 모습'을 보나 맥아더 장군(General Douglas MacArthur)이 확실한 선택감이었다. 윌리엄 맨체스터(William Manchester)의 『아메리칸 시저 : 맥아더 평전 (원제 : American Caesar)』를 읽은 이후로 맥아더 장군에 매료되었다. 맨체스터가 그를 설명하길 "위대하지만 역설적인 인간이었다. 고상하면서 비열하고, 영감이 가득하나 황당하고, 오만하면서 수줍어하며, 가장 좋은 인간인 동시에 가장 나쁜 인간"(역주 : 박광호 역서 발췌)이다. 그런 이중성 또는 인간성(?) 때문에 장군이라는 역할을 흉내 내고, 군대 문화를 유머 있게 풍자하는 데 있어 적합한 사람이었다.

한번은 장군 복장을 입고 온 힘을 다해 맥아더 장군의 현현을 이루도록 노력했다. 수백 장의 사진을 본 뒤 멀리 바라보는 그의 자세를 완성하기 위해 몇 시간이나 거울 앞에 서서 연습했다. 맥아더 장군은 카메라를 똑바로 쳐다보지 않고 늘 지평선 어딘가를, 어쩌면 '미래'를 내다보고 있었다. 느리고 안정됐지만 순양함이 태평양 깊은 바다 속에 남긴 항적(航跡)처럼 일정한 간격으로 숨을 돌리는 그의 말투를 터득하기 위해 옛 자료 화면도 몇 시간씩이나 돌려 봤다. 그래서 그 모자만 써도 다른 사람으로 변하는 상황까지 갔다. 테드 스미스는 캐나다에서 태어났지만 테드쩡은 자랑스러운 미국인이었다!

쉽게 부끄러움을 타는 성격은 아닌데, 완전 복장을 한 채 공항으로 여섯 시 반에 갔을 땐 고개를 들기가 쉽지 않았다. 준석이 형은 수속을 기다리는 내 모습을 보고 말 그대로 얼굴이 빨개지고 눈물이 뺨 밑으로 흐를 때까지 뒤집어져 발버둥치면서 웃었다. 형이 야단법석을 떠는 바람에 구경꾼들이 생겼고, 그 중에 이전에 근무했던 학교의 최 선생님(영어)과 곽 선생님(과학) 그리고 김 선생님(체육)도 발견했다. 하지만 나는 이런 대소동에도 아랑곳하지 않았다. 그렇게 입고 오키나와행 비행기에 올랐고, 착륙과 함께 멋진 등장을 할 셈이었다. 그리고 대박을 친 것이다.

짐작했겠지만 오키나와에 간 목적은 히어로즈 연습 경기에서 며칠 간 깃발을 흔들어 주기 위해서였다. 닛폰햄 파이터스와 요코하마 베이스타스 간의 교류전에 맞춰 주말여행을 계획했다. 우연치 않게 나하(那覇)시의 '다이이치[1]'라는 이름의 호텔에 투숙하고, 점심을 먹은 뒤 봉고차를 빌려 파이터스가 연습경기를 개최하는 구니가미 필드로 이동했다. 한국인은 외국에 나가면 그것이 반향정위(反響定位)이든 길잡이 페로몬 때문이든 자국민을 만나게 되는 신비로운 재능이 있다. 5분도 되지 않아 반도 사람으로 이

1) 강점기와 한국전쟁 당시 맥아더의 본부는 도쿄 다이이치생명빌딩에 있었다.

루어진 또 다른 파견단과 우연히 마주쳤다. 앞서 설명한 양준혁 해설 위원과 SBS 〈베이스볼S〉의 배지현 MC가 그 무리 중에 있었다. 두 사람이 나와 사진을 찍고 싶다는 데 너무 놀란 나머지 이 챕터에 두 번째로 언급하고 있다. 일반인에게는 절대 일어나지가 않는 일이다. 내 전략이 먹혀들고 있음을 조용히 추측했다. 다음 날 아침 배지현[2] MC와 함께 찍은 사진이 40만 명의 구독자를 보유한 〈야구친구〉 뉴스레터의 첫 화면을 장식한 걸 보게 되자 추측은 확신으로 바뀌었다.

이는 간단한 전술로, 맥아더의 '교대 약진'처럼 과감하고 어쩌면 무모하다고도 할 수 있다. 아마 맥아더 장군 자신도 승인했을 거다. 겨울 동안만이라도 나를 고용해 줄 기획사를 찾는데 운이 따라 주지 않았다. 면접이라고도 하기엔 거창하지만 커피숍에서 나눈 두어 번의 대화 정도가 끝. 특별한 얘기는 없었다. 비자 만료 기간도 다가오고 배수진마저 친 상태에서 기획사들로 하여금 나를 찾아오게끔 할 방법을 궁리했던 거다.

제일 먼저 해결해야 했던 건 나와 한국 방송계 사이의 가장 뻔한 걸림돌을 정복하는 거였다. 바로 한국어 말하기 능력. 한국에서 지냈던 2년 동안 내 한국어 실력에 대해 많은 칭찬을 받았지만 사실은 긴 문장이나 갑작스러운 발언에 대처하는 건 내 능력 밖이었고, 말하는 속도가 빠르거나 화자가 여러 명인 대화는 아예 따라가질 못했다. 이런 한계는 〈100분 토론〉 출

---

2) 현재 최희 아나운서와 함께 XTM에 출연하고 있다. 공교롭게도 천사들도 무리지어 다니나 보다.

연을 통해 드러났고, 잠재적 고용주들도 분명히 시청했을 거다. 2012년도 시즌 내내 텔레비전, 라디오, 인터뷰 등에서 말할 내용 그리고 이에 대한 연습을 친구들이 도와줘야 했고, 한라에서 항의했던 내용도 배 과장님을 통해 이루어져야 했다. 모두 나 스스로 표현할 수 없었기 때문이다. 계속 이런 식으로 할 순 없었다. 당장 한국말을 잘하지 않으면 어떻게 기획사가 나를 고용해 주길 바라겠는가? 결국 다시 학교로 돌아가야 할 시기라고 판단했다.

이화여자대학교 언어교육원 집중과정을 등록했다. 다들 지금 무슨 생각 하는지 안다. 만 25살짜리 싱글남이 여대 캠퍼스에 수강신청을 한다라…. 맹세하지만 원래는 아이스하키부가 있는 연세대학교로 가길 원했다. 하지만 겨울 학기가 1월에 시작해 3월에 끝나는 일정이었고, 넥센 전지훈련을 참관하기 위해선 2월 말까지는 이수해야 했다. 서울 내에서 일정에 맞는 수업을 제공하는 학교는 이화여대뿐이었다. 물론 하루 다섯 시간씩 이 캠퍼스에 있는 게 싫지는 않았다. 캠퍼스를 활보하는 건 마치 산드로 보티첼리(Sandro Botticelli)의 작품 속을 걷는 느낌이었다. 가지들만 앙상한 한겨울에도 시선이 가는 곳마다 봄이었다. 야구가 없는 3개월 간의 무료함을 어느 정도 달랠 수 있었다.

둘째는 눈에 더 잘 띄어야 했다. 이전에 한 라디오 방송에 처음 출연했을 때 진행자인 이승재 씨는 내가 레이밴 선글라스, 주황색 호루라기, 마킹 저지(이름엔 테드쩡, 배번은 번호 대신 英雄) 등으로 눈에 띈다고 잘 집어 준 적이 있었다. 이 부분에 대해 생각을 곰곰이 해봤다. 올해는 눈에 띄는 정도로만 만족할 수 없었다. 내 존재가 틀림없기를 바랐다. 그래서 '넥아더' 복장 외에도 '넥길동'과 '플래툰[3]', '넥아더' 하계용과 심지어 추석 특별 복장까지 주문해 놓고 기다리고 있었다. 마크 트웨인(Mark Twain)은 "세상에서 가장 눈에 잘 띄는 사람"이 되기 위해 트레이드마크나 다름없는 흰색 정장을 입고 다녔다고 말했다. 내 의도는 전 세계에서 가장 잘 눈에 띄는 야구팬이 되는 거였다. 그리고 '전 세계'라고 말한 건 진심이다.

셋째는 어디든지 가는 것이다. 즉 히어로즈가 가는 곳이라면 어디든 따라갔다. 전지훈련을 따라 이미 오키나와에 간 상태였다. 그 다음 주는 월드베이스볼클래식이 시작돼 대만과 일본, 심지어 결승전이 열리는 샌프란시스코까지 가는 항공권마저 미리 예약했다. 이번 여행의 총 비용은 저축한 돈의 대략 3분의1이었다. 커다란 모험은 맞지만 한국은 지난 두 번의 대회에서 결승 라운드까지 가지 않았던가. 당시 또 갈 수 있을 거라고 예상하는 건 이치에 어긋나 보이지 않았다. 강정호가 주전으로 뛸 예정이었고, 손승락은 중간 계투로 투입될 것이 분명했다. 이 두 선수가 세계 챔피언이 될 기회가 있다면 내가 그 과정을 현장에서 지켜본다는 건 두말할 나위 없다. 게다가 이건 단순히 야구를 보러 다니는 여행이 아니고, 엄연한 '비즈니스 출장'이라고 스스로 되뇌었다. WBC는 대규모 국제 스포츠 대회이다. 시청자도 수천만 명에 이를 거다. 한국 중계에 이름만 언급돼도 전국적으로 알려지게 되는 거다. 내 이야기가 어떻게 일본이나 북미 야구 기자들의 관심을 불러일으킨다면 내가 어디까지 가게 될지 누가 알겠는가. (이젠 아무도 모르게 되었다.)

마지막은 나에 대한 모든 정보를 대중이 쉽게 찾을 수 있도록 하는 것이

---

3) Platoon. 배우 찰리 신(Charlie Sheen)이 주연한 1986년작 월남전 관련 영화.

다. 사람들의 입에 오르내릴 거라는 건 의심할 여지가 없었다. 이 정도의 퍼포먼스는 관심을 끌 수밖에 없기 때문이다. 단 사람들이 궁금증을 갖기 시작하면 정확한 답변을 얻을 수 있기를 바랐다. 여전히 절반 정도는 내가 여의도고등학교에서 영어 교사로 일하는 걸로 알고, 나머지는 나를 구단 직원으로 알고 있었다. 시키면 당장 불구덩이에라도 뛰어들 준비가 되어 있고, 응원 외에 다양한 공연 예술에 대한 교육도 받았고 경력도 있다는 걸 알리고 싶었다. '대중' 속에는 나를 도울 영향력이 있는 누군가가 있을 것이고, 사람들 입소문을 충분히 타면 그런 사람에게 얘기가 전해지는 건 확률로 봐도 필연적이라 판단했다.

연예인에게 적합한 경력 개발에 대해 하스미와 상의한 뒤 내 블로그의 용도를 온라인 프로필이자 나에 대한 보도자료를 모아 놓는 기록처로 변경했다. 이렇게 해 놓으면 내 이름을 검색하는 순간 결과 어딘가에 내 홈페이지가 뜰 거고, 내 모든 업적과 작품은 물론 관련 기획사나 영상 링크를 볼 수 있게 된다. 유니폼들이 모두 완성된 후에는 사진 스튜디오에서 전문적으로 프로필 사진을 찍고 온라인 갤러리에 업로드하였다. 그리고 블로그를 계속 운영하면서 지금까지 가장 많이 훈련하고 중요한 스킬이라고 믿는 작문 실력을 선보였다. 결국 그 어떤 매체에서 한 행동보다 결정적으로 내가 계약서와 비자를 얻을 수 있도록 작용한 것은 작문 실력이었고… 또 얘기가 너무 앞서 나가는 거 같아 여기서 그만 하겠다.

오키나와로 떠나기 전에 마지막으로 준비한 건 개인 프로필과 블로그로 연결되는 QR 코드를 넣은 명함이다. 나를 알아보는 모든 사람에게 뿌리고, 조용히 기적을 기다렸다.

N 내 퍼포먼스에 스스로 썩 만족하지 못했다. 적어도 **대표팀**은 더 나은 응원을 받아 마땅했다고 생각한다. 어쨌거나 중앙군이 도착했지만 이미 늦었다.

2012년 3월 4일.
타이완 타이중(臺中)시 타이중저우지야구장(臺中市洲際棒球場).

ⓒ연합뉴스

한국의 두 번째 경기인 호주전이 시작되기까지 한 시간도 안 남은 시점에 KIA의 김주일 응원단장님이 드럼 연주자와 치어리더들을 이끌고 나타났고, 난 대리 응원단장 자리에서 내려왔다. 드디어 단장님을 직접 만나게 되고, 토요일 경기 때 '잘했다'고 칭찬도 해주셔서 영광이었지만 그런 말씀을 들을 자격이 있었는지는 잘 모르겠다. 사실 초보적인 실수도 많았고, 내 퍼포먼스에 스스로 썩 만족하지 못했다. 적어도 대표팀은 더 나은 응원을 받아 마땅했다고 생각한다. 어쨌거나 중앙군이 도착했지만 이미 늦었다. 조금 전에 대만이 네덜란드를 8대3으로 눌렀고, 다음 주 도쿄에서 열릴 2라운드로 올라가려면 기적이 필요했다. 나는 내 통장 잔고가 점점 신경 쓰이기 시작했다.

김주일 응원단장은 내가 주말까지 공식 응원단의 드럼라인에 합류할 수 있는 영예를 내려 주셨다. 강정호가 타석에 나올 때마다 강정호 응원가의 후렴 부분도 외칠 수 있었다. 게다가 3월 4일은 손승락의 생일이어서 8회에 정대현을 구원하러 나온 우리 소중한 마무리 투수를 위해 현수막을 높이 들고 사람들과 함께 생일 축하 노래를 함께 부를 수 있었다.

손승락은 아웃 두 개를 잡으며 무실점으로 8회를 마무리해 9회에 올라온 오승환에게 팀 영봉승을 이어나갈 기회를 넘겼다. 야구 면에서 봤을 때는 바로 이 부분이 이번 대회에서의 하이라이트였다. 이외에 정말 기억에 남는 건 강정호의 홈런뿐이다.

N 우리는 크게 환호했다. 주말을 통틀어 가장 목소리가 커진 때였을 것이다. 하지만 2만 명의 대만 관중은 갑자기 **코드가 뽑힌 진공청소기처럼 한순간 침묵에 빠졌다.**

2012년 3월 5일. 대만 타이중시 타이중저우지야구장.

8회말. 대만이 한국을 2대1로 리드한 상황. 이승엽이 대만 구원 투수 뤄진롱(羅錦龍)을 상대로 인정 2루타를 쳐 2루에 나가 있었다. 셰창헝(謝長亨) 감독은 상황을 이대로 묶어놓기 위해 다저스에서 뛰었던 궈훙즈(郭泓志)를 불렀다. 마운드에 서자마자 궈훙즈는 김현수를 루킹 삼진으로 잡고, 전준우를 직선 타구로 처리했다. 이때까진 안정된 투구를 보였다. 투 아웃에서 강정호가 타석에 들어섰고, 대만 역대 최다 관중은 관중석 전체에 걸쳐 난리를 치고 있었다. 난 한국 응원단 좌석에서 북을 뒤로 멘 채 세상이 다 볼수 있도록 강정호 현수막을 들고 있었다. "제발, 하나만. 우리를 위해." 라고 속으로 기도했다. 엉망진창이 된 상태에서 적어도 한 가지 좋은 이야깃거리는 갖고 돌아갈 수 있게 말이다. 그리고 강정호는 2-0 카운트에서 제3구를 세게 받아쳐 좌측 담장 높이 넘기면서 한국이 3대2로 앞서게 했다. 그리고 경기장은 정말 조용해졌다. 우리는 크게 환호했다. 주말을 통틀어 가장 목소리가 커진 때였을 것이다. 하지만 2만 명의 대만 관중은 갑자기 코드가 뽑힌 진공청소기처럼 한순간 침묵에 빠졌다.

우습게도 이 경기에서 가장 기억에 남는 게 그들이 열광하던 소리다. 텔레비전으로 시청하고 있었다면 대만 서포터즈에 놀란 기억이 있을 거다. 하지만 이 경기의 실제 분위기에 비하면 관광객이 휴대폰으로 찍은 모나리자 사진만큼이나 모호할 거라고 확신한다. 야구는 사실상 대만의 국민 스포츠이고, 이 세속적인 섬사람들이 야구에 대해 행하는 종교적인 행동은 누가 봐도 유별나다고 할 수 있다. 그리고 이건 단순한 언어적 표현이 아니다. 경기 시작 두 시간 전에 승려복을 입은 남성이 그라운드 전체를 돌면서 지팡이 끝에 등불을 달아 놓은 것 같은 제사용 도구로 축성하고 있었다. 그리고 뒤따르는 사람들이 르네상스 시대 그림에 나오는 언약의 궤를 연상시키는 이동식 제단을 들고 있는 행렬을 이었다. 그 와중에 경기 전 응원은 계속됐다. 경기를 시작하기 한 30분 전에 화음 이중주로 연주하는 전장 나팔[4]소리가 들렸다. 관중은 모두 차렷하여 대만 타선에 적힌 명단을 스피커로 호명할 때마다 크게 환호했다.

라이브 음악에는 자석처럼 끌리는 정말 무시할 수 없는 무언가가 있다. 녹음된 곡은 재생할 때마다 긴장감이 떨어지지만 라이브 곡은 연주할 때마다 다르고 새롭다. 라이브 음악에 빠져들게 하는 건 그 '인적요소(人的要素)', 즉 그 유연성, 그 불완전성(不完全性), 그 충동적 시너지와 같은 특성이다. 대만 응원단 공연의 매 순간 기계가 아닌 사람이 소리 내고 있었고, 2만 명의 대만 팬들이 동참할 때는 벅찬 감동이 있었다. 우리가 수비하는 동안에는 일본과 비슷한 '하나-둘-세앤-넷' 하는 리듬에 익숙한 나머지 나도 모르게 대만 응원가에 맞춰 몸을 흔들며 발을 구르고 있었다. 그리고 가장 감탄했던 건 내가 '교의문답'이라고 부르는 응원방식인데, 응원단장이 즉흥적으로 한 마디 외치면 관중이 다른 말로 받아치는 형식이고 반복할 때마다 속도도 빨라진다.

무엇보다 단순해서 좋았다. 대만 응원단은 입력 변환기나 믹싱 콘솔, 디지털 신호 프로세서, 파워 앰프, 이펙트 보드, 출력 변환기, 또는 이 모든 걸 한 데 묶을 수백 미터의 케이블도 필요하지 않았다. 여섯 명의 트럼펫 연주자와 베이스 드럼 그리고 메가폰이 끝. 이것만으로도 델리 두르바르 급의 웅장한 응원을 성공적으로 펼쳤다. 반면 우리는 그런 장비가 없으니 어떡해야 할 줄을 몰랐다. 디지털 음향 기술의 도움 없이 그들에 준하는 함성이나 통일성을 엮어내기엔 힘이 달렸다. 그 날 밤 나는 귀한 깨달음을 얻었다. 모든 것을 간소화 하고 전원을 뽑을 때가 온 것이다. 돌아오는 오

---

4) 주로 경마장에서 울리는 빵빠레. 포스트퍼레이드(우승마 예상에 필요한 정보를 얻을 수 있도록 경마들을 선보이는 절차). 경마들의 예시장(말을 보는 장소).

프시즌에 트럼펫을 배우기로 결심했다. 최근에 넥센 원정 경기를 관람했다면 내 트럼펫 연주를 들었을 거다.

N 한국인이 있는 모든 곳에서 나를 아는 느낌이었다. 내 전략은 성공했고, 나는 **유명**해졌다. 끝내기 홈런을 친 기분은 아녔지만 말이다. 그것보단 마라톤에서 110등으로 결승선에 넘어지며 들어온 느낌이었다.

2013년 3월 19일.
미국 샌프란시스코 3가(3rd St.) 및 타운센드(Townsend)가.

2주라는 기간 동안 타이중, 서울, 도쿄, 부산, 또다시 서울, 그리고 대구에 갔고 이제는 'City by the Bay(만 옆에 있는 도시)'라는 별칭으로 알려진 샌프란시스코에 있었다. 객관적으론 꽤나 흥미진진했지만 개인적으론 개인홍보에 투자한 수천 달러의 손실을 의미한 대혼란의 2013 월드 베이스볼 클래식 마지막 날이었다. 대한민국 대표팀이 탈락한 상황에서 히어로즈 시범 경기에 나가 응원하는 게 맞겠지만 이미 항공권과 입장권을 예매해버려서 그냥 휴가 가는 셈 치기로 했다. 어차피 이것저것 고민도 해보고 휴식도 취할 시간이 필요했다.

대만에서 혼자 리드한 것에 대한 미디어 반응은 굉장했다. 거기 있는 동안 10개 신문사의 기사에 떴다. 도쿄에서 복귀했을 때는 세 개가 더 났다.

OBS와 SBS, MBC와 JTBC로부터 집중 보도와 다큐멘터리 출연을 제의하는 전화가 걸려 왔다. 일반 대중도 나를 받아들이고 있었다. 서울 어디서든지 사람들이 나를 알아봤다. 도쿄에선 야구장과 신오쿠보 거리에서 환영받았다. 심지어 MK스포츠의 김재호 기자는 일본 대 푸에르토리코 경기 전에 나를 AT&T파크의 관중 속에서 찾아 인터뷰를 진행했다. 한국인이 있는 모든 곳에서 나를 아는 느낌이었다. 내 전략은 성공했고, 나는 유명해졌다. 끝내기 홈런을 친 기분은 아녔지만 말이다. 그것보단 마라톤에서 110등으로 결승선에 넘어지며 들어온 느낌이었다. 적어도 하나의 업적이긴 하지만 어떤 기준에서 평가해야 하는 걸까. 사는 동안 이렇게 많은 대중에게 이름이 알려진 사람은 그리 많지 않을 거다. 그러나 이 고지에 올라오자 비슷한 수준의 명성의 수많은 사람들이 제한된 스포트라이트를 받기 위해 경쟁하고 있다. 그리고 연예계에는 사람들이 차지할 수 있는 자리가 한정되어 있다. 가만히 앉아 있을 순 없었다. 그런데 다음엔 어떤 수를 둬야 하는 걸까. 시차 적응보단 이 고민 때문에 밤잠을 설쳤다.

잠도 제대로 못 자고 하루 종일 관광객 활동에 지쳐서 함께 있던 야마타 다이시에게 잠깐 길가에 있는 가게에 에너지 음료를 사러 가자고 했다. 안에는 한국인 형님 분위기가 물씬 풍기는 점원이 샌프란시스코 자이언츠 모자를 쓰고, OB 베어스 저지를 입고 있었다. 점원은 눈을 가늘게 뜨고 나를 보더니 영어로 물었다.

"왜 한국 팀 저지를 입고 있는 거예요?"

점원을 쳐다보며 대답했다.

"왜 베어스 저지를 입고 있는 거예요? 12년 동안 우승도 못 했잖아요. 미래를 좌우할 팀은 넥센이에요."

점원은 잠시 가만있더니 입을 열었다.

"잠깐만요. 누군지 알아요! 그 파란 눈 응원단장, 테… 테드짱?"

"쩡."

"말도 안 돼! 같이 사진 찍어도 되요?"

잠시 잡담을 나누었다. 대부분 야구 이야기. (샌프란시스코) 자이언츠가 올해도 선전할 것임엔 서로 동의했지만 두산의 우승 확률에 대해선 의견을 좁히지 못했다. (결국엔 점원 형의 말이 맞았다.) 그는 중학교 때 미국으로 이민 간 후 생활에 대해 들려줬다. 그리고는 대만에서 응원한 거에 대해 감사하더니 내 음료수 값을 대신 내줬다. 가게를 나오는 순간 그는 나에게 한마디 던졌다.

"그럼… 이제 한국인이 다 됐다고 생각하는 거예요?"

자라면서도 딱히 내가 '캐나다인'이라는 생각은 그렇게 해보진 않았다. 아마 미국인 부모를 두고, 여름 방학을 49선(역주 : 미국-캐나다 국경선) 이남에서 보내서 그런 건지도 모른다. 물론 미국인도 전혀 아니었다. 그럼 어느 나라 사람일까. 한국에는 2년밖에 살지 않았고, 고백하지만 기질적으론 아마 한국인보단 일본인에 가깝다. 생각하면 할수록 점점 국경의 지배를 받지 않는 것 같다. 이것만큼은 확실했다. 대만에서 낯선 사람들과 관중석에서 어깨동무를 했을 때 '소속감'이라는 걸 느꼈다. 나 자신 또는 내가 가진 성(姓), 우리 동네나 학교, 우리 회사 아니면 응원하는 팀보다도 더 커다란 존재의 일부가 된 느낌이었다. 애국심과 같은 정서를 느꼈다고 감히 말하겠다.

그래서 이렇게 대답했다.

"아직 잘 모르겠어요. 무엇보다도 지난 2년 동안 저한테 일어난 모든 일에 대해 한국인들에게 감사의 표시를 하는 저만의 방법인 거 같아요. 한국이라는 나라가 정말 저를 두 팔 벌려 받아 주고, 아주 긍정적인 영향을 준 거 같아요. 그랬기 때문에 완전히 새로운 삶을 시작할 수 있었어요. 그래서… 고마워요."

점원은 목이 멘 것 같았다. 누가 보면 형님 어머니 얘기라도 하는 줄 알겠다.

"저한테 왜 감사해요. 거기에 있지도 않았는데."

점원은 드디어 입을 열었다.

"아니, 음료수 말이에요."

"아. 그거라면 별 말씀을요."

잠깐 만난 건데도 종종 생각난다. 수정과의 끝맛처럼 입안에 남아 있다. 그 형의 질문에 답할 기회가 다시 생긴다면 아마 이렇게 답하지 않았을까.

"개인적으로 여권이나 호적에 적힌 국적에 큰 가치를 두지 않아요. 저로 선 캐나다나 한국이나 하나의 단어일 뿐이에요. 인위적인 개념을 설명하는 형용사일 뿐이고, 오늘날 이런 개념은 한 명의 인간이 지닌 정체성과 점점 무관해지고 있어요. 내가 누구인지는 내가 어디서 태어났는지 보다는 그 이후에 어디를 다녔는지에 대한 것이었으면 좋겠어요. 지금까지 산 곳은 모두 저에게 어떠한 증표를 남겼어요. 아마 한국이 다른 곳보다 더 많이 남긴 것 같아요. 지금은 3년 전 인천행 비행기에서 내렸을 때와 180도 다 른 사람이라는 느낌이 들어요. 흔히들 얘기하듯 제가 한국에서 '다시 태어 났다' 라고도 할 수도 있을 거예요. 만일 제가 그럴 자격이 있다고 보신다 면 제 자신을 동료 '한국인'이라고 기꺼이 부를 수 있어요."

도미니카 공화국이 푸에르토리코를 3대0으로 이겼다. 이 경기에 대해 좀 더 미묘한 이야기를 해 줄 수 있었으면 좋겠지만 시작부터 경쟁이라고 할 수 없었다. 도미니카 투수진은 초반부터 경기의 흐름을 장악했다. 그들 은 3안타만 내 주며 WBC를 제패하는 무패 행진을 이어나갔다. 좀 지루한 면이 있었을 뿐만 아니라 춥고 비까지 내렸는데 옷을 너무 얇게 입었었다. 샌프란시스코는 3월에 야구를 할 만한 곳이 못 된다. 주최 측에서 도대체 무슨 생각을 했는지 모르겠다. 다이시와 함께 외야석에서 보다가 5회 쯤 되어 도저히 안 되겠다 싶어서 내야석에서 벌벌 떠는 관중 속에 들어가 시 시한 결말을 지켜봤다.

이것만큼은 얘기할 수 있다. 남미 팬들은 참 재미있다. 경기장 어느 쪽이든 아시아에서 볼 수 있는 그런 중앙 통제부는 없고, 자리는 아무데나 앉았다. 그러나 경기장 곳곳에 띄엄띄엄 있는 응원 모임 간에 협력 체계가 이루어졌다. 우측 외야석에 있던 한 푸에르토리코 팬은 트롬본을 가져와 다들 알 만한 곡을 즉석에서 연주했다. 도미니카 팬들의 경우 수많은 타악기들을 집에서 직접 만들어 오거나 가게에서 사왔다. 한 곳에서 드럼 연주자들이 박자를 맞추다 몇 마디 던져 주면 다른 곳에 있는 드러머 무리들이 같은 방식으로 받아쳤다. 이걸 경기 내내 주고받는 것이었다. 야구란 이렇게 즐겨야 하는 거다. 팬들이 만든 음악은 성가시고 정신 사납다는 미국인들의 고집을 이해할 수 없다. 세상을 뜨면 영원히 조용할 수밖에 없는데 숨 쉬고 있는 동안 소리 좀 내면 어떠랴.

연장 12회말

N 어쨌거나 향후 몇 달 간은 히어로즈에 대한 내 헌신의 척도는 '팀을 위해 티비를 판 청년'으로 전해졌다.

2013년 4월 20일. 대한민국 경기도 고양시 MBC드림센터.

"턱돌이는 넥센의 지원금을 받는데, 혹시 테드 씨도 받아요?"

가수 성대현 씨가 물었다. MBC 에브리1 〈익스트림 7even〉 촬영 현장이 었다.

단도직입적으로 말했다.

"아무 지원 안 받아요. 돈이 없어서 넥센 시즌권 사려고 제 티비도 팔았 어요."

방청객과 다른 초대 손님, 그리고 연예인 패널(황현희, 오초희, 붐, 이휘재 등) 이 모두 일제히 마음 아파하며 탄식했다. 삼성과 LG의 모국인 만큼 사람들 이 여가시간을 보내는 실내 장소는 전부 평면 티비가 있고, 하나같이 커다 란 LED 화면이 건물들 외벽을 장식하고 있다. 한국인은 의식주와 함께 티 비를 기본권으로 여기고 있는지도 모른다. 어쨌거나 향후 몇 달 간은 히어 로즈에 대한 내 헌신의 척도는 '팀을 위해 티비를 판 청년'으로 전해졌다. 인터뷰에서 넥센을 애초에 왜 좋아하게 됐는지 다음으로 가장 많이 묻는 질문이 되었다. 대중이 생각하는 내 이미지의 커다란 부분이 되었기에 여기서 해명을 좀 하는 게 맞는 것 같다.

실은 텔레비전을 '팔지는' 않았다. 구매한지 6일만에 환불 받은 거다. 촬영 당시 '반품하다' 또는 '환불 받다'라는 한국어 단어가 생각나지 않아 더 단순한 '팔다'를 사용했던 거다. 그런데 발 없는 말이 천리를 간다더니 과연 그랬다. '환불 받았다'라고 하면 일상적인 거래처럼 들리지만, '팔았다'라고 하면 너무 희생적으로 보인다. 뭔가 '동방박사의 선물'과 비슷한 느낌이다.

3월 26일 미국에서 돌아온 다음 날 구로 디지털 단지의 한 가게에서 티비를 구입하였다. 정말 예쁘게 생긴 검정색 소니 32인치 60Hz 1080p 인터넷 LED HD티비였다. 웬 일제냐? 그건 품질의 문제가 아니다. 그저 고생해서 번 돈 단 1원도 삼성의 불펜이나 LG의 타선으로 절대 흘러 들어가지 않도록 하기 위해서이다. (그렇다. 그 정도로 강박증이 있다. 물건 사러 두타나 롯데백화점에도 가지 않는다. 내 자가용 타이어는 어디 걸 썼는지 다들 눈치 채셨겠지?) 세계 일주를 하는 바람에 저축한 돈의 상당 부분이 흔적도 없이 사라진데다 통장에는 석 달 치 생활비(야구를 위한 경비 포함) 정도만 남아있었다. 월세보다 많이 나가는 필요도 없는 럭셔리 아이템에 돈 쓸 생각은 하지 말았어야 하지만 난 내가 이미 출세한 것으로 생각하고 있었다. 해외에 나가 있는 동안 전화가 아주 빗발쳤다. 기획사 두 군데가(도쿄에 하나, 서울에 하나) 나에 대한 '관심이 아주 많다'고 얘기했고, 네 개 방송사는 '지금 당장' 내가 출연료를 받고 나갈 수 있는 티비 출연 스케줄이 있다고 말했다. 벌써부터 하이페리온 꼭대기 층의 원목 바닥 냄새가 코끝에 맡아지는 듯 했다. 그리고 곧 '방송계'의 본성에 대해 쓰라린 깨달음을 얻게 된다.

전화로 대화를 나눈 사람들은 모두 엄청 들뜬 목소리였고 한국에 돌아오자마자 연락을 달라고 했었다. 그러나 정작 돌아와서는 모두 미팅이 한 달가량 '미뤄졌다'고 했다. 전화를 하고 이메일을 보내도 대부분 답장이 없었다. 만일 같은 기획사나 방송사 누군가와 어떻게 연락이 닿으면 처음에 통화를 했던 사람이 아니었다. 그 사람은 항상 '식사 하러' 나갔거나 '외근 중', 아니면 '연락 받을 수 없는' 상황이었다. 연락 받은 사람은 늘 이렇게 말했다.

"전화 왔다고 말씀 드릴게요. 그리고 연락 가능할 때 전화 주실 거예요."

그렇지만 전화는 오지 않았다. 이해가 안 갔다. 내가 뭔가 실수했나? 일주일 전만해도 차기 샘 해밍턴(Sam Hammington)이었는데 이제 와선 냉대 받고 있었다.

방송계의 진실은 다들 말을 참 쉽게 한다는 것이었다. 연예계에 종사하는 사람들은 모든 걸 과장해서 말하는 경향이 있다. 과대 포장과 대중의 관심이 모든 제작과정의 원동력이 되는 세계에서 서로의 생각을 주고받는 기본 방식이 아닌가 싶기도 하다. '관심이 아주 많다'는 그저 '관심이 있다', '지금 당장'은 '언제 한번(또는 어쩌면 없던 일로 하자)'이라는 뜻이다. 실은 여러분과 일하기를 원했다느니 일하게 돼서 신난다느니 하는 말들은 다 큰 상관없다. 왜냐하면 전화를 끊자마자 그 사람들은 위층으로 올라가 연세가 있고, 유행도 모르고, 듣도 보도 못한 사람(예 : 나)에게 자금을 투자하는 걸 매우 꺼리는 상사에게 승인을 받아야 한다. 만일 잠정적인 청신호를 받았다 하더라도 이후에 수백만 가지의 잘못될 이유가 생긴다. 미디어 사업은 본질적으로 협업을 통해 이루어지기 때문에 수십 명의 인원이 서로 다른 일정과 의견을 갖고 있는 상태에서 같은 프로젝트에 매달린다. 이런 이유 때문에 계획된 날짜와 시간에 정확하게 진행하는 경우는 거의 없다고 보면 된다. 일정 지연이 불가피하다. 설상가상으로 본인의 프로젝트에 배정된 사람들은 저마다 몇 주 전에 끝냈어야 할 일들을 못 끝내고 있는 상태다. 제작진은 보통 일정을 맞추기 위해 잠을 안자거나 가족과의 시간을 포기하지만 그것도 사실 한계가 있다. 그리고 한계에 밀리다 보면 결정적인 조치를 취할 수밖에 없다. 본인의 프로젝트가 방송사의 우선순위에서 밀려나면 몇 주 심지어 몇 달씩 미뤄지거나, 예산이 깎이거나, 인원을 빼앗기거나, 아예 중단될 수도 있다. 이곳은 머피의 법칙이 수시로 적용된다. 어떤 일이든 일어날 수 있고, 가장 말단에 있는 사람들에게는 이유를 설명해 주지 않는다.

방송계는 늘 변화가 있는 곳이기 때문에 여기 사람들은 약속을 하지 않는다. 일이 잘 안 될 경우에 곤경에서 벗어날 수 있도록 그들의 화법은 늘 애매모호함으로 무장되어 있다. 작가나 캐스팅 담당 또는 PD들에게서 '만일', '아마도', '나중에' 등의 단어를 심심치 않게 들을 수 있다. "우리 스텝들한테 얘기해보고 만일 마음에 든다 하면 아마 다음 달에 시작할 수 있을 거예요. 나중에 결정 나면 다시 연락드릴게요." 또 한 가지는 대놓고 거절하지 않는다는 것이다. 연예계라는 멋진 세계는 정말로 좁은 세상이다. 한국은 특히나 더하다. 특정 프로젝트에 잘 안 되더라도 미래에 함께 일할 가능성이 꽤 높은 편이다. 그래서 서로 기분 상하지 않기 위해 안 된다는 말은 절대 하지 않고 눈치 챌 때까지 미팅을 '미룬'다거나 연락에 답하는 걸 '잊어버린'다거나 한다. 미팅이 매번 미뤄지거나 몇 주씩 지나도록 답변이 오지 않는 것은 '그만하라'는 업계만의 암호였던 것이다. 단지 그걸 알아차리지 못했을 뿐이다. 스스로 깨닫는 데 놀라울 정도로 긴 시간이 걸렸다.

　요지는 그 쪽에서 답변을 해 주지 않아도 사적인 이유가 아니니까 개인적으로 받아들이지 말고, 일하자고 해도 보장된 건 없기 때문에 그대로 믿으면 안 된다는 것이다. 곧이곧대로 이해하면 결국 나처럼 바보 같은 짓을 하게 된다.

　그렇게 4월 1일이 다가왔다. 월세를 내야 했고, 목동 시즌권 예매 마감일이었다. 저축한 돈으로 이 두 가지를 일시불로 낸다면 한 달 치 생활비도 남지 않게 된다. 반면 티비를 환불 받으면 둘 다 해결하고, 어쩌면 티비를 잃은 설움을 씻어 줄 괜찮은 위스키 한 병까지 살 수 있다. 생각할 것도 없었다. 합리적인 판단을 내리고 티비를 놓아주기로 했다. 내가 그걸로 무엇을 보겠는가. 야구? 집에서 편하게 맑은 HD 화질로 볼 바에 외야석 뒷줄에서 직관하겠다. 물론 나만 이런 생각일 수 있다. 내가 참 바보 짓 했구나 하는 생각이 든 건 그 날 오후 가게에 돌려주러 갔을 때뿐이었다.

　"벌써요? 무슨 문제 있나요? 픽셀 불량이 있는 건 아니죠? 이 일제 모델들이…."

　점원이 물었다.

　"티비에는 문제없어요."

　이렇게 점원을 안심시킨 후 말을 이었다.

　"그냥 지금 이걸 살 여유가 없어요."

　나의 이 무례한 행동과 명백한 빈곤 상태에 대해 큰 수치심을 느꼈다. 여기서 밑바닥을 친 뒤 그때부터 일이 잘 풀리기 시작했다고 이야기할 수 있으면 얼마나 좋을까. 그렇지만 그건 사실이 아니라는 걸 다 알 거다. 포기해야 하는 게 아직 많이 있었다. 정말 많이.

*N*박병호가 첫 끝내기 홈런을 쳤던 2011년 8월 20일을 자꾸 떠올렸다. 야구를 얼마나 사랑했는지 깨닫게 해 준 바로 그 순간. 이런 사랑. 이런 야구사랑은 황금보다도 더 값지다.

2013년 8월 13일. 대한민국 서울특별시 서울 오토 갤러리.

투스카니를 끌고 왕이 된 느낌으로 이 빌딩을 나선 지가 1년이 조금 넘었다. 8월의 무더위 속에서 빌딩을 나와 양재시민의숲역까지 200미터 되는 거리를 걷는데 그 느낌을 다시 느낄 수가 없었다. 그저 일시적인 거라고 혼자 되뇌었다. 이 돈이면 시즌 끝까지 살아남을 수 있고, 그때쯤 되면 새 계약에 새 비자까지 얻어 모든 게 더할 나위 없을 거다. 그런데 햇빛이 보일 때까지만 해도 희망적이었던 게 지하철 터널 깊숙이 내려가자 속이 울렁거리면서 마음이 불안해졌다. 남들이 잘 아는 이 지칠 줄 몰랐던 자신감이 몸에서 완전히 사라진 느낌이었다. 어쩌면 이런 일에 알맞은 사람이 아니었을지도 모른다. 진짜 일간베스트에서 비난한 것처럼 모국에선 인기도 없는 무능력자인가. 어디서부터 잘못된 걸까.

5월에는 방송 활동을 통해 월세를 낼 수 있을 만큼 충분한 돈을 벌었다. (이후로 고작 두 번 더 이렇게 할 수 있었다.) 그런데 6월 1일에 끔찍한 일이 발생했다. 비자 기한이 끝나버린 것이다. 취업 시켜주겠다는 사람도 없는 상황이라 생돈을 들여 일본으로 나간 다음에 관광 비자로 재입국해야 했다. 그렇게라도 하지 않으면 불법 체류에 대해 벌금을 물거나 심하면 추방까지도 당한다. 제대로 된 취업 비자가 없으면 불가촉천민 신세가 되는 거다.

방송 출연 제의는 계속 들어오고 있었고, 오디션에도 참석하여 대부분 오케이가 떨어진 상황이었지만 비자 얘기가 나올 때마다 나는 보증인이 필요하다는 답변을 할 수밖에 없었고, 그 답변과 동시에 대화는 중단됐다.

"그 문제가 해결되면 연락 주세요. 그 때까지도 비어 있는 역할이 있으면 출연할 수 있을 거예요."

항상 이런 말을 들었다.

그렇게나 받고 싶었던 E6(연예, 흥행) 비자를 얻는 데 있어 가장 큰 문제점은 임금 조건이었다. 홀로 생계를 유지할 수 있을 정도의 연봉을 취업 보증인이 (적어도 문서상으로) 제시해야 했다. 제작 면에서 단역 하나 채우려고 이 번거로움을 치르려는 사람은 없었고, 당시 언어 실력과 경험으로 주조연 자리는 어림도 없었다. 그러면 탤런트 기획사에 들어가는 방법밖에 없었는데, 큰 기획사라도 '검증되지 않은' 탤런트에 투자하기엔 너무 큰 금액이었다. 이렇게 까다로운 비자 조건 때문에 지금까지 면접을 본 기획사들은 전부 영주권이 있는 연예인만 고용했다. 모든 면접에서 비자 얘기가 나오면 이렇게 물었다.

"한국 국적자와 결혼할 수 있어요?"

그러면 이렇게 답했다.

"누구요?"

당시 솔로로 지낸지 1년이 넘었다. 야구에 대한 헌신 덕분에 데이트 할 시간이 매우 한정되었기 때문이다. 월요일만 가능했다. 또 다른 넥센 팬과 만날 수도 있겠지만 빈털터리 연기자 겸 응원단장 지망생을 만나거나 심지어 당장 결혼해 줄 내 나이 또래의 여성이 몇 명이나 될까. 금전적 여유가 없다는 사실도 명백했고, '시즌권을 구매하려고 티비까지 판 청년'으로 유명해졌다. 제길.

그들은 보통 이렇게 설명했다.

"누구인지는 중요하지 않아요. 영주권을 가장 쉽게 따는 방법은 결혼하는 거예요. 일단 그걸 따면 무슨 일이든 할 수 있게 되죠. 이제 연기자로 고용했는데 테드 씨가 응원 일이나 라디오 일, 춤추는 일이나 다른 일을 하려고 하면 추가로 서류작업을 해야 되요. 저희한텐 복잡해지는 거죠. 그래서 본인이 비자 문제를 해결하는 걸 선호하는 겁니다. 서른 살 넘고 결혼을 원하는 싱글 여성 친구들이 주변에 없나요? 한국에선 그런 여자 분들은 절실한 경우가 많아요."

"지금 무슨 생각하는지 알고 있어요. 이 모든 게 굉장히 로맨틱하지 않게 들리겠지만 비자 때문에 결혼하는 사람은 아주 많아요. 특히 이쪽 바닥에선 자주 있는 일이예요. 결혼 생활을 오래 유지할 필요도 없어요. 영주권 딸 때까지만. 연예인한테 이혼은 아무 일도 아니에요. 그리고 어차피 국제 결혼은 전반적으로 좋게 끝나지 않아요. 사람들이 부정적으로 생각하지는 않을 거예요. 한번 생각해보시고 연락을 주세요. 결혼할 수 있으면 당장 계약 조건을 제시해 드릴 수도 있어요."

수많은 면접 중에는 이거보다 더 황당한 제안도 있었다.

"인기가 더 많은 팀을 위해 응원하는 건 어떠시겠어요?"

자주 묻는 질문이었다. 아니면 이런 것도 있었다.

"야구 일을 완전히 그만 둘 수 있나요?"

나를 직접적으로는 물론이고 유명인으로서도 전혀 모르고 있다는 인상을 받기 시작했다. 그저 방송에 나오고 싶어 안달 나 위장 결혼 또는 지금의 내가 될 수 있도록 해 준 구단과 팬들에게 등 돌리는 행위쯤은 기꺼이

할 풋내기 애송이로 본 거다. 팬도 거의 없는 약체 팀에 대한 열정과 영원한 충성심이 내 인기의 원천이라는 걸 제대로 인식하지 못하고 있는 게 절망스러웠다. 게다가 다들 내 야구 관련 활동은 더 발전시켜야 할 게 아니라 벗어나야 하는 걸로 여기고 있는 듯 싶었다.

그 사람들의 논리에 대해서도 의심이 갔다. 도덕적으로 생각해도 결혼을 무슨 상거래로 여기는 게 이해가 되지 않았다. 내 이름과 비자, 그리고 재정을 낯선 사람과 얽이게 하는 건 내가 볼 때 문제를 해결하기보다 일으키는 게 더 많을 것 같았다. 더군다나 심각한 문제가 발생하면 내 나라가 아닌 곳에서 알지도 못하는 법률 제도의 손아귀에 있게 되는 것이다. 그런 건 절대 사양한다. 그리고 팀을 바꾼다? 개인적인 다짐은 둘째치고라도 아무리 이론적으로는 내 시장성을 높인다 해도 돈을 더 벌기 위해 큰 구단으로 옮긴다면 기존 팬들이 어떻게 생각하겠는가. 선수가 그럴 때와 마찬가지로 경멸과 비웃음으로 대할 거다. 그렇다면 새로운 팀은 내 심경의 변화를 포용해 줄 것인가. 어쩌면. 아니면 냉소적인 돈벌레로 여기거나 나를 한낱 용병으로 취급할 수도 있다.

어찌 되었든 기획사들은 충분한 보상도 주지 않을 거면서 내 사생활에 도리에 맞지도 않은 위험을 부담하라는 말투였다. 만일 이런 작전이 뜻대로 되지 않을 경우 기획사들이 신경 써 줄 거라는 인상은 눈곱만큼도 받지 못했다. 가령 영주권을 얻기 전에 결혼이 깨진다거나 LG 팬들이 나를 팀의 얼굴로 받아 주지 않으면 어쩔 건가? 기획사들이 적절한 조언을 해 주지 못한 것에 대해 책임지고, E6 비자를 보증해 준다거나 다른 곳에 일자리를 알아봐 줄 것인가? 내 직감은 '아니오'였다. 그래서 나도 그렇게 답변했다. 비자를 위해 결혼할 생각이 있는가? 아니오. 팀을 바꿀 생각이 있는가? 아니오.

그리고 야구를 아예 손 떼라고? 규칙적인 일과를 소화하기 위해 야구를 줄이는 건 생각해봤지만 응원을 그만두고 일만 하라? 실력을 쌓고, 경력 개발에 집중할 수는 있겠지만 이걸 통해 최종적으로 얻는 건 무엇일까. 더 많은 돈과 더 많은 명성? 아마도. 넥센 야구가 나를 행복하게 해 준 것만큼 이 두 가지가 그 정도 해 줄 수 있을까. 결국 내가 왜 이 바닥에 발을 들여 놨던가. 교사라는 편한 직장을 애초에 왜 그만뒀지? 박병호가 첫 끝내기 홈런을 쳤던 2011년 8월 20일을 자꾸 떠올렸다. 야구를 얼마나 사랑했는지 깨닫게 해 준 바로 그 순간. 이런 사랑. 이런 야구사랑은 황금보다도 더 값지다. 그리고 야구 없는 삶은 죽은 삶이나 마찬가지다. 그랬기에 삶이 어려워질 때 티비를 어렵지 않게 포기할 수 있었고, 더 어려워졌을 때 자가용마저 쉽게 포기할 수 있었던 것이다.

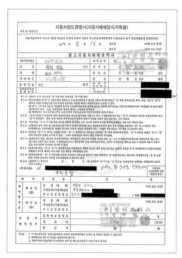

사실 '쉽게'라는 표현은 거짓말이다. 정말이지 내 애마는 마지막 순간까지 포기하지 않으려고 버텼다. 우리 남자들은 자동차에 대한 아주 건강에 해로울 정도의 집착이 있다. 자가용을 판다는 생각조차도 몸의 일부(어느 일부인지는 독자의 판단에 맡기겠음)를 매매하는 것만큼이나 싫었다. 계약이 성사된 후에 필요하게 될 거라는 생각도 했다. 하스미의 말에 의하면 촬영지들은 대개 대중교통이 없는 지역이고, 캐스팅 담당은 대개 교통비 절감을 위해 촬영지까지 직접 갈 수 있는 초년 연기자를 선호한다. 하지만 생각해보니 차를 끌고 일터로 가보기도 전에 굶어 죽겠구나 싶었다.

8월이 되자 생활비가 간당간당했다. 통장에는 몇 십만 원밖에 남지 않아 이걸로 연명하면서 넥센 원정 경기를 따라다녔고 돈을 아끼기 위해 웬만한 거리는 걸어 다니고 하루에 두 끼만 먹었다. 체중은 57킬로그램까지 떨어졌고, 이건 고등학교 시절 이후로 최저치였다. 점점 푸석해지는 얼굴을 감추기 위해 거리마다 나눠주는 샘플 BB크림을 얻어 발랐다. 동네 마트 시식 코너를 정기적으로 돌았고, 1,000원 짜리 양상추와 라면이 질릴 땐 가끔 날 알아보며 식사나 같이 하자며 밥을 사 주는 사람 없을까 싶어 넥센 복장을 몇 벌 걸쳐 입고 신도림 옥외 음식점을 배회하기도 했다. 몇 번 통했던 적은 있다. 이런 방법을 쓴 거에 스스로 마음이 안 좋았지만 배를 채울 수 있어 좋았다. 이런 부랑자 생활을 몇 주 하다 이성이 돌아왔고

더 이상 이렇게 살아서는 안 되겠다고 다짐했다. 희생이 필요했다.

"이 바닥에서 성공하려면 정말 많이 포기해야 돼요. 생각하는 것보다 훨씬 많이. 무슨 얘긴지 아시죠?"

'그래, 핫스. 이제 무슨 말인지 알 것 같아.' 그런데 무엇을 더 포기해야 한다는 걸까. 더 이상 팔아치울 물건도 없었다. 실제 가치가 있는 거라곤 집밖에 없었다. 집을 나오면 보증금을 받는다. 자가용 팔아서 생긴 돈까지 하면 한 시즌은 더 버틸 수 있겠다만 지낼 곳이 없게 된다. 히어로즈가 목동야구장에서 살게 허락해줄까 싶었다. 비어 있는 기자 부스에 살림을 차릴 수 있지 않을까. 그곳에 살면서 나이 먹고 염세적으로 변해 쭈글쭈글해진 면상을 가리려고 가면을 쓰고 다니는 상상을 해본다. 유령 같은 나의 존재가 전설로 남을 거다. '야구의 천사'나 '야구장의 유령' 정도. 그리고 나서 전통이라면 깡그리 무시하는 새 구단주에게 팀이 팔려 내 성역으

로부터 쫓겨나는 거다. 분노에 찬 나는 복수를 노리며 가장 어리고 유망한 치어리더를 납치해 나만의 지하 던전으로 끌고 가 신비로운 야구의 힘에 대한 발라드를 부르겠지. 그러는 동안 갓 전역한 에이스 투수이자 알고 보니 그녀의 소꿉친구였던 재벌가의 후계자가 내 손아귀로부터 그녀를 구출하고 마운드에 올라 프러포즈한다. 이후 난 몇 달 간 조용히 복수의 칼을 가는 거다. 그리고 플레이오프 때 응원단장으로 변장해 '내 욕망의 상대'와 함께 무대에 서지만 그녀는 나의 괴기스러운 면상을 모두에게 공개하고, 관중은 분노하여 지하 던전까지 날 쫓는다. 극적으로 탈출한 나는 사람들 앞에서 사라져 다시는 나타나지 않는다….

하지만 이 모든 건 나중에 해도 된다. 일단은 제대로 먹고 다니고, 월세도 제때 지불하고, 그토록 원했던 트럼펫까지 얻을 수 있다.

N국적 없는 방랑자로서 애국심이라는 건 큰 의미가 없지만 **'히어로즈 나라'**만큼은 내가 피를 흘려가며 지킨 나라이다.

2013년 9월 28일. 대한민국 서울특별시 잠실야구장.

9회말. 넥센이 4대0으로 LG를 이기고 있다. 마운드에는 손승락. 상대할 타자는 김용의, 이진영 그리고 정성훈이었다. 히어로즈는 0.571의 승률로 0.570의 승률을 올리고 있던 두산과 한끗 차이로 3위였고, 2위 LG와 두 경기차였다. 아니다. 이제 한 경기차로 될 것처럼 보였다. 사상 최초로 서울 3개 구단이 플레이오프에 오르게 되었다. 누가 누구를 어떤 순서로 상대할지 결정하는 것만 남았다.

이번 시즌은 지난번과 흡사했다. 초반 강세에 이어진 후반기 슬럼프. 5월에 총 11일 간 1위를 차지했는데 5월 7일부터 13일까진 한 주 내내 수위 팀이었다. 5월 26일부터 6월 11일까진 전례 없는 상승세로 삼성에게 내 주기 전까지 17일 간 1위 자리를 지켰다. 남은 기간 동안 리그 페넌트를 놓고 겨루지는 못했지만 4강 밑으로 떨어지지는 않았다. 이전 화요일에 플레이오프 확정을 기대하는 분위기였지만 우천 취소 후 NC를 상대로 아깝게 패하고, 이틀간의 휴식이 이어져 그 분위기는 주말로 미뤄져야 했다. 아, 엘넥라시코여… 적어도 넥센 팬이라면 이보다 더 좋은 플레이오프 진출 확정전이 없을 것이다.

김용의는 11구까지 간 후 마침내 좌익수 쪽으로 플라이 타구를 날렸지만 정수성의 글러브에 들어갔다. 한 타자 처리. 기대감에 찬 3루 측 관중의 함성 소리는 더 커졌다. 비가 살살 내리기 시작했지만 신경 쓰는 사람은 없어 보였다. 이진영은 손쉽게 물러났다. 초구를 노렸지만 3루수 김민성에게 바로 향했고, 그는 여유를 갖고 1루수 박병호에게 송구했다. 두 타자 처리. '꿈은 이루어지는구나.' 생각했다. 함성은 계속해서 커졌고, 우리는 '승리를 위한 함성'을 노래했다. 그리고 나서 전통대로 1번부터 마무리 투수까지 타선의 이름들을 하나하나 외쳤다. 손승락은 즉시 투 스트라이크까지 잡았다. 타선의 이름을 다 외치기도 전에 경기가 끝날 조짐이었다. 그런데 잠시! 정성훈은 우익수 문우람 앞으로 타구를 보냈고, 1루에 안착했다. '조금만 더.' 그래도 꿈은 아직 이루어지고 있는 거였다. 잡념은 물렀거라! 손승락은 우리를 실망시키지 않으리. 우리만큼이나 바라고 있을 거다. 다음 타자는 큰 이병규. 초구는 몸쪽 스트라이크. '된다. 된다.' 제2구는 바깥쪽 높은 공. '아, 좀!' 3구는 높은 변화구였지만 이병규의 방망이가 조금 아래쪽에 맞으면서 타구가 떠버렸다. 우리는 굶주림에 찬 눈빛으로 그 좁은 포물선을 주시했다. 강정호가 바로 내야 라인 밖에서 자리 잡고 있었다. 타구는 잡히고, 경기를 승리로 이끌었다. 그리고 확정되었다. 구단 사상 처음으로 우리는 플레이오프에 가는 것이었다.

자랑스러운 눈물을 흘리며 플레이오프 깃발을 휘날렸다. 가을 추(秋) 자를 정중앙에 눈에 띄게 새긴 하얀 바탕의 커다란 직사각형. 좌측 상단엔 히어로즈의 소문자 'h', 우측 하단엔 가을을 상징하는 빨간 잎사귀들. 그리고 하단에는 영어로 'Heroes October'라고 적혔다. 남아 있는 시즌 내내 이 깃발을 들고 다니며 이기나 지나 흔들었다. 이 깃발을 드는 데 모국의 국기나 지금까지 살던 나라의 국기들을 드는 것보다 더 강한 자부심을 느꼈다. 국적 없는 방랑자로서 애국심이라는 건 큰 의미가 없지만 '히어로즈 나라'만큼은 내가 피를 흘려가며 지킨 나라이다. (실제로 피를 본 싸움을 두 번 이상 겪었다.) 그동안 지켜왔던 꿈이다. 이 나라를 위해 나의 부와 물질적인 소유물, 셀 수 없는 노력의 시간과 청춘을 쏟아 부었다. 그리고 이에 대한 보답으로 내 나라는 이 순간을 내게 선사했다. 미국을 건국한 분들이 독립선언문을 낭독하면서 느낀 게 이런 걸까. 또는 이스라엘 민족이 40년 간 사막에서 헤매다 약속의 땅을 밟았던 느낌? 수년 간 쓰라린 실망과 환멸의 나날을 보내고 마침내 여기까지 온 것이다. 우리의 신세계. 우리의 젖과 꿀이 흐르는 땅. 이름하여 포스트 시즌.

독자에게 용서를 구한다. 나는 토마스 제퍼슨(역주 : Thomas Jefferson, 미국

독립선언문을 쓴 사람)도 모세도 아니다. 큰 목소리와 호루라기를 가진 작은 사람일 뿐이다. 고백하지만 그 순간을 오게 하는데 조금이라도 기여했을 가능성이 그때 가졌던 자부심의 원천이었다. 다만 응원가가 타자들의 집중력을 늘리는 마법 같은 걸 갖고 있다고 생각할 정도로 순진하진 않다. 상대 투수의 집중력을 흩뜨린 데 대해 나를 인정해 줘야 한다고 생각하지도 않는다. 하지만 야구 응원에 대해 갖는 믿음은 우디 앨런(Woody Allen) 감독의 인생에 대한 믿음과 같다. 성공의 80%는 바로 현장에 나타나는 것이다. 일단 나타나서 내가 선수들을 보러 왔고, 승패에 관계없이 사랑한다는 걸 보여 주면 승리하는 데 필요한 자신감을 찾는 데 도움을 준다고 믿는다. 어쨌든 나는 현장으로 나왔다. 그리고 이것이 그에 대한 보상이었다.

관중이 출구 쪽으로 빠져나가자 한때 이들로 채워졌던 빈 좌석들을 볼 수 있었다. 잠실야구장 넥센 쪽에 빈 좌석만 보였던 초창기 시절이 떠올랐다. 하지만 이젠 눈물은 없다. 할 얘기도 없다. 하늘이나 바다를 쳐다보듯이 내야석을 바라봤다. 당시 소감을 얘기해보라고? 차라리 하늘의 별이나 내 머리카락을 세어 보라고 하라. 막상 하려고 하니 교육도 받지 않은 상태에서 생명이 위독한 대통령을 수술하기로 동의한 사람같이 머릿속이 하얗다. 머릿속에 있는 단어들이 자판을 누르는 손가락에 놀라 개미떼마냥 도망가는 듯하다.

정신 차리자. 마냥 머무르고 있을 때는 아니다. 미 독립군이나 이스라엘 민족이 그랬던 것처럼 그 날의 싸움은 승리했지만 더 큰 전쟁이 기다리고 있었다. 앞으로 여섯 경기가 남았고, 준플레이오프 또는 플레이오프에서 두산이나 LG를 상대해야 한다. 야구에서는 일주일 안에도 참 많은 일이 일어날 수 있다. 심지어 한 투구에서도 많은 일이 일어나기도 한다.

연장 13회
이렇게 끝이야?

　　달마다 배를 채우고 월세를 내느라 고생하는 것보다 편안하고
안정된 지금의 삶이 훨씬 낫다는 새빨간 거짓말을 하고 다닐지
도. 꿈이라는 게 다 뭐겠어. 환상을 달리 표현한 말이 아닐까. 즉
'현실의 반대말' 또는 진짜가 아니라는 측면에서 말이다. 속에서
쓴물이 올라오는 게 느껴지면서 나 자신에게 얘기했다.
　　"테드, 이 순간을 기억해라. 꿈을 포기한 바로 그 순간이라는
거."

연장 13회초

N 목동야구장에서의 경기는 이제 200번 넘게 참관했지만 그 타구가 담장을 넘어갈 때의 함성만큼 큰 소리는 들어보지 못했다. 그 정도 함성 이면 **여리고 성벽**을 무너뜨렸을 거다.

2013년 10월 14일. 대한민국 서울특별시 목동야구장.

9회말. 마운드에는 더스틴 니퍼트(Dustin Nippert). 타석에는 박병호. 투아 웃, 주자는 두 명. 두산이 넥센을 3대0으로 리드하고 있었다. 5전 3선승제 에서 서로 2승씩 올린 상태였고, 이 날 경기의 승자는 다음 주 2위 자리에 오른 LG를 상대하게 되는 것이었다. 우리 시즌의 운명 그리고 어쩌면 내 미래가 저울대 위에 올랐다.

박병호는 이번 시리즈를 강타로 시작했다. 생애 첫 플레이오프 타석에서 니퍼트를 상대로 2-2 카운트, 제5구를 받아쳐 중간 담장을 넘기는 홈런을 만들었다. 그러나 다음 세 경기 내내 1안타밖에 기록하지 못하면서 타율은 0.143까지 떨어졌다. 게다가 이 날 경기마저 3타수 무안타였다. 두산의 구 원 투수 변진수는 문우람과 서건창을 아웃 카운트를 잡지 못한 채 출루시 켰고, 그들은 결국 불운한 히어로즈를 영봉승으로 잡고 시리즈를 가져가기 위해 에이스를 내보냈던 것이다.

니퍼트는 등판하자마자 장기영과 이택근을 차례로 삼진 처리했다. 그는 승리를 예감하고 있었다. 두산 팬들도 마찬가지였다. 야구장 안의 함성은 엄청났는데, 당연히 우리 쪽에서 나는 건 아니었다. 그러나 박병호가 홈플레이트를 향해 침착하게 걸어가는 순간 흐름이 바뀌었다. 우리를 구원할 사람이 있다면 MVP 타이틀을 거머쥔 홈런왕 박병호였다. 홈런 하나로 승부는 원점이 되는 거였다. 우리는 알았다. 그도 알고 있었다. 니퍼트도 알고 있었을 것이다. 모두가 하던 일을 멈추고 쳐다보게 만드는 저 멀리서 난 화재의 연기처럼 그런 생각이 스멀스멀 올라왔을 것이다. 만일에… 하는 생각. 설마가 진짜가 될 수도 있으니까. 기사에도 나고, 각 방송사 스포츠 뉴스의 10대 이야기로도 접할 수 있는 이야기들. 여기서 일어나지 말라는 법은 없다. 그것도 지금 말이다. "판도라의 상자에서 나온 것 중에 최악은 희망이다" '그래, 코리. 네 말이 맞는지도 모르겠다.' 너무 앞서나가지 말자. 8⅔이닝 동안 감정의 벽을 쌓기 위해 노력했다. 지금 무너지면 돌이킬 수 없을 거야. 앞으로 어떤 일이 일어나도 초연해야 한다.

제1구는 완전 바깥쪽으로 빠졌다. 두산의 최재훈 포수는 공을 오른쪽 발목 부위에서 잡았다. 박병호는 타석에서 물러나 배트를 눈앞에 들어 올려 유심히 들여다봤다. 종종 이런 행동을 보이는데 왜 그러는지는 아직 알아내지 못했다. 타석에 다시 들어서서는 시선을 니퍼트에 고정했다.

제2구는 얼굴 높이까지 치솟아버렸다. 박병호는 체크 스윙을 살짝 하고 다시 뒤로 물러나서 다시 배트를 쳐다봤다. 이번 대결을 이기게 해줄 암호문이라도 있었나 보다. 정말 다음 투구가 바깥쪽 높이 들어올 거라고 알려줬던 모양인지 박병호는 마치 알고 있었던 것처럼 다음 투구를 강타했다.

목동구장에서 이제 200경기도 넘게 참관했지만을 넘어갈 때의 함성만큼 큰 소리는 들어보지 못했다. 그 정도 함성이면 여리고(Jericho) 성벽도 무너뜨렸을 거다. 공은 중간 담장을 넘어 전광판 지지대의 절반쯤 되는 높이를 맞췄다. 1차전에서 친 홈런과 거의 비슷한 위치였다. '3점 홈런!' 경기는 다시 원점! 탈락까지 한 타자, 한 투구를 남기고 이렇게 MVP는 우리의 시즌을 구제해 줬다. 이보다 멋진 드라마를 쓸 수 있을까. 쉽게 말하자면 이것이 바로 야구다. 두루마기를 입은 백인 한 명만 조용했다. 박병호가 내 생애 세 번씩이나 충격으로 말을 잃게 만들었다. 친구들은 내가 보통 때보다 창백해 보였다고 말한다. 놀라움으로 입 벌리고 있을 수밖에 없었다. 금동민이라는 '히어로즈 사랑 영원히' 회원은 이렇게 말했다.

"꿈만 같아요."

정말 꿈만 같았다. 다 함께 꾼 꿈. 그리고 13회에 다 함께 깬 꿈.

마라톤 같았던 4이닝 후 손승락은 더 이상 버티지 못했다. 13회에는 투수가 강윤구로 교체됐고, 두산은 23살짜리 왼손잡이를 상대하기 위해 오른손 강타자 최준석을 내보냈다. 안내 방송이 "대타 최준석, 대타 최준석" 하며 그의 이름을 부르자 3루 측 전체가 몸서리를 쳤다. 최준석은 둥그런 스윙을 가진 둥그런 거구였다. 넥센 투수가 던진 공이라면 절대 놓치지 않았다. 앞서 '5회'에 언급한 '블론 세이브가 아쉬운 테드찡' 사건의 장본인이다. 이번 시리즈도 0.400 타율에 3차전에서 친 홈런 하나가 있었다. 강윤구의 이마에는 땀이 맺히기 시작했다. 코너워크를 시도했지만 바로 볼 세 개를 허비해버렸다. 네 번째 투구는 다행히 무릎 높이의 스트라이크를 잡았다. 최준석은 무표정인 채 뒤로 물러나 배팅 장갑을 고쳐 끼고, 다시 타석에 들어가 그의 위협적인 타격 폼을 선보였다. 다음 투구는 바깥쪽 아래로 갔는데, '기적의 홈런'의 반대편을 경험할 수 있었다.

이후로 일어난 일은 대참사였다. 강윤구는 또다시 2루타를 내 주고는 아웃을 하나도 잡지 못한 채 마운드를 내려왔다. 노아웃에 정수빈이 2루에 있는 상황에서 넥센은 구원 투수 이정훈을 내보냈다. 민병헌은 번트 모션을 취하다가 2루타를 날리면서 스코어를 5대3으로 만들었다. 네 명의 타자 뒤에 오재원이 2아웃, 주자 2명인 상황에서 홈런을 만들어 우리 패배를 확실시 했다. 그 이닝 마지막 아웃은 보지 못했다. 생애 처음으로 경기가 끝나기도 전에 경기장을 나왔다.

하…. 두루마기를 망토마냥 휘날리면서 안양천로를 달렸는데 모습이 정말 우스웠을 거다. 나의 히어로즈가 용감하게 불가능을 두 번째 이뤄 보겠다고 분투하고 있을 때 난 경기장에서 가장 가까운 바에 가서 숨었다. 목동로에 야구장 정문에서 840미터밖에 떨어지지 않은 건물의 지하에 있는 '알콜트리'였다. 민수진 씨 앞에서 자기소개를 망쳤던 날 밤 갔던 그곳. 넥센이 패한 날 기분 좋지 않은 모습을 보이고 싶지 않을 때 혼자 가는 그곳이다. 감정이 북받치기 전에 그곳에 도착하면 충분히 내 감정을 억누를 수 있었다. 적어도 아침까지는. 며칠이 지난 뒤에서야 13회 말에 2점을 뽑았다는 걸 알았다. 하지만 그땐 이미 휴대폰을 꺼 놓은 채 데킬라 병 안에 반쯤 빠져 있었다.

새벽 몇 시쯤인지는 모르겠지만 바텐더가 더 이상 안 되겠다 싶어 날 지상까지 업어서 택시 안에 밀어 넣었다. 집 앞에 도착하자마자 택시 안에서 쏟아져 나와 엎지른 요거트 마냥 길바닥과 하나가 되었다. 자두색 실크를 두른 채 인도에 누워 두산 타선을 욕하는 모습을 상상해보라. 주변이 마침내 회전하기를 멈췄을 때 일어서서 아파트 방까지 올라가는데 엘리베이터에서 메스꺼워지는 바람에 하마터면 제 때 화장실에 도착하지 못할 뻔 했다. 한참 토하고 잠시 쉬는 동안 마침내 참았던 슬픔이 밀려와 나는 눈물을 흘리고 말았다.

뒤로 드러누운 채 보이지도 않는 천장을 향해 분노의 입김을 내뱉었다. 너무 급했던 나머지 전등 스위치를 찾지 못하고 어둠 속에서 비틀거리며 변기를 부둥켜안았던 것이다. 눈을 크게 뜨고 익숙한 형태를 찾기 위해 더 듬거렸지만 자신의 미래에 대한 예고편과 같은 어둠만 보였다.

내 커리어는 끝이 났다. 계약도, 비자도, 수입도, 대출 담보로 사용할 자산도, 그리고 거울을 날 돈도 없었다. 따라서 선택의 여지도 없었다. 패배를 인정하고 집으로 돌아갈 때가 온 것이다. 이후의 삶은 어떻게 흘러갈지 무서울 정도로 뻔했다. 캘거리로 돌아가서 아버지의 인맥을 통해 석유 업체에서 내 재능에 따라 홍보 자료 작성하는 일을 하고 나만큼이나 20대 때 방황했던 옛 여자친구에게 연락해 함께 가족을 꾸려 정착하게 될 거다. 내 지위에 따라 제공되는 물질적 편의에 둘러싸여 안락한 나날을 보내겠지. 매년 주어지는 3주짜리 유급 휴가만 손꼽아 기다리고, 옛 영광을 다시 한 번 느끼기 위해 휴가 전체를 한국에서 보낼 것이다. 시간이 흐를수록 과거의 모험에 대해 과장해서 얘기할 것이고 이와 더불어 과장되는 건 실패에 대한 변명일 것이다. 중년 남자들이 흔히 갖는 오만으로 시대적 상황, 사회적 환경, 라이벌(실제든 상상했든), 심지어는 구단까지 탓할 것이다. 아니면 애초에 유명해지는 데 관심 없었고, 달마다 배를 채우고 월세를 내느라 고생하는 것보다 편안하고 안정된 지금의 삶이 훨씬 낫다는 새빨간 거짓말을 하고 다닐지도. 꿈이라는 게 다 뭐겠어. 환상을 달리 표현한 말이 아닐까. 즉 '현실의 반대말' 또는 진짜가 아니라는 측면에서 말이다. 속에서 쓴 물이 올라오는 게 느껴지면서 나 자신에게 얘기했다.

"테드, 이 순간을 기억해라. 꿈을 포기한 바로 그 순간이라는 거."

무슨 이유에서인지 포기를 인정할 때의 고통을 명확히 느끼고 싶었다. 팀이 지기 시작하자마자 등돌려버린 것에 대한 일종의 벌인 것처럼. 다시 변기를 부여잡기 전까지도 떠오른 생각은 '넌 그래도 싸'였다.

이후로 나흘 동안 집을 단 한번도 나서지 않았다. 밥 먹으려도 안 나갔다. 휴대폰을 꺼놓은 채 페페로니 피자만 배달시켜 먹으면서 〈위대한 전쟁 (원제 : The Great War)〉이라는 총 26시간짜리 1964년도 BBC 다큐멘터리 시리즈를 전부 봤다. 아직도 나에게는 삶, 건강 그리고 앞으로 여러 선택들이 있을 거라는 걸 상기시키면서 조금의 위안을 얻었다. 나 이전에 수백만 명의 청춘들이 누리지 못했던 세 가지이다. 그 중에 얼마나 많은 이들이 부와 명성을 꿈꿨지만 기회조차 얻지 못했는가. 연예인이 되지 못한 것보다 더한 일도 있는데 나는 여러 가지 면에서 운이 좋았던 것이다.

19일 드디어 밖을 나섰다. 예술의 전당에서 김남균 콘트라베이스 독주회를 보기 위해서였다. 야구와 무관하고 수백만 명의 무의미한 죽음에 대해 생각하지 않아도 되는 문화 활동이 기분 전환을 위해서 괜찮지 않을까 싶었다. 진심으로 마음을 진정시키는 공연이었다. 단, 앙코르 곡 직전까지. 갑자기 넥센 팬이라면 강정호의 응원가 멜로디로 잘 알고 있는 '사랑의 인사[1]'를 연주하는 것이 아닌가. 첫 후렴부터 손이 떨리고 울음이 나기 시작했다. 그 날 경기의 패배를 다시 맛보는 느낌이랄까. 눈에 확 띄는 무대 좌측의 발코니 좌석에 앉았는데 1층 관람석에서 감탄하며 올려다보는 관객들이 눈에 들어왔다. '우와, 저 분 정말 깊이 감동 받으셨나 보다'라고 생각했겠지만 사실은 무너진 꿈이 생각났기 때문이었다.

---

1) 원제 : Salut d'Amour. 1888년에 에드워드 엘가[Edward Elgar]가 작곡.

연장 13회 말

*N*짐을 계속 챙기면서 정말 그렇게 생각하실까 궁금했다. 난 내 스스로가 전혀 자랑스럽지 않았다.

2013년 10월 21일. 대한민국 서울특별시 낙원악기상가.

이사 나가기로 했다고 얘기하며 집주인에게 보증금 반환을 부탁했다. 당장 짐을 꾸리기 시작했다. 결정을 내린 것이다. 실패에 대한 치욕을 감당하기가 어려웠다. 넥센 홈 경기를 계속해서 볼 수 있게 된다고 해도 선생질은 도저히 다시 할 수가 없었다. 드라마틱한 작별인사를 하기 보다는 아무도 모르게 조용히 뒤로 빠지는 게 낫겠다고 판단했다. 후손을 위해 인터넷 스타 자리는 조금 유지할 수 있겠지 싶었다. 내 결정에 대해 아는 사람은 아버지뿐이었다. 말씀대로 집으로 가는 비행기표를 챙겨 주셨고, 다음과 같이 말씀하셨다.

"너무 기분 나빠 하지 마라. 최선을 다했잖니. 자랑스럽구나."

짐을 계속 챙기면서 정말 그렇게 생각하실까 궁금했다. 난 내 스스로가 전혀 자랑스럽지 않았다.

대한민국에 3년 동안 살면서 상당히 많은 잡동사니들을 축적했다는 것을 깨달았다. 짐을 정리하면서 그 분량에 깜짝 놀랐다. 집으로 갖고 갈 수 있는 거엔 한계가 있었다. 최근에 산 트럼펫은 확실히 가져가 봤자 소용없는 물건이었다. 10월 9일 준플레이오프 2차전이 벌어졌던 날 샀다. 소유한 지 2주밖에 되지 않았고, 실제로 별로 불어보지도 못했다. 환불 받거나 최소한 동네 중고 악기상에는 넘길 수 있지 않을까 싶었다. 돈은 사실 필요하지 않았지만 그런 걸 버린다는 건 예의에 어긋난다. 내가 단상에 올랐을 때의 느낌으로 이걸 불 수 있는 아이가 어딘가에 있을 것이다. 나 자신의 꿈을 이루지 못했다면 적어도 다음 세대에 그 기회를 넘겨야 한다…는 게 내 생각이다.

계단을 올라 상가 2층에 트럼펫을 샀던 가게로 향하던 찰나에 휴대폰 벨이 울렸다. 대참사 직후 휴대폰 없이 일주일을 살다가 마침내 전원을 다시 켰던 때였다. 나의 생사를 걱정하는 친구들로부터 종일 전화가 왔었는데, 이 번호는 모르는 번호였다. 캐스팅 담당자나 에이전트, 또는 기자인 경우가 있어 보통 같으면 받았는데, 시즌은 이미 끝났다. 잘못 걸려온 전하겠거니 하고 주머니에 다시 넣었다. 가게 주인이 다른 손님을 응대하는 걸 끝내기를 기다린 지 5분이 지나자 같은 번호로부터 문자가 왔다.

안녕하세요. 매직하우스 출판사입니다. 귀하의 열성적인 넥센 사랑 기사를 통해 잘 보았습니다. 한국의 젊은이들은 자기가 하고 싶은 일보다는 잘하는 일 또는 돈 버는 일에 매달리느라 자신의 꿈을 포기하는 경향이 있습니다. 테드쩡의 넥센 사랑은 그런 의미에서 매우 귀감이 됩니다. 그래서 우리 출판사에서는 자신의 꿈을 위해 늘 노력하는 귀하의 이야기를 책으로 출판하고 싶습니다. 한국 젊은이들에게 용기가 될 것입니다. 아! 제가 좋아하는 엘지 트윈스도 이번에 플레이오프에서 떨어졌네요. 동변상련이라고 합니다.

가게 주인에게 생각이 바뀌어 트럼펫을 그냥 쓰기로 했다고 당당하게 말했다. 야구 용어로 말하자면 끝내기 안타도 동점 쓰리런 홈런도 아니었다. 싹쓸이 2루타도 빨래줄 같은 직선 타구도 아니다. 그것보단 9회 2아웃에 다섯 점 뒤진 상태에서 수비 실책으로 출루한 상황이라고나 할까. 어찌되었든 상관없다. 이걸로 세이프였으니까. 적어도 한 시즌만큼은 세이프이다. 그 정도만 되도 충분하지 않은가.

딱 한 시즌만 더 가볼까?

©레이디경향

작가후기

　무엇보다도 먼저 내게 삶이라는 선물과 이에 따른 수많은 기회를 주신 부모님께 감사드립니다.

　야구에 대한 지식과 깊은 사랑을 공유해 준 제프 마쓰미야, 마이크 쿠펠드, 매튜 크롤리, 마이크 맥그라스 선생님, 그리고 그 외 윌리엄에버하트고등학교의 선생님 여러분.

　웨스 포커스, 제이미 푸모, 데이빗 헨슬리, 로버트 랙커 박사님, 그리고 그 외 맥길대학교 영문학과의 존경하는 교수님 여러분.

　한글의 기본을 가르쳐 주고, 가장 먼저 한국에서 엔터테이너로서 도전해 보라고 말씀해 주신 김명희 선생님. 내가 친구가 없었을 때 친구가 되어준 디쿠 데사이, 송진원, 양지윤, 정혜윤, 토니 청-플래너리,

　권태경, 김주용 형님, 안신현 누님, 우소피아, 이규학 형님, 홍애희 누님, 그리고 그 외 위대한 업적과 그 이름에 빛나는 "영웅신화" 카페의 과거 및 현재 회원 여러분.

　금동민, 김민철 형님, 김성겸 형님, 김현우, 류재학 형님, 박소현, 박영진 선생님, 박영희 누님, 박윤창 형님, 심금관 형님, 아리랑, 염정혜 누님, 이기철 형님, 이병용 형님, 이상준 형님, 이재환 형님, 이준근 형님, 이지혜 누

님, 조혜진 누님, 천세라 누님, 최청열 형님, 허준석 형님, 황지현, 용필근 선생님, 그리고 그 외 지칠 줄 모르는 불굴의 의지 "히어로즈 사랑 영원히" 카페의 과거 및 현재 회원 여러분.

가혜숙 신생님, 김신수 누님, 안성희 누님, 이상욱 형님, 성다니엘 누님, 정효순, 한송희 누님, 홍승희 누님, 황명이 누님, 황석연 형님, 그리고 그 외 소속은 없지만 개인적으로 목동야구장을 꾸준히 찾으시는 여러분.

신순덕 어머님, 박동식 아버님, 강성수 아버님, 이인수 어머님, 그리고 그 외 우리 히어로즈 선수들의 부모님 여러분.

"익스트림 7even" 클럽의 김태관 형님, 서정태 형님, 신웅철 형님, 연경희 누님, 장영민 형님, 장하나 누님, 그리고 태영선 누님.

우리 히어로즈의 애기들. 준규, 아영이, 수민이, 혁기, 유솔이. (너희들은 아직 모르겠지만 이 책은 너네 부모님 세대보다는 너희를 위한 것이란다.)

응원 요령을 전수해 주고, 용기를 북돋아 주고, 응원 리드 할 기회를 만들어 주신 의병대장님과 서한국 단장님. 평생 이 은혜를 잊지 못할 겁니다.

동대문 원진스포츠 사장님 및 직원 여러분.

종일 번역과 원고 수정을 작업할 공간을 마련해 주신 카페 구름나무콩 양평점 사장님 및 점원 여러분.

MyKBO.net의 댄 커츠 형님.

이화여자대학교 어학당의 변여주 선생님과 박지연 선생님.

"페이머스 인 코리아 프로젝트"에 참여해 주신 강석경, 마에다 아사미, 박지원, 오쿠야마 준이치, 그리고 이시카와 다이치.

지금 하고 있는 일에 처음 도전할 때 적시 적절한 조언과 격려를 해 주신 이지윤 형수님.

깊은 산 속에서 신선에게 듣는 값진 이야기와 같은 야구 식견을 아낌없이 들려주며 멘토가 되어 준 연합뉴스 유지호 기자님.

원고를 여러 번 쓰고 수정을 반복한 몇 달을 믿어 주고 기다려 주신 매직하우스 출판사의 백승대 대표님.

모든 시간을 할애하여 최종 수정본과 번역을 검수하고 이 프로젝트가 가망 없어 보였을 때 정신적인 지원을 아끼지 않은 김보배.

막판에 아무도 맡을 사람이 없을 때 짧은 기간 동안 엄청난 번역량을 나서서 소화해 주신 Baseballinkorea.com의 김현성 형님. 형님의 노력으로 이 프로젝트가 9회말 위기에서 기사회생했습니다.

마지막으로 지나치다 싶을 정도로 수많은 일을 군말 없이 무조건적으로 도와준 나의 소중한 친구 조동기.

모두 진심으로 감사하다는 말씀드립니다!

2014년 12월 테드 스미스